Thomas Franke

Der Geschichtensammler

Roman

Über den Autor

Thomas Franke ist Sozialpädagoge und bei einem sozialen Träger für Menschen mit Behinderung tätig. Als leidenschaftlicher Geschichtenschreiber ist er nebenberuflich als Autor tätig.
Er lebt mit seiner Familie in Berlin.
www.thomasfranke.net

Thomas Franke

Der Geschichtensammler

ROMAN

GerthMedien

MIX
Papier aus verantwortungsvollen Quellen
FSC® C014496

Verlagsgruppe Random House FSC® N001967
Das für dieses Buch verwendete FSC®-zertifizierte Papier
Munken Premium Cream liefert Arctic Paper Munkedals AB, Schweden.

1. Auflage 2015
Bestell-Nr. 817043
ISBN 978-3-95734-043-6

Umschlaggestaltung und -fotos: Jeannette Woitzik
Lektorat: Nicole Schol
Satz: Vornehm Mediengestaltung GmbH, München
Druck und Verarbeitung: GGP Media GmbH, Pößneck
Printed in Germany

Inhalt

Hagelsturm und Sülze 7
Der Badesee 17
Flammen 29
Am Humboldtbunker 40
Einhundert Tage 48
Hans 59
Die Brille 66
Lager Ketschendorf 88
Beweist uns, dass ihr Menschen seid 99
Der Verschlinger 115
Die Kellertreppe 134
Das Orakel 146
Zwischenlager 157
Das Verhör 169

Im Loch 180

Molluskenweisheit 192

Das Grab 198

Der Plan 206

Nicht die ganze Wahrheit 218

Zeichen oder Wunder 231

Dunja 247

Dr. Vitali Vitas Westentaschenberater
für alle Lebenslagen 256

Waldfrühstück 278

Der späte Gast 288

Der Trümmerbeseitiger 297

Die Seelenseherin 310

Weihnachtsplätzchen und Augenfalten 326

Der Bann 338

Ein Haus der Geschichten 345

Dank 348

Anmerkung 350

Hagelsturm und Sülze

Geduckt und die Muskeln unter dem struppigen Fell zum Sprung bereit, schlich die magere graue Katze auf das Mäuerchen zu. Die Ratten, die sich überall in der Stadt ausbreiteten, waren ihr zu wehrhaft, aber diese gefiederte Beute dort war verlockend. Der Boden unter ihren Pfoten zitterte unablässig, Steine kullerten Geröllhalden hinab, und verkohlte Balken knirschten. Pausenlos donnerten in der Ferne die Geschütze.

Die Rote Armee hatte Berlin erreicht. 2,5 Millionen Soldaten drangen in die Hauptstadt ein – mit einem Waffenarsenal, das groß genug war, um an der gesamten Front alle drei Meter ein Geschütz aufzustellen.

Die Katze hielt inne. Rechts von ihr kam Bewegung auf.

Durch eine schmale Schneise in den Schuttbergen radelten Hitlerjungen mit Panzerfäusten an den Fahrradlenkern Richtung Front. Der Weg war nicht weit. „Von der Westfront zur Ostfront kannste mit der Straßenbahn fahren", kommentierten die Berliner mit Galgenhumor die Situation der belagerten Stadt.

Die Augen der Katze waren konzentriert auf ihre Beute gerichtet, ein kleines, gelb-blaues Knäuel, das ein paar Zentimeter voran hüpfte und an irgendetwas pickte, das auf der Mauer lag. Langsam schlich sie weiter. Mittlerweile gab es immer weniger Menschen in den stetig wachsenden Schuttbergen. Sie musste nur Geduld haben und warten, bis die seltsame Kolonne dort unten vorübergezogen war.

Die meisten Menschen, die noch in der Stadt ausharrten, waren Frauen, Kinder und alte Leute. Der Roten Armee standen 42.000 Wehrmachtssoldaten und noch einmal so viele alte Männer und kleine Jungen gegenüber, die von den Nazis beschönigend „Volkssturm“ genannt wurden. Die Verschwendung von Menschenleben an den Fronten des Krieges und die Bombenangriffe hatten die Bevölkerung ausgedünnt. Viele waren aufs Land geflohen. Die Reichshauptstadt war zum Reichstrümmerfeld geworden. Aber einige glaubten noch immer an den Sieg. Vor allem die Jungen.

Endlich war der Trupp vorbeigeradelt. Die Katze schlich weiter, duckte sich tiefer in den Staub, in dem ihr langhaariges, graues Fell kaum zu erkennen war.

Ein blecherner Lärm übertönte jetzt das Dröhnen der Geschütze. Ein Lautsprecherwagen rumpelte vorbei, verkündete Durchhalteparolen und beorderte die Bevölkerung zum Ausheben von Panzergräben. Der kleine Vogel flatterte erschrocken auf, ließ sich aber nur einen Meter entfernt erneut auf der Mauer nieder. Die Katze zuckte mit den Ohren, änderte die Richtung und schlich sich behutsam näher an ihre Beute heran.

Jeder weitere Kriegstag war eine sinnlose Vernichtung von Leben, doch die Propagandamaschinerie der Nazis lief unvermindert weiter. Man sprach davon, dass die Heeresgruppe Wendt den Belagerungsring durchstoßen würde, man hoffte auf Wunderwaffen, und nicht zuletzt redete man sich ein, der plötzliche Tod Roosevelts würde die Amerikaner dazu bringen, die Allianz gegen Deutschland zu verlassen.

Der Lautsprecherlärm war noch nicht verhallt, als plötzlich eine menschliche Gestalt auftauchte. Sie kam direkt auf die kleine Mauer zugestolpert. Der Vogel zuckte erschrocken zusammen und flatterte davon.

Rasmus glitt mit dem rechten Fuß in einen Spalt und stieß mit dem Knie gegen ein Mäuerchen. Hastig stützte er sich ab und zerrte seinen Fuß wieder heraus. Glücklicherweise hatten die harten Lederstiefel verhindert, dass er zu stark umgeknickt war. Eine kleine Blaumeise flatterte davon. Er blickte ihr hinterher – ein Farbklecks im Grau der zerstörten Stadt. Als er weiterging, bemerkte er eine magere Perserkatze mit schmutzigem Fell, die sich hinter ein zerbrochenes Regenrohr duckte und ihn aus gelben Augen böse anstarrte.

Achselzuckend stolperte Rasmus weiter, den Schutthügel hinauf und dann auf der anderen Seite wieder hinab, immer nach Norden. Er durfte nicht zu spät kommen!

Die Geschütze donnerten noch immer unablässig. Er konnte die Vibrationen spüren. In seinen Ohren war nur ein permanentes, dumpfes Rauschen. Es verfolgte ihn, seit die Flakstellung, an der er seinen Dienst versehen sollte, an diesem Morgen einen Volltreffer abbekommen hatte.

Berlin würde fallen. Nur die Verblendeten zweifelten noch daran. Die Russen drangen von allen Seiten in die Stadt. Die Barrikaden aus Schutt und umgestürzten Straßenbahnwaggons würden sie genauso wenig aufhalten wie der sogenannte Volkssturm aus alten Männern und Hitlerjungen.

Die Welt stand in Flammen, und er fragte sich, wie aus diesen gigantischen Bergen aus Schutt und Schuld jemals wieder etwas Gutes entstehen sollte.

Rasmus taumelte. Das Denken fiel ihm schwer. Er wusste nur, dass er weitermusste, so schnell es ging, Richtung Norden zum großen Flakbunker am Humboldthain. Er kletterte über einen Trümmerberg so groß wie ein zweistöckiges Haus. Weiße Asche rieselte in Flocken auf ihn herab. Eine Erinnerung überfiel ihn, so unvermittelt wie ein Sonnenstrahl, der durch dichte Wolken dringt:

Auch damals waren weiße Flocken auf ihn herabgerieselt, kühl und sauber.

Das fröhliche Kreischen aus hundert Kinderkehlen durchschnitt die klare Winterluft. Eingemummelt in dicke Wollmäntel tobten kleine Gestalten auf dem Kreuzberg die Pisten auf und ab.

Beinahe wie in einem Ufa-Film schienen die Bilder einem anderen Leben zu entstammen. Dabei war es nur ein paar Jahre her ...

„Was soll das denn sein?“ Emmi zog die Nase kraus und kniff die Augen zusammen. Damit kopierte sie perfekt die entrüstete Miene

von Fräulein Bosenbach, ihrer Gouvernante. Allerdings milderten ihre nachlässig geflochtenen blonden Zöpfe und der Kakaobart unter ihrer sommersprossigen Nase das strenge Bild.

„Das ist mein Schlitten", erklärte Rasmus würdevoll.

„Das ist kein Schlitten, das ist ein alter Sack", erwiderte das Mädchen und setzte sich rittlings auf ihren original Ress-Gebirgsrodel.

„Dieser nasse Sack ist ein Musterbeispiel deutscher Ingenieurskunst", erwiderte Rasmus. Er breitete den gewachsten Segeltuchfetzen umständlich vor sich auf dem Boden aus. „Der in Leichtbauweise konstruierte, hundertprozentig bruchsichere Flachschlitten passt in jede Jackentasche und ...", er hob den Zeigefinger, „kann darüber hinaus auch noch als Schuhputzlappen verwendet werden." Er ließ sich umständlich auf dem Tuch nieder.

Emmi grinste auf ihn hinab. „Wetten, dass ich schneller bin? Wer zuerst den Spazierweg erreicht, hat gewonnen."

„Wetten ist Glücksspiel!", bemerkte Rasmus tadelnd. „Mein Vater walkt mir mit meinem hundertprozentig bruchsicheren Flachschlitten die Ohren, wenn er davon erfährt."

„Unsinn, es geht nicht um Glück, sondern um Können!", erwiderte Emmi.

„Meinst du?" Rasmus warf einen Blick auf ihren nagelneuen Schlitten. Die glatt geschliffenen Kufen glänzten vom frischen Wachs.

„Oder traust du dich etwa nicht?", bohrte Emmi nach.

„Natürlich trau ich mich!"

„Gut, wenn ich gewinne, schreibst du meine Deutsch-Hausaufgabe."

„Und wenn ich gewinne?"

„Dann kriegst du einen Kuss." Ihre Augen blitzten.

„Ich glaube, du siehst zu viele Filme." Unwillkürlich wanderte Rasmus' Blick zu ihren kakaoverschmierten Lippen. Er war dankbar, dass die Mütze seine sich rötenden Ohren verbarg. „Hältst du das für einen fairen Tausch?"

„Natürlich nicht", entfuhr es Emmi. „Ich meine, was ist schon so eine lächerliche Hausaufgabe ..." Sie wedelte graziös mit den Fingerspitzen.

„Schon gut." Rasmus lachte. „Abgemacht."

Emmi grinste. „Bei drei geht es los: Eins, zwei ... los." Sie stieß sich ab und sauste den Hügel hinunter.

Rasmus schüttelte schmunzelnd den Kopf und zog sich mit den Füßen voran, bis die Steigung stark genug war. Dann folgte er ihr in behäbigem Tempo. Die Kufen des Schlittens waren gut gewachst. Er nahm ein erschreckendes Tempo auf. Emmis scharlachroter Mantel flatterte im Wind. Dann kam eine Bodenwelle. Ihr Schlitten hob ab und krachte wieder auf den Schnee. Es gelang ihr, sich zu halten. Allerdings hatte ein Junge, der knapp vor ihr fuhr, weniger Glück. Er stürzte. Emmi versuchte auszuweichen. Ihr Schlitten kippte. Sie fiel herunter, überschlug sich ein paarmal und blieb schließlich im Schnee liegen.

„Emmi!" Rasmus schlitterte hinterher. Er rutschte knapp an ihr vorbei und sprang auf. „Emmi?"

Sie lag im Schnee, die Arme ausgebreitet, den Blick an ihm vorbei in den Himmel gerichtet.

Rasmus kniete neben ihr nieder und rüttelte sie an der Schulter. „Emmi! Hast du dir wehgetan?"

Sie schielte zu ihm hinüber und ein breites Lächeln zeigte sich auf ihren Lippen. „Hast du das gesehen?! Ich bin geflogen!"

„Oh Emmi!" Rasmus schnaubte. „Du bist unmöglich!"

„Ich weiß." Sie richtete sich auf und klopfte sich den Schnee von ihrem Mantel. „Ich war schneller als du!"

„Kann schon sein", erwiderte Rasmus. „Allerdings hast du es dir zwei Meter vor dem Ziel gemütlich gemacht."

Emmi blickte überrascht auf.

„Der Spazierweg ist dort." Rasmus wies mit dem Daumen auf seinen achtlos liegen gelassenen Wachstuchschlitten.

„Mist!"

„Sieht so aus, als müsstest du deine Hausaufgaben alleine erledigen."

Emmis Augen blitzten. Dann sah sie an Rasmus vorbei. „He, die drei Jungs da drüben ... Sind die nicht in deiner Klasse?"

Rasmus wandte sich um. „Ja", sagte er. Die drei trugen HJ-*Uni-*

formen und stolzierten umher, als würden sie ein ganzes Panzergeschwader kommandieren. Einer von ihnen war Klassensprecher. Er hatte Rasmus einigen Ärger eingebracht, als dieser mehrmals hintereinander die Fahnenappelle geschwänzt hatte.

„Ich glaube, die gucken gerade alle her", bemerkte Emmi.

„Sieht so aus", brummte Rasmus. Als er sich Emmi wieder zuwandte, stand das Mädchen ganz dicht vor ihm. Ehe er reagieren konnte, hatte sie die Arme um seinen Nacken geschlungen und gab ihm einen Kuss direkt auf den Mund – wie im Film.

Für einen kurzen Moment glaubte Rasmus erneut, ihre warmen Lippen auf den seinen zu spüren und einen Hauch von Kakao zu schmecken. Emmis unverfrorenes Verhalten hatte ihm glühend rote Ohren und ein Schuljahr lang Spott eingetragen. Es war eine seiner schönsten Erinnerungen. Ein halbes Jahr später kam es zu den ersten Luftangriffen auf Berlin. Und der Krieg, mit dem von Berlin aus halb Europa in Brand gesetzt worden war, kehrte in diese Stadt zurück.

Rasmus hatte die Kuppe des Schutthügels erreicht und senkte den Blick. Die Straße war kaum noch zu erkennen – eine schmale Schneise zwischen Schuttbergen und brennenden Ruinen. Halb rutschend, halb laufend hielt er darauf zu.

Eine Gruppe Fliehender kam ihm entgegen, dunkle Gestalten, bedeckt von Staub und Asche. Es waren überwiegend Frauen, ein Mann, der zu alt für den Volkssturm war, und eine Gruppe von Kindern, deren Hände zu klein für die Panzerfäuste waren. Ihre Blicke wirkten gehetzt. Als Rasmus an ihnen vorbeiwollte, hielt eine der älteren Frauen ihn auf. „Nicht da lang! Dort sind die Russen!"

Rasmus nickte. Dann drängte er sich an ihr vorbei. Kopfschüttelnd ließ sie ihn ziehen.

Er lief weiter durch den zerstörten Bezirk Wedding, immer nach Norden. Das Vorwärtskommen war mühsam. Ganze Häuserblocks standen in Flammen und ein dichter Rauchschleier lag über der Stadt. Allmählich ließ das Rauschen in seinen Ohren nach. Nun konnte er die Detonationen des Artilleriefeuers nicht nur spüren, sondern auch hören. Russische Tiefflieger donnerten vorbei. Sie flogen genau dorthin, wo er auch hinwollte, zum Humboldtbunker. Rasmus schluckte. Plötzlich sah er eine Gruppe Bewaffneter aus einer Seitenstraße rennen. Einige trugen die Uniformen der Wehrmacht. Die meisten hatten lediglich die weiße Armbinde mit der Aufschrift *Deutscher Volkssturm – Wehrmacht* als Erkennungszeichen. Sie verteilten sich in den Ruinen und warfen sich zu Boden. Eine Kampfeinheit der Roten Armee war ihnen auf den Fersen.

Rasmus duckte sich. Gleich darauf hörte er dumpf das Knattern von Maschinengewehren. Kugeln schlugen Löcher in die bröckelnde Fassade direkt hinter ihm. Er versuchte, im Schutz der Ruinen vorbeizurobben. Plötzlich schoss ein Arm aus einem dunklen Kellerloch. Eine raue Hand packte ihn und zog ihn nach unten. Rasmus versuchte, sich zu wehren – vergeblich. Er plumpste hinab in das schwarze Loch des Kellers. Eine Hand legte sich auf seinen Mund und ein bärtiges Gesicht erschien dicht vor seinem. Rasmus schrie auf und schlug nach dem Mann.

„Ganz ruhig, mein Junge“, sagte eine Stimme. „Ich tu dir doch nix.“

Rasmus starrte den Mann an. Im schwachen Licht, das durch das Kellerfenster fiel, konnte er einen Stahlhelm erkennen. Eine wulstige Narbe zog sich quer über die bärtige Wange des Mannes.

„Lassen Sie mich los, ich muss weiter.“

„Red keinen Unsinn!“ Der Mann zog langsam seine Hände zurück. „Wie heißt du, Junge?“

„Rasmus …“, erwiderte er widerstrebend.

„Ich bin Erwin.“ Er streckte dem Jungen die Hand entgegen und dieser ergriff sie zögernd.

Allmählich gewöhnten sich Rasmus' Augen an das dämmrige Licht. Der Mann war Soldat der Wehrmacht. Er sah alt und müde aus. Aber das bedeutete heutzutage wenig.

„Hast du Hunger?“, fragte der Mann.

„Ich kann jetzt nichts essen. Ich muss weiter.“

„Hast du mal rausgeguckt?“, erwiderte der Soldat. „Es hagelt gerade.“ Sein Kichern wurde untermalt vom Knattern der Maschinengewehre und dem dumpfen Dröhnen der Geschütze. Dann zog er eine Büchse aus seinem Mantel und rammte sein Bajonett in den Deckel. „Es gibt Dinge, die sind es wert, dass man für sie stirbt. Allerdings sind es weit weniger, als man heutzutage annimmt.“ Sein Blick glitt ins Leere. „Und noch weniger gute Gründe gibt es zu töten ...“ Er schauderte. Dann blickte er Rasmus ins Gesicht. „Also, vergiss mal für einen Augenblick alle Befehle, die man dir gegeben hat. Ich erteile dir hiermit einen neuen: Iss was Anständiges!“

Er bog den Deckel zur Seite und spießte ein Stück rötliches Fleisch auf. „Sülze, aus meiner Heimat. Etwas Besseres gibt es nicht!“

Rasmus schluckte. „Sie verstehen mich nicht –“

„Du“, unterbrach ihn der Mann. „Lass das alberne ‚Sie‘.“

„Du verstehst mich nicht. Ich habe keine Befehle. Meine Stellung bekam einen Volltreffer ab, gerade als ich mich zum Dienst melden wollte. Es ... war niemand mehr da, der mir Befehle geben konnte. Ich muss zum Bunker am Humboldthain ...“

„Keine gute Idee“, erwiderte der Mann. „Hier bist du sicherer. Die Flakbunker sind die einzig nennenswerten Bastionen in der Verteidigungsfront. Die Russen werden ihre Angriffe darauf konzentrieren.“

„Das ist mir egal!“, erwiderte Rasmus trotzig. Doch das Herz wurde ihm schwer.

Der Mann betrachtete ihn von der Seite. „Flakhelfer, hm?“

Rasmus nickte. Erstaunlich, dass der Mann die Uniform unter all dem Dreck noch erkennen konnte.

„Du hast keine Waffe bei dir.“

Rasmus schnaubte und senkte den Blick.

„Ist deine Familie dort?“

Rasmus schüttelte den Kopf.

Der Mann blickte ihn an, sagte aber nichts. Stattdessen reichte er Rasmus die Konservenbüchse. „Iss!“

Rasmus griff nach kurzem Zögern zu und nahm ein paar Happen. Das Fleisch war zart und köstlich.

„Der Bunker ist bereits unter Beschuss", sagte Erwin. „Soweit ich weiß, befinden sich dort fast nur noch Soldaten und Parteibonzen. Bist du dir sicher, dass du dort hinwillst?"

„Ja."

Erwin nickte bedächtig. „Wenn du jetzt versuchst, bis dorthin durchzubrechen, ist das glatter Selbstmord. Warte, bis es dunkel wird."

Rasmus gab ihm die Konservendose zurück. Er stand auf und starrte aus dem Kellerloch. Das Krachen und Knattern der Schüsse hielt mit unverminderter Heftigkeit an. „Warum hilfst du mir?"

„Warum sollte ich dich tot sehen wollen?", erwiderte der Mann.

Rasmus warf ihm einen kurzen Blick zu, sagte aber nichts.

„Heute ist doch der 30. April, oder?", fragte Erwin nach einem Moment des Schweigens.

„Ich glaube schon, warum?"

„Dann ist heute mein Geburtstag ..."

Eine Granate explodierte ganz in der Nähe. Steinsplitter schossen an der Kellerluke vorbei und Staub drang herein. Rasmus hustete. Er setzte sich, mit dem Rücken an die Kellerwand gelehnt, nieder und warf Erwin ein schiefes Grinsen zu. „Herzlichen Glückwunsch."

„Danke. Ich hätte einen Wunsch zum Geburtstag."

„Ja?", fragte Rasmus verwundert.

„Tu mir den Gefallen und leiste einem alten Mann Gesellschaft. Nur für ein paar Stunden, bis es dunkel wird."

Rasmus drehte sich um. „Alt? Ich wette, du bist keine fünfzig."

„Sechsundvierzig Jahre", erwiderte Erwin. „Aber bisweilen fühle ich mich wie sechsundneunzig."

Rasmus warf einen kurzen Blick aus dem Kellerloch. Ein Panzer rollte heran und die Volkssturmleute zogen sich einen

Häuserblock weit zurück. „In Ordnung, ich bleibe, bis es dunkel wird.“

„Danke.“

Rasmus runzelte die Stirn. Was hatte der Mann davon, dass Rasmus hierblieb?

Erwin lächelte. „Wie heißt sie?“

„Wer?“

„Deine Liebste, die im Humboldt-Bunker auf dich wartet und für die du Kopf und Kragen riskierst.“

„Sie ... ist nicht meine Liebste“, murmelte Rasmus. Er ärgerte sich, dass er selbst in dieser Situation noch rot wurde.

„Erzählst du mir von ihr?“

Rasmus betrachtete den bärtigen Soldaten im Halbdunkel des Kellerlochs. Der Mann kaute sein Dosenfleisch und wartete geduldig. Er war nicht sehr ansehnlich. Die wulstige Narbe verzog sein bärtiges Gesicht zu einem schiefen Grinsen. Seine fleischige Nase war rotblau verfärbt und voller Aknenarben. Wenn Rasmus ehrlich war – dieser Mann war außergewöhnlich hässlich und er wirkte müde und ausgelaugt. Ein Mann, der zu viel Grausamkeit gesehen hatte. Und dennoch, etwas an ihm passte nicht ins Bild: Seine Augen hatten weder den wilden Glanz des Fanatikers noch die fatalistische Leere jener, die am Krieg zerbrochen waren. Er hatte seine Seele nicht verloren oder er hatte sie wiedergefunden.

Wie auch immer, etwas an diesem fremden Mann berührte Rasmus. „Da gibt es nichts zu erzählen“, sagte er nach einer Weile.

Der Badesee

Ungewollt kamen Bilder in Rasmus hoch. Bilder, die er vergessen wollte, obwohl sie angesichts des Krieges so harmlos schienen.

An jenem Nachmittag hatten die Sirenen ausnahmsweise geschwiegen.

„Kommst du mit an den Strand? Bitte!“

Emmis Gesicht vor dem strahlend blauen Himmel ließ Rasmus für einen Moment vergessen, dass Krieg war.

Die Sonne brannte vom Himmel herab und er musste die Augen zusammenkneifen. Emmi zog einen Schmollmund und klimperte mit den Wimpern. Aber es war nicht mehr das Gesicht eines kleinen Mädchens mit Kakaobart und kindlich vollen Wangen, das zu ihm aufschaute, es war das Gesicht einer jungen Frau.

Vieles hatte sich geändert in den letzten Jahren. Emmis Familie war nach Wilmersdorf gezogen und sie sahen sich nur selten. Als Mädelgruppenführerin war sie beim Bund Deutscher Mädel sehr aktiv. Allerdings vermutete Rasmus, dass dies eher der wichtigen Funktion ihres Vaters als eigenem politischem Interesse geschuldet war. An diesem Tag hatte sie den dunkelblauen Rock und die weiße Bluse des BDM gegen ein dünnes Sommerkleid eingetauscht. Es war ein recht kurzes und eng sitzendes Kleid. Rasmus kam nicht umhin zu bemerken, dass auch ihre Figur alles Kindliche verloren hatte.

„Komm, sei kein Spielverderber. Lass uns für einen Tag mit ein paar Freunden den Strand genießen.“

„Freunde?“, fragte Rasmus. Die gemeinsamen Freunde aus Kindertagen hatten sie längst aus den Augen verloren.

Emmi winkte ab. „Einfach ein paar junge Leute, die den Tag genießen wollen.“

Rasmus runzelte die Stirn. Er glaubte, ein Geräusch hinter sich gehört zu haben, und warf einen Blick über die Schulter. Der Flur war leer.

„Sag deinem Vater einfach, du triffst dich mit einigen HJ-Kameradschaftsführern zu einer Besprechung."

Rasmus grinste schief. „Das ist eine ... recht unglaubwürdige Ausrede."

„Ach, egal. Dir fällt schon etwas ein." Sie lächelte strahlend. „Also, was ist?"

Unwillkürlich erwiderte Rasmus das Lächeln. „Also gut ..."

„Du bist ein Schatz!" Emmi küsste ihn auf die Wange. Im nächsten Moment hatte sie sich abgewandt und schwang sich lachend auf ihr Rad.

Rasmus blickte ihr hinterher, bis sie um die Ecke verschwunden war.

Die Freunde erwiesen sich als hochrangige HJ-Führer und junge SS-Leute, auch ein paar junge Wehrmachtssoldaten waren darunter. Jemand hatte ein tragbares Grammophon mitgebracht. Und das Meistersextett schmetterte blechern: „Oh, ich glaub', ich hab' mich verliebt!" Rasmus hatte die Musik besser gefallen, als die Gruppe noch Comedian Harmonists hieß und sogenannte nichtarische Künstler in ihren Reihen hatte. In Emmis Kinderzimmer hatten sie so oft „Mein kleiner grüner Kaktus gehört", bis die Schallplatte mehr Knack- und Knirschgeräusche von sich gab als Töne.

Die frühe Abendsonne senkte sich langsam dem Horizont zu. Aber es war noch immer sehr warm. Zwei Dutzend lärmender Nazis und eine Handvoll junger Frauen belagerten den kleinen Naturstrand am Grunewaldsee.

Rasmus hatte sich selten so fehl am Platz gefühlt wie hier. Emmis Lächeln war der einzige Grund, warum er nicht sofort kehrtmachte. Sie winkte ihm zu, als er von seinem Fahrrad stieg. Die meisten der jungen Männer ignorierten ihn. Nur Franz Haberland, den er noch von der Grundschule her kannte, warf ihm einen abschätzigen Blick zu.

Emmi griff seine Hand. „Wie schön, dass du gekommen bist. Willst du ein Stück Kuchen? Wir haben auch Sekt da."

Rasmus machte große Augen. „Wo habt ihr das denn her?"

„Es bleibt nicht ohne Lohn, wenn man blutet für Volk und Vaterland", meldete sich ein breitschultriger junger Mann in Wehrmachtsuniform zu Wort. Er schien dem Sekt schon reichlich zugesprochen zu haben. Seine Augen waren blutunterlaufen. Er griff über Emmis Schulter und fischte ein Stück Kuchen von ihrem Teller. Seine Hand streifte dabei ihre Brust. „Komm, lass uns tanzen", flüsterte er, während er einen Arm um sie legte und sich mit der freien Hand Kuchen in den Mund stopfte. Emmi kicherte und entwand sich geschickt seinem Griff. „Später vielleicht!"

Sie hielt Rasmus den Teller hin. „Den Kirschkuchen habe ich selbst gebacken."

Rasmus nahm ein Stück. „Danke", murmelte er. Aber eigentlich wollte er sagen: „Emmi, was machst du hier?!"

Während er in den süßen Kuchen biss, fragte sich Rasmus, ob er die junge Frau überhaupt noch kannte. Emmi war schon immer übermütig gewesen, hatte gern gelacht und schnell Freundschaften geschlossen. Aber er hatte sie nie für einen oberflächlichen Menschen gehalten. Fühlte sie sich hier wirklich wohl? Er suchte in ihrem lachenden Gesicht nach einer Antwort.

„Und, schmeckt's? Deinem Gesicht nach zu urteilen, hast du gerade auf einen Kirschkern gebissen."

Ehe Rasmus antworten konnte, war ein schlanker SS-Mann herbeigetreten. „Bei Ihnen schmecken selbst die harten Kerne süß, Fräulein von Dahlen." Er legte seine Hand um Emmis Hüfte und drückte sie kurz an sich. Dann trat er vor. „Heil Hitler!" Er streckte Rasmus die Hand hin. „Hauptscharführer Klaus-Herrmann Kramm."

Nach kurzem Zögern ergriff Rasmus die Hand. „Rasmus ...", er stockte kurz und verschwieg seinen zweiten Vornamen, „Rasmus Eichdorff."

Der SS-Mann runzelte die Stirn.

„Ein alter Freund", warf Emmi rasch ein. „Darf ich Ihnen meinen Kuchen anvertrauen?" Sie drückte Klaus-Herrmann Kramm mit einem strahlenden Lächeln den Kuchenteller in die Hand und hakte sich bei Rasmus unter. „Komm, wir spazieren ein wenig zum Wasser."

Rasmus aß seinen Kuchen und spürte eine seltsame Mischung aus Freude und Beklommenheit, ihren Körper so dicht neben seinem zu spüren. Er hatte das Gefühl, als würde eine ungeheure Hitze von ihr ausgehen. Er schwitzte. Verstohlen betrachtete er ihr Gesicht von der Seite. Sie hatte die langen Wimpern gesenkt. Unzählige Sommersprossen zeigten sich auf ihrer kleinen, geschwungenen Nase, die sie selbst bisweilen kritisch als Stupsnase bezeichnete. Sie nagte an ihrer Unterlippe, wie sie es immer tat, wenn sie nachdenklich war. „Ich freue mich sehr, dass du gekommen bist."

Rasmus spürte, wie seine Wangen sich röteten. Er wusste nicht, was er sagen sollte, also nickte er nur stumm.

Sie blickte zu ihm auf. „Du solltest hier den deutschen Gruß nicht verweigern. Das ist nicht klug, weißt du?"

„Wo so viele Millionen ihm Heil wünschen, wird der Führer schon nicht an seiner Erbsensuppe ersticken, wenn ich mich ihnen nicht anschließe."

Emmi warf ihm einen strengen Blick zu. Doch dann kicherte sie und drückte seinen Arm. „Ich habe dich vermisst. Schule und BDM-Heimatabende und diese ständigen Schulungen – das kann bisweilen recht dröge sein."

„Ach, dann bin ich heute also dein Unterhaltungsprogramm?"

Sie schlug ihm mit der Hand spielerisch auf den Arm. „Sei nicht albern!"

Sie waren am See angelangt und ließen den Blick über die glitzernde Wasseroberfläche gleiten. „Ist das nicht herrlich?", fragte Emmi. „Hier kann ich glatt vergessen, dass Krieg ist."

Rasmus schwieg eine Weile, dann sagte er: „Morgen beginnt unsere Flakhelferausbildung."

„Spielverderber!", murrte Emmi. Aber sie nahm ihre Hand nicht von seinem Arm. Es fühlte sich gut an.

Eine ganze Weile schwiegen sie. Dann sagte Emmi leise: „Manchmal habe ich Angst, dass alles viel zu schnell vorbei ist. Ich will nicht von irgendeiner Bombe zerfetzt werden, bei lebendigem Leib verbrennen oder langsam in einem verschütteten Luftschutzkeller ersticken. Ich will leben. Verstehst du? Richtig leben."

„Das will ich auch", erwiderte Rasmus.

Emmi warf ihm einen scharfen Blick zu und wandte sich dann ab. „Du bist nicht einverstanden damit, wie ich mein Leben führe", sagte sie leise.

„Das habe ich nicht gesagt."

„Aber gedacht!"

„Gehört Gedankenlesen inzwischen auch zur Grundausbildung der Mädelgruppenführerinnen?" Rasmus grinste.

Emmi kniff die Augen zusammen und warf ihm einen bösen Blick zu. Dann entspannte sie sich und ein Lächeln zeigte sich auf ihrem Gesicht. „Du bist unmöglich."

Ein lautes, fröhliches Kreischen unterbrach sie. Zwei junge Mädchen in knappen Badeanzügen und ein halbes Dutzend junger Männer stürmten an ihnen vorbei und warfen sich in das kühle Wasser des Sees.

Emmis Augen blitzten. „Au ja, lass uns baden gehen!"

„Äh ..."

Ohne eine Antwort abzuwarten, zog Emmi ihr dünnes Kleid über den Kopf und hängte es über eine Astgabel. Ihr Badeanzug war noch knapper als die der anderen Mädchen. Rasmus starrte sie an.

Emmi lachte und lief rückwärts in den See. „Komm, das Wasser ist herrlich!" Sie bückte sich und spritze ihm Wasser entgegen. Rasmus schämte sich, aber er konnte nicht anders, als ihre schlanken nackten Schenkel anzustarren und das sanfte Rund ihrer Brüste, das sich unter dem dünnen Stoff abzeichnete.

Weitere junge Männer kamen angelaufen und warfen sich jauchzend ins Wasser.

„Ich habe keine Badehose dabei", sagte Rasmus lahm.

Einer der jungen Männer tauchte unter Wasser, schoss auf Emmi zu und packte sie an den Hüften. Emmi schrie vergnügt auf, als er sie ins Wasser warf. Sie tauchte auf und schüttelte sich das Wasser aus den Haaren. „Na warte, dir zeig ich's." Sie stieß mit beiden Händen gegen seine Brust, doch er taumelte nur einen Schritt und fing sich wieder. Er war muskulös wie ein Turner. Im nächsten Moment schoss er vor, packte sie an den Hüften und warf sie hoch, sodass sie erneut ins Wasser plumpste. Rasmus erkannte den Mann wieder. Es war der breitschultrige Wehrmachtssoldat, der schon vorhin seine Finger nicht von Emmi hatte lassen können. Als Emmi auftauchte, lachte sie. Sie schien ihren Spaß zu haben.

„Sieh mal, kannst du das auch?" Der junge Mann tauchte unter und machte einen Handstand unter Wasser.

„Los, komm schon rein!" Emmi winkte ihm zu.

Rasmus schluckte. Er fühlte sich elend.

Der Breitschultrige tauchte wieder auf. „Jetzt du!", rief er Emmi zu.

„Du wirst staunen." Emmi tauchte unter und streckte grazil ihre schlanken Beine empor.

„Da staune ich wirklich!" Der Mann lachte. In Rasmus' Ohren klang es abscheulich. Dann packte er Emmis Knöchel und kitzelte sie an der Fußsohle. Sie zappelte, sank zur Seite und kam wenig später prustend und kichernd wieder an die Oberfläche. „He, das war unsportlich."

„War einfach zu verlockend", erwiderte der junge Mann. „Pass auf, wir machen einen Wettkampf: Wer länger unten bleibt, hat gewonnen."

„Du hast keine Chance!", entgegnete Emmi kühn.

„Das werden wir ja sehen!"

Emmi warf Rasmus einen kurzen Blick zu. „Nun sei doch nicht so wasserscheu, komm rein!"

Rasmus schüttelte langsam den Kopf. Das war nicht seine Welt. Er passte nicht hierher.

Der Mann legte besitzergreifend seinen Arm um Emmis Hüfte. Sie blickte zu ihm auf. Sie sahen aus wie ein Paar. Ein Paar, wie es sich der Propagandaminister nicht besser hätte wünschen können.

Rasmus nickte Emmi zu und wandte sich ab.

„Rasmus?"

„Ach, lass ihn doch!", meinte der junge Mann. „Komm, wir schwimmen ein Stück weiter raus."

Rasmus ging weiter, den Blick an den feiernden Leuten vorbei auf die Bäume gerichtet.

„Rasmus!“, hörte er noch einmal Emmis Stimme.
Er ging weiter, ohne sich ein einziges Mal umzusehen.

Im Nachhinein hatte Rasmus sich oft gefragt, ob er nicht genauer hätte hinhören sollen, ob da nicht ein Hauch von Furcht in ihrer Stimme gelegen hatte. Nun war es zu spät.

Erwin hatte die ganze Zeit still dagesessen und Rasmus' Schweigen nicht kommentiert. Erst jetzt rührte er sich. „Hilfst du mir mal?“ Er bückte sich nach einem Trümmerteil, das auf dem Boden lag.

Rasmus runzelte die Stirn. Dann erhob er sich und half dem Mann, das unregelmäßig geformte Mauerstück aufzuheben. Die Schießerei draußen hatte sich nach Norden verlagert. Über Schutthaufen hinweg konnte Rasmus das Kanonenrohr des russischen Schützenpanzers ausmachen, der langsam vorbeifuhr. Gemeinsam versperrten sie das Kellerloch mit dem Mauerstück und stopften die Lücken mit zerbrochenen Ziegeln aus. Die vorrückenden Russen hatten nicht zu Unrecht Angst vor Heckenschützen. Wenn jemand das Kellerloch entdeckte, war es nicht unwahrscheinlich, dass man mithilfe einiger Handgranaten sicherstellen würde, dass von dort keine Gefahr mehr drohte.

Es war beinahe stockdunkel im Raum, als sie sich wieder mit dem Rücken zur Wand auf dem Boden niederließen.

„Wohnt deine Familie in Berlin?“

„Nur noch mein Vater“, erwiderte Rasmus. „Meine Schwester Hanni wurde schon vor zwei Jahren aufs Land zu meiner Tante geschickt.“

„Du nicht?“

„Ich habe hier meine Pflichten.“

„Pflichten …“, brummte Erwin. „Ein außergewöhnlich beliebtes Wort in letzter Zeit.“

„Ja.“ Rasmus schnaubte. „Vor allem in meiner Familie.“

„Warum? Ist dein Vater Offizier?“

„So etwas Ähnliches“, erwiderte Rasmus. „Er ist Pfarrer.“

„Oh.“

Rasmus verzog das Gesicht zu einem bitteren Lächeln. „Gehorsam und Pflichterfüllung, das ist es, was Gott von mir erwartet. Zumindest wurde mein Vater niemals müde, mir dies mit Worten und einem langen, biegsamen Rohrstock einzutrichtern.“

Erwin hob die Brauen „Und glaubst du, dass dein Vater Gott gut kennt?“

Rasmus zuckte die Achseln. Er wollte nicht darüber sprechen. Es wunderte ihn, dass er es überhaupt erwähnt hatte. „Woher kommst du eigentlich und wo ist deine Einheit?“, wechselte er das Thema.

Erwins leises Lachen verriet Rasmus, dass seine Worte barscher geklungen hatten, als er beabsichtigt hatte.

„Ich komme aus dem Ruhrpott“, sagte der Soldat. „Essen ist meine Heimatstadt. Viel ist von ihr nicht übrig geblieben, wie ich gehört habe.“

„Das tut mir leid. Hast du Familie dort?“

Erwin schüttelte den Kopf. „Nicht mehr.“

Rasmus ahnte, dass sich hinter diesen zwei Worten eine traurige Geschichte verbarg.

Erwin räusperte sich. „Ich war von Anfang an dabei, zuerst in Frankreich, dann in Russland ... bis Stalingrad und zurück.“

„Du warst in Stalingrad?“

„Nicht ganz. Ich gehörte zum 48. Panzerkorps unter Generalleutnant Ferdinand Heim. Wir sollten die Einkesselung von Stalingrad verhindern. Unsere Panzer waren in Scheunen und Ställen versteckt gewesen. Das war, wie sich später herausstellte, keine gute Idee gewesen. Unsere schlimmsten Gegner waren nicht die Russen, sondern Ratten und Mäuse, die sich massenhaft im Stroh tummelten. Sie hatten sich nämlich durch die Verkleidung und die Kabel der Panzer gefressen. Wir hätten alle innehalten und über uns selbst lachen sollen – Freund und Feind gemeinsam. Stattdessen kam es zur Schlacht. Nur ein Bruchteil der Maschinen war einsatzbereit. Es war ein Desaster." Er winkte ab. „Von da an ging es nur noch zurück, immer weiter zurück nach Westen ..."

Eine Detonation erschütterte das Kellerloch. Instinktiv warf Rasmus sich zu Boden. Die Erde zitterte, Steine polterten, und Staub rieselte auf ihn herab. Der schwache Lichtschimmer, der bis dahin durch den schmalen Spalt zwischen den Trümmerstücken hereingefallen war, erlosch.

Das Feuern von Panzerkanonen und Maschinengewehren klang dumpfer. Rasmus rappelte sich auf. „Erwin, ist alles in Ordnung? Bist du verletzt?"

Steine polterten, eine Wolke von Staub und feinem Sand streifte sein Gesicht und drang ihm in die Nase. Er musste niesen und hörte gleich darauf ein trockenes Husten. „Mir geht es gut", krächzte die heisere Stimme des Soldaten. „Ich fürchte nur, dieses gierige Kellerloch hat den Rest meiner Sülze verschluckt." Erneut polterte es. Offenbar suchte Erwin im Schutt des Gemäuers nach seiner Dose.

Wider Willen musste Rasmus lachen. Gleich darauf ergriff ihn ein weiterer Hustenanfall. Als er wieder zu Atem kam, drang ein anderes Geräusch an sein Ohr: „Erwin, hörst du das?"

Ein seltsames Gurgeln und Rauschen mischte sich mit den fernen Kampfgeräuschen. Fast gleichzeitig spürte er, wie nasse Kälte seine Knie berührte. „Wasser!", stieß er hervor. Vorsichtig tastete er mit den Händen über sich und fand eine Stelle, an der er sich aufrichten konnte.

„Eine Menge Wasser!", bestätigte Erwin.

Eine Hauptwasserleitung ganz in der Nähe musste geborsten sein. Das kam immer wieder vor. Rasmus hatte von Leuten gehört, die in ihren Luftschutzkellern ertrunken waren, während über ihnen ganze Häuserzeilen in hellen Flammen standen.

„Wir müssen raus hier, und zwar schnell!", stieß Rasmus hervor.

Er trat einen Schritt nach vorn. Wasser spritzte auf. Bildete er sich das ein oder wurde das Rauschen lauter?

„Hast du Zigaretten?", fragte Erwin.

„Was?"

„Hast du Zigaretten dabei?"

„Du willst doch jetzt nicht etwa rauchen?"

„Ein Streichholz würde mir reichen. Meine Packung habe ich verloren."

Rasmus fingerte in seiner Brusttasche und ärgerte sich, dass er nicht selbst darauf gekommen war. Das Zündholz entflammte und warmes Licht durchbrach die Finsternis. In diesem Moment spürte er, wie das Wasser in seine Lederschuhe schwappte. Unwillkürlich senkte er den Blick. Das Licht der kleinen Flamme wurde von der stetig steigenden, gurgelnden Wasserflut widergespiegelt.

„Halt still!", gemahnte Erwin. Sein Blick war ganz auf die Flamme konzentriert. „Komm ein wenig hier herüber." Rasmus folgte ihm. Der flackernde Schein der Lampe fiel auf Mauerwerk und loses Geröll. Hastig suchte Rasmus die Wände ab. Nirgendwo war der kleinste Spalt zu entdecken. Er wandte sich um. Die andere Seite des Raums lag halb in grauen Schatten verborgen. Aber sie war höchstens vier oder fünf Meter entfernt. Nirgendwo war eine Tür zu sehen. Sie waren gefangen. Die kalte Hand der Furcht griff nach seinem Herzen.

„Pass auf!", sagte Erwin.

Im selben Moment spürte Rasmus, wie die Flamme seine Fingerkuppen verbrannte. Er ließ das Streichholz fallen und es erlosch im stetig steigenden Wasser.

„Hast du noch mehr?", fragte Erwin.

„Ja", keuchte Rasmus. Mit zitternden Händen fingerte er an der Streichholzschachtel. Eines der Hölzchen entglitt seinen Fingern. „Verdammt!"

„He." Eine Hand legte sich beruhigend auf seine Schulter. „Du musst keine Wunder vollbringen. Für den Augenblick reicht es, wenn du ein Streichholz anzündest." Erwins Stimme war frei von Ironie.

Rasmus nickte, obwohl der andere ihn in der Dunkelheit

nicht zu sehen vermochte. Er atmete tief ein, fischte ein neues Streichholz hervor und ließ es aufflammen.

„Gut!“, sagte Erwin. „Wir gehen jetzt die Wand ab, ganz langsam. Halte die Flamme so ruhig wie möglich. Achte darauf, wann sie zu flackern beginnt.“

Rasmus verstand, worauf der andere hinauswollte. Behutsam, Schritt für Schritt ging Rasmus die Wände ihres Gefängnisses ab. Die Flamme blieb reglos, bis sie erlosch. Rasmus entzündete ein weiteres Hölzchen. Das kalte Wasser wanderte über seine Knöchel und stieg langsam seine Waden empor. Wenn sich der Raum mit gleichbleibender Geschwindigkeit füllte, würde ihnen binnen einer halben Stunde keine Luft zum Atmen mehr bleiben.

Die Hälfte des Raums hatten sie umrundet, als auch das dritte Streichholz erlosch.

„Wie viele hast du noch?“

„Zwei“, Rasmus schluckte nervös.

„Das ist auf jeden Fall besser als eins“, bemerkte Erwin.

„Langsam ahne ich, wie du von Stalingrad bis jetzt überleben konntest.“ Flackernd erwachte die nächste kleine Flamme zum Leben. Rasmus schritt die Wand weiter ab und spürte, wie sich der Stoff an seinen Kniekehlen voll Wasser sog. Die Flamme flackerte. Er hielt den Atem an, musste aber gleich darauf feststellen, dass er sich wohl lediglich zu schnell bewegt hatte, denn nun brannte sie wieder ganz ruhig. „Oh nein!“, flüsterte er. Er wollte nicht sterben, nicht jetzt, nicht bevor er diesen Bunker erreicht hatte.

Das Zündholz erlosch.

Noch eines blieb ihnen. Rasmus zwang sich, seine Hände ruhig zu halten. Licht flackerte ein weiteres Mal auf. Weiter, Schritt für Schritt. Ein warmer Schimmer fiel auf Schutt und Geröll. Vom eigentlichen Mauerwerk war nichts zu erkennen. Es wirkte beinahe so, als würden sie in dunkler Nacht in einem Bombenkrater sitzen. Da! Ein Flackern! Rasmus verharrte, die Flamme beruhigte sich wieder, fraß sich langsam das Streichholz entlang. Da war doch kein Windzug gewesen. Er ging weiter, stieß mit dem Fuß gegen einen Stein und wäre fast gestürzt. *Ruhig!*, befahl er sich selbst. *Bleib ganz ruhig.*

Er bewegte sich noch langsamer durch das Wasser, das inzwischen seinen Oberschenkel erreicht hatte. Die Flamme berührte fast seine Fingerkuppen. Er wechselte die Hand und hielt das Streichholz nun an der dünnen, verkohlten Seite. Die Flamme bewegte sich. Wurde sie zur Wand hingezogen? Er blieb stehen. Die Flamme wurde kleiner. Er hielt sie dichter an den Schutthaufen, suchte eine Lücke im Geröll. Das goldene Schimmern wurde dünner. Die Flamme zuckte noch einmal und mit dem letzten, roten Glimmen erlosch sie und mit ihr auch die Hoffnung in Rasmus!

Erwin sagte etwas, doch Rasmus hörte nicht darauf. Die Finsternis des Kellerlochs drückte ihn nieder, drang in ihn und ließ jede Regung in ihm erstarren. Es plätscherte. Er spürte, wie die Kälte seine Beine emporkroch. Inzwischen hatte das Wasser seine Hüften erreicht. *Zu spät!* Der düstere Triumph, mit dem diese Worte in ihm widerhallten, jagte ihm einen Schauer über den Rücken.

Aus der Dunkelheit drang ein angestrengtes Keuchen. Dann klatschte etwas ins Wasser und kalte Tropfen sprühten in sein Gesicht. „Was machst du da?“, fragte Rasmus tonlos in die kalte Finsternis hinein.

„Weißt du, was Hoffnung ist?“ Erwin schnaufte angestrengt. „Ich glaube, ich habe es verlernt.“

„Hoffnung ist Arbeit“, erwiderte der Soldat. „Komm, fass mit an!“

Flammen

„Was soll das bringen?“, fragte Rasmus.

„Komm.“ Der Soldat tastete suchend nach Rasmus’ Arm. Dann legte er die Hand des Jüngeren auf einen Steinbrocken. „Wir müssen gemeinsam ziehen. Aber pass auf, dass dir das Ding nicht auf die Füße fällt!“

„Wenn wir Pech haben, lösen wir damit eine Schuttlawine aus und werden lebendig begraben.“

„Möglicherweise“, gab Erwin zu. „Wir ziehen bei drei! Eins, zwei, drei ...“

Rasmus spannte seine Muskeln. Das Verhalten des Soldaten löste etwas in ihm aus. Ein Funken Hoffnung glomm in ihm auf. Er dachte an Emmi und den warmen Sonnenschein auf ihrem sommersprossigen Gesicht. Mit aller Kraft begann er zu ziehen. Der Brocken bewegte sich ein Stück. Dann saß er wieder fest.

„Stärker!“, schnaufte Erwin.

Rasmus stemmte ein Bein gegen die Wand, packte die Kante des Steinbrockens mit beiden Händen und zog. Seine Muskeln zitterten, ein brennender Schmerz breitete sich in seinem Rücken aus. Es knirschte und plötzlich gab der Stein nach. Rasmus verlor das Gleichgewicht, fiel hintenüber ins Wasser und tauchte unter. Der Steinbrocken schlug hart gegen sein Schienbein und klemmte seinen Fuß ein. Rasmus zerrte daran – vergeblich. Durch den plötzlichen Sturz hatte er Wasser geschluckt, ein Teil davon war in seine Luftröhre geraten. Er verspürte einen schrecklich brennenden Hustenreiz. *Luft! Ich brauche Luft!* Er versuchte aufzutauchen, aber der Stein hatte sein Bein eingeklemmt, sodass er sich nicht aufrichten konnte. Panik erfasste ihn. Er zappelte und schrie. Plötzlich spürte er, dass der Brocken sich ein Stück bewegte. Eine Hand umklammerte seinen Unterschenkel und zog. Rasmus stemmte den linken Fuß gegen den Stein und drückte mit aller Kraft, die die Angst ihm verlieh. Es gab einen scharfen, brennenden Schmerz, dann war er frei. Hektisch richtete er sich auf. Luft drang in seine gepeinigten Lungen. Ein krampfhafter Hustenanfall schüttelte seinen Körper und er rang gierig nach Luft. Als er sich einigermaßen beruhigt hatte, stellte er fest, dass das Wasser inzwischen seinen Bauchnabel erreicht hatte. Es war noch immer stockfinster.

„Ich glaube, jetzt verstehe ich dein Konzept Hoffnung“, schnaufte Rasmus. „Wenn wir uns selbst begraben, können wir nicht mehr langsam ersaufen.“

Erwin packte seinen Arm und zog ihn wortlos ein paar Schritte nach vorn. „Beug dich vor!“, befahl er.

Rasmus schob sich mit dem Oberkörper in den frei gewordenen Spalt. Ein feiner Windhauch zupfte an seinen Wimpern.

„Spürst du das?“, fragte Erwin.

„Ein Luftzug“, sagte Rasmus. „Aber ich sehe nicht den kleinsten Lichtschimmer.“

„Ohne Strom und Gas ist das auch schwierig“, erwiderte Erwin. „Dieser verschüttete Gang müsste uns in den benachbarten Luftschutzkeller führen. Willst du weitergraben oder aufgeben?“

Statt einer Antwort kroch Rasmus in den Spalt. Er rüttelte an den Steinen, bis sie lose wurden, zog sie heraus und reichte sie an Erwin weiter. Immer wieder rutschte Geröll nach. Staub wirbelte auf. Seine Finger waren wund, alles tat ihm weh. Unermüdlich arbeitete er weiter. Schließlich fanden seine Finger einen Spalt und stießen nicht länger auf Widerstand. „Ich glaube, wir sind fast durch!“, schnaufte er.

„Das kommt mir recht gelegen“, erwiderte Erwin. „Das Wasser reicht mir schon bis zur Brust.“

Rasmus tastete nach losen Steinen. Etwas Spitzes stach in seine Haut – zersplittertes Holz. Offenbar war die Zarge durch die Last der herabstürzenden Stockwerke gebrochen und der

Türsturz abgesackt. Tonnen von Gestein lasteten darauf. Sie mussten irgendwie darunter hindurchkriechen. Aber auch auf dem Boden lagen schwere Bruchstücke. Rasmus gelang es, ein paar kleinere Brocken zu lösen. Aber ein größeres Stück zusammenhängendes Mauerwerk hatte sich zwischen den Türpfosten verkeilt. Er stemmte sich dagegen. „Es geht nicht!", presste er zwischen zusammengebissenen Zähnen hervor.

„Warte!" Erwin kletterte neben ihn in den engen Spalt. Er war triefnass. Seine Muskeln zitterten vor Kälte. „Lass uns versuchen, das Teil mit den Füßen wegzuschieben!"

„Gut!"

Der Spalt war so eng, dass Rasmus sich auf die Seite legen musste, damit sie nebeneinanderpassten. Mit den Händen krallten sie sich im geborstenen Mauerwerk fest, während sie mit den Füßen mit aller Kraft gegen das verkeilte Mauerstück drückten. Und tatsächlich bewegte es sich ... aber nur um wenige Zentimeter, dann steckte es erneut fest.

„Weiter geht es nicht!", keuchte Rasmus. „Ich sehe nach, ob es ausreicht."

„Gut!" Erwin kroch aus dem Spalt.

Rasmus wandte sich um und ertastete den Spalt. Er war breiter geworden. Es gelang ihm, seinen Arm hindurchzustecken. Aber sein Kopf passte nicht hindurch.

„Und?", fragte Erwin.

„Keine Chance!" Rasmus kroch zurück. Das Wasser strömte ihm entgegen und füllte inzwischen fast den halben Spalt aus. Als er in das Kellerloch hinabrutschte, schwappte das Wasser bereits über seine Brust. „Wir werden sterben!"

„Wie alle Menschen", erwiderte Erwin.

„Das ist nicht sehr tröstlich", erwiderte Rasmus. Aber er musste sich Mühe geben, dass seine Stimme nicht kippte. Der Zynismus war seine letzte Barriere gegen die schwarze Verzweiflung.

„Erstaunlich, nicht wahr? Obwohl er doch unbestreitbar der Lauf der Natur ist, erscheint uns unser Tod irgendwie widernatürlich. Hast du mal darüber nachgedacht, woher diese Empfindung kommt?" Rasmus hörte das Rascheln von Stoff.

„Was tust du da?", fragte er.

„Ich denke laut nach", erwiderte Erwin. „Und ich hoffe, dass der Zünder noch funktioniert."

Rasmus benötigte einen Moment, bevor er verstand, was der andere da andeutete. „Eine Handgranate?!"

„Ja."

„Aber die Sprengung kann alles zum Einsturz bringen!"

„Beten wir, dass sie lediglich ein Loch in die Bresche reißt."

Rasmus hörte, wie der Soldat in den Spalt kroch. Rasch ging er ein paar Schritte zur Seite und lehnte sich mit dem Rücken gegen die Wand. Gleich darauf vernahm er hastige Bewegungen und das Plätschern von Wasser. Er hielt sich die Ohren zu. Einen Atemzug später erfüllte eine grelle Detonation den Raum.

Rasmus wartete darauf, dass das Gestein zu rutschen begann und die Decke über ihm zusammenbrach – aber nichts geschah.

„Willst du vorangehen?", fragte Erwin.

„Ja."

Rasmus kroch in den Spalt. Es stank nach Sprengstoff, verkohltem Holz und heißem Metall. Vorsichtig tastete sich Rasmus voran. Er fand den Spalt. Wasser strömte hindurch und floss in den dahinterliegenden Raum. Er ertastete scharfkantige Bruchstellen. Die Granate hatte tatsächlich einen Teil des Gesteins weggesprengt. „Ich versuche, hindurchzukommen!", rief Rasmus nach hinten. Scharfkantiger Stein kratzte über seine Haut und riss an seinen Haaren, als er sich Stück für Stück voranschob. Das Wasser stieg. Rasmus hielt die Luft an. Mit aller Kraft presste er sich weiter durch den Spalt, spürte die Panik, die in ihm immer stärker wurde und ihm vorgaukelte, sein Schädel würde gleich platzen. Er presste sich mit aller Kraft voran und schließlich war sein Kopf hindurch. Gierig schnappte er nach Luft. Er spürte, wie Erwin von hinten schob. Schließlich waren auch seine Schultern frei. Schnaufend kroch er weiter und einige Herzschläge später war er hindurch.

„Ich hab's geschafft", schnaufte er, an Erwin gewandt. „Aber es ist eng wie ein Mauseloch und das Wasser fließt in den Spalt. Du musst die Luft anhalten."

„Gut. Sieh zu, dass du hier wegkommst!"

„Blödsinn. Erst holen wir dich da raus!"

„Uns bleibt vielleicht nicht genug Zeit. Hörst du das?"

Ein dumpfes Wummern war zu vernehmen. „Artillerieeinschlag." Nicht weit entfernt. „Wenn der Schutthaufen noch einmal einen Treffer abbekommt, ist es vorbei."

„Quatsch nicht und gib mir deinen Helm."

„Du bist ganz schön stur", brummte Erwin. Aber er reichte dem jungen Mann nach und nach seine Ausrüstung.

„Was willst du mit dem Gewehr?", fragte Rasmus. „Die Munition ist wahrscheinlich sowieso unbrauchbar."

„Es wäre doch sehr bedauerlich, wenn wir diesem Loch entkommen, an den Russen vorbeischleichen und dann als Deserteure erschossen werden."

„Verstehe. Und nun beeil dich. Das Wasser strömt immer stärker. Den Kopf zuerst und pass auf deine Ohren auf!"

Erwin gehorchte. Er keuchte und prustete. „Vielleicht hätte ich mir die Sülze für später aufheben sollen."

„Die Sülze hat nichts mit deinem Dickschädel zu tun!", erwiderte Rasmus. Er griff durch den Spalt, packte den Kopf des Soldaten an Nacken und Kinn und zog.

Erwin stöhnte auf vor Schmerz. Dann war der Kopf hindurch. „Danke!", keuchte er.

„Jetzt die Schultern!"

Der Mann war breiter gebaut als Rasmus. Der Stein bohrte sich in seine Uniform. Man konnte Stoff reißen hören. Plötzlich gab es einen Ruck. Die Schultern waren hindurch. Erwin wand sich. „Ich glaube, jetzt geht's", keuchte er.

Genau in diesem Moment gab es ein dumpfes Dröhnen. Der Boden zitterte. Es krachte und knirschte. Ein schweres Geschoss war eingeschlagen.

Instinktiv duckte sich Rasmus und hielt die Arme schützend

über den Kopf. Steine prasselten auf ihn herab. Staub wirbelte auf. Dann wurde es still.

Rasmus konnte Erwins pfeifenden Atem hören.

„He, Kamerad, hast du was abbekommen?"

„... gesackt", kam ein heiseres Flüstern von Erwins Lippen.

„Was?" Der Schreck fuhr Rasmus durch alle Glieder.

„Tür ... sturz ... gesackt", krächzte Erwin.

Rasmus tastete nach dem Spalt. Er war schmaler geworden. Die Brust des Soldaten war zusammengequetscht. Rasmus schluckte. „Kannst du ... deine Beine spüren?"

Einige heisere Atemzüge lang war Stille. Dann flüsterte Erwin: „Glaub ... schon. Geh! Bevor ... zusammenbricht."

„Halt die Klappe!", fuhr Rasmus ihn an. „Ich hol dich da raus!"

Erwin wisperte irgendeinen Widerspruch, aber Rasmus ignorierte ihn.

„Das wird jetzt wehtun. Beiß die Zähne zusammen!" Er packte den freien Arm des Mannes und umklammerte sein Handgelenk. „Halt dich fest!"

Die Finger des Mannes umklammerten Rasmus' Unterarm. „Jetzt!" Rasmus warf sich mit seinem ganzen Gewicht nach hinten und zog. Erwin schrie auf. Seine Finger umklammerten Rasmus' Handgelenk so fest, dass dieser fürchtete, es würde brechen. Erwin rutschte ein Stück weiter, aber der Preis war hoch. Vor Schmerz verlor er das Bewusstsein. Sein eiserner Griff erschlaffte. „Nein!", flüsterte Rasmus. Er stemmte seinen Fuß gegen die Wand, packte erneut mit beiden Händen zu und zog aus Leibeskräften. Irgendetwas knackte, es gab einen Ruck. Rasmus stürzte hintenüber in das Wasser, das nun ungehindert durch den Spalt nachfloss. Der schwere Körper des Mannes lag auf ihm. Rasmus rappelte sich auf. „Erwin!" Er schlug dem Mann auf die Wange. Der Soldat rührte sich nicht, aber Rasmus konnte seinen röchelnden Atem hören. Erneut dröhnte es und der Boden erzitterte.

Eine Welle der Verzweiflung überrollte Rasmus. Er ließ sie

über sich hinwegtosen. Dann kniete er nieder, legte den schlaffen Arm des Bewusstlosen über seine Schulter und stemmte sich empor.

Er ging weiter, bis er mit dem Fuß gegen ein Hindernis stieß. Eine Treppe! Er stieg eine Stufe empor, dann noch eine. Es plätscherte nicht mehr, seine Stiefel berührten trockenen Stein. Er ging zwei weitere Stufen. Dann ließ er Erwin vorsichtig zu Boden gleiten. „Ich bin gleich wieder da!", flüsterte er dem Bewusstlosen ins Ohr. Rasch holte er Gewehr und Helm des Mannes. Dann eilte er an ihm vorbei die Stufen weiter empor. Die Kellertür war nicht verschlossen. Er stieß sie auf. Zur Linken konnte er nur Schutt und die Reste einer Treppe erkennen, zur Rechten sah er eine grob gezimmerte Holztür, durch deren Spalte das rötlich schimmernde Licht drang. Rasmus eilte vor und öffnete sie. Er blickte in einen schmalen Hinterhof. Der rechte Seitenflügel stand in Flammen, der linke war nur noch ein rauchender Trümmerhaufen. Aber das Hinterhaus war bislang wie durch ein Wunder unversehrt geblieben.

Rasch kehrte er um und eilte die Stufen hinab in den Keller. Das Wasser war weiter gestiegen und hatte die Füße Erwins fast erreicht. Er packte dessen Arm. Der Mann zuckte zusammen und stöhnte schmerzerfüllt.

„Kannst du mich hören?", fragte Rasmus.

„Ja", krächzte Erwin.

„Kannst du laufen?"

„Weiß nicht."

Angst überkam erneut den jungen Mann. Er musste den Verwundeten hier rausbringen! Rasch hängte er sich das Gewehr um und setzte Erwin den Helm auf. Dann legte er den Arm des Soldaten über seine Schulter und schleppte ihn die Stufen empor. Erwin versuchte mit schwachen Bewegungen, Hilfestellung zu leisten. Rasmus erreichte schließlich den Flur, stieß die Tür auf. Die Flammen strahlten eine ungeheure Hitze aus. Das Brausen der Feuersbrunst dröhnte in seinen Ohren. Er sah Dampf von ihren nassen Uniformen aufsteigen.

„Wir müssen da durch!", rief er Erwin ins Ohr. Er deutete auf das Hinterhaus. Der Soldat nickte.

„Los!"

Sie begannen zu laufen. Der größere Mann versuchte taumelnd, Schritt zu halten, aber sein Gewicht lag schwer auf Rasmus. Die Hitze des Feuers verursachte einen ungeheuren Sog. Es war, als müsse man sich gegen einen Orkan stemmen. Das Atmen wurde zur Qual. Rasmus stolperte und Erwin fiel schwer auf ihn. Sein Körper schirmte einen Teil der Hitze ab. Rasmus blickte auf. Die Tür zum Hinterhaus war nur wenige Schritte entfernt. Alleine würde er es schaffen. Er brauchte nur unter dem fast bewusstlosen Mann hervorzukriechen – ein kurzer Spurt und er wäre in Sicherheit. Erwin war verletzt, wahrscheinlich schwer. Er würde es ohnehin nicht schaffen. Rasmus biss sich auf die Lippen. Er hätte sich gerne eingeredet, dass sich gerade etwas Fremdes in seine Gedanken drängte. Aber so war es nicht. Es war seine eigene Dunkelheit, die aus seinem Herzen hervorkroch. Er schob die Knie unter seinen Bauch und stemmte sich hoch. „Komm hoch, alter Mann!", rief er Erwin ins Ohr. „Nur noch zehn Schritte!" Sie kamen wieder auf die Füße. „Los!", brüllte Rasmus. Die Flammen tosten und brausten. Rasmus hielt Erwins Arm umklammert. Seine Füße rutschten über Geröll und Schutt. Noch fünf Schritte!

Ein seltsames Geräusch durchdrang das Tosen der Flammen. Er kannte dieses Ächzen und Knacken. *Oh nein!* Er wandte den Kopf und warf einen Blick über die Schulter. Die gesamte Front des brennenden Seitenflügels neigte sich. Es war ein langsames, ächzendes Schwanken. Es schien, als versuche das Haus, wie ein lebendiges Wesen noch irgendwie das Gleichgewicht zu wahren, doch dann kippte es mit einem ohrenbetäubenden Knirschen und Krachen nach vorn. Rasmus schrie auf. Plötzlich bekam er einen Stoß. Er stolperte vorwärts, ein, zwei Schritte, es gelang ihm, irgendwie das Gleichgewicht zu halten. Er fiel mehr, als dass er lief, krachte gegen die Tür des Hinterhauses. Sie sprang auf und er schlug zu Boden. Irgendetwas packte ihn, stieß ihn vorwärts. Dann gab es einen ohrenbetäubenden Lärm und Dunkelheit schlug über ihm zusammen.

Rasmus wusste nicht, wie lange er auf dem Boden gelegen hatte. Irgendwann registrierte er, dass er nicht tot war.

Staub kitzelte in seiner Lunge. Er musste husten, spie etwas Schleimiges aus und hustete erneut. Mühsam richtete er sich auf. Noch immer war alles mit dichtem Rauch und Staubwolken eingehüllt. Durch das zerbrochene Fenster einer kleinen Tür drang spärliches Licht herein. Er kam auf die Knie und sah sich um. Hinter ihm war alles voller Schutt und qualmendem Geröll. Der Eingang, durch den er hereingekommen war, war versperrt. Rasmus richtete sich auf.

„Erwin?", rief er ohne große Hoffnung auf eine Antwort.

„Hier!", vernahm er eine krächzende Stimme.

„Erwin!" Er folgte dem Geräusch und erblickte schließlich an der Wand eine menschliche Gestalt. Die Beine des Soldaten waren halb von Schutt bedeckt. Er kniete neben ihm nieder und begann sofort, die Steine mit bloßen Händen beiseitezuräumen. „Du lebst!" Fassungslos schüttelte er den Kopf.

„Mehr oder weniger", krächzte Erwin.

„Unglaublich." Wieder schüttelte Rasmus den Kopf. „Ich verdanke dir mein Leben!"

„Ich glaube eher, es ist umgekehrt."

„Unsinn, hättest du mich zum Schluss nicht vorwärtsgestoßen, hätte die herabstürzende Wand mich erschlagen."

„Ich habe dich nicht gestoßen", meinte Erwin. „Du warst es doch, der mich hier rausgezerrt hat!"

Rasmus starrte ihn an. Wenn Erwin ihn nicht aus der Gefahrenzone gestoßen hatte, wer dann? Hier war doch niemand! Ein Schauder überkam ihn.

Auch in Erwins schmutzverkrustetem Gesicht schien ein Ausdruck der Ehrfurcht zu liegen. Schweigend starrten sie sich an.

Plötzlich rumpelte es und der Schuttberg hinter ihnen sackte tiefer. Was immer auch geschehen war, hier konnten sie nicht bleiben. Rasmus packte Erwins Hand und versuchte, ihn hochzuziehen.

Der Soldat zuckte zusammen und stöhnte auf.

„Kannst du aufstehen?“, fragte Rasmus besorgt.

Mühsam stemmte sich Erwin empor. „Es fühlt sich zwar alles zerschlagen an, aber ich glaube, meine Beine sind heil. Allerdings hab ich mir wohl ein paar Rippen gebrochen.“

„Lass sehen.“

„Jetzt nicht. Erst einmal müssen wir hier raus.“

Rasmus nickte.

Mithilfe eines rostigen Eisenrohrs, das irgendwo aus dem Geröllhaufen herausragte, gelang es ihnen, die kleine Hintertür aufzubrechen. Sie führte zwischen zwei Häusern entlang auf einen weiteren Hof. Der Mond ließ sein kaltes Licht auf die Pflastersteine fallen. Am Himmel flackerten die Flugabwehrkanonen und das Leuchtfeuer der russischen Luftwaffe.

Erwin stöhnte bei jedem Schritt. Rasmus war sich sicher, dass der Mann seine ganze Willenskraft aufbringen musste, um nicht laut zu schreien.

„Warte!“, sagte Rasmus. „Das reicht jetzt. Knöpf mal deine Uniform auf.“

Erwin blieb stehen. Rasmus musste ihm helfen. Das Unterhemd war blutdurchtränkt. Rasmus hob es behutsam an und sog scharf die Luft ein.

„Was ist?“, fragte Erwin.

Seine Brust sah schlimm aus. Mehrere Rippen waren gebrochen, alles war blau, und eine geborstene Rippe hatte sogar die Haut durchstoßen. Man konnte den blanken Knochen sehen.

Rasmus wusste, was zu tun war. Er wunderte sich über die Ruhe, die ihn plötzlich überkam. „Es ist besser, du setzt dich!“

Erwin nickte. Unter der dicken Dreckschicht war sein Gesicht kaum zu erkennen, aber es musste totenblass sein.

„Hast du Verbandszeug in deinen Taschen?“, fragte Rasmus.

„Nur ein Tuch.“

„Das muss reichen!“ Auch Rasmus nahm sein Tuch vom

Hals. Er zerriss das Unterhemd des Soldaten in Streifen. So gut es ging, reinigte er sich die Hände. „Das wird jetzt wehtun!", warnte er.

Erwin nickte stumm. Wenig später schrie er auf und verlor für eine halbe Minute das Bewusstsein. Dann wachte er auf und biss die Zähne zusammen, um die Schmerzensschreie zu unterdrücken.

Wenn Rippen brachen, wölbten sie sich nach außen. Das war auch gut so, denn sonst würden sie die Lungen durchstoßen. Damit sie verheilen konnten, musste man einen engen Verband anlegen, der sie wieder zusammenpresste. Zuvor musste Rasmus allerdings dafür sorgen, dass die offene Wunde geschlossen wurde und die Rippe nicht mehr frei lag.

Es kam Rasmus wie eine Ewigkeit vor, aber das Ganze konnte nicht mehr als eine Viertelstunde gedauert haben, bis der Verletzte versorgt war.

„Danke!", murmelte Erwin heiser.

„Ich muss weiter."

„Ich weiß", erwiderte der Soldat. „Wie willst du über die Spree?"

„Ich finde schon einen Weg!"

„Und dann?"

„Nach Norden, raus aus der Stadt. Immer an der S-Bahn entlang Richtung Reinickendorf."

„Gut, ich komme dann nach."

„Wir treffen uns im Norden des Humboldthains, Bad-/Ecke Behmstraße. Du weißt, wo das ist?"

„Ich werde es finden", erwiderte Erwin.

Beide wussten, wie absurd dieses Gespräch war. Man konnte nicht einmal einen Straßenzug weit vorausplanen. Dies war die Front – und überall wartete der Tod.

Rasmus drückte fest die Hand des älteren Mannes. Dann drehte er sich um und huschte durch den Torbogen hinaus auf die Straße.

Am Humboldtbunker

Als er die Uferböschung emporkletterte, war Rasmus ein weiteres Mal bis auf die Haut durchnässt. Berlin hatte mehr Brücken gehabt als Venedig. Unzählige waren inzwischen zerstört worden und die wenigen übrig gebliebenen waren unter russischer Kontrolle. Zum Glück war die Spree an dieser Stelle nicht breit, Rasmus war kein besonders guter Schwimmer.

Geduckt schlich er weiter. Ganz in der Nähe ragten unförmige Schatten auf. Daneben glühten orangefarbene Punkte in der Nacht – Zigaretten. Ein Panzertrupp, der sich eine Pause gönnte – ganz sicher keine Deutschen. Es gab keine deutschen Panzer mehr in dieser letzten sinnlosen Schlacht.

Rasmus umging die Stellung weiträumig.

Bis vor Kurzem hatte er aus nördlicher Richtung noch lebhaftes Artilleriefeuer gehört. Das stetige Dröhnen von Flugzeugmotoren hatte darauf hingedeutet, dass sie den Bunker auch aus der Luft angegriffen hatten. Nun war es ruhiger geworden. Natürlich krachten noch immer Schüsse, aber der Lärm der unablässig feuernden schweren Geschütze hatte aufgehört. Rasmus ahnte, was dies für die Insassen des Bunkers bedeutete. Er folgte einer schmalen Seitenstraße und überquerte ein weitläufiges Trümmerfeld. Er hatte sich die Ärmel seines Hemdes abgerissen und um seine Stiefel gebunden, um nicht so viel Lärm zu machen.

Es ist Wahnsinn, was du hier machst, ging ihm durch den Kopf, während er geduckt durch die zerstörten Straßen huschte. *Was willst du ausrichten? Die Schlacht um den Flakbunker ist vorbei. Du weißt, was das bedeutet!*

Rasmus hörte Stimmen. Sofort hielt er inne und warf sich auf den Boden. Männer kamen näher. Er konnte ihre Schritte hören.

Auch wenn sie leise miteinander redeten, war zu erkennen, dass sie kein Deutsch sprachen.

Plötzlich knackte es irgendwo. „*Stoj**!“, rief eine Stimme und kurz darauf knatterte ein Maschinengewehr.

Rasmus drückte das Gesicht auf das harte Pflaster und legte die Arme schützend über seinen Kopf.

Das Feuer erstarb. Ein Mann sagte irgendetwas und ein anderer lachte. Langsam entfernten sich die Schritte wieder. Rasmus rappelte sich auf und schlich weiter. Er wusste, dass er eine Dummheit beging. Aber dieses Mal wollte er wenigstens aus den richtigen Motiven heraus dumm sein. *Außerdem*, so sagte er sich, *hast du es geschworen*. Es gab niemanden, der diesen Schwur bezeugen konnte, außer Gott vielleicht, obwohl Rasmus sich nicht sicher war, ob Gott sich wirklich dafür interessierte. In jedem Fall aber erinnerte sich Rasmus an seine eigenen Worte. Er wollte sie nicht vergessen. *Ich werde dich nie wieder im Stich lassen! Niemals wieder!*

Seit dem Abend am Badesee waren zwei Monate vergangen, ohne dass er Emmi wiedergesehen hatte. Dann, ganz unvermittelt, war sie wieder aufgetaucht, in der Kirche. Sie hatte eine Reihe hinter ihm gesessen, ganz am Rand. In den letzten Jahren war Emmi nur noch selten in die Kirche gekommen. Zum Schluss nur noch an den Feiertagen, gemeinsam mit ihren Eltern.

Aber nun hatte sie dort gesessen, den Blick starr nach vorn gerichtet.

Rasmus hatte sie nach dem Gottesdienst angesprochen. Sie hatte ihn angeblickt, eine Sekunde, zwei Sekunden, erst dann hatten sich ihre Mundwinkel ein wenig gehoben. „Rasmus.“

„Emmi, wie geht es dir? Ich habe gehört, du warst krank.“

„Es geht mir gut.“

Rasmus hatte ihr in die Augen geblickt. Ein seltsamer Ausdruck hatte darin gelegen. Er hatte etwas sagen wollen, irgendetwas Kluges oder Witziges, irgendein Wort, das diesen seltsamen

---

* Halt!

Kokon aus Leere durchbrach, der Emmi zu umschließen schien. Aber ihm war nichts eingefallen. Schweigend waren sie nebeneinander über den kleinen Friedhof spaziert, der an die Kirche grenzte.

„Warum bist du gegangen?"

Die Frage war so unvermittelt gekommen, dass Rasmus erst nicht verstanden hatte, wovon sie sprach. „Was?"

„Warum bist du gegangen, dort ... am See?"

„Ich ... weiß nicht genau. Irgendwie hatte ich das Gefühl ..." Unvermittelt war Zorn in ihm aufgelodert. Warum musste er sich rechtfertigen? Sie war es doch, die sich so merkwürdig verhalten hatte. „Ich hatte das Gefühl, dass ich ziemlich überflüssig war", hatte Rasmus hervorgestoßen. „An Verehrern hat es dir ja offensichtlich nicht gemangelt."

Schweigend hatte sie Rasmus angesehen und etwas in ihrem Blick hatte sich wie eine kalte Hand um sein Herz gelegt. Sie hatte nur kurz genickt und sich dann abgewandt. „Ich habe aber einen Freund vermisst." Die Worte waren leise und ohne Vorwurf über ihre Lippen gekommen. Und mit Widerhaken hatten sie sich in seiner Seele festgehakt.

Erst in diesem Moment war ihm klar geworden, dass an jenem Abend etwas Schlimmes geschehen sein musste.

Wenige Wochen später war Emmi scheinbar wie immer gewesen, doch die Unbekümmertheit war aus ihrem Blick verschwunden.

Dieser Blick verfolgte Rasmus in Gedanken, als er durch die kleinen Nebenstraßen östlich der Friedrichstraße nach Norden eilte. Er überquerte die Invalidenstraße und mied die großen Straßen, die von russischen Panzereinheiten genutzt wurden. Die Zerstörung war ungeheuer. Kein Haus schien unversehrt, überall gab es Ruinen und Trümmerberge. Rasmus schlich durch die Dunkelheit. Die Gas- und Stromversorgung war längst zusammengebrochen. Nicht eine einzige Straßenlaterne brannte. Es war schwer, die Geräusche einzuordnen. Immer wieder wurde geschossen. Schreie, Rufe, aber auch Freudengeheul hallten durch die Nacht. Alle paar Meter unterbrach Rasmus seinen Lauf, musste innehalten, lauschen, sich verbergen. Sein Herz pochte wild. Er brauchte Stunden, um voranzukommen.

Rasmus war dem Frontverlauf ausgewichen und hatte den Humboldthain umgangen, ehe er es wagte, sich dichter an den Bunker heranzuschleichen. Er überquerte ein Trümmerfeld, auf dem einige Tote lagen, drei russische Soldaten und ein Offizier. Etwas abseits lagen mehrere Volkssturmleute und zwei Wehrmachtssoldaten. So viele Tote. Manche hatten alle Schlachten in der Ferne überlebt, nur um hier in der Heimat in einem längst verlorenen Kampf zu fallen. Wie viel Sinnlosigkeit offenbarte der Krieg!

Rasmus kletterte weiter über das Trümmerfeld, hinauf zu einer verkohlten Hauswand, die stehen geblieben war, und lugte durch ein Fensterloch, das sich in Höhe des zweiten Stockwerks befinden musste. Hinter ihm rötete sich der Himmel. Der Morgen dämmerte. Nun konnte er die Flaktürme des Bunkers am Humboldthain erblicken. Die Schlacht war vorüber. Millionen Tonnen von Stahlbeton ragten kalt und grau in den Himmel. Die Geschütze schwiegen.

Rings um das Gebäude konnte Rasmus einige der gewaltigen Artilleriegeschütze erkennen, die den Bunker aus allen Lagen beschossen hatten. Russische Soldaten liefen umher, lachten und unterhielten sich. Eine Gruppe Gefangener stand eng beieinander. Viele trugen Zivil. Es war aus dieser Entfernung nicht gut zu erkennen, aber ihre Mäntel und Hüte sahen teuer aus. Rasmus vermutete, dass sie bis vor Kurzem noch Uniformen und goldene Parteiabzeichen getragen hatten. Alle diese Zeichen einer verlorenen Zeit lagen nun wahrscheinlich irgendwo hinter den meterdicken Betonmauern in irgendeinem Versteck, in der Hoffnung, dass man sie dort vergessen würde.

Rasmus schluckte seinen Zorn hinunter und hielt Ausschau nach weiblichen Gefangenen. Aber da waren keine. Hatte man sie gehen lassen? Oder waren sie noch im Bunker?

Er versuchte, Genaueres zu erkennen, aber dafür war er zu

weit entfernt. Es schienen immer wieder Soldaten der Roten Armee ein- und auszugehen. Er hatte Gerüchte gehört, schlimme Gerüchte. Aber vielleicht war auch das alles gelogen? Man hatte so viel gelogen, seit Hitler die Macht ergriffen hatte. Die Lüge hatte sogar ein eigenes Ministeramt erhalten.

Schließlich sah er sie, eine Gruppe taumelnder Gestalten. Viele waren nur noch spärlich bekleidet, einigen hatte man gnädig Decken oder russische Uniformjacken umgehängt. Sie drängten sich eng aneinander.

Die männlichen Gefangenen wandten beschämt die Blicke ab.

Rasmus schluckte trocken. Angestrengt versuchte er zu erkennen, ob Emmi sich unter den Frauen befand. Einmal glaubte er, ihren blonden Haarschopf aufblitzen zu sehen. Aber sie waren zu weit entfernt.

Offenbar wurden die Frauen weniger streng bewacht als die Männer. In seinem Kopf arbeitete es. Vielleicht, wenn die Soldaten abgelenkt waren ...

Rasch wandte er sich ab und kroch zurück zu den Toten. Er griff sich die Helme der Soldaten und zwei Karabiner. Rasch eilte er zurück zur Mauer. Vorsichtig deponierte er einen der Helme an einer Fensteröffnung und legte den Karabiner so, dass der Lauf herausragte. Den zweiten Helm deponierte er an einer anderen Stelle. Dann kroch er zurück zu dem russischen Offizier. Der Mann war schlank gewesen und nicht besonders groß. Sie könnte passen. Rasmus schluckte. Mit zitternden Händen öffnete er die Knöpfe der Uniformjacke. Der Stoff war steif von getrocknetem Blut. Er biss die Zähne zusammen, zog dem Toten die Jacke aus und setzte sich seine Kappe auf. Die Jacke war ihm etwas zu groß – aber was hatte er schon für eine Wahl? Rasmus nahm die Pistole des Mannes an sich. Einem anderen Soldaten nahm er das Gewehr und zwei Handgranaten ab. Er hängte sich die Kalaschnikow über die Schulter. Er holte tief Luft und ging in Gedanken noch einmal seinen Plan durch. Eigentlich war es gar kein Plan – mehr eine waghalsige Idee. Alles kam darauf an, dass die Männer ihren Instinkten folgen würden. Rasmus tastete die Taschen der Uniform ab und fand eine halb leere Packung Zigaretten. Er rauchte nicht gerne. Aber für seine Tarnung waren sie optimal.

Rasmus holte tief Luft. Dann eilte er über das Geröll hinab und lief um das zerstörte Gebäude. Er hetzte die beschädigte Straße entlang auf den Bunker zu. Der helle Morgen war nah. Ihm blieben höchstens zehn oder zwanzig Minuten. Er schwenkte etwas nach rechts und erreichte den Humboldthain. Je dichter er kam, desto langsamer wurde er. Jede Eile würde verräterisch sein. Die russischen Soldaten, die bei den Frauen standen, hatten ihn entdeckt und blickten ihm entgegen. Rasmus' Herz pochte laut. Er steckte eine Hand in die Uniformtasche und sog an der Zigarette, während er direkt auf die beiden zuschlenderte. Seine Blicke huschten zu den dicht beisammen stehenden Frauen. Er konnte eine von ihnen schluchzen hören, doch die meisten schienen stumm ins Leere zu starren. War Emmi unter ihnen? Da – ein blonder Haarschopf, er lugte über dem Kragen einer viel zu großen Uniformjacke hervor. Die Frau hatte ihm den Rücken zugewandt. Nun blickte sie kurz zur Seite. Emmi?

Einer der russischen Soldaten rief etwas. Es kostete Rasmus Mühe, nicht zusammenzuzucken. Er verstand kein Wort. Ohnehin kannte er nur zwei russische Wörter. Das musste reichen, um seinen Plan in die Tat umzusetzen. Er nickte den Männern zu und schlenderte weiter. Er befand sich noch immer im Schatten der Bäume. Vermutlich sahen sie von ihm nicht viel mehr als einen Schemen.

Wieder rief einer der Männer etwas. Rasmus spürte, wie sein Herzschlag sich beschleunigte. Er zog die Handgranate aus der Uniformtasche und entfernte den Sicherungsstift. Dann fuhr er herum, zurück in die Richtung, aus der er gekommen war. „*Stoj*!", brüllte er. Gleichzeitig sprang er hinter einen Baumstamm und warf dabei die Handgranate nur ein paar Meter entfernt zu Boden. Er hoffte, dass die Männer hinter ihm die Bewegung nicht zuordnen konnten. Die Granate explodierte.

Der Baumstamm fing die Wucht der Detonation ab, aber irgendetwas zischte so dicht an Rasmus' Gesicht vorbei, dass er den Luftzug spüren konnte. *Du Idiot, du wirst dich noch selber umbringen.* Er hatte die Granate bewusst dicht neben sich zur Explosion bringen wollen. Aber offenbar hatte er sich ein wenig verschätzt.

Er sprang auf. Dann brüllte er das zweite russische Wort, das er kannte: „*Attacka!*", und gestikulierte wild in Richtung der Soldaten. Er riss sich die Kalaschnikow von der Schulter und begann, ins Gebüsch zu feuern, als wären dort Heckenschützen verborgen. Noch einmal blickte er über die Schulter. Die russischen Soldaten griffen nach ihren Gewehren. Einige stürmten geduckt auf ihn zu. Ihm blieb keine Zeit, um zu überprüfen, ob ihm alle folgten. Noch immer feuernd lief er tiefer in das Gebüsch hinein. Dann rief er, so laut er konnte: „Lauft weg! Emmi, flieh!"

Das Magazin des Gewehrs war leer. Er schleuderte die Waffe fort, nahm die zweite Handgranate und ließ sie etwas weiter entfernt im Gebüsch detonieren. Dann zog er die Armeepistole und schoss das Magazin leer, während er auf das halb zerstörte Gebäude zurannte, in dessen leeren Fensteröffnungen er die Wehrmachtshelme und Karabiner deponiert hatte. Er warf einen hastigen Blick über die Schulter. Die russischen Soldaten feuerten auf das Gebäude.

Weit dahinter glaubte er zu sehen, wie einige der Frauen im Rücken der Soldaten Deckung hinter einem Schützenpanzer suchten. Mehrere huschten zwischen schweren Geschützen hindurch auf die Gleise der Ringbahn zu.

Er stolperte, konnte sich gerade noch fangen und rannte weiter. Eine Maschinengewehrsalve hämmerte in die marode Hauswand. Einer der Helme purzelte herunter. Es war nur noch eine Frage von Sekunden, ehe die Rotarmisten sein kleines Täuschungsmanöver durchschauen würden. Rasmus lief wie noch nie zuvor in seinem Leben.

Er rannte an der stehen gebliebenen Hauswand vorbei und hetzte in deren Schutz den Schutthügel hinauf. Die leer geschossene Pistole ließ er fallen. Er erreichte die Kuppe des Schuttberges und floh halb laufend, halb rutschend auf der anderen Seite wieder hinunter.

Er hörte laute Rufe in russischer Sprache. Kurz darauf explodierte hinter ihm eine Handgranate. Etwas Hartes schlug gegen seine Hüfte. Er stürzte und schlitterte den Rest des Schutthügels hinab. Kaum unten angekommen, rappelte er sich wieder auf. Er sprang über einen Mauerrest in das dahinterliegende Gebäude und rannte weiter. Eine der Hauswände war von einer Bombe weggerissen worden, doch der Rest des Hauses hatte die Detonation zum Teil überstanden. Es war ein bizarrer Moment, als er durch ein Wohnzimmer rannte, vorbei an einem Sofa mit eingestaubten Kissen. An der Wand hing, golden gerahmt, ein Foto von Adolf Hitler. Er sprang gegen eine klemmende Tür und hetzte das Treppenhaus hinunter. Von dort gelangte er in den Hinterhof und über eine niedrige Mauer in den Nachbarhof. Die Schüsse hinter ihm verstummten, aber wütende Schreie waren zu vernehmen. Verfolgten sie ihn? Er rannte weiter, zog sich im Laufen die russische Uniformjacke aus und warf sie fort. Hastig kletterte er einen Schutthügel hinauf und auf der anderen Seite wieder hinunter. Er kletterte durch das Skelett eines ausgebrannten Hauses, rannte einen Häuserblock weiter und bog schließlich in eine kleine Gasse ein. Dort duckte er sich hinter einen halb überdachten Mauerrest und rang nach Atem.

Eine Minute verging und dann noch eine. Niemand schien ihm gefolgt zu sein. Als sein Herzschlag sich allmählich beruhigte, spürte er einen stetig zunehmenden Schmerz an der rechten Seite. Er tastete seine Hüfte ab. Er fühlte kein Blut, lediglich eine pulsierende Schwellung. Vermutlich hatte die Granate Gestein weggesprengt und ein größerer Brocken hatte ihn getroffen.

Während er sich schwerfällig aufrappelte, betete er, dass es den Frauen gelungen war zu fliehen.

Einhundert Tage

Humpelnd folgte Rasmus einer von Trümmern gesäumten Straße. Wenn er sich nicht täuschte, musste das die Swinemünder Straße sein. Sie würde ihn direkt auf die Millionenbrücke führen, die vor Kurzem noch die Gleise der Ringbahn überspannt hatte. Diesen Spitznamen verdankte sie den enormen Kosten, die ihr Bau verschlungen hatte. Nun hatten mehrere britische 250-Pfund-Bomben daraus ein Millionengrab gemacht.

Aber zumindest ein Teil der Konstruktion war noch intakt. Vielleicht konnte er von dort aus mehr erkennen. Humpelnd hielt er sich stets am Rand des Wegs, immer bereit, in einer der Ruinen Schutz zu suchen, falls ein feindlicher Soldat auftauchen würde. Aber niemand kam. Die Russen konzentrierten ihre Aufmerksamkeit wieder auf den Bunker und das umliegende Gelände. Vorsichtig ging Rasmus auf die Brücke zu und blieb kurz davor stehen. Wenn er die Brücke betrat, würde man ihn von weit her sehen können. Er legte sich auf den Bauch und kroch an die Brüstung heran. Südwestlich von ihm lag der Bahnhof Gesundbrunnen und dahinter der Humboldthain. Das weitläufige Bahngelände war leer. Einige Hundert Meter entfernt sah Rasmus mehrere Gestalten die Gleise überqueren und auf der anderen Seite den Bahndamm emporklettern. Aus den Augenwinkeln nahm er plötzlich eine Bewegung wahr. Dicht unterhalb der Brücke löste sich eine Gestalt aus einem Bombentrichter und hetzte stolpernd die Gleise entlang. Es war die blonde Frau mit der viel zu großen Uniformjacke. Als sie näher kam, erkannte er, dass sie barfuß war. Die Art, wie sie sich bewegte, kam ihm vertraut vor. Sein Herz krampfte sich zusammen.

Die Fliehende blickte über die Schulter und eilte auf die eingestürzte Stahlkonstruktion zu. Rasmus beugte sich vor. Ehe die Gestalt aus seinem Sichtfeld verschwand, konnte er einen kurzen Blick auf ein blasses Gesicht erhaschen.

Rasmus hatte das Gefühl, die Kehle würde ihm zugeschnürt. Er warf einen Blick zurück. Niemand schien auf das Bahngelände zu achten. Er lief geduckt die Brücke entlang. Die Frau hatte den stehen gebliebenen Brückenteil erreicht. Unter der Uniformjacke lugten die zerfetzten Reste eines geblümten Kleides hervor. Rasmus kannte dieses Kleid. „Emmi!“, flüsterte er.

Anstatt die Straße entlang auf ihn zuzukommen, stieg die junge Frau, ohne zu zögern, höher hinauf. Als Rasmus sah, dass sie Anstalten machte, die fast zwanzig Meter hohen stählernen Portalpfosten zu erklimmen, begann er zu laufen.

„Emmi!“

Sie reagierte nicht.

Rasmus hastete die Brücke entlang auf die Stahlkonstruktion zu, die das Bauwerk zuvor kunstvoll überspannt hatte und nun verbogen und rußgeschwärzt in den Himmel ragte.

„Emmi, bleib stehen! Ich bin es, Rasmus.“

Es schien ihm, als würde sie einen Augenblick zögern. Dann jedoch stieg sie, ohne sich umzusehen, höher hinauf.

Rasmus rannte die letzten Meter. Er warf einen kurzen Blick über die Schulter. Die russischen Soldaten schienen nicht auf sie zu achten. Seine Hand umfasste den kantigen, kalten Stahl. Er zog sich hoch, setzte seine Stiefel auf verbogene Querstreben und kletterte zügig nach oben. Das verbogene Stahlkonstrukt schwankte leicht. Rasmus konzentrierte sich auf den nächsten Kletterzug. Dann blickte er wieder nach oben. Emmis Rock flatterte. Ihre nackten Füße waren verschmutzt. Sie blutete. Rasmus kam es so vor, als würde sie sich wie in Trance bewegen. Er kletterte höher. „Warte auf mich.“

Emmi hatte das Ende der Stahlkonstruktion erreicht. Ihre Hände umklammerten die verbogenen Streben. Ihr Gesicht war ein blasser Fleck, nach unten in die Tiefe gerichtet. „Bleib weg!“, sagte sie.

„Warum bist du hier heraufgeklettert und nicht mit den anderen geflohen?“, fragte Rasmus. Zügig, aber ohne Hast kletterte er weiter. Er ahnte, dass er sehr vorsichtig sein musste.

„Geh!“, wiederholte Emmi.

Rasmus erschrak über die Kälte in ihrer Stimme. Eine Diskussion wäre sinnlos. Er musste etwas anderes versuchen. „Ich glaube, sie sind entkommen“, sagte Rasmus.

Emmi stieß einen Laut aus, der voller Bitterkeit war. „Entkommen? Es gibt kein Entkommen!“ Ihr Blick richtete sich wieder nach unten auf den verstreut umherliegenden grauen Schotter des zerstörten Bahndamms. „Es ist zu spät!“

Rasmus schluckte. Er spürte, dass ihm nicht mehr viel Zeit blieb. In einem waghalsigen Manöver sprang er höher und schaffte es gerade noch, eine Querstrebe zu umfassen. Das Konstrukt schwankte bedenklich. Hastig suchte er mit den Stiefeln nach Halt. „Du warst schon früher eine bessere Kletterin als ich“, schnaufte er.

Für einen kurzen Moment zuckte Emmis Blick zu ihm hinüber. Rasmus erschrak, als er ihr Gesicht nun deutlicher erkennen konnte. Ihre linke Gesichtshälfte war angeschwollen, ihr Auge nur noch ein schmaler Spalt. Ihre Lippe war aufgeplatzt und auch an ihrer Schläfe klebte Blut.

Er biss sich auf die Lippen und kletterte weiter. „Weißt du noch, als wir heimlich auf das Laubengrundstück von Opa Wilhelm geschlichen sind, um Äpfel zu stehlen? Du hattest in irgendeinem Roman gelesen, dass der Held der Geschichte Äpfel gestohlen hatte, um zu überleben.“ Schnaufend kletterte er höher. „Wir hätten die Äpfel umsonst haben können. Opa Wilhelm hat sie körbeweise verschenkt, aber du wolltest unbedingt ein Abenteuer erleben.“

„Verschwinde!“, flüsterte Emmi.

„Also sind wir im Mondlicht in den Garten geschlichen. Eine Stunde zuvor hatte es geregnet und der Stamm war so glitschig wie ein Aal. Aber du hast einfach nicht lockergelassen. Also habe ich dir per Räuberleiter hinaufgeholfen. Du warst nicht sehr rücksichtsvoll, bist einfach mit deinen Schuhen auf meine Schulter gestiegen und dann auf meinen Kopf. Auf dem Bauch bist du den Ast entlanggerobbt. Ich glaube, vor diesem Abenteuer war dein Kleid blau, danach war es grün. Jedenfalls auf der Vorderseite ..." Nun war Rasmus nur noch einen Meter entfernt. Er sah Emmis nackte Füße auf dem scharfkantigen Stahl, sah Blut ihre Waden entlanglaufen und auf den kalten Stahl tropfen. *Oh, Emmi!,* schoss es ihm durch den Sinn, aber er beherrschte sich. „Endlich hattest du einen Apfel erreicht. Ich weiß noch genau, wie es knackte, als du hineingebissen hast. Und dann ...", seine Hand umklammerte den Stahl neben Emmis Ferse, „... hast du geschrien, richtig laut! Im nächsten Augenblick regnete es feuchte Brocken auf mich herab. Ein Wurm war in dem Apfel gewesen. Du hattest ihn mit einem Biss in zwei Hälften geteilt und alles ausgespuckt – mir auf den Kopf. Wenn ich mich nicht irre, war dies unser erster und einziger Diebeszug." Rasmus zog sich höher.

„Keinen Schritt näher, Rasmus!" Sie ließ mit einer Hand die Strebe los. „Bleib, wo du bist!"

Rasmus erstarrte mitten in der Bewegung.

„Es hat keinen Zweck", flüsterte Emmi.

Ein eisiger Schauer durchfuhr Rasmus. „Erinnerst du dich noch?", sagte er hastig. „Es muss sieben oder acht Jahre her sein. Da hattest du furchtbare Schmerzen." Rasmus stieg vorsichtig ein winziges Stück höher und klemmte seinen Arm über die nächste Strebe in der Hoffnung, sich so besser halten zu können. „Du hattest eine Blinddarmentzündung. Es war so schlimm – du wolltest nur noch, dass es aufhört, egal, wie! Und dann bist du ins Krankenhaus gekommen. Die Operation war kompliziert, aber du hast es überlebt. Zwei Monate später bist du mit mir um die Wette zum Eismann gelaufen. Alles schien dir unerträglich, aber dann ..."

„Was willst du damit sagen?", unterbrach ihn Emmi mit bitterer Stimme. „Dass die Zeit alle Wunden heilt?"

„Nein", erwiderte Rasmus. „Aber der Schmerz hat nicht das letzte Wort."

„Ja, der Tod nimmt ihn fort." Ihre Stimme war leise und bar jeglichen Gefühls, wie der Wind, der durch die stählernen Streben pfiff. „Geh jetzt!" Sie schloss die Augen.

„Emmi!"

Sie ließ los. Rasmus sah, wie ihre Finger sich lösten, wie ihr Körper langsam und steif wie ein Brett nach hinten kippte. Seine Hand schoss vor, glitt an ihrem Bein ab. Er schrie auf, beugte sich zurück und packte noch einmal zu. Er bekam die Uniformjacke zu fassen. Ihr Gewicht riss an ihm. Er spürte ein schmerzhaftes Stechen in der Schulter. Seine Finger krallten sich in den rauen Stoff.

Emmi riss die Augen auf. „Lass los!", schrie sie voller Zorn.

„Nein!" Rasmus biss die Zähne zusammen. Schmerz breitete sich in seinem Unterarm aus wie eine Flamme.

„Es ist mein Leben! Du hast kein Recht, mich zurückzuhalten."

„Aber ich kann über mein Leben bestimmen. Ich lasse nicht los. Wenn du fällst, falle auch ich."

„Du verdammter Idiot!"

Rasmus' Körper begann zu zittern. „Ich kann uns nicht mehr lange halten!"

Ein Strom von Verwünschungen floss über Emmis Lippen. Auch wenn die Worte bitter waren, so klangen sie in Rasmus' Ohren doch süß. Alles war besser als die kalte Leere, die sie zuvor ausgefüllt hatte. Emmi ruderte mit den Armen und bekam eine der Sprossen zu fassen. Noch immer hing fast ihr gesamtes Gewicht an Rasmus. Sein Arm brannte wie Feuer.

„Lass los."

„Ich habe dich ein Mal im Stich gelassen. Das wird nicht noch mal geschehen!"

„Du Dummkopf!", fauchte Emmi.

„Einhundert Tage", schnaufte Rasmus. „Versprich mir, dass du dir noch wenigstens hundert Tage gibst."

„Das ändert nichts."

„Versprich es mir!"

Emmi packte mit der zweiten Hand das Geländer und warf ihm einen finsteren Blick zu. „Ich versprech's. Lass los!"

Rasmus starrte sie an. Er sah den Zorn in ihren Augen blitzen. Ganz langsam löste er seine Hand.

Emmi suchte mit den Füßen Halt und begann hinunterzuklettern.

Rasmus folgte ihr langsam. Sein linker Unterarm war hart wie ein Wurzelballen. Alles tat weh. Seine Finger wollten ihm nicht mehr gehorchen. Zweimal wäre er beinahe abgestürzt, ehe er endlich auf dem unzerstörten Teil der Brücke landete.

„Komm!", sagte er hastig. „Wir müssen weg hier."

Emmi folgte ihm schweigend. Sie humpelte. Noch immer rann Blut ihr Bein entlang und mischte sich mit dem Staub der Straße.

Er biss sich auf die Lippen. So gerne hätte er Worte des Trostes und der Ermutigung gefunden, aber ihm fiel nichts ein.

Sie folgten den zerbombten Straßen in nordöstliche Richtung, möglichst fort von der Front. Rasmus vermutete, dass in der Innenstadt weiterhin gekämpft wurde. Es gab wohl noch immer Menschen, die an den Endsieg glaubten. Und es gab Soldaten, die an gar nichts mehr glaubten und ihren Befehlen blind gehorchten.

Sie erreichten eine Gegend, in der es noch eine ganze Reihe intakter Mietshäuser gab.

„Du warst das, richtig?" Ihre Frage kam so unvermittelt, dass Rasmus zunächst gar nicht wusste, was sie meinte. Er blickte sie an.

Emmi schien durch ihn hindurchzusehen. „Dieser Angriff auf die Russen eben."

„Es gab gar keinen Angriff, ich habe es nur vorgetäuscht."

Emmi nickte. Ihr Blick war leer.

Rasmus konnte den Anblick nicht ertragen und wandte sich ab. Still fragte er sich, ob er wirklich das Recht gehabt hatte, sie aufzuhalten, oder ob sie nicht innerlich schon tot war und er nur ihren Körper daran gehindert hatte, ihrer Seele zu folgen.

Nein! Er schüttelte den Kopf. *Nein!* Auch wenn die Macht des Todes in diesen Tagen grenzenlos schien. Rasmus würde nicht zulassen, dass er auch in ihre Herzen einzog. Er stapfte entschlossen weiter.

In der Ferne grollten Geschütze und hinter ihnen erklang plötzlich das Knallen von Gewehrschüssen. Ein Querschläger pfiff an ihnen vorbei und riss ein weiteres Loch in die von Schüssen durchsiebte Fassade eines Hauses.

„Schnell!" Rasmus packte Emmi am Arm und zog sie mit sich um eine Häuserecke, während er gleichzeitig über die Schulter blickte, um zu erkennen, wo sich die Schützen verbargen.

Plötzlich blieb Emmi stehen. Ihr Körper versteifte sich. Hastig wandte er sich um. Vor ihnen, kaum achtzig Meter entfernt, durchkämmte ein Trupp der Roten Armee die stehen gebliebenen Häuser. Auf einem Lastwagen hockten Gefangene. Mehrere Gestalten kamen mit erhobenen Händen aus einem der Häuser. Rasmus konnte erkennen, wie ein Soldat einer gebeugt stehenden Frau das Tuch vom Kopf riss. Helle Locken kamen zum Vorschein. Der Mann zerrte die Gefangene zu einer Gruppe ängstlicher junger Frauen, die dicht zusammengedrängt neben einem zweiten Lastwagen standen.

Rasmus sprang hastig in einen Hauseingang. „Schnell! Hier hinein!", zischte er Emmi zu. Doch sie blieb reglos stehen. Mit weit aufgerissenen Augen starrte sie auf die Soldaten. Unter Schmutz und Blut wurde ihr Gesicht aschfahl.

„Frau, komm!", hörte Rasmus einen der Soldaten rufen, und er hoffte inständig, dass jemand anderes gemeint war und man sie noch nicht entdeckt hatte. „Emmi, was tust du da?" Rasmus packte sie am Arm und zerrte sie neben sich in den Hauseingang. Ihr Atem ging schnell und flach.

„Wir verstecken uns hier. Die finden uns nicht!" Er rüttelte an der Tür. Sie war verschlossen. Das durfte doch nicht wahr sein, die ganze Stadt lag in Schutt und Asche, selbst die dicksten Mauern waren durchbrochen worden und ausgerechnet hier versperrte ihnen eine lächerliche Holztür den Weg?

Der Schrei einer Frau drang zu ihnen herüber. Emmi fing an zu zittern.

Rasmus trat einen Schritt zurück und warf sich mit der Schulter gegen die Tür. Das Holz knirschte. Er ging zwei Schritte weiter zurück und warf einen Blick über die Schulter. Die Russen hatten ihn entdeckt. Ein Soldat deutete mit dem Finger auf ihn. Rasmus nahm Anlauf und warf sich mit aller Kraft gegen die Tür. Das Holz splitterte und knackte. Ein weiteres Mal nahm er Anlauf. „*Stoj*!“, hallte ein Ruf zu ihm herüber. Einer der Männer hob sein Gewehr. Rasmus rannte auf die Tür zu. Ein Schuss krachte. Rasmus sprang und prallte mit voller Wucht gegen den Türflügel. Das Schloss brach und er stürzte in den Hausflur. Eilends rappelte er sich wieder auf und ergriff Emmis Hand. „Komm!“

Er zerrte sie hinter sich her. Ein Schild wies die Treppe hinab: *Luftschutzraum*. Rasmus hetzte weiter. Dort würden sie zuerst suchen. Er blickte die Treppe hinauf. Eine Wohnungstür stand offen. Offenbar war das Haus verlassen. Er rannte weiter durch den Flur. Das Hinterhaus war intakt, aber der rechte Seitenflügel war schwer getroffen worden. Rasmus wandte sich nach rechts auf das zerstörte Gebäude zu. Vielleicht würden die Russen sich dort nicht hineinwagen, aus Angst vor einem Einsturz. Hinter sich hörte er Rufe. Das Poltern schwerer Absätze hallte im Treppenhaus wider. Die rußgeschwärzte Tür der Ruine stand offen. Rasmus hatte das Gefühl, in eine Falle zu tappen, als er in das von grauem Dämmerlicht erhellte Treppenhaus trat. Die gewundene Treppe, die nach oben führte, war auf bizarre Weise verzogen, das Holz gerissen und zersplittert. Die Decke hing schief, niedergedrückt von der Last der eingestürzten oberen Stockwerke. Es roch nach kalter Asche, fauligem Wasser und Tod. Rasmus ging ein paar Schritte weiter auf die Kellertreppe zu. Ein übler Geruch stieg ihm von dort entgegen, und er glaubte, dort das Schimmern einer Wasserfläche zu sehen. Rufe hallten vom Vorderhaus herüber, Wohnungstüren wurden krachend eingeschlagen. Ihnen blieb nicht mehr viel Zeit. Neben der Kellertreppe war eine Tür, sie war zersplittert. Der Türsturz hatte sich gesenkt. Rasmus vermutete, dass sich dahinter die Hausmeisterwohnung befand. Er trat gegen die Reste der zersplitterten Tür. Sie gaben nach und er blickte tatsächlich in eine kleine, verwahrloste Wohnung.

Das Trampeln schwerer Schritte war zu hören. Männer liefen Treppenstufen hinab. Das Vorderhaus war leer gewesen. Er musste eine Entscheidung treffen.

Rasch eilte er zurück zur Treppe. „Du bist leicht", sagte er zu Emmi. „Die Stufen werden halten. Geh hinauf, um die Treppenbiegung herum, bis man dich nicht mehr sieht, und dann verhältst du dich still! Gib keinen Laut von dir, bis sie verschwunden sind!"

Emmi starrte an ihm vorbei ins Nichts.

„Sieh mich an!" Rasmus packte ihr Kinn und drehte ihr Gesicht so, dass sie ihn ansehen musste. „Sie werden dich nicht finden! Und jetzt geh!"

Wie in Trance nickte Emmi. Ungeschickt wankte sie die schiefen Stufen hinauf. Das Holz knackte und knarrte.

Rasmus schluckte. „Hab Geduld! Wenn sie wieder fort sind, zähle erst bis zehntausend, bevor du die Treppe wieder hinunterkommst!"

Emmi reagierte nicht. Auf allen vieren kletterte sie langsam die fragile Konstruktion nach oben. Rasmus hörte Stimmen im Hof. Nach einem letzten Blick auf die schmächtige Gestalt wandte er sich ab und stieg durch die zersplitterten Türreste in die kleine Hausmeisterwohnung. Die Luft roch schimmelig. Rasmus schlich in das einzige Zimmer. Durch ein vergittertes Fenster, das seltsamerweise intakt geblieben war, konnte er verschwommen Gestalten im Hof ausmachen. Ein Großteil der Truppe durchsuchte das Hinterhaus. Auf dem Hof sprach ein Offizier mit zwei Bewaffneten. Einer der Männer deutete auf den zerstörten Seitenflügel.

Sie wissen, dass wir hier sind!, ging es Rasmus durch den Kopf.

Der Offizier sagte etwas und die beiden Männer nickten. Sie

hoben die Gewehre und gingen auf den Eingang des Seitenflügels zu. Rasmus spürte, wie sich in seinem Magen ein eisiger Klumpen bildete.

Die beiden Soldaten waren im Flur. Er konnte ihre Schritte vernehmen. Plötzlich krachten Schüsse, laut hallten sie in dem toten Gemäuer wider. Rasmus zuckte heftig zusammen.

„Raus komm!", rief eine Stimme in gebrochenem Deutsch.

Rasmus hatte das Gefühl, sein trommelnder Herzschlag müsse dort draußen zu hören sein.

„Komm her!", wiederholte der Mann. „Chitler kaputt!"

Hitler ist tot – der Gedanke berührte ihn nicht. Was änderte das?

„Krieg aus!", rief der zweite Mann.

Plötzlich durchzuckte Rasmus ein Gedanke: *Die beiden wissen, dass jemand hier sein muss, aber sie wissen nicht, wie viele. Vielleicht haben sie nur mich gesehen?!* Er schlich sich vor bis in den Flur der kleinen Wohnung.

Schritte waren zu hören. Wasser plätscherte. Einer der Männer sagte etwas. Dann wieder Schritte.

Vorsichtig lugte Rasmus um die Ecke. Die beiden Soldaten standen beisammen und blickten die Treppe hinauf. Hatten sie etwas gehört?

„Raus komm!", rief einer der beiden. Der andere zuckte mit den Schultern und zog eine Handgranate aus dem Gürtel. War der Mann wahnsinnig? Eine weitere Detonation konnte alles zum Einsturz bringen! Andererseits würde den beiden Männern wohl genug Zeit bleiben, um sich vor der Explosion in Sicherheit zu bringen. Der Mann sagte etwas auf Russisch. Der andere nickte und bewegte sich auf den Ausgang zu.

Angst durchzuckte Rasmus. Wenn der Mann die Granate warf, würde Emmi sterben.

Der Soldat griff nach dem Sicherungsstift, um die Granate scharf zu machen.

Mit einem Mal war alles ganz einfach. „Nein!" Rasmus sprang auf und rannte durch den engen Flur. „Nicht!" Er schlüpfte durch die Tür.

Der Soldat war herumgefahren. Er ließ die Granate fallen, ohne den Stift zu ziehen. Nun griff er nach seinem Sturmgewehr.

Rasmus rannte auf ihn zu. Alles ging ungeheuer schnell. Der Mann hob das Gewehr. Im gleichen Moment, als er den Finger um den Abzug krümmte, tauchte der zweite Russe auf, rief etwas. Der Schuss krachte. Rasmus spürte einen kurzen Ruck an seinem Arm. Er verlor das Gleichgewicht, ruderte mit den Armen. Im nächsten Moment traf ihn ein harter Schlag auf den Hinterkopf und er stürzte zu Boden.

Seine Wahrnehmung verschwamm. Ein staubbedeckter Stiefel trat in sein Gesichtsfeld. Er hörte eine ärgerliche Stimme. Sie verhallte in der Ferne. Jemand packte seinen Arm, zerrte ihn über den Boden. Das Letzte, was er sah, war die windschiefe Treppe, die langsam im Schatten versank. Dann wurde es Nacht um ihn.

Hans

Die Welt war unruhig geworden. Sie bewegte sich auf übelkeiterregende Art und Weise. Ein dumpfes Pochen ließ seinen Körper vibrieren. Alles tat weh. Rasmus öffnete die Augen einen Spaltbreit und nahm eine diffuse graue Helligkeit war.

Jemand sagte etwas in seltsam schleppendem Tonfall. Doch erst nach und nach drang der Sinn dieser Worte in sein Bewusstsein: „... macht die Augen auf."

Verschwommen konnte er einen bleichen Fleck über sich erkennen. Rasmus wollte die Hand heben, um sich die Augen zu reiben. Es fühlte sich an, als hätte die Luft sich wie ein unsichtbarer, zäher Pudding um ihn gelegt. Allein diese eine lächerlich kleine Bewegung schien ihn seine ganze Kraft zu kosten.

Rasmus blinzelte. Der bleiche Fleck verwandelte sich allmählich in ein rundliches, jungenhaftes Gesicht, von dem rechts und links zwei gewaltige Segelohren abgingen.

„Gut geschlafen?", fragte die Stimme quäkend.

„Durst!", krächzte Rasmus.

Das rundliche Gesicht verschwand. Kurz darauf spürte Rasmus etwas Hartes an seinen Lippen. Feuchtigkeit benetzte seine geschwollene Zunge. Das Wasser war lauwarm und abgestanden, dennoch trank er gierig. „Danke!", flüsterte er.

Sein Helfer war vermutlich nur wenig jünger als Rasmus, aber als er grinste, wirkte er wie ein zu groß geratener Zwölfjähriger.

Rasmus' Blick war noch immer verschwommen. Neben sich sah er so etwas wie eine Plane, vor ihm hockte der Junge. Aber um ihn herum schienen noch mehr Menschen zu sein. Er konnte murmelnde Worte, Husten und leises Stöhnen hören.

„Wo bin ich?“, fragte er.

„Auf einem Brett“, erklärte sein Helfer und klopfte auf die dicke Bohle, auf der Rasmus lag.

„In einem russischen Militärfahrzeug auf dem Weg in die Kriegsgefangenschaft“, sagte eine tiefere Stimme.

„Erwin?“

Ein zweites Gesicht kam in sein Blickfeld. Der alte Soldat grinste. Er trug einen Turban-ähnlichen, schmutzigen Verband, und sein Gesicht sah so aus, als habe er schwer Prügel bezogen.

„Erwin!“ Rasmus hob die Hand und der ältere Mann umfasste sie. „Schön, dich zu sehen!“, krächzte er. „Was ist mit deinem Gesicht passiert?“

„Ich habe versucht, mit dem Kopf voran durch die Wand zu gehen. Ist meinem Teint nicht so gut bekommen.“

„Bist du gestolpert, alter Mann?“

„Könnte man so sagen. Allerdings hat die Druckwelle einer Luftmine ein wenig nachgeholfen.“

„Ich freue mich, dass du lebst. Und wer ist dein Freund hier?“ Er deutete mit einem Kopfnicken auf den jungen Mann, der neben ihm hockte und mit etwas dümmlichem Gesichtsausdruck auf ihn hinabsah.

„Ich bin Hans“, quäkte der Junge mit den Segelohren. Erst jetzt sah Rasmus, dass er einen schlecht sitzenden russischen Militärmantel trug. Um den rechten Arm war eine weiße Binde mit rotem Kreuz gebunden.

„Du bist Sanitäter der Roten Armee?“, fragte Rasmus ungläubig.

Der Junge nickte stolz. „Ich hab Erwin verbunden.“

Rasmus warf einen Blick auf den schmutzigen Verbandswulst um Erwins Schädel. „Ich bin beeindruckt“, murmelte er.

Hans nickte stolz. „Ich hole mehr Wasser!“, erklärte er und drängte sich durch die Männer nach vorn.

„Wie kommt es eigentlich, dass ein deutscher Junge als Hilfssanitäter der Roten Armee dient?“, wandte Rasmus sich an Erwin.

„Antifa“, mischte sich ein bärtiger Unteroffizier der Luftwaffe ein. Er trug den Arm in einer blutbefleckten Binde. „An deiner Stelle wäre ich sehr vorsichtig. Ich würde mit dem Burschen kein Wort mehr als nötig reden.“

Offenbar erkannte Erwin Rasmus' verwirrten Gesichtsausdruck. „Der Vater von Hans, ein gewisser Otto Bethge, ist ein zu den Russen übergelaufener Kommunist. Er gehört dem Nationalkomitee Freies Deutschland an und versucht nun, deutsche Kriegsgefangene für den Kommunismus zu gewinnen.“

„Das sind Spitzel und Verleumder, korrupt bis in die Haarspitzen“, mischte sich ein anderer Mann ein. „Je weniger Kontakt du zu denen hast, desto besser. Sag nicht, wir hätten dich nicht gewarnt.“

Rasmus blickte fragend zu Erwin, doch der zuckte nur mit den Achseln.

Der Wagen war voller Menschen. Die meisten trugen Wehrmachtsuniformen, aber es waren auch Hitlerjungen und Volkssturmleute dabei. Einer der Jungen weinte ungehemmt. Hin und wieder stammelte er schluchzend vor sich hin. Verblüfft stellte Rasmus fest, dass der Junge nicht etwa sein ungewisses Schicksal beweinte oder um die Toten trauerte, sondern einfach nicht fassen wollte, dass das Tausendjährige Reich nach zwölf blutigen Jahren endgültig und unwiderruflich in Trümmern lag. Kopfschüttelnd wandte er sich ab. Für diese Trauer gab es keinen Trost.

Es gab kaum jemanden in diesem Wagen, der nicht irgendeine Verletzung aufwies. Sie waren Teil einer ganzen Wagenkolonne, die langsam durch das zerstörte Berlin rumpelte.

„Wohin bringen die uns?“, fragte Rasmus.

Erwin zuckte die Achseln. „Zu irgendeinem Sammelpunkt außerhalb der Stadt. Bethge meint, der einfache Soldat hätte nichts zu befürchten. Nur Kriegsverbrecher und Faschisten würden ihrer gerechten Strafe zugeführt.“

Der bärtige Unteroffizier schnaufte spöttisch: „Wer's glaubt?!“

„Was denkst du?“, wandte sich Rasmus etwas leiser an Erwin.

Ihm gefiel es nicht, dass der Unteroffizier sich ungefragt in ihr Gespräch einmischte.

Erwin zuckte erneut die Achseln. „Ich weiß es nicht. Für uns und hoffentlich auch bald für den Rest der Welt ist dieser Krieg vorbei. Wir müssen nicht mehr jeden Augenblick damit rechnen, von Kugeln durchsiebt oder von Granaten zerfetzt zu werden. Niemand steht hinter mir und befiehlt mir zu töten. Ich empfinde das durchaus als Fortschritt."

Rasmus musste trotz ihrer wenig erfreulichen Situation schmunzeln. „Vielleicht hast du recht."

„Was ist mit deinem Mädchen? Hast du es gefunden?"

Rasmus nickte.

„Und, was ist geschehen?"

„Wir ... wurden getrennt ..." Rasmus verstummte. Vor seinem inneren Auge sah er wieder Emmis zerschundenes Gesicht und die Leere in ihren Augen. Er sah sie die halb eingestürzte Treppe emporkriechen.

„Ist sie in Sicherheit?", fragte Erwin.

„Ich hoffe es", erwiderte Rasmus. *Und ich hoffe, dass sie am Leben bleibt.* Einhundert Tage hatte sie ihm versprochen. Wie viele davon waren schon vergangen? „Welches Datum haben wir heute?", fragte er laut.

„Heute ist der 2. Mai."

Noch 98 Tage. Rasmus starrte zu Boden und registrierte dankbar, dass Erwin keine weiteren Fragen stellte.

Die meisten der Gefangenen blieben stumm, ein paar jedoch unterhielten sich leise, und so erfuhr Rasmus, dass Hitler Selbstmord begangen hatte. Goebbels und seine Frau waren ihm wenig später gefolgt, sie hatten alle ihre Kinder mitgenommen. Verachtung des Lebens bis zuletzt. Die Verteidiger Berlins hatten kapituliert – endlich. Es konnte nur noch ein paar Tage dauern, bis auch im Rest Deutschlands die Waffen schwiegen. Millionen Menschen waren sinnlos gestorben und die Überlebenden rumpelten einer ungewissen Zukunft entgegen. Rasmus wollte nicht beten. Er wollte nicht tun, was sein Vater ihm mit Strenge und

Schlägen eingetrichtert hatte, und dennoch drängte es ihn, um Erbarmung zu flehen.

Erwin sah ihn fragend an. „Alles in Ordnung mit dir? Willst du dich wieder hinlegen?"

Rasmus schüttelte den Kopf. „Ist schon ein seltsamer Zufall, dass wir zwei hier wieder zusammentreffen, oder?"

Erwin zuckte die Achseln. „Alle Gefangenen in der Nähe des Bunkers wurden zu einem Sammelplatz gebracht. Ich hielt die Augen offen und sah dich bei den Verwundeten. Als ich auf dich zuging, kam es zu einer Rangelei. Ich bin mir nicht sicher, wie klar du im Kopf warst, aber du schienst hoch motiviert zu sein, dir noch eine Kugel einzufangen. Jedenfalls legtest du dich lautstark mit einer resoluten Krankenschwester und zwei russischen Bewachern an. Einer der Männer zog seine Pistole. Da kam ich dazu und zog dir mit meinem Stiefel eins über."

„Wie bitte?"

„Lieber eine Beule als eine Kugel, oder?" Erwin hob eine Braue.

„Ich kann mich überhaupt nicht mehr daran erinnern."

Erwin grinste. „Gern geschehen."

Rasmus verzog das Gesicht. Dann bückte er sich und lugte unter der Plane des Lastwagens hindurch. Um ihn herum waren nur Trümmer. „Fragst du dich nicht auch manchmal, warum ausgerechnet wir noch leben?"

Erwin sagte nichts.

„Ich meine, warum stirbt der eine bei seinem ersten Gefecht und ein anderer überlebt Dutzende von Schlachten? Manch einer der Rotarmisten überlebte Stalingrad nur, um hier bei irgendeinem kleinen Scharmützel nach einem längst gewonnenen Krieg sein Leben zu lassen. Warum traf die Bombe ausgerechnet meine Flakstellung und warum nur wenige Sekunden, bevor ich meinen Posten beziehen konnte? Warum lebst du noch, Erwin?"

Der alte Soldat schwieg noch immer.

„Macht das alles irgendeinen Sinn?", hakte Rasmus nach.

Erwin senkte nachdenklich den Blick. Dann sagte er leise:

„Diese Frage habe ich mir auch gestellt, als ich vor zwei Tagen in jenem Kellerloch hockte und die russischen Panzer näher rückten. Hat es irgendeinen Grund, dass ich noch lebe? Und falls ja, welcher könnte das sein? Ist es meine Aufgabe, ruhmreich zu sterben und möglichst vielen anderen Menschen das Leben zu rauben? Oder ist die nackte Existenz Grund genug? Vielleicht ist ja gar nicht das Leben, sondern das Überleben der einzige Sinn, auf den wir uns letzten Endes berufen können. Die Evolution scheint uns genau dies zu lehren. Warum nur schmeckt dieser Sinn so schal, wie ein mit Stroh gestrecktes Kommissbrot?"

Rasmus betrachtete nachdenklich das Gesicht des Soldaten. Das waren gute Fragen.

„Also hockte ich da in diesem Kellerloch und fragte Gott: *Warum lebe ich noch?*", fuhr Erwin fort. „Ich persönlich hatte eigentlich auf eine metaphysische Argumentationskette gehofft, vielleicht auch eine tiefe, spirituelle Erfahrung. Stattdessen sah ich dich mit rußverschmiertem Gesicht und einem gehetzten Ausdruck in den Augen auf mich zustolpern."

Rasmus runzelte die Stirn. „Denkst du denn, dass ich wichtig bin, dass ich irgendwann einmal etwas Bedeutsames tun könnte, das die Menschheit irgendwie weiterbringt?" Er schüttelte den Kopf. „Ich möchte dich ungern enttäuschen, aber ich bin weder ein zweiter Max Planck noch ein Albert Schweitzer."

Erwin kratzte sich den Bart. „Ich glaube nicht, dass eine Kette von Kausalitäten, und sei sie noch so komplex, die Antwort auf die Sinnfrage liefern kann. Und außerdem befürchte ich, dass die Dinge, die wir als wichtig und bedeutend ansehen, in Gottes Augen oftmals völlig belanglos sind." Er kicherte. Sein Kichern ging jedoch gleich darauf in einen trockenen Husten über. Als er wieder zu Atem gekommen war, fuhr er fort: „Das ist es, was mir Hoffnung gibt."

„Hoffnung?" Rasmus hob die Brauen. „Warum Hoffnung?"

Erwin blickte ihn nachdenklich an. „Ich kenne da eine Geschichte ..."

„Ach?", stieß Rasmus leicht irritiert hervor.

„Willst du sie hören?"

„Ich will sie hören!", mischte sich der segelohrige Junge ein. Er drückte Rasmus einen Becher mit Wasser in die Hand.

„Danke." Obwohl das Wasser einen widerlichen Nachgeschmack hatte, ließ er sich Zeit und nahm nur hin und wieder einen Schluck. Er ahnte, dass Wasser in der nächsten Zeit ein knappes Gut werden würde. „Schieß los. Ich bin gespannt."

Erwin kramte in seiner Feldtasche und holte ein dickes Notizbuch hervor. Das Papier war wellig und die Seiten beschmutzt. „Ein Kamerad hat diese kleine Erzählung für mich niedergeschrieben. Ich bin mir bis heute nicht sicher, ob es nicht in gewisser Weise seine eigene Geschichte war. In jedem Fall weiß ich, dass er Anfang der Zwanzigerjahre als Journalist tätig war, genau wie der Held dieser Geschichte."

Er räusperte sich, hielt das zerfledderte Notizbuch im Halbdunkel des schaukelnden Wagens dicht unter seine Nase und begann zu lesen:

Die Brille

Anton Westermann saß an seinem Schreibtisch in der Redaktion des „Berliner Tageblattes“ und starrte aus dem Fenster. Schneeflocken rieselten herab und der Rauch aus Tausenden von Kachelöfen verdunkelte den Berliner Morgenhimmel. Er schielte hinüber zu der braunen Papiertüte. Anton wusste, dass sie den Aufdruck „Kolonialwarenladen Heinz Kretschmer“ trug, auch wenn er es von hier aus nur verschwommen erkennen konnte. Für einen kurzen Moment zog er in Erwägung, aufzustehen und sich einen Kaffee zu brühen. Der Augenblick ging vorüber, ohne dass er sich von der Stelle rührte. Das hatte zwei Gründe. Zum einen mutmaßte er, dass ihm nicht genug Zeit blieb, einen Kaffee aufzubrühen, zum anderen müsste er dafür die Brille wieder aufsetzen. Und das wollte er unter allen Umständen vermeiden.

Schritte waren zu vernehmen, laute, zornige Schritte.

Anton seufzte. Dann setzte er sich gerade auf und straffte die Schultern.

Die Tür flog auf und krachte gegen die Wand. Anton vernahm das leise Rieseln von Putz, der zu Boden fiel.

„Westermann!“

Anton hob den Blick. Er konnte das Gesicht des Redakteurs als rötlichen Fleck über einem weißen Hemd mit gestärktem Kragen ausmachen. Die Miene des Mannes konnte er nicht genau erkennen, aber das war auch nicht nötig. Der Tonfall seines Vorgesetzten war eindeutig. Um diesen Gemütszustand zu beschreiben, wäre der Begriff „Wut“ eine lächerliche Untertreibung.

„Was soll dieser Schwachsinn?!“ Anton nahm eine verschwommene Bewegung wahr und hörte, wie eine Handvoll Blätter schwungvoll auf seinen Schreibtisch klatschten – sein Artikelentwurf, wie er vermutete.

„Wer zum Henker ist Erna Gräupelchen!?"

Anton öffnete den Mund, um etwas zu erwidern, bemerkte dann aber, dass die Frage rhetorischer Natur war, denn sein rotgesichtiger Vorgesetzter fuhr nahtlos fort: „Keine Sau interessiert sich für Erna Gräupelchen! Ich habe Sie zum Reichsparteitag der Zentrumspartei geschickt, um mit einem der führenden Fraktionsmitglieder über die bisherige Zusammenarbeit mit der SPD zu sprechen. Warum taucht in Ihrem verdammten Artikel kein einziges Wort darüber auf?"

Anton holte tief Luft, kam aber nicht dazu, etwas zu erwidern.

„Allein in Berlin stehen wir in Konkurrenz zu über hundert anderen Blättern. Haben Sie eine Ahnung, wie schwer es ist, diese Zeitung in den schwarzen Zahlen zu halten? Die Leute wollen informiert sein! Sie wollen mit den Größen in Politik, Wirtschaft und Kultur an einem Tisch sitzen. Kapieren Sie das?!" Er pochte mit den Knöcheln so heftig auf den Schreibtisch, dass Antons Schreibmaschinentastatur klapperte. „Also, was, verdammt noch mal, haben Sie sich dabei gedacht?"

Anton wartete einen Moment ab, für den Fall, dass auch diese Frage rhetorischer Natur war. Aber der Redakteur schwieg. Allerdings schien sich das rote Glühen oberhalb des Hemdkragens noch zu verstärken.

„Nun ...", Anton räusperte sich. „Ich dachte, es sei unser Auftrag, über die wichtigen Dinge zu schreiben, die Dinge, die wirklich von Bedeutung sind ..."

„Machen Sie sich über mich lustig, Westermann?", unterbrach ihn sein Vorgesetzter mit bedrohlich leiser Stimme.

„Nein, das würde ich niemals wagen. Es ist nur so, auf dem gesamten Parteitag gab es lediglich eine einzige Person, die eine wirklich wichtige Entscheidung traf, und das war ... Erna Gräupelchen."

„Ist Erna Gräupelchen im Vorstand der Zentrumspartei?", fragte Antons Vorgesetzter sanft.

„Natürlich nicht ..."

„Ist sie Reichstagsabgeordnete?"

„Nein ..."

„Ist sie überhaupt Parteimitglied?" Die Stimme des Redakteurs wurde mit jeder Frage lauter.

„Das weiß ich, ehrlich gesagt, nicht genau. Ich vermute, nicht."

„Ist sie eine wichtige Förderin der Partei?"

„Äh ... in gewisser Weise." Anton spürte, wie ihm die Röte in die Wangen stieg. „Sie gab Getränke an die Parteimitglieder aus."

„Eine Hotelangestellte!", donnerte der Redakteur.

„Ja", bestätigte Anton kleinlaut.

„Niemand, ich wiederhole: NIEMAND interessiert sich für die Entscheidungen einer Kellnerin!"

„Nun ja, es gibt da schon jemanden –"

„MICH interessiert es nicht!", unterbrach ihn der Redakteur. „Und unsere Leser auch nicht." Er holte tief Luft. „Also gut, Westermann. Ich gehe davon aus, dass Sie einfach mal einen schlechten Tag hatten. Haben Sie privat gerade ein paar Schwierigkeiten?"

„Äh, also eigentlich ..."

„Wie dem auch sei", fuhr sein Vorgesetzter fort, „Berufliches und Privates sollten immer schön getrennt bleiben." Er räusperte sich. „Angesichts Ihrer bisherigen Leistungen will ich Ihnen noch einmal eine Chance geben. Aber nicht in der Politik. Ab sofort arbeiten Sie für das Kulturressort. Packen Sie Ihre Sachen und kommen Sie mit."

Anton tastete nach seiner Schreibmaschine und klemmte sie sich unter den Arm. Als er aufstand, um zum Schrank hinüberzugehen, stolperte er über den Papierkorb und rammte, mit dem Gesicht voran, die mit reichlich Leibesfülle ausgepolsterte Weste seines Vorgesetzten.

„Und setzen Sie endlich Ihre Brille auf, Westermann!", knurrte dieser. „Sie sind ja blind wie ein Maulwurf!"

Manchmal ist es gesünder, halb blind zu sein, dachte Anton. *Zumindest für den eigenen Job*. Mit zitternden Fingern fischte er die Brille aus seiner Hemdtasche und setzte sie auf. Nun sah er das zornige Funkeln in den Augen des Redakteurs, den braunen Kaffeefleck auf seinem Hemdsärmel und die Staubflusen auf der Kommode neben seinem Schreibtisch. Sein Blick wurde von nichts Besonderem angezogen – alles war gut.

Während er seine Sachen hastig zusammenpackte und seinem Vorgesetzten in das ein Stockwerk tiefer gelegene Kulturressort folgte, kam die Erinnerung.

Es war erst ein paar Tage her, als der ganze Schlamassel angefangen hatte. Die Ereignisse standen Anton so klar vor Augen, dass es ihm vorkam, als würde er alles noch einmal erleben:

Es war kalt und düster. Der hinter ihm liegende Arbeitstag hatte wenig Erfreuliches zu bieten gehabt. Auf dem Heimweg beschmutzte er seine neuen Gamaschen mit Pferdekot, und er fror zehn Minuten länger an der Haltestelle, weil die Straßenbahn Verspätung hatte. Dementsprechend gelaunt betrat er den Kolonialwarenladen Heinz Kretschmer. Die Ladenglocke bimmelte. Es roch nach Apfelsinen, Kaffee und frischen Pferdeäpfeln. Für Letzteres war er wohl selbst verantwortlich.

Ein dicker Mann stand an der Theke und schien sehr aufgeregt. „... einfach unglaublich!“, rief er, die Arme in einer plötzlichen Bewegung ausbreitend, als wolle er die ganze Welt umfangen und an seinen Busen drücken. Die Welt nahm wenig Notiz davon, aber sein schwammiger Handrücken traf Antons Brille, sodass sie zu Boden fiel.

„He, passen Sie doch auf!“

„Oh, Verzeihung!“ Der Mann fuhr herum. Es knirschte, als Antons Sehhilfe unter die Schuhsohle des Dicken geriet.

„Meine Brille! Sie Hornochse haben meine Brille zertrampelt.“

„Das tut mir sehr leid“, sagte der Mann betrübt.

Anton kniete nieder und ertastete den Trümmerhaufen seines Brillengestells.

„Komplett im Eima“, kommentierte die Verkäuferin lapidar.

„Ich ersetze sie Ihnen natürlich.“

„Das nützt mir im Moment gar nichts!“, fuhr Anton ihn an. „Ohne Brille finde ich nicht mal meine Wohnungstür!“

„Oh“, entfuhr es dem Dicken überrascht. „Das hatte ich nicht erwartet.“ Sein Tonfall war seltsam. Es lag eine eigenartige Mischung aus Freude und Bedauern darin, die ganz und gar nicht zu dieser Situation zu passen schien.

„Das will ich stark hoffen!“, blaffte Anton.

„Nu bleiben Se mal uffm Teppich, Herr Westermann. Sie wer'n schon nich uffe Parkbank übernachten müssen“, meldete sich die Verkäuferin zu Wort. „Ick ruf 'n Emil. Der bringt Se nach Hause.“

„Und dann?“, fuhr Anton sie an. „Rasiert er mich auch am Morgen und bringt mich zur Arbeit?“

„Beruhigen Sie sich, Herr Westermann“, erklang nun die Stimme des Dicken leise. „Ich hatte mir die Übergabe immer ganz anders vorgestellt. Aber jetzt sehe ich klar.“

„Wie schön für Sie!“, zischte Anton.

Doch der Dicke fuhr fort: „Hier, nehmen Sie ... diese Brille.“

„Aber, Herr Krüjer“, mischte sich die Verkäuferin ein. „Se können ihm doch nich Ihre Brille ...“

„Ihre Brille?“, fuhr Anton auf. „Was soll ich denn damit anfangen?!“

„Es ist nicht meine Brille.“ Der Mann drückte Anton die Brille in die Hand. „Hier! Setzen Sie sie auf. Sie werden schon sehen ...“

Anton wollte seinem Zorn weiter freien Lauf lassen, aber die Worte kamen nicht über seine Lippen. Ein Kribbeln durchlief seinen Körper, als er die Brille in die Hand nahm. Mechanisch klappte er die Brillenbügel zurück und schob sich das Gestell auf die Nase. Er blickte in das breit lächelnde Gesicht eines dicken Mannes in schlecht sitzendem Anzug. Der Mann hatte beim Rasieren ein paar Stoppeln am Kinn übersehen. Sein Haupthaar begann sich zu lichten und trotz des nahenden Winters rann eine Schweißperle über seine Stirn. Er war nicht besonders ansehnlich, aber auch nicht außergewöhnlich hässlich. Ein ganz normaler Mann, in dessen Augen ein Leuchten stand, das Anton einen Schauer über den Rücken jagte.

„Un?“, fragte die Verkäuferin.

„Ich kann alles ganz klar sehen“, stammelte Anton verblüfft.

Der Mann schmunzelte. „Und das ist erst der Anfang." Er trat vor und schüttelte Anton die Hand. „Einen schönen Abend noch, Herr Westermann. Behalten Sie die Brille, bis ein anderer sie braucht."

Verständnislos starrte Anton den Mann an. Doch ehe er eine Frage formulieren konnte, hatte sich der andere bereits umgedreht und war verschwunden. Er wandte sich an die Verkäuferin, die begonnen hatte, ihre Obst-Auslage neu zu bestücken. „Wer war das?"

„Der Herr Krüjer", erwiderte die Frau. Sie pflückte eine schimmlige Apfelsine aus der Auslage und warf sie in eine Holzkiste. „Früher hatta immer nur Tabak jekoft, seit Kurzem willa och Schokolade, Bananen un Malzkaffee."

„Aha." Anton runzelte die Stirn. Diese Information war nicht besonders hilfreich. „Und was macht er beruflich? Ist er Optiker?"

„Ick glob, der is so 'n Immobilienfritze, verkooft Häuser und schwatzt reichen Leute 'ne Zweetwohnung uff."

Die Ladenglocke bimmelte und zwei weitere Kunden traten ein. Die Verkäuferin wischte sich ihre Hände an der Schürze ab und fragte geschäftig: „Een Pfund Kaffeebohnen, wie immer?"

„Äh ... ja bitte."

Erneut bimmelte die Ladenglocke. Allmählich wurde es eng in dem kleinen Laden. Während die Frau die Bohnen in eine Papiertüte füllte, hakte Anton nach: „Aber dieser Herr Krüger hat Ihnen doch gerade etwas erzählt, als ich hineinkam."

„Stimmt."

„Und worum ging es in diesem Gespräch, wenn ich fragen darf?"

Die Frau zuckte die Achseln, warf einen vielsagenden Blick auf die weiteren Kunden und erwiderte knapp: „Um irjendwelche Gören aus der Nachbarschaft. Vier Mark sechzich, bitte."

Anton zahlte und war dabei so in Gedanken, dass er vergaß, sich über die Preiserhöhung zu ärgern. Der dicke Mann hatte begeistert geklungen, ganz und gar nicht wie ein windiger Makler, der sich über die lärmenden Kinder der Nachbarschaft aufregt. „Danke." Anton verließ den Laden.

Nachdem er die Brille auf so ungewöhnliche Weise empfangen hatte, geschah zunächst nichts Besonderes. Jedenfalls erschien es ihm so. Er stand früh auf und frühstückte erst einmal ausgiebig, während er die Zeitung der Konkurrenz las, so wie jeden Morgen. Er fuhr mit der Straßenbahn zur Arbeit. Langweilte sich in Redaktionsbesprechungen, führte Interviews, recherchierte und schrieb seine Artikel. Alles war wie immer, oder?

Irgendwann stellte er fest, dass ihm Dinge auffielen, allerdings ohne dass er hätte in Worte fassen können, was an ihnen so bemerkenswert war. Er las die Texte in der Zeitung anders, und vor allem interessierte er sich plötzlich für Dinge, die ihn zuvor kaum berührt hatten. Ihm fiel auf, wenn die Sonne morgens ihr sanftes Rot an die grauen Hausfassaden warf, und er bemerkte einen Spatz, der in drolligen Sprüngen wie ein Kautschukball über das Straßenpflaster hüpfte. Die Menschen in der Straßenbahn blieben nicht länger eine Ansammlung von mit Körpern gefüllten grauen Mänteln, die im Weg standen oder seinen Lieblingsplatz besetzten. Die Gesichter waren nicht mehr nur bleiche Flecken, die sich in Höhe der Fenster dicht aneinanderreihten. Hier und da schälte sich eines der Gesichter aus dem grauen Einerlei heraus, ein Mann mit hoher Stirn und nachdenklich gerunzelten Augenbrauen, ein pickliger Junge mit traurigem Blick. Anton sah diese Gesichter und spürte, dass er kurz davor war, etwas Bedeutsames zu entdecken. Doch er kam nicht darauf und das Gefühl des Erkennens verlor sich im diffusen Nebel des Alltags.

Das jedoch sollte sich ändern.

Die Sonne ging gerade auf, als Anton durch das rote Backsteintor auf das Gelände der Borsigwerke trat. Er war heute eine Stunde früher als sonst aufgebrochen. Dr. Hubert Kallenbach hatte einen prall gefüllten Terminkalender. Da musste man froh sein, überhaupt einen Interviewtermin zu bekommen. Ehrfürchtig wanderte sein Blick die gemauerte Fassade des Borsigturms empor. Berlins erstes Hochhaus, 65 Meter hoch. Erbaut als Wasserturm und Bürogebäude. Dort oben hatte einer der wichtigsten Manager der Borsigwerke und zukünftiger Abgeordneter des Reichstags sein Büro.

„Bitte nehmen Sie Platz." Die Sekretärin deutete auf einen Ledersessel. Sie war jung und sehr hübsch. Sie trug einen modischen Bubikopf und ihr kurzer Rock brachte ihre schlanken, bestrumpften Beine bestens zur Geltung. Sie lächelte, als Anton sich vorstellte. Ihre Bewegungen waren ruhig und selbstsicher. Aber in ihren Augen lag ein seltsamer Ausdruck von Hast und Begehren. Er hatte so etwas schon einmal gesehen. Damals in den Hungerjahren des Krieges. Ein ganz ähnlicher Ausdruck hatte in den Augen einiger hohlwangiger Gestalten gestanden, die mit hungrigen Blicken die müden Bewegungen eines abgemagerten Kutschpferdes beobachteten, das von Krankheit und Tod gezeichnet war.

Nein, wollte er der Frau sagen, *tu es nicht*. Aber er hatte überhaupt keine Ahnung, wovor er sie eigentlich warnen sollte, und so sagte er stattdessen: „Vielen Dank", und setzte sich in den Wartesessel.

Die Frau kam wenig später wieder. Ihre Wangen hatten sich etwas gerötet. „Herr Dr. Kallenbach hat jetzt Zeit für Sie."

Sie ist kurz davor, eine Affäre mit ihrem Chef zu beginnen, schoss Anton durch den Kopf. Er hatte keine Ahnung, woher er das so genau wusste. Irritiert von seinen eigenen Gedanken folgte er ihr.

Das Büro war groß, aber bis auf einen gewaltigen Schreibtisch fast leer. An der Wand hing ein surrealistisches Gemälde und durch die Fenster hatte man einen fantastischen Blick über Berlin. Man konnte sogar die Kuppel des Berliner Doms erkennen. Es war ein langer Weg bis hinüber zum Schreibtisch. Der schlanke Mittvierziger im Nadelstreifenanzug erhob sich nicht, sondern setzte ein paar Unterschriften unter einige Dokumente.

Alles war darauf ausgerichtet, Macht zu verströmen. Wer auch immer diesen Raum betrat, sollte sich möglichst klein fühlen. Aber Anton fühlte sich nicht klein, es war eher eine Art von Traurigkeit, die ihn befiel. Erst kurz bevor er den Schreibtisch erreichte, blickte der Mann auf. Er lächelte flüchtig, erhob sich und reichte ihm die Hand. „Guten Morgen. Sie kommen vom ‚Berliner Tageblatt'? Herr ...?"

„Westermann. Anton Westermann."

„Bitte nehmen Sie Platz, Herr Westermann."

Nach einem kurzen Anfangsgeplänkel straffte Dr. Kallenbach seine Schultern und sagte: „Sicherlich ist auch Ihre Zeit knapp bemessen. Also, was wollen Sie wissen?"

Anton holte seinen Notizblock aus der Jacketttasche und überflog den Interviewleitfaden, den er sich erstellt hatte. Dann seufzte er leise und schlug eine leere Seite auf. „Herr Dr. Kallenbach, was war die wichtigste Entscheidung Ihres Lebens?"

Die Augenbrauen des Managers schossen in die Höhe. Einen kurzen Moment lang wirkte er irritiert. Dann räusperte er sich. „Nun, wie Sie vielleicht wissen, ist die Firma Borsig der zweitgrößte Lieferant von Dampflokomotiven weltweit. Das bringt es mit sich, dass wir beinahe tagtäglich Entscheidungen von enormer Tragweite zu treffen haben. Dabei geht es nicht nur um das Vermögen der Anleger, sondern auch um Lohn und Brot für Tausende von Familien ..."

Nun befand sich der Mann offenbar in sicherem Fahrwasser, denn die Sätze sprudelten aus ihm heraus, als habe er sie auswendig gelernt – was vermutlich auch der Fall war. Irgendetwas am Klang der Worte ließ Anton frösteln. Es lag nicht an dem, was der Mann sagte, und auch nicht am Klang seiner sonoren Stimme. Es war, als betrachte Anton eine teure und ungemein aufwendig verzierte Kiste, und er ahnte, wenn er diese Kiste öffnen würde, dann wäre darin – nichts. Nur eine kalte, dumpfe Leere.

Die Sekretärin kam herein und legte einen dicken Stapel Post auf den Schreibtisch. Dr. Kallenbach betrachtete ihr wiegendes Hinterteil, während sie den langen Weg bis zur Tür zurückging. Dabei sprach er über die sozialen Errungenschaften des Unternehmens.

Als die Tür klickend ins Schloss fiel, fragte Anton: „Gab es in Ihrem Leben jemals eine Entscheidung, die Sie zutiefst bereuen?"

Dr. Kallenbach starrte ihn an, mehr irritiert als verärgert über diese plötzliche Unterbrechung. Er schwieg einen Atemzug lang. Ein ungewöhnlicher Ausdruck huschte über sein Gesicht, aber verschwand so rasch wieder, wie er gekommen war. „Kein Mensch ist ohne Fehler“, sagte er. „Natürlich bin ich mir bewusst, dass gerade in hohen Verantwortungspositionen eine Fehleinschätzung gravierende Folgen haben kann. Darum planen wir äußerst gründlich und prüfen sehr genau alle Risiken, ehe wir eine wichtige strategische Entscheidung treffen. Um Ihnen ein Beispiel zu nennen ...“

Anton spürte, dass sein Gegenüber wieder sein inneres Grammophon eingeschaltet hatte. Er wollte gerade erneut unterbrechen, als sein Blick auf den Stapel mit Post fiel. Ganz zuoberst lag ein dickes Kuvert des Verkehrsministeriums. Es war unwichtig. Darunter lag ein Brief aus Übersee. Auch der war bedeutungslos. Die anderen Briefe lagen so, dass er kaum etwas erkennen konnte. In diesem riesigen Stapel gab es nur eine Zuschrift, die wichtig war. Er hätte nicht sagen können, woher er das wusste, aber sein Blick wurde wie magisch von dem etwas vergilbten, gezackten Rand einer Postkarte angezogen, die aus dem Stapel herausragte.

„Sie sollten sie lesen!“, entfuhr es ihm.

„Bitte?“ Dr. Kallenbach starrte ihn an.

Anton deutete auf den Stapel an Post. „Sie sollten diese Karte dort lesen!“

„Wollen Sie sich über mich lustig machen?“

„Nein.“

Der Manager kniff die Augen zusammen. „Allmählich beschleicht mich der Verdacht, dass Sie gar kein Journalist sind! Sie stellen mir merkwürdige Fragen und hören mir offenbar gar nicht zu.“

Das liegt daran, dass Sie meine Fragen gar nicht beantworten, wollte Anton antworten. Stattdessen sagte er: „Ich bin Journalist. Sie können das gerne nachprüfen.“

„Und was soll das Ganze dann? Das ist doch kein richtiges Interview! Was wollen Sie eigentlich von mir?“ Mit jedem Satz wuchs der Zorn in der Stimme des Managers. Die verzierte Kiste verlor etwas von ihrem Lack. Aber gleichzeitig wurde deutlich, dass sie doch nicht ganz leer gewesen war. Tief unten am Boden war etwas verborgen gewesen und jetzt kam es zum Vorschein. In der Hauptsache war es Angst. Aber auch noch etwas anderes, das schwer einzuordnen war.

„Ich bitte Sie, diese Karte zu lesen", erwiderte Anton zu seinem eigenen Erstaunen.

„Was ist das für eine verdammte Karte? Was steht darauf?"

„Ich weiß es nicht."

Dr. Kallenbach starrte ihn aus zornig blitzenden Augen an. „Ich warne Sie! Treiben Sie es nicht zu weit."

Anton schwieg.

Der Mann im Nadelstreifenanzug nickte langsam. „Dieses Spiel wird noch Folgen haben", sagte er leise. Dann stand er zu Antons Überraschung tatsächlich auf und durchwühlte den Poststapel, bis er auf die vergilbte Postkarte stieß. Anton konnte das Bild erkennen. Es zeigte die Fotographie eines kleinen Jungen mit Pickelhaube, der auf einem Schaukelpferd saß und einen Säbel schwang. Eine Feldpostkarte? Antons Onkel hatte damals ganz ähnliche Karten von der Front geschickt, bis er in irgendeinem Schützengraben in Belgien gestorben war.

Dr. Kallenbach hielt die Karte in den Händen. Seine Lippen waren zu einem dünnen Strich zusammengepresst. Er las. Seine Augen huschten über die Zeilen. Anton konnte sehen, wie der Mann erbleichte. Er schluckte, las weiter ... oder las er von vorn?

Dann blickte er auf. „Woher ...?", krächzte er.

Anton bemerkte zu seinem Erschrecken, dass die Hände des Mannes zitterten.

„Warum jetzt?", kam es flüsternd von den Lippen des Mannes. Sein Blick glitt durch Anton hindurch. Alles an ihm erschlaffte. Sein Arm sackte herab und die Karte entglitt seinen Händen. Anton sprang auf, weil er dachte, der Mann würde gleich zusammenbrechen, doch er stand einfach nur reglos da und starrte an Anton vorbei an die Wand.

Anton schluckte. Er wagte nicht, sich zu rühren. *Was habe ich nur angerichtet?*, schoss es ihm durch den Sinn. *Was passiert hier?*

Dr. Kallenbach war so bleich wie ein Laken. Er schien nichts um sich herum mehr wahrzunehmen. Doch plötzlich, so abrupt, dass Anton erschrocken die Luft einsog, ging ein Ruck durch den Körper des Mannes. Er straffte sich und ging mit raschen Schritten ohne ein Wort des Abschieds aus dem Raum.

Gut!, dachte Anton, aber er wusste nicht recht, warum er dies dachte.

„Dr. Kallenbach?“, hörte Anton die Stimme der Sekretärin. „Dr. Kallenbach!“

Antons Blick fiel auf die Karte. Er kniete nieder und hob sie auf.

Mein lieber Hubert,

stand dort in etwas krakeliger Schrift geschrieben,

nun hast du doch die Greta abgekriegt, du alter Hundesohn! Du ahnst ja gar nicht, was für ein Glück du hast. Du bekommst süße Küsse und mir schneiden sie eine Kugel aus der Wade.

Ach, ich gönn es dir. Wenn ich wieder Heimaturlaub habe, müssen wir eure Verlobung unbedingt nachfeiern!

Werde glücklich, mein Freund!

Paul

Sorgsam legte Anton die Karte zurück auf den Schreibtisch und verließ den Raum.

Was bedeutet das?

Zurück in der Redaktion stellte er Recherchen an und erfuhr, dass Paul Horner der beste Freund von Hubert Kallenbach gewesen war. Offenbar waren beide in dasselbe Mädchen verliebt gewesen. Doch Greta war Hubert Kallenbachs Frau geworden. Inzwischen lebte sie mit ihren beiden gemeinsamen Töchtern in Stettin. Die Eheleute sahen einander kaum noch.

Zwei Tage, nachdem Paul seine Glückwunschkarte geschrieben hatte, starb er. Das Feldlazarett wurde von einer verirrten Granate getroffen. Die Karte war zwei Monate unterwegs gewesen, ehe sie Stettin erreichte. Da die Kallenbachs zu diesem Zeitpunkt schon verheiratet und auf Hochzeitsreise waren, nahm der Portier die Post in Empfang. Er erlitt am gleichen Tag einen schweren Unfall, als er betrunken über die Straße taumelte und von einem vorbeifahrenden Pferdekarren gestreift wurde. Mehrere Wochen lag er im Krankenhaus. Seine Mutter kümmerte sich derweil um seine Wohnung. Die Postkarte nahm sie mit, da ihr das Bild so gut gefiel. Sie hängte sie neben ihren Spiegel ins Schlafzimmer. Lesen konnte sie nicht, sie war Analphabetin. Als sie elf Jahre später verstarb, kümmerte sich ein Neffe um die Wohnungsauflösung. Dessen Frau, eine offenbar sehr gewissenhafte junge Dame, arbeitete bei der Post. Sie sorgte dafür, dass die Karte über ein Jahrzehnt, nachdem sie verfasst worden war, an die korrekte Adresse zugestellt wurde. Die Haushälterin der Kallenbachs nahm die Post in Empfang und sandte die Karte, wie alle Briefe, die an Herrn Kallenbach adressiert waren, direkt an sein Büro in Berlin.

Anton schwirrte der Kopf von all diesen Details. Was für ein absurder Zufall! Warum nur war ihm diese Karte ins Auge gefallen? Der Artikel, den Anton spät in der Nacht zurechtstrickte, war mehr als dürftig und brachte ihm einen Rüffel seines Redakteurs ein.

Eine Woche später erfuhr er, dass Kallenbach sein Reichstagsmandat niedergelegt hatte und für keinerlei Interviews mehr zur Verfügung stand. Er sei für längere Zeit in Urlaub, hieß es aus seinem Büro.

Gut, dachte Anton, aber er hätte niemandem erklären können, warum er so dachte.

Aber es sollte noch schlimmer kommen.

Eilig verließ Anton den Kölner Hauptbahnhof. Er war spät dran. Der 5. Reichsparteitag der Zentrumspartei sollte in wenigen Minuten beginnen. Doch je näher er seinem Ziel kam, desto langsamer wurden seine Schritte. Überall und an den merkwürdigsten Orten fielen ihm plötzlich Dinge auf, die er sonst gar nicht wahrgenommen hätte: Ein junger Mann saß nachdenklich auf einer Bank. Sein Atem dampfte in der frostigen Luft, aber er schien die Kälte gar nicht zu bemerken. Normalerweise hätte Anton ihn keines zweiten Blickes gewürdigt, doch jetzt verlangsamten sich seine Schritte, und ein leises Kribbeln war in seinem Bauch. Er spürte: In diesem Augenblick geschah gerade etwas ungeheuer Bedeutsames! Er kam an einer hageren, alten Frau vorbei, die ein Paket unter den Arm geklemmt hatte und ängstlich zu einem Fenster im dritten Stock eines Hauses hinaufblickte. Er ertappte sich dabei, dass er stehen blieb und sie anlächelte. Doch sie beachtete ihn nicht. Er wusste, dass sie gleich das Haus betreten und Wunderbares bewirken würde.

Immer langsamer wurden seine Schritte. In der Ferne sah er bereits die Flaggen mit dem Symbol der Deutschen Zentrumspartei wehen. Einige Personen eilten hastig die breiten Stufen des Gebäudes empor. Doch Antons Blick fiel auf eine beleibte Frau mittleren Alters, die langsam auf eine kleine Kirche zuging, welche sich unscheinbar in die graue Häuserfront einer Gasse einfügte. Sie ging ein wenig nach vorn gebeugt, als müsse sie sich gegen einen starken Widerstand stemmen. Es war, als würde sich eine dunkle Wolke um die Frau zusammenballen und ihr den Weg versperren. Aus irgendeinem Grund wusste er, dass diese Frau schreckliche Erinnerungen in sich trug. Erinnerungen, die etwas mit dieser kleinen Kirche zu tun hatten.

Ein Schauder packte ihn, denn in diesem Moment spürte er, dass die Frau das Mutigste tat, das er jemals in seinem Leben gesehen hatte.

Die Frau blickte zu ihm herüber und er nickte ihr zu. Dann war sie an ihm vorbei und stieg die Stufen zur Kirche empor. Die Dunkelheit erzitterte. Sie öffnete die Tür und trat ein.

Anton starrte ihr hinterher und bemerkte, wie sein Blick verschwamm. Weinte er? Hastig nahm er die Brille ab und wischte sich die Augen. Was geschah mit ihm? Das waren doch alles ganz banale Dinge, die er hier beobachtet hatte. Fing er an durchzudrehen? Vor einiger Zeit hatte er von einer Geisteskrankheit gehört, bei der Menschen den banalsten Ereignissen dramatische Bedeutung zumaßen. Sie sahen überall geheimnisvolle Zusammenhänge und verborgene Botschaften.

Kopfschüttelnd setzte er die Brille wieder auf und ging weiter. Der Unterschied zu seinen bisherigen Erfahrungen war allerdings, dass es hier nicht um ihn ging. Vielmehr hatte er einfach nur den Eindruck, dass er schärfer sehen konnte, dass er durch den Dunstschleier der Zeit einen Blick auf die Ewigkeit erhaschte. Auch wenn das Ganze seine Vorstellungen völlig über den Haufen warf. Hier wurde keine Weltpolitik gemacht, es gab keine bahnbrechenden wissenschaftlichen Entdeckungen oder große humanitäre Gesten. Und dennoch wusste er mit unumstößlicher Sicherheit, dass die Galaxien für diese Momente geboren worden waren und dass die Sonne an diesem Morgen aufgegangen war, damit diese Dinge geschehen konnten.

Benommen von der Wucht seiner Empfindungen stieg er die Stufen zum Parteitagsgebäude hinauf. Er zeigte seinen Presseausweis vor und gesellte sich zu den Kollegen. Ludwig Kaas hielt gerade eine Rede, die mit deutlichen Seitenhieben gegen die christlichen Gewerkschaften gespickt war, doch Anton achtete kaum darauf. Heute, in diesem Moment, geschah das Bedeutsame nicht am Rednerpult. Sein Blick huschte über die Reihen der Parteimitglieder hinüber zu den Hotelangestellten, die unauffällig ihren Dienst versahen, und blieb schließlich an einer hageren jungen Frau hängen, die einem dicken Mann mit Zigarre einen Aschenbecher reichte.

Anton zwängte sich an seinen Kollegen vorbei. Er ignorierte die verärgerten Blicke der anderen und schritt an den Reihen der Parteimitglieder entlang auf die Frau zu. Sie sah müde aus und traurig. Wie ihre Kolleginnen trug auch sie ein Namensschild: „Frl. Erna Gräupelchen" stand darauf.

Sie blickte erst auf, als Anton direkt vor ihr stand. „Ja?" Sie zwang ein Lächeln auf ihre Lippen. „Wie kann ich Ihnen weiterhelfen?"

Anton spürte, wie er rot wurde. *Was, zum Henker, mache ich hier? Ich kenne die Frau doch gar nicht!*

„Suchen Sie die Toiletten?"

Er schluckte. Dann sah er die Verzweiflung in ihren Augen.

„Ich …“ Er räusperte sich. „Ich wollte Ihnen nur sagen … Es ist noch nicht zu spät!“

Die Frau erstarrte. „Was …?“

„Es ist noch nicht zu spät!“, wiederholte Anton mit festerer Stimme.

Tränen schossen in die Augen der Frau. Sie schluchzte und presste die Hand vor den Mund. Dann wandte sie sich abrupt ab und eilte den Gang entlang Richtung Ausgang.

Eine Kollegin der Frau warf Anton einen finsteren Blick zu. Ein älterer Mann beschwerte sich über die Unruhe. Ohne nachzudenken, wandte Anton sich um und folgte der Frau. Als er aus dem Gebäude trat, sah er ihren Rock gerade noch um die nächste Häuserecke verschwinden. Er spurtete über die Straße, folgte ihr durch mehrere schmale Gassen, bis er sie schließlich neben einer schäbigen kleinen Kneipe durch einen Hofeingang verschwinden sah. Leise trat er in den Durchgang und spähte durch die halb offene Tür auf einen schmutzigen Hinterhof. Es stank nach billigem Essen, kalter Asche und Urin. Zwischen achtlos fortgeworfenen Zigarettenkippen und zerbrochenen Bierflaschen stand eine Apfelkiste auf dem Boden. Die junge Frau kniete nieder. Langsam beugte sie sich vor und zog unendlich behutsam ein in eine schäbige Decke eingewickeltes Bündel aus der Kiste und drückte es an sich.

Anton zuckte zusammen, als das Bündel sich bewegte und ein leises Wimmern von sich gab. „Es tut mir leid! Es tut mir so leid!“, flüsterte die junge Frau.

Plötzlich öffnete sich die Hintertür der Kneipe und eine beleibte ältere Frau in einem schmutzigen Kittel trat heraus. Sie goss eine Schüssel mit schmutzigem Wasser auf den Boden. Misstrauisch beäugte sie die junge Frau. „Was willst du hier?“

„Nichts.“ Die hagere Frau wandte sich ab und ging auf das Tor zu.

Anton trat zurück in den Schatten.

Als die Frau in den Hofeingang trat, bemerkte sie ihn und zuckte erschrocken zusammen. „Sie?“

Anton nickte. Gemeinsam verließen sie den Hinterhof.

Erna Gräupelchen drückte das Bündel fester an sich. „Sie sind mir gefolgt!"

„Ich wollte Sie nicht erschrecken."

„Sind Sie ...", die Frau senkte den Blick, „... sind Sie von der Polizei?"

„Nein."

„Wohnen Sie hier?"

Anton schüttelte den Kopf.

„Aber woher wussten Sie dann ..." Sie verstummte. Plötzlich trat ein ehrfürchtiger Ausdruck auf ihr verhärmtes Gesicht. „Sind Sie ein Engel?"

Anton musste lächeln. „Nein, ganz bestimmt nicht." Er beugte sich vor und erhaschte einen Blick auf ein winziges, von spärlichem Haarflaum bedecktes Köpfchen. „Ich bin Journalist."

„Oh ... Ich ... ich wusste mir nicht mehr zu helfen. Ich war so verzweifelt!"

Er zog seinen Mantel aus und legte ihn ihr über die Schultern. „Und jetzt?"

„Bin ich immer noch verzweifelt ... und glücklich." Sie lachte und gleichzeitig schossen ihr die Tränen in die Augen.

„Sie sind ein bewundernswerter Mensch, Frau Gräupelchen."

„Sie machen sich über mich lustig."

„Nein, ich entdecke gerade die Wirklichkeit. Darf ich über Sie schreiben?"

„Ich glaube nicht, dass sich irgendjemand für mich interessiert."

„Und ich glaube, Sie irren sich."

Anton seufzte und fuhr sich mit der Hand durchs Haar. Sein neues Büro hatte große Ähnlichkeit mit einer Besenkammer. Er fühlte sich wie ein Kaninchen, das man in einen Schuhkarton gesperrt hat. Dabei war er sich doch so sicher gewesen, dass die Leser sich für diese Geschichte interessieren würden. Er konnte sich nicht daran erinnern, jemals einen Text mit so viel Leidenschaft verfasst zu haben. Als er allerdings begeistert einem Kollegen davon erzählte hatte, war ein mitleidiger Blick die einzige Reaktion gewesen. Erste Zweifel waren in ihm aufgekommen und nach zwei weiteren kollegialen Gesprächen war Panik daraus geworden. Zu Recht, wie sich nun eindrucksvoll herausstellte.

Diese Brille, vorsichtig nahm er das Gestell von der Nase und legte es auf den winzigen Schreibtisch, *ist gefährlich.* Inzwischen war er sich ganz sicher, dass sie die Ursache für diesen ganzen Schlamassel war. Diese merkwürdigen Wahrnehmungen hatten erst begonnen, seit er dieses Ding auf der Nase hatte. Bislang hatte er allen Grund gehabt, stolz auf sein journalistisches Gespür zu sein. Erst seit er die Brille trug, schien ihn das Gespür für einen guten Artikel vollkommen verlassen zu haben.

Das konnte unmöglich so weitergehen. Er musste das Ding loswerden, und zwar schleunigst. Entschlossen griff er zum Telefon und vereinbarte einen Termin beim Optiker.

Schon einen Tag später stieg er mit energischen Schritten aus der U-Bahn am Nollendorfplatz. Zehn Minuten Fußweg, nur fünf Querstraßen, dann würde er endlich sein altes Leben zurückhaben. Aber bis dahin musste er vorsichtig sein. Wenn er doch nur nicht so blind wäre wie ein Nacktmull! Nervös nestelte er an der Brille.

Während er durch die Gassen eilte, versuchte er möglichst, den Blickkontakt zu anderen Menschen zu vermeiden. Das gelang auch recht gut, bis ihm plötzlich ein Klavier den Weg versperrte. Fluchend nestelte einer der beiden Möbelpacker an seinem Tragegurt. Aus einem Hauseingang tapste ein kleines Mädchen näher. Anton konnte den Blick nicht von ihm abwenden. Es bewegte sich eigenartig, und er erkannte, dass es seine Beine nicht richtig bewegen konnte. Auch seine Arme schlenkerten ungelenk hin und her. Anton musste es ansehen, mit der gleichen Zwangsläufigkeit, mit der er Atem holen musste. Das Mädchen bewegte sich konzentriert auf das Klavier zu. Ein dünner Speichelfaden rann ihm über das Kinn. Zaghaft streckte es einen Finger aus und drückte eine Taste. Ein heller zarter Ton erklang. Seine Augen wurden groß und ein Lächeln breitete sich auf seinen Lippen aus. Es spielte den nächsten Ton und sein kleines, missgestaltetes Gesicht begann zu leuchten.

Anton blieb stehen und starrte die Kleine an. Es war ein Moment vollkommener, reiner Schönheit. Wie nach einem langen Regentag, wenn der dichte, dunkle Schleier für einen Moment aufriss und sich die Strahlen der untergehenden Sonne einen Weg bis hinab zur tropfnassen Erde bahnten. Das Licht verwandelte alles. Was trist und grau gewesen war, begann mit einem Male, zu glänzen und zu funkeln, als hätte ein Künstler ein halbes Leben lang für diesen einen Augenblick gearbeitet.

Dann knurrte einer der beiden Möbelpacker: „Weg da!" Und der Moment erlosch mit sanftem Leuchten.

Benommen stolperte Anton weiter. Nur noch zwei Querstraßen.

„Du weest, watte zu tun hast!", zischte eine Stimme in einem dunklen Hauseingang. Zwei junge Burschen stürmten hervor. Im Vorbeilaufen streifte einer Antons Arm. Doch er hatte keine Chance, sich darüber aufzuregen, denn sein Blick wurde von einer Gestalt angezogen, die im Schatten des Hauseingangs stehen geblieben war. Er wollte weitergehen, seine Instinkte drängen ihn dazu. *Gefahr!,* rief alles in ihm. Aber er konnte den Blick nicht abwenden. Langsam ging er darauf zu. Eine hagere Gestalt schälte sich aus der Dunkelheit heraus. Es war ein Junge, nicht viel älter als sechzehn, aber sein Blick war kalt und hart. „Wat willste hier?", zischte er mit heiserer Stimme. Seine rechte Hand griff in die Tasche seines fadenscheinigen Mantels. „Besser, du verpisst dir, aber janz schnell!"

Anton rührte sich nicht von der Stelle. Ein dumpfes Gefühl der Furcht breitete sich in seinem Magen aus. Er spürte, wie seine Halsschlagader pulsierte, und doch konnte er den Blick nicht abwenden. Denn verborgen hinter nackter Aggression und bitterer Wut glomm ein winziges Licht, das immer schwächer wurde, eine Frage nur, mehr nicht.

Anton schluckte. „Was ich will, ist unwichtig", hörte er sich sagen. Seine Stimme zitterte. *Das ist doch Wahnsinn! Was mache ich hier?!,* schrie es in ihm. Aber er konnte den Blick nicht von diesem jungen Mann und von dem sanft verglimmenden Licht lösen. „Entscheidend ist doch“, fuhr er leise fort, „was willst *du*?“

Einen Atemzug lang starrte ihn der Junge einfach nur an. Dann fauchte er: „Wat jeht dir dit an!“ Bedrohlich kam er einen Schritt näher.

Anton wich nicht zurück. „Es geht mich gar nichts an“, sagte er leise. Zu seiner eigenen Überraschung fügte er hinzu: „Denn es geht nicht um mich. Es geht um dich!“ Verwirrt stellt er fest, wie gut es ihm tat, diese Worte zu sprechen, als würde ihm in diesem Moment eine Last von seiner Schulter genommen.

„Bist du irre?“, fauchte der Junge. „Für wen hältste dir eijentlich? Fürn Seelenklempner oder wat?“

Anton konnte den kalten Hauch seines Zorns spüren. Aber gleichzeitig erkannte er, dass das zarte Glimmen plötzlich aufflackerte, und in seine Angst mischte sich Glück.

„Du meinst wohl, dit Leben is janz einfach, wa?“ Der Junge schrie nun fast. „Kommst hier in deinem schicken, warmen Mantel anspaziert und willst die Welt verbessern?“ Bedrohlich kam er noch einen Schritt näher. „Gloobste wirklich, wir könn’ uns unser Leben aussuchen? Ick bin im Drecksloch jeborn und ick werd im Drecksloch verrecken. Dit is die Wahrheit!“ Er zog die Hand aus der Tasche. Ein Messer blitzte auf. „Und nun verpiss dir endlich, bevor ick dir dein Weltverbessererwanst uffschlitze.“

Anton hob beschwichtigend die Hände. „Was immer du tust. Es ist deine Entscheidung!“

Der Junge starrte ihn an. Seine Hand zitterte. „Spinner!“, flüsterte er. „Spinner!“ Es klirrte leise, als das Messer zu Boden fiel.

Anton lächelte.

Der Junge erwiderte seinen Blick, erst wütend, dann zunehmend nachdenklicher. Plötzlich wurde seine Aufmerksamkeit auf etwas hinter Anton gelenkt. Seine Augen weiteten sich. Im nächsten Moment wandte er sich um und hetzte davon.

„Halt! Stehen bleiben!“, ertönte ein lauter Ruf.

Als Anton sich umdrehte, prallte er gegen einen Mann in Polizeiuniform. Der Schwung ließ ihn nach hinten taumeln. Er ruderte mit den Armen, spürte, wie etwas unter den Sohlen seiner Schuhe knirschend zerbrach, und fiel schließlich gemeinsam mit dem um Gleichgewicht bemühten Ordnungshüter zu Boden.

„Sie Idiot, können Sie nicht aufpassen?!", knurrte der Polizist unbeherrscht. „Beinahe hätte ich den Burschen gehabt!"

„Tut mir leid", stieß Anton gepresst hervor.

Der Ordnungshüter krabbelte von ihm herunter. „Meine Brille! Wo zum Kuckuck ist meine Brille?"

Anton starrte schuldbewusst auf seinen rechten Fuß. Ein Teil des Brillenbügels hatte sich unter seiner Sohle verkeilt. Der Rest konnte nur noch als Trümmerhaufen bezeichnet werden. „Oh", entfuhr es ihm. Ein seltsames, warmes Kribbeln durchlief seinen Körper. Er warf einen Blick auf den Polizisten, der unbeholfen das Straßenpflaster abtastete.

„Wer hätte das gedacht?!", murmelte Anton leise.

„Wie bitte?!", fuhr ihn der Polizist an. „Wollen Sie sich über mich lustig machen?"

„Keineswegs", erwiderte Anton. „Ich will Ihnen etwas schenken."

„Hä?"

Halb bedauernd, halb erleichtert nahm Anton die Brille von der Nase und reichte sie dem Polizisten. „Nehmen Sie diese."

„Was soll ich denn mit Ihrer Brille anfangen?"

„Es ist nicht meine. Setzen Sie sie auf und Sie werden es sehen", erwiderte Anton.

Verdutzt gehorchte der Beamte. Dann rappelte er sich auf.

Anton ebenfalls. Das Gesicht des Polizisten war verschwommen, aber er spürte, dass der Mann ihn anstarrte.

„Behalten Sie sie so lange, bis ein anderer sie braucht", sagte Anton, dann wandte er sich ab und tappte vorsichtig die Straße entlang. Der Bürgersteig war kaum mehr als ein verschwommenes Muster aus grauen Flächen und dunklen Linien. *Vielleicht ... vielleicht kann man das Sehen ja neu lernen*, ging es ihm durch den

Kopf. Sein Fuß blieb an einem vorstehenden Pflasterstein hängen. Er stolperte und stieß gegen eine Hauswand. Ein Lächeln huschte über sein Gesicht ... *Und vielleicht ist hier und da ein bisschen Hilfe notwendig.*

Lager Ketschendorf

Erwin schlug sein zerfleddertes Notizbuch wieder zu und verstaute es sorgfältig in seiner Manteltasche.

Rasmus hatte nachdenklich den Blick gesenkt. Es fiel ihm schwer, seine Gefühle einzuordnen. Die halbe Welt lag in Trümmern. Millionen von Menschen hatten den grausamsten Krieg, der jemals auf dieser Erde tobte, nicht überlebt. Millionen waren ermordet worden. Und sie, die Täter und vielleicht auch Opfer dieses Krieges waren und überlebt hatten, rollten nun einer ungewissen Zukunft entgegen. Durfte es angesichts dieser Ereignisse überhaupt noch so etwas Banales wie Geschichten geben? Musste nicht jeder Gedanke, jedes Nachsinnen über Sinn und Unsinn, über Gut und Böse erstarren und zur Bedeutungslosigkeit zerfallen? Mussten sich nicht die Sonne verhüllen und der Mond in Finsternis versinken angesichts des Schreckens, der sich ihnen offenbarte? Und doch war die Sonne auch an diesem Morgen aufgegangen. Rasmus atmete, er hatte Durst gehabt und getrunken, und er war nach anfänglichem Widerstreben in die Worte versunken, die von Erwins Lippen gekommen waren. Die Geschichte hatte ihn gepackt, hatte ihn fasziniert und gleichzeitig auch ein Unbehagen in ihm ausgelöst, das er sich selbst nicht so ganz erklären konnte.

„Das war eine verzauberte Brille, stimmt's?", meldete sich die quäkende Stimme von Hans zu Wort. Etwas verärgert, weil der junge Mann ihn so rüde aus seinen tiefgründigen Gedanken riss, blickte Rasmus auf.

Erwin lächelte. Er wirkte erschöpft. Das hatte man ihm beim Lesen gar nicht angemerkt. „Ich weiß nicht, ob die Brille verzaubert war. In jedem Fall hat sie etwas ganz Besonderes bei den

Menschen bewirkt, die sie getragen haben." Er schwieg einen Moment, dann fuhr er fort: „Soll ich dir sagen, was ich glaube?"

Hans nickte eifrig.

„Ich glaube, es war Gottes Brille."

„Was?", entfuhr es dem jungen Mann. „Das ist doch Blödsinn. Gott braucht doch keine Brille!"

Rasmus schnaufte. „Vielleicht doch?"

Erwin lächelte. „Wenn es stimmt, was wir jedes Jahr am 24. Dezember feiern, dann lag diese Brille verpackt in Windeln und Stroh in einer Futterkrippe."

„Aber darum geht es in dieser Geschichte nicht. Habe ich recht?", warf Rasmus ein.

„Worum dann?", fragte Hans.

„Das Universum ist riesig", sagte Erwin. „Bedeutet das wirklich, dass die Erde unbedeutend ist? Ein großer Erdklumpen kann ohne Schwierigkeiten einen Menschen unter sich begraben und sein Leben auslöschen. Bedeutet dies, dass der Erdklumpen wichtiger wäre als der Mensch? Ist ein Mann mit Macht wichtiger als ein Ohnmächtiger? Könnte es nicht sein, dass die Dinge, die wahrhaft Bedeutung haben, sich unseren Maßstäben entziehen? Wäre es nicht möglich, dass all die großen historischen Ereignisse, die unsere Geschichtsbücher füllen, in Wahrheit nur unwichtige Randnotizen der Wirklichkeit sind? Natürlich überdauern Zivilisationen oft viele Generationen von Menschen. So gesehen wäre das Individuum lediglich ein winziges, unbedeutendes Körnchen in der Sanduhr des Universums. Was aber, wenn die Zeit nur der Geburtskanal der Ewigkeit ist? Was, wenn das Individuum das Bleibende und die Gesellschaft nur eine kurze Episode ist? Dann drehen sich die Verhältnisse. Der Wert unserer Lebenszeit ergibt sich nicht aus der Masse an Tagen, die wir anhäufen. Er ergibt sich auch nicht aus unseren Erfolgen oder unserem Wohlstand, sondern aus jenen einzelnen Momenten, in denen unser Leben die Ewigkeit berührt."

Nachdenklich betrachtete Rasmus das bleiche Gesicht des alten Soldaten. Er hatte mit einer Leidenschaft gesprochen, die erahnen ließ, wie viel ihm diese Geschichte bedeutete. Doch bevor Rasmus fragen konnte, was es damit auf sich hatte, endete das stete Ruckeln des Wagens. Bremsen quietschten und das Knattern des Dieselmotors erstarb mit einem Seufzen. Die Ladeklappe des LKW-Anhängers krachte herunter. Russische Soldaten mit Gewehren erschienen.

„Aussteigen. *Dawai, dawai*!“

„*Dawei*?“, fragte Rasmus.

„Das heißt ‚schnell‘!“, erwiderte Hans. Sein Gesicht wirkte angespannt.

Ein dumpfer Schlag war zu hören und ein lauter Schmerzensschrei erscholl. Spätestens jetzt beeilten sich alle Gefangenen, dem Befehl Folge zu leisten.

Rasmus sprang auf. Seine Beine wollten ihm nicht recht gehorchen und ihm war schwindlig. Mit dem Strom der Gefangenen purzelte er von der Ladefläche. Hastig rappelte er sich wieder auf. Gemeinsam mit Erwin taumelte er weiter. Sie befanden sich am Rande der Ortschaft Ketschendorf. In großer Eile wurden die Gefangenen zusammengetrieben. Befehle wurden gebrüllt, hin und wieder wurde von den Gewehrkolben Gebrauch gemacht, bis alle regungslos in Reih und Glied dastanden. Und dann geschah ... nichts.

Die Sonne schien warm vom Himmel. Schweiß lief ihm über das Gesicht und rann in seinen Hemdkragen. Die ungewaschene Haut unter seiner verdreckten Uniformjacke juckte. Ihm war schwindlig. Seit zwei Tagen hatte er nichts gegessen. Es fühlte sich an, als würde sein Magen beginnen, sich selbst zu verdauen. Am schlimmsten jedoch war der Durst. Obwohl er im LKW noch einen Becher Wasser getrunken hatte, fühlte er sich wie ausgedörrt.

„Worauf warten wir?“, wisperte Rasmus Erwin zu, der direkt neben ihm stand.

„Halt’s Maul!“, zischte eine Stimme von hinten.

Das war das einzige Gespräch für die nächsten zwei Stunden.

Rasmus hatte das Gefühl, als wäre ein halber Tag vergangen,

ehe ein Offizier in Begleitung einer jungen russischen Ärztin vor sie trat.

„Chitler kaputt! Krieg vorbei", erklärte er. Dann ließ er seinen Blick über die Reihen der Gefangenen streifen. „Deutschland kaputt! Aber ihr wieder aufbauen!"

Dann nickte er knapp und ging zurück zu seinem Wagen.

„Was für eine beeindruckende Rede", spöttelte jemand flüsternd.

„Sein Deutsch ist wesentlich besser als mein Russisch", sagte Rasmus leise. Er ärgerte sich über die Arroganz, die aus den Worten des Mitgefangenen herausgeklungen war, und gleichzeitig biss er sich auf die Lippen, weil er überhaupt den Mund aufgemacht hatte. Die junge russische Ärztin warf ihm einen Blick zu, der so hasserfüllt war, dass ihm ein Schauer über den Rücken fuhr. Was sah sie in ihm? Ob er irgendjemandem ähnlich sah, der ihr furchtbares Leid angetan hatte?

Ein Mann in russischer Uniform trat neben die Frau. Als er den Mund öffnete und in leierndem Tonfall bekannt gab, was die Gefangenen nun erwartete, erkannte Rasmus, dass er ein Deutscher sein musste. Alle Gefangenen der ruhmreichen Roten Armee würden nun ihren Unterkünften zugeordnet und dort medizinisch untersucht. Abschließend verlas er die Lagerordnung, verbunden mit der unverhohlenen Drohung, dass jeder Posten den Befehl hätte, bei Zuwiderhandlung ohne Vorwarnung zu schießen.

Sie wurden auf ein notdürftig umzäuntes Gelände geführt, auf dem die etwas heruntergekommenen Häuser einer ehemaligen Arbeitersiedlung standen. Auf einem zerschossenen Schild las Rasmus „Deutsche Kabelwerke".

Er war dankbar, dass er derselben Unterkunft zugeteilt wurde wie Erwin. Auch wenn sich das Haus als viel zu klein für die Menge an Menschen erwies. Zusammengepfercht hockten sie auf dem nackten Fußboden. Der Gestank nach ungewaschenen Leibern wurde nicht erträglicher, als sie sich für die medizinische Untersuchung entkleiden mussten.

Die junge Ärztin betrat begleitet von mehreren Soldaten den Raum. Sie rümpfte die Nase. Auf einem Foto hätte sie vielleicht attraktiv ausgesehen, aber sie strahlte eine Kälte aus, dass Rasmus selbst in diesem stickigen Raum fröstelte. Als Erstes wandte sie sich einem jungen rothaarigen Mann zu, dessen Augen fiebrig glänzten. Sein magerer Brustkorb wurde immer wieder von Hustenanfällen geschüttelt.

Sie sagte irgendetwas auf Russisch und der deutsche Rotarmist übersetzte: „Heb den linken Arm!"

Der Mann gehorchte. Die Ärztin hob die Brauen, dann nickte sie knapp, und der Nächste sollte vortreten.

Verwundert stellte Rasmus fest, dass sie den offensichtlich kranken Mann nicht weiter untersuchte. Stattdessen sollte auch der nächste Gefangene den linken Arm heben. So ging es von einem zum Nächsten.

Schließlich verengten sich ihre Augen. Ihre Hand schoss vor, krallte sich in den Arm des Mannes, der vor ihr stand. Sie zischte einen Satz auf Russisch.

Der Mann wurde abgeführt, und nun erst verstand Rasmus, wozu diese ganze Prozedur eigentlich diente. Es ging nicht um eine medizinische Untersuchung. Der Mann hatte auf der Innenseite des Oberarms einen Buchstaben eintätowiert, ein einfaches A. Es war seine Blutgruppe. Aber diese scheinbar harmlose Tätowierung kennzeichnete ihn als Mitglied der Waffen-SS. Verstohlen sah sich Rasmus um. Einige der Gefangenen waren eine Spur blasser geworden.

Insgesamt acht Mann wurden abgeführt, darunter auch zwei Personen, die eine Schussverletzung an ausgerechnet jener Stelle trugen, an der sich üblicherweise die Blutgruppentätowierung befand.

Als die Tür sich mit einem lauten Krachen schloss, konnte Rasmus spüren, wie ein Aufatmen durch die Reihen der zurückgebliebenen Männer ging.

Kurz darauf öffnete sich die Tür erneut und zwei Gefangene brachten ein paar Dutzend Decken für die Männer. Einer von ihnen war der bärtige Unteroffizier, der mit ihnen im Wagen gewesen war und sie vor Hans gewarnt hatte. Offenbar war er während der Untersuchung gar nicht hier gewesen. Aber vielleicht hatte Rasmus ihn auch übersehen.

Die Decken waren alt und fadenscheinig. Dennoch waren sie eine menschliche Geste und einige der Gefangenen schöpften daraus Hoffnung. „Vielleicht lassen sie uns bald ziehen?", murmelte einer von ihnen.

„Sei nicht so naiv!", brummte der bärtige Unteroffizier. „Diese Decken bedeuten genau das Gegenteil! Wir sind hier die Sklaven, deren Arbeitskraft man erhalten möchte."

„Was macht dich da so sicher?", hörte Rasmus sich selbst fragen.

Der Mann sah ihn an. „Hat dich dieser verdammte Krieg denn gar nichts gelehrt?" Er kam einen Schritt näher. „All die schönen Ideale sind doch nichts als eine Verkleidung, ein Fetzen Stoff aus hehren Zielen und dem Geschwafel von Brüderlichkeit und Gerechtigkeit. Und es ist völlig gleichgültig, ob ich diesen Stoff in einen roten Farbtopf tunke oder einen braunen oder ob ich vielleicht noch etwas Weihwasser darauf sprenkel. Hinter diesem dünnen Fetzen Stoff lauert ein wildes Tier – die blutgierigste Bestie, die dieser Planet jemals hervorgebracht hat." Seine Augen flackerten. „Sie werden noch viele von uns töten, durch Kugeln und Schläge, durch Krankheit und Hunger. Die Überlebenden werden arbeiten, bis sie kaum mehr sind als wandelnde Wracks. Das werden sie mit uns machen!" Nun trat er noch dichter an Rasmus heran. „Und weißt du auch, warum sie das tun werden? Weil sie es können!" Er schnaubte. „So einfach ist das, mein Junge."

„Rasmus. Mein Name ist Rasmus ... Salomo Eichdorff!" Er sah dem Mann in die Augen. „Ich heiße nicht ‚mein Junge'."

„Salomo!", hörte Rasmus es hinter sich tuscheln. „Da haben uns die Russen wohl einen Judenbengel eingeschmuggelt."

„He, Schlomo, bist du hier, um uns auszuspionieren?", fragte ein anderer höhnisch.

Es wurde noch weiter getuschelt. Irgendjemand murmelte, sie sollten lieber das Maul halten. Rasmus achtete nicht auf das Gerede.

Der bärtige Unteroffizier starrte Rasmus an. Seine Gesichtszüge blieben ausdruckslos. Schließlich knurrte er: „Fritz Kupilas." Er drückte Rasmus so fest die Hand, dass dessen Gelenke knirschten. Dann wandte er sich ab.

Das Gemurmel im Raum erstarb langsam.

Rasmus sah sich um und entdeckte Erwin neben dem fiebrigen jungen Mann mit den roten Haaren, den die Ärztin zuerst untersucht hatte.

„Du heißt wirklich Salomo?", fragte der Rotschopf.

Rasmus nickte. „Mein Vater ist Pfarrer, und offenbar hatte er große Pläne mit mir, als er mich nach dem Fürsten der Humanisten und dem weisesten Mann des Alten Testaments benannte." Er grinste schief. „Allerdings hat er seine Meinung etwas später revidiert und meinen zweiten Namen standesamtlich tilgen lassen."

„Und?", fragte Erwin. „Bist du ein Salomo?"

Rasmus verzog das Gesicht. „Wär' ich dann hier?" Er wandte sich an den Rotschopf. „Wie heißt du?"

„Walter Henning", erwiderte der junge Mann.

Rasmus hockte sich neben ihn. „Wo kommst du her?"

„Von der Küste. Genauer gesagt aus dem Dithmarschen vom Adolf-Hitler-Koog." Er verzog das Gesicht. „Ich sollte erst zur Marine, aber ich bin nicht seetauglich. Mir wird schon schlecht, wenn ich in eine Badewanne steige."

„Na, dann bist du hier ja außer Gefahr", warf Rasmus ein.

„Wohl war." Der junge Mann versuchte zu lächeln. Aber es war nicht zu übersehen, dass er Schmerzen hatte. Das Atmen fiel ihm schwer. „Jedenfalls kam ich dann zum Heer, erst in die Heeresgruppe Nord, dann Mitte."

„Bist du verwundet?", fragte Rasmus.

Walter schüttelte den Kopf. „Hab kaum was abgekriegt. Aber in den Pripjetsümpfen habe ich mir ein Fieber geholt, das mich hartnäckig verfolgt. Kaum geht es mir etwas besser, kehrt es auch schon wieder zurück." Er hustete.

„Vielleicht solltest du dich ein bisschen ausruhen?", meldete sich Erwin zu Wort.

Der Mann nickte. „Keine schlechte Idee. Ich hab ohnehin gerade nichts Besseres vor."

„Hier ..." Erwin zog seine Uniformjacke aus, faltete sie zusammen und drapierte sie als Kopfkissen.

Walter wollte widersprechen, aber der ältere Soldat drückte den jungen Mann einfach auf das provisorische Kopfkissen. „Ruh dich aus! Ich brauche die Jacke nicht." Dann rückte er mit Rasmus ein wenig von dem Kranken ab.

„Hast du seine blau verfärbten Finger gesehen?", flüsterte er leise.

„Ja. Sind das Erfrierungen?"

„Nein, ich denke, das ist Sauerstoffmangel. Ich vermute, er hat eine üble Lungenentzündung."

„Dann braucht er Medizin!"

„Ja."

„Du siehst übrigens auch nicht besonders gut aus", bemerkte Rasmus. „Was macht deine Verletzung?"

„Es geht schon."

Von der Tür her drang Lärm zu ihnen herüber. „Zurück!", brüllte jemand. Die Tür wurde aufgestoßen und traf einen Mann, der nicht schnell genug war, hart in den Rücken. Zwei Wachposten drängten die Gefangenen zurück und zwei Männer in Uniform ohne Rangabzeichen brachten einen dampfenden Kessel herein. Einer von ihnen trug eine weiße Armbinde mit rotem Kreuz. Es war Hans. Der Dampf trug den Geruch von Brühe in sich. Rasmus spürte, wie sein Magen sich vor Hunger zusammenkrampfte. Er sah in die gierigen Gesichter der anderen Gefangenen. Jemand ließ achtlos einen Stapel Blechnäpfe neben dem Kessel zu Boden plumpsen. Es waren nicht annähernd genug für alle Gefangenen im Raum.

„Guten Appetit", sagte der Mann neben Hans. Er drehte sich

abrupt um und gab dabei dem jungen Mann einen kleinen Stoß. Hans geriet ins Straucheln und stieß gegen den Suppentopf, sodass dieser beinahe umgestürzt wäre. Es gelang Hans gerade noch, ihn festzuhalten, sodass nur ein Viertel des Inhalts auf den Boden schwappte. Ein Schrei des Entsetzens hallte in dem Raum wider und übertönte den erschrockenen Ausruf des Jungen. Ein Wachposten sprang vor, zog Hans auf die Füße und zerrte ihn mit hinaus. Die Tür hatte sich noch nicht geschlossen, als die Gefangenen schon auf den Kessel zustürmten. Einige Vernünftige versuchten, so etwas wie eine Verteilung zu organisieren, doch der Rest ignorierte sie. Bald war eine wilde Schlägerei um die wenigen Näpfe im Gange. Ein Mann steckte den Kopf in den Kessel und schlürfte direkt daraus. Er wurde jedoch sofort von mehreren am Hemd gepackt und nach hinten geschleudert. Fassungslos sah Rasmus zu, wie die dünne Suppe von den Kämpfenden verschüttet wurde. Gemüse wurde unter den Füßen der Männer zertreten und nach kaum zwei Minuten war der Spuk vorbei. Rasmus sah den bärtigen Unteroffizier Fritz Kupilas an der Wand stehen. Er hielt einen Blechnapf in beiden Händen. Von seinen Fingerknöcheln troff Blut. Ihre Blicke trafen sich. Der Bärtige lächelte. *Bestien,* formten seine Lippen lautlos. Dann trank er den letzten Schluck aus seinem Napf.

Rasmus ließ seinen Blick durch den Raum schweifen. Die meisten Gefangenen hockten mit leeren Blicken auf dem Boden. Einigen rann Blut aus zerschlagenen Nasen und aufgeplatzten Lippen. Manch einer hielt verschämt den Kopf gesenkt.

Hitlers Herrenrasse!, ging es Rasmus durch den Kopf. *Was für ein Irrsinn.* Dann krampfte sich sein Magen vor Hunger zusammen und er konnte an nichts anderes mehr denken als die verschüttete Suppe.

Rasmus hockte sich neben Erwin und Walter nieder. Auch sie hatten nichts von der Mahlzeit abbekommen. Walter schien zu schlafen.

Kurz darauf kamen die Wachen wieder und befahlen den Gefangenen, die „Schweinerei" wegzuräumen. Und dann mussten sie zum Zählappell. Rasmus versuchte, die russischen Wachen auf den kranken Walter aufmerksam zu machen. Doch die Posten brüllten nur: *„Dawai! Dawai!“*, und drohten mit ihren Gewehren.

Kurzerhand legten Erwin und Rasmus die Arme des Kranken über ihre Schultern und schleppten ihn nach draußen.

„Ich kann alleine stehen, Kameraden“, murmelte Walter.

Zögernd ließen die beiden seine Arme los. Er wankte etwas, konnte sich aber halten.

Der Zählappell zog sich über eine Stunde hin. Walters Gesicht war schweißüberströmt.

Ein Mann hielt eine längere politische Ansprache auf Deutsch. Es ging um die schwere Schuld des faschistischen Deutschland, um Wiedergutmachung und die Überlegenheit des Wissenschaftlichen Sozialismus. Die Worte des Mannes steckten voller künstlichem Pathos und erinnerten Rasmus unangenehm an die vielen kalten Sonntagvormittage, die er in der Kirche verbracht hatte, um den Predigten seines Vaters zu lauschen. Obwohl die Inhalte ganz andere waren, ähnelte sich die Art und Weise der Belehrungen erschreckend. Rasmus ließ die Worte an sich vorbeirauschen. Sein Geist versank in einem Nebel aus Erinnerungen. Das Gesicht seiner Mutter erschien vor seinem inneren Auge, damals, als sie noch jünger und fröhlicher gewesen war und die Krankheit sie noch nicht gezeichnet hatte. Für ihn hatte sie sich oft Geschichten ausgedacht, wenn er krank oder traurig war. Sie erzählte ihm von den haarsträubenden Abenteuern der Charlotte Schnupf, einer stets erkälteten Weinbergschnecke. Sie war es auch, die seine Liebe zu Büchern geweckt hatte. Und später, als seine Mutter nicht mehr da gewesen war, hatte Rasmus sich in eine Welt aus Geschichten zurückgezogen. Nur ein Mensch hatte die Mauer, die jene innere Welt umschloss, durchdringen können – Emmi!

Unwillkürlich wanderten seine Erinnerungen zurück zu jenem Tag am Badesee. Er schluckte. Ob irgendetwas anders verlaufen wäre, wenn er damals bei ihr geblieben wäre? Er stellte sich vor, wie es wohl gewesen wäre, wenn er mit ihr im Wasser getobt hätte. Er stellte sich vor, wie es gewesen wäre, mit dem Finger ganz sanft über ihre sommersprossigen Wangen zu streichen und ihre lächelnden Lippen zu küssen.

Unvermittelt drängte sich nun ein anderes Bild in sein Bewusstsein. Emmis bleiches Gesicht, verquollen und aufgeschürft von brutalen Schlägen. Und der leere Blick in ihren Augen, als sie sich von der Brücke stürzen wollte. Hundert Tage hatte sie ihm versprochen. Bald würde der dritte Tag anbrechen.

Er bemerkte eine Bewegung neben sich. Walter schwankte so stark, dass er zu stürzen drohte. Hastig ergriff Rasmus seinen Arm. Er glaubte, die Hitze des Fiebers durch die dünne Jacke hindurch zu spüren. „Halte durch“, wisperte er.

Walter nickte schwach.

Irgendwann war die politische Lehrstunde endlich vorbei und die Häftlinge wurden zurück in ihre Häuser getrieben.

Als die Tür zu ihrem Raum aufgestoßen wurde, stöhnten einige der Männer auf. Das Zimmer war vollkommen leer. Alles, was sie zurückgelassen hatten, war verschwunden. Jacken, Taschen, Geschirr, ein zweites Paar Unterhosen! Nur die fadenscheinigen Decken waren ihnen geblieben.

„Oh nein!“ Rasmus vernahm neben sich einen erstickten Aufschrei. „Mein Buch!“, keuchte Erwin entsetzt. „Es ist fort!“

Beweist uns, dass ihr Menschen seid

Die Posten drängten die Gefangenen in den leeren Raum und schlossen die Tür. Einige der beraubten Soldaten fluchten laut, andere ließen resigniert die Köpfe hängen. Rasmus blickte in das blasse Gesicht Erwins. „Dein Buch? Du meinst das Buch, aus dem du diese Geschichte vorgelesen hast?"

Erwin nickte. „Es war in meiner Uniformjacke."

„Oh."

Der alte Soldat hockte sich neben Walter, der erschöpft auf den Boden gesunken war.

„Das Buch bedeutet dir viel, oder?"

Erwin lächelte bedauernd. „Ziemlich dumm von mir, nicht wahr?"

„Ich wage nicht, dir zu widersprechen", erwiderte Rasmus und bemerkte befriedigt, dass ein Grinsen über das Gesicht des Mannes huschte. „Du solltest mehr um deine Jacke trauern", fügte er hinzu. „Wenn die Tage kälter werden, wirst du sie schmerzlich vermissen."

„Wenn es Herbst wird, kannst du meine Jacke haben", mischte sich Walter mit heiserer Stimme in das Gespräch ein.

„Unsinn, du brauchst deine Jacke selber!", widersprach Erwin.

„Dann nicht mehr", flüsterte Walter.

Rasmus biss sich auf die Lippen. Er hätte gern widersprochen. Aber seine Worte blieben ihm im Hals stecken. Das Gesicht des Soldaten glühte vor Fieber und das Rasseln seines Atems war auch ohne Stethoskop zu hören.

Auch Erwin sagte nichts.

Eine Mischung aus Wut und Resignation ergriff Rasmus. Er ließ seinen Blick über die Gesichter der anderen Gefangenen streifen. Den meisten schien es ähnlich zu gehen.

In einer Ecke des Raumes tuschelten zwei Männer miteinander. Schließlich nickte der eine, stand auf und ging zu einem anderen Mann, um ihm etwas ins Ohr zu flüstern. Der Zurückgebliebene lehnte sich entspannt gegen die Wand und verschränkte die kräftigen Arme vor der Brust. Es war der bärtige Unteroffizier Fritz Kupilas.

Einem plötzlichen Impuls folgend stand Rasmus auf, schlängelte sich durch die dicht an dicht auf dem Boden hockenden Männer.

„Darf ich mich zu dir setzen?“, fragte er, als er bei dem Bärtigen angelangt war.

Der Mann zuckte die Achseln.

Rasmus quetschte sich neben ihn. „Walter ... ist schwer krank“, sagte er nach einem kurzen Moment des Schweigens. „Der rothaarige Friese dort drüben.“ Er räusperte sich. „Vermutlich hat er eine schwere Lungenentzündung.“

Der andere reagierte nicht.

„Wenn er nicht dringend Medizin bekommt, stirbt er!“

„Vermutlich“, erwiderte der Bärtige.

„Er ... hat es nicht verdient zu sterben.“

„Und trotzdem holt der Tod uns alle. Ich kenne viele traurige Geschichten. Also, warum erzählst du mir das?“

„Wir müssen ihm helfen!“

„Es gibt kein Wir, Junge!“, erwiderte Kupilas barsch. „Hier nicht und auch nirgendwo sonst auf dieser Welt. Es gibt nur Ichs. Wenn du diese Lektion nicht lernst, wirst du bald genauso im Sterben liegen wie der da.“

„Aber er ist unser Kamerad.“

„Kamerad.“ Er schnaubte. „Weißt du, wie viele Leben dieses Wort schon gekostet hat? Es ist ein Zauberwort der Generäle. ‚Wir dürfen unsere Kameraden nicht im Stich lassen‘, sagen sie. Und sie meinen: ‚Haltet diese Stellung, bis sich kein Finger

mehr um den Abzug krümmen kann und ihr alle verreckt seid.'"
Er warf Rasmus einen kalten Blick zu. „Niemand sagt mir, wer mein Kamerad ist! Niemand!"

Rasmus verspürte den starken Impuls, den Kopf zu senken und sich leise davonzuschleichen. Aber er hielt dem Blick des anderen stand. „Walter ist mein Kamerad und niemand hat mich dazu gezwungen. Also, weißt du, wie wir an Medikamente kommen können?"

Der Blick des Bärtigen verfinsterte sich, doch plötzlich legte er den Kopf in den Nacken und stieß ein grimmiges Lachen aus. „Hartnäckig bist du, das muss man dir lassen. Aber warum fragst du mich? Sehe ich aus wie ein Arzt?"

„Du siehst aus wie jemand, der Bescheid weiß."

Kupilas schnaubte. „Wenn es hier im Lager Medikamente gibt – und ich bin mir ziemlich sicher, dass dies der Fall ist –, dann musst du erst herausfinden, wer darüber verfügt."

„Nun, die Ärztin nehme ich an."

„Wenn sie tatsächlich die Einzige wäre, sähe die Sache ziemlich übel für dich aus. Aber ich glaube nicht, dass dies zutrifft. Und wenn du herausgefunden hast, wer dir den Zugang zu den Medikamenten verschaffen kann, hast du genau drei Möglichkeiten, an sie heranzukommen: stehlen, erpressen oder bezahlen."

„Und wie soll ich das bewerkstelligen?"

Kupilas lehnte entspannt den Kopf gegen die Wand und schloss die Augen. „Das ist dein Problem, nicht meins."

Rasmus ließ den Kopf sinken. Der Zynismus des Mannes machte ihn zornig. Und doch – war die Welt nicht genau so, wie er sie schilderte? Rasmus warf einen Blick hinüber zu Erwin und Walter. Der ältere Soldat hatte sich in eine Ecke gequetscht, um dem Fiebernden mehr Raum zu lassen. Die beiden unterhielten sich.

Rasmus straffte sich. Er hatte der nüchternen Logik des bärtigen Unteroffiziers noch immer keine Argumente entgegenzusetzen, und doch spürte er, dass der Mann etwas Entscheidendes außer Acht gelassen hatte. Er wandte ihm den Blick wieder zu.

„Könntest du herausfinden, wer Zugang zu den Medikamenten hat?“

Kupilas machte sich nicht die Mühe, die Augen zu öffnen. „Vielleicht.“

Rasmus unterdrückte ein ärgerliches Schnauben. „Und noch etwas: Wir wurden bestohlen. Ich vermute, du weißt, wer das getan haben könnte?“

„Deine Vermutung könnte zutreffen“, erwiderte der Unteroffizier, ohne eine Miene zu verziehen.

Rasmus seufzte. „Mir fällt gerade nicht ein, wie ich diese Information stehlen oder aus dir herauspressen könnte.“

Der Bärtige schlug die Augen auf. „Weißt du, was ich am meisten vermisse?“

Es war eine rhetorische Frage, deshalb antwortete Rasmus nicht.

„Es ist über zwei Monate her, dass ich meine letzte Eckstein geraucht habe. Manchmal träume ich nachts davon.“

„Eckstein?“, widerholte Rasmus sarkastisch. „Ich habe dich nicht um meine Entlassungspapiere gebeten.“

Kupilas grinste. „Nun gut, ein paar russische Machorka würden es fürs Erste auch tun.“

Rasmus nickte und schlängelte sich durch die dicht an dicht auf dem Boden hockenden Männer zurück zu seinen Freunden. Als er bei den beiden angelangt war, hatten diese ihr Gespräch bereits beendet. Walter lag zusammengerollt auf dem Boden. Er schien zu frieren. Erwin sah bleich und erschöpft aus.

„Du hast nicht zufällig Zigaretten bei dir?“, fragte Rasmus.

Der Soldat schüttelte den Kopf. „In meiner Jacke waren noch ein paar Selbstgedrehte.“

Rasmus verzog das Gesicht. „Dieses Kleidungsstück war ja die reinste Schatzkammer.“

Erwin lächelte. „Das liegt ganz im Auge des Betrachters. Zu anderen Zeiten würde man es als verlausten Lumpen in den Müll entsorgen.“ Er schwieg eine Weile, dann meinte er: „Du hast mit dem bärtigen Unteroffizier gesprochen?“

„Fritz Kupilas. Ich denke, er kann uns helfen. Allerdings verlangt er eine Bezahlung ..."

Erwin nickte. „Ja, ich denke, er ist ein Mann, der weiß, wie man überlebt."

Rasmus schmunzelte. „Du offensichtlich auch, alter Mann. Immerhin hast du sechs Jahre Krieg überlebt."

Erwin senkte den Blick. „Ich bin nicht stolz darauf."

Rasmus hob die Brauen. „Wie meinst du das?"

„Ich habe vieles getan, um zu überleben. Aber ... ich habe nicht gelebt."

„Das verstehe ich nicht."

„Ich verstehe es auch nur zum Teil ..." Erwin schwieg so lange, dass Rasmus schon glaubte, der ältere Mann wolle es darauf beruhen lassen. Aber dann fuhr er fort: „Es war im letzten Sommer, als die Russen ihre große Offensive starteten und wir förmlich überrollt wurden. Kurz bevor Lublin fiel, hatte ich den Auftrag, mit einem kleinen Trupp Lebensmittel zu beschaffen. Wir fuhren in die umliegenden Dörfer und nahmen, was uns in die Hände fiel. Plötzlich, hinter einer scharfen Kurve, lagen Nagelbretter auf der Straße. Die Reifen unseres Wagens platzten. Wir schlitterten in die Böschung und wurden von niedrigem Buschwerk gebremst, ehe wir gegen einen Baum fuhren. Als ich mich benommen wieder aufrichtete, starrten mich über zwei Dutzend Gewehrläufe hinweg grimmige Gesichter an. Polnische Partisanen. Es waren zerlumpte Gestalten und ihre Bewaffnung war abenteuerlich. Aber man erzählte sich allerlei grausige Geschichten über sie. Ich wunderte mich, dass man uns gefangen nahm und nicht gleich niedermachte.

Der Mann, der das Sagen hatte, war vielleicht Anfang zwanzig und sah mit seiner Nickelbrille aus wie ein Student. Er trat vor und sah uns einem nach dem anderen ins Gesicht. ‚Was wollt ihr hier?', fragte er in nahezu akzentfreiem Deutsch.

Das war angesichts unseres mit kargen Lebensmitteln gefüllten Wagens eine seltsame Frage. ‚Wir ... haben den Befehl, Lebensmittel zu beschaffen', antwortete ich nach kurzem Zögern.

Der junge Befehlshaber setzte sich auf eine Baumwurzel. ‚Ich wollte Lehrer werden', sagte er leise. ‚1938 habe ich angefangen zu studieren. Mein Hauptfach war Deutsch. Ich habe Goethe gelesen, Schiller und Lessing. Zu meinem siebzehnten Geburtstag bekam ich einen Gedichtband von Rainer Maria Rilke. Es gibt kein Buch, das ich so sehr geliebt habe wie dieses.'

Verblüfft sahen wir einander an. In einigen von uns keimte Hoffnung auf. Konnte ein polnischer Partisan ein Freund der Deutschen sein?

‚Mein Vater wurde in Posen geboren', fuhr der junge Mann fort. ‚Sein bester Freund aus Studententagen war ein ostpreußischer Landjunker. Meine Mutter war Jüdin. Geboren wurde sie in Berlin. Sie hat oft von den vielen Konzerten, von ihrem ersten Kinofilm im Marmorhaus und den Varieté-Aufführungen im Wintergarten geschwärmt. Das letzte Mal, als ich sie sah, stand sie zusammen mit hundert anderen Frauen und Kindern jüdischer Abstammung auf einem Viehwagen. Sie hielt die Hand meiner kleinen Schwester fest umklammert. Man brachte sie zum Bahnhof und von dort nach Auschwitz. Ich habe nie wieder etwas von den beiden gehört. Vier Monate später wurde mein Vater erschossen. Niemand weiß, warum. Niemand gab sich die Mühe, irgendeine Erklärung dafür abzugeben.'

Er verstummte und senkte den Blick. Nach einer Weile fuhr er fort: ‚Meine Eltern lehrten mich, Deutschland zu lieben.' Sein Blick wurde kalt und er sah uns einem nach dem anderen in die Augen. ‚Ihr habt mich gelehrt, Deutschland zu hassen! Ihr habt Orte unvorstellbaren Grauens geschaffen. Und ich frage mich: Wie kann das sein? Sind die alten Geschichten wahr, dass Menschen sich zu reißenden Bestien wandeln, dass sie alles verlieren können, was einer Seele gleichkommt?'

Ich schluckte trocken, konnte aber meine Augen nicht von diesem jungen Mann abwenden.

‚Mein Großvater hatte einen Wachhund auf seinem Hof, ein starkes und treues Tier. Es wurde von einem tollwütigen Fuchs gebissen und aus dem treuen Wachhund wurde eine geifernde

Bestie. Wir mussten ihn erschießen.‘ Er stand auf und sah uns der Reihe nach an, bis sein Blick an mir hängen blieb. ‚Beweist uns, dass ihr Menschen seid!‘“

Erwin verstummte. Dann blickte er auf und sah Rasmus in die Augen. „Vielleicht kennst du das: Es gibt Situationen, da sind Worte wie eine glühende Klinge, die tief in uns hineinschneidet, bis auf den Grund unserer Seele.“ Erwin verstummte.

„Und?“, meldete sich plötzlich die Stimme von Walter. „Was hast du gesagt?“

„Nichts! Es gab nichts, was ich hätte sagen können. Ich ... habe geweint.“

„Warum haben sie dich nicht erschossen?“, fragte Rasmus.

Erwins Blick glitt an ihnen vorbei. Er sprach so leise weiter, dass er fast flüsterte. „Ich weiß noch, wie der junge Student dichter an mich herantrat. Wie seine Augen meinen Blick auffingen. Und dann, ganz plötzlich, sackte er in sich zusammen. In meiner Erinnerung war es so, dass ein oder zwei Atemzüge lang vollkommene Stille herrschte, ehe ich den Knall hörte. Ich nahm kaum wahr, was als Nächstes geschah. Schüsse krachten, die Partisanen gerieten in Panik. Einer schoss auf uns und verwundete einen Kameraden, die meisten feuerten wild in die Büsche und dann stoben sie auseinander. Ein Trupp Deutscher hatte uns befreit. Sie hatten einen Scharfschützen dabei. Ich starrte auf den jungen Mann, der reglos auf dem Boden lag. Um mich herum jubelten die Kameraden. Ich weinte und konnte gar nicht mehr aufhören.“

Rasmus schluckte.

„Dieser junge Mann hat die Sehnsucht nach Leben in mir geweckt. Und seitdem habe ich nicht aufgehört zu suchen.“

„Aber ... hat nicht jeder von uns schon dem Tod ins Auge gesehen? Und wollen wir nicht alle leben?“, fragte Walter.

„Jeder von uns hat einen Überlebensinstinkt“, erwiderte Erwin. „Aber ich glaube, das ist nur die Oberfläche. Bei mir zumindest war es so. In diesem einen Moment begriff ich, dass Leben mehr ist – nicht nur eine Frage der Existenz, sondern des Seins.“

Rasmus betrachtete den anderen nachdenklich. „Und deine

Suche hat etwas mit dieser Geschichte zu tun, die du uns vorgelesen hast."

„Ja, auch", erwiderte Erwin.

„Dann ist dieses Buch, das du vermisst, so etwas wie dein Reiseführer zum Leben?", hakte Rasmus nach.

Ein leises Lächeln legte sich auf die Züge des älteren Soldaten. „Es ist vielleicht so etwas wie ein Spiegel, der hin und wieder das Licht der Sonne reflektiert und die Schatten auf meinem Weg ein wenig vertreibt."

Rasmus legte die Hand auf die Schulter des älteren Mannes. „Wir werden dein Buch finden!"

In den nächsten Tagen lernte Rasmus, was Gefangenschaft bedeutete. Stundenlanges Hocken auf dem nackten Fußboden, schier endlos andauernde Zählappelle und das sehnsüchtige Warten auf die nächste Mahlzeit.

Nach ungefähr einer Woche wurde eine Gruppe von Männern zusammengestellt, die den Auftrag hatten, einen nahe gelegenen Betrieb zu demontieren. Alle Maschinen wurden abgebaut und auf Züge verladen, die nach Osten fuhren. Auch Rasmus half mit. Ein junger Schlosser brachte ihm bei, wie man mit einem Schweißgerät umging. Rasmus arbeite bis zur Erschöpfung und manchmal auch darüber hinaus. Als er eines Abends müde auf einen der LKWs zutaumelte, die sie zurück zum Lager fuhren, hielt einer der Wachposten ihn auf. Besorgt starrte Rasmus zu dem hünenhaften Mann empor. „Chitlerjung müd?", fragte der Soldat. Er grinste. Sein Gebiss war in katastrophalem Zustand. Sämtliche Schneidezähne fehlten und sein Atem stank so penetrant nach Schnaps, als habe er die traurigen Reste seiner Beißwerkzeuge in Alkohol konserviert.

Rasmus zog den Kopf ein. „Geht schon", murmelte er und wollte sich an dem Hünen vorbeischleichen.

Der Mann versperrte ihm den Weg. Er hob eine Hand, die groß genug schien, eine Melone damit zu zerquetschen. Er lachte dröhnend und ließ seine Pranke schwer auf die Schulter des jungen Mannes fallen.

Rasmus hielt den Atem an.

Da sagte der Mann: „Chier, Chitlerjung“, und drückte Rasmus ein halbes Dutzend Zigaretten in die Hand.

Rasmus starrte auf die Glimmstängel, als wären sie aus purem Gold. „Danke!“, stammelte er.

Der Hüne lachte und gab Rasmus einen Klaps auf die Schulter, der diesen nach vorn stolpern ließ. Unauffällig ließ er das kostbare Geschenk unter seinem Hemd verschwinden.

Müde stolperte Rasmus zurück in die Baracke. Am liebsten hätte er sich sofort neben Erwin ausgestreckt und wäre eingeschlafen, stattdessen kletterte er über die am Boden dösenden Gefangenen hinweg zu Fritz Kupilas, der auf dem Boden sitzend mit geschlossenen Augen an der Wand lehnte.

Er rüttelte den Mann an der Schulter.

Kupilas schlug die Augen auf. Blitzschnell packte er zu und umklammerte Rasmus' Hand. „Ich mag es nicht sonderlich, wenn man sich an mich heranschleicht.“

„Wenn du mir das Handgelenk brichst, kann ich dir keine Zigaretten besorgen.“

Der Unteroffizier ließ los. „Du bist lernfähig. Vielleicht überlebst du ja doch die nächsten zwei Wochen.“

Rasmus steckte dem Mann zwei Zigaretten zu. „Walter muss ins Lazarett! Wenn die Ärztin ihm nicht freiwillig hilft, muss es doch jemanden geben, der sie dazu zwingen kann.“

Stirnrunzelnd ließ Kupilas die Zigaretten in der Uniformjacke verschwinden. „Es gibt da einen russischen Offizier. Er hat befohlen, einen an Ruhr erkrankten Landser ins Lazarett zu schaffen, damit sich die Krankheit hier nicht ausbreitet. Natürlich ist das vergebliche Liebesmüh'. Die Ruhr wird hier bald wüten wie die Pest. Aber möglicherweise hilft dir diese Information.“

„Wie heißt der Mann, wie sieht er aus?“

„Ich sehe ohne Frage ein, dass dies eine wichtige Information wäre“, erwiderte Kupilas lächelnd.

Widerstrebend drückte ihm Rasmus eine weitere Zigarette in die Hand.

„Oberstleutnant Kopelew ist eigentlich ganz gut zu erkennen. Sein Gesicht ist voller Aknenarben und seine Nase erinnert an eine blaustichige Kartoffel. Ungünstigerweise spricht er kein einziges Wort Deutsch."

Wortlos fischte Rasmus eine weitere Zigarette heraus.

Kupilas grinste. „Der Dicke dort drüben, der mit der zerschossenen Ohrmuschel, hat im Reichskommissariat Ostland gearbeitet. Er versteht hervorragend Russisch und kann es auch leidlich sprechen."

„Danke." Rasmus erhob sich.

„Warte!"

Rasmus blickte auf den Unteroffizier hinab.

„Vermisst dein Freund noch immer seine Uniformjacke?"

„Ja."

Kupilas hob die Brauen.

Missmutig reichte ihm Rasmus seine letzte Zigarette.

„Achte beim Zählappell auf Block zwei. Vor allem auf einen hageren Kerl mit Segelohren. Er trägt keine Schuhe, dafür eine Uniformjacke, die ihm zu kurz ist."

Rasmus nickte.

„War das deine letzte Zigarette?", fragte der Unteroffizier.

Rasmus erwiderte nichts.

Der Unteroffizier schnaubte. „Ich denke, ich muss meine Einschätzung revidieren. Zwei Wochen waren wohl doch zu optimistisch."

Rasmus wandte sich ab. Er war zu müde, um auf den Zynismus des Mannes zu reagieren. Er schlurfte zu Erwin und Walter. Kaum hatte er sich auf den Boden gelegt, war er auch schon eingeschlafen.

Zwei Tage lang arbeitete er weiter am Abbau der Industrieanlage.

Weitere Zigaretten erbeutete er nicht, aber es gelang ihm, bei einer unerwarteten Sonderration eine dünne Scheibe Graubrot und einen winzigen Streifen echten Specks zu ergattern und in seiner Uniformjacke zu verbergen.

Nach dem Ende des Zählappells am dritten Tag bekam er den hageren Mann mit den Segelohren zu fassen.

„Woher hast du diese Uniform!", fuhr er ihn an.

Der Hagere riss sich los. „Fass mich nicht an!"

„Die Jacke gehört einem Freund!", zischte Rasmus.

„Jetzt gehört sie mir."

„Du hast sie gestohlen!"

„Ich habe sie bezahlt!", erwiderte der andere. Er warf einen missmutigen Blick auf seine Füße, die notdürftig mit schmutzigen Lappen umwickelt waren. „Viel zu teuer bezahlt und nun lass mich in Ruhe."

„Das glaube ich dir nicht."

„Dann lass es bleiben."

„Du hast sie während des Zählappells gestohlen!"

„Und wie hätte ich das machen sollen? Du Idiot! Ich stand doch selber da und hab mir den Arsch abgefroren." Der Mann wandte sich ab.

Doch Rasmus hielt ihn fest. „Warte!"

„Du hast mir gar nichts zu befehlen!"

„Bitte!", fügte Rasmus hinzu. „Es tut mir leid." Er senkte den Blick auf die Fußlappen des Mannes. „Du hast die Jacke gegen deine Schuhe getauscht?"

„In der ersten Nacht habe ich erbärmlich gefroren. Da hielt ich es für eine gute Idee. Ich Idiot."

„War ein Buch in der Uniformjacke?"

„Ein Buch?" Der Mann schnaubte. „Die Jacke war so leer wie mein Magen."

Rasmus nickte. Er war nicht überrascht. „Mit wem hast du getauscht?"

„Was gibst du mir für diese Information?"

Rasmus kramte den kleinen Streifen Speck hervor.

Die Augen des Mannes leuchteten auf und er griff gierig zu. Er biss hastig ab und ließ den Rest in seiner Tasche verschwinden. „Eigentlich könntest du auch von selbst darauf kommen", raunte er, während er auf dem zähen Brocken herumkaute. „Wer sind diejenigen, die nicht mit raus zum Zählappell müssen?“

„Leute von der Wache?“

Der Hagere verdrehte die Augen.

„Die Antifa!“, entfuhr es Rasmus.

Der Mann lächelte grimmig. „Nicht alle sind aus politischer Überzeugung dabei. Ich vermute, der Hauptmann denkt wirklich, er könne mit Marx und Lenin die Welt verbessern, aber die meisten sind einfach nur Opportunisten, die jede Gelegenheit nutzen, sich persönliche Vorteile zu verschaffen.“

Die Antifa! Rasmus ärgerte sich, dass er nicht gleich darauf gekommen war. Vielleicht lag es daran, dass er während seiner Gefangenschaft zuerst auf den naiven Hans gestoßen war, der im Grunde genommen auch ein Mitglied der Antifa war. Er war der Sohn des Hauptmanns, wie alle den ideologischen Anführer der Gruppe nannten. „Wer war der Mann, dem du die Stiefel gegeben hast?“

„Der Speck ist gut! Hast du noch mehr davon?“

Ehe Rasmus etwas erwidern konnte, war ein russischer Wachmann auf sie aufmerksam geworden und kam, barsch einen russischen Befehl ausstoßend, auf sie zu. Rasmus brauchte keinen Übersetzer, um zu verstehen, was er meinte. Hastig zog er den Kopf ein und eilte zurück in seine Baracke.

Er wollte seinen Kameraden erzählen, was er herausgefunden hatte, doch die beiden waren in ein angeregtes Gespräch vertieft.

„... manchmal bedaure ich das“, sagte Walter gerade. „Aber so ist es nun mal. Die naturwissenschaftlichen Erkenntnisse sprechen einfach dagegen.“

Erfreut stellte Rasmus fest, dass der junge Friese besser aussah. Seine Augen glänzten nicht länger fiebrig und seine Haut hatte eine etwas gesündere Farbe angenommen. „Entschuldigt, dass ich euch unterbreche“, sagte Rasmus. „Was bedauerst du?“

„Dass ich nicht mehr an eine unsterbliche Seele glauben kann“, erwiderte Walter. „Früher war das anders. Meine Mutter war eine gläubige Frau. Sie vertraute auf Jesus. Jeden Sonntag nahm sie mich mit in die Kirche. Abends setzte sie sich an mein Bett und betete mit mir. Wenn meine Mutter da war, dann war der liebe Gott ganz nah. Dann wusste ich, dass mir nichts geschehen kann.“ Er lächelte wehmütig. „Ich wusste, selbst wenn ich stürbe, würde alles gut werden, denn dann wäre ich ja im Himmel. Solange meine Mutter lebte, blieb immer etwas von diesem Kindheitsglauben in mir erhalten.“ Das Lächeln verschwand aus seinem Gesicht. „Doch sie starb, als ich acht Jahre alt war. Sturmflut. Lief raus, um irgendein dummes Tier in Sicherheit zu bringen, ich weiß nicht einmal, ob es unsere Katze war oder eines der Schafe. Der Sturm riss ein paar Ziegelsteine von unserem morschen Schornstein. Mein Vater fand sie eine Stunde später von Ziegelsteinen erschlagen hinterm Haus.“ Er räusperte sich und fuhr fort: „Da war nur noch ein toter Körper. Ich habe meine Mutter nie wieder gespürt, hatte nie das Gefühl, dass sie unsichtbar bei mir wäre oder vom Himmel aus auf mich hinabsehen würde. Sie war nicht mehr da und das Leben musste weitergehen.“

Rasmus dachte an den Tod seiner eigenen Mutter und schwieg. Auch Erwin sagte nichts.

„Später habe ich angefangen, mich sehr für Naturwissenschaft zu interessieren“, fuhr Walter fort. „Und ich fragte mich: Ist das, was wir für unsere Seele halten, ein Resultat der komplizierten Vorgänge in unserem Gehirn?“ Er lächelte. Aber Rasmus stellte fest, dass das Lächeln seine Augen nicht erreichte. „Kennt ihr die Geschichte von Phineas Gage? Er war Mitte des letzten Jahrhunderts Vorarbeiter bei einer amerikanischen Eisenbahngesellschaft, ein freundlicher und besonnener Vorabeiter. Eines Tages erlitt er einen schweren Unfall. Eine Explosion jagte eine Eisenstange in seinen Schädel. Wie durch ein Wunder überlebte er diesen schweren Unfall. Aber seitdem war er völlig verändert. Sein Gedächtnis und seine Intelligenz waren intakt, aber er war ein jähzorniger, impulsiver und kindischer Mann geworden. Hatte die Eisenstange seine unsterbliche Seele verletzt? Wohl kaum.“

Rasmus schwieg nachdenklich. Und Walter fuhr fort: „Ist es nicht so, dass die Unsterblichkeit lediglich ein Wunschtraum ist? Mein Vater war der Ansicht, der Mensch sei nicht mehr als ein sprechendes Tier, ein Tier, das lebt, atmet, stirbt und verwest. Irgendwann ist nichts mehr von ihm übrig, kein Denken, kein Fühlen, nur noch ein Haufen Knochen. ‚Merk dir eins, mein Junge: Ein Fisch, den ich totschlage, ist kein Fisch mehr, er ist Fleisch. Und alles, was von ihm weiterlebt, ist allenfalls ein Grummeln in meinen Eingeweiden. Vor allem, wenn ich ihn in zu viel Butter gebraten habe.'" Kurz huschte ein Lächeln über sein Gesicht. Dann verstummte er und sein Blick glitt in die Ferne.

Rasmus sah zu Erwin. Doch der Soldat schwieg.

„Viele Jahre lang war ich damit zufrieden", fuhr Walter fort. „Gott war nicht mehr als ein naiver Wunschtraum für mich und das Beten reine Zeitverschwendung." Ein schiefes Grinsen huschte über sein Gesicht. „Doch an meinem ersten Tag an der Front habe ich wieder angefangen. Merkwürdig, nicht wahr? Als ich dem Tod ins Auge geschaut habe, schien auch meine Mutter wieder nah zu sein." Er senkte den Blick. „Aber in Wirklichkeit ist das wohl nur kindische Nostalgie und mein Gebet versandet im Nichts."

Eine Zeit lang herrschte Schweigen. Dann sagte Erwin: „Eines weiß ich ganz sicher: Die Vorstellung von Gott ist kein kollektiver Wunschtraum der Menschheit."

Walter hob überrascht die Brauen.

„Es gibt Menschen, die wünschen sich, dass es Gott gibt, und es gibt Menschen, die wünschen sich, dass es Gott nicht gibt. Oft genug ist es sogar ein und derselbe Mensch, der sich je nach Situation mal das eine und mal das andere wünscht. Einige Menschen glauben an die Unsterblichkeit der Seele und finden darin Trost, und andere glauben auch an die Unsterblichkeit der Seele, halten dies aber für einen Fluch. Unsere Wünsche helfen uns nur sehr bedingt weiter bei der Suche nach der Wahrheit."

Walter sah Erwin verdutzt an. In seinen Augen flackerte etwas auf. Rasmus konnte diesen Ausdruck nicht deuten. War es

Hoffnung, war es Furcht oder beides? „Vielleicht hast du recht. Aber was bedeutet das? Haben wir nun eine Seele, die weiterleben wird? Oder wird das, was wir sind, wie eine Kerzenflamme verlöschen? Ist alles, was von uns bleibt, ein kaltes Stück Fleisch, das langsam anfängt zu vergammeln?"

Erwin nickte ernst. „Ich selbst habe mir diese Fragen unzählige Male gestellt und bin beinahe daran zerbrochen", sagte er leise, „bis mir irgendwann etwas klar wurde."

„Und das wäre?", fragte Rasmus.

„Was diese Fragen so quälend macht, ist der Umstand, dass sie unbeantwortbar sind. Aber sie bleiben nicht deshalb unbeantwortet, weil sie so schwer wären", fuhr Erwin fort, „sondern weil sie unsinnig sind."

Walter gab ein seltsames hustendes Krächzen von sich, und Rasmus fürchtete schon, er bekäme einen Erstickungsanfall, bis ihm klar wurde, dass er lachte. „Du hast wirklich eine interessante Art, die großen Fragen der Menschheit anzugehen", keuchte der junge Friese schließlich.

„Entschuldige. Ich bin mit Worten nicht sonderlich geschickt", sagte Erwin verlegen.

„Blödsinn. Erzähl weiter!"

„Ich will damit sagen, dass wir allzu oft von den falschen Voraussetzungen ausgehen. Wir versuchen mit aller Gewalt, die Wahrheit beim Schopf zu packen, mit Händen aus Luft. Ich glaube, dass die Frage, ob wir eine ewige Seele haben oder bloß einen denkenden Körper, einen Gegensatz schafft, der gar nicht existiert. Denn wir sind Seele *und* Leib. Und was noch viel wichtiger ist: Wir sind Geschöpfe. Wir existieren nicht aus uns selber heraus, weder zeitlich noch ewig."

„Für einen einfachen Soldaten sind das sehr philosophische Gedanken", brummte Rasmus.

„Ich verstehe nicht, was du meinst", sagte Walter.

Erwin lächelte zerknirscht. „Das tut mir leid! Ich wünschte ..." Er seufzte. „Ich wünschte, ich könnte die Geschichte so erzählen, wie er es getan hat."

„Wer?“, stieß Rasmus hervor.

„Welche Geschichte?“, fragte Walter.

„Ein alter Dorfpfarrer aus der Nähe von Königsberg. Ein weiserer Mann ist mir nie begegnet. Ich habe die Geschichte in meinem Buch niedergeschrieben.“

„Dann heraus damit“, sagte Walter, „erzähl sie uns.“

„Ich werde es versuchen“, erwiderte Erwin.

Der Verschlinger

Es dauerte insgesamt 143 Seiten, genauer gesagt 142 Seiten, ein Absatz und zwei Sätze, bis Piet Petersen zu der Überzeugung gelangte, dass er nicht existierte. Das Erkennen der eigenen Nichtexistenz war eine durchaus schmerzliche Erfahrung für Piet. Und dass sie so schmerzte, hätte ihn eigentlich zum Nachdenken bringen müssen. Aber das tat sie nicht, zumindest nicht anfangs. Doch ich will die Verwirrung nicht vollkommen machen und lieber der Reihe nach erzählen ...

Piet Petersen wurde in einer stürmischen Mittwinternacht in einem kleinen Dorf an der Küste geboren. Der Wind pfiff durch die Bretter der ärmlichen Fischerkate. Das Holzfeuer im Kamin flackerte, und Piets Mutter schrie seinen Vater an, wenn er noch mal ein Kind wolle, solle er es sich gefälligst vom Klapperstorch bringen lassen. Piets Vater schenkte dem kaum Beachtung. Er war zu sehr damit beschäftigt, sich Sorgen zu machen, aus dem Fenster zu starren und die Hebamme herbeizuwünschen.

Schließlich erblickte Piet das Licht der Welt, kerngesund, ganz ohne die Hilfe der Hebamme, die zu spät kam, um ihm auf seinem Weg durch den Geburtskanal zur Seite zu stehen, aber rechtzeitig genug, um auf seine glückliche Ankunft anzustoßen.

Piet entwickelte sich prächtig. Seine Eltern waren mächtig stolz auf ihn. Und es gab noch jemanden, der sehr stolz auf ihn war, aber das wusste Piet nicht.

Der Ort, in dem der Junge lebte, lag am Rande einer Steilküste auf einer rauen Insel mitten im Nordmeer. Die Bewohner lebten vom Fischfang und von den kargen Erträgen der Äcker, die sie mühsam dem uralten und dichten Wald abgerungen hatten, der einen Großteil der Insel bedeckte.

Aus dem pummeligen Kleinkind, das mit zahnlosem Grinsen über die Dielen robbte und mit großer Leidenschaft an Stuhlbeinen und alten Pantoffeln lutschte, wurde ein drahtiger, abenteuerlustiger Zwölfjähriger. Im Prinzip, so könnte man sagen, war Piet ein glücklicher Junge. Er hatte eine Mutter, die ihn liebte, einen Vater, der ihm zeigte, wie man Tierfiguren aus Walknochen schnitzte, und eine kleine Nachbarstochter, der er Streiche spielen konnte. Dass es in seiner Welt auch Angst und Schrecken gab, wusste er noch nicht. Es war an einem schwülwarmen Sommerabend, als er eine erste Ahnung davon bekam.

Das kleine Feld hinter dem Haus war bereits abgeerntet. Auf der Weide daneben kaute Rieke, die zottige Hochlandkuh seines Vaters, träge auf ihren bereits vorverdauten Halmen herum, als Piet etwas abseits eine Bewegung im Gras ausmachte. Geschickt kletterte er über den hölzernen Weidezaun und schlich über die Wiese. Rieke glotzte ihm mit großen Augen entgegen. Aber das hatte nichts zu bedeuten. Rieke glotzte auch eine Hummel mit großen Augen an oder einen rostigen Nagel, der aus ihrem Zaun herausragte. Sie war nun mal eine Kuh.

Piet trat näher an das raschelnde Wesen im Gras heran. Es hatte dichtes, graues Fell. Seine kleine Nase zuckte hin und her, als es mit hastigen Bewegungen ein Löwenzahnblatt mümmelte. *Ein Kaninchen!,* dachte Piet. *Vielleicht kann ich es ja fangen.* Er schlich näher. Und als er nur noch drei oder vier Meter von dem pelzigen, kleinen Tier entfernt war, erkannte er, dass es kein Kaninchen war. Es sah ihm zwar ähnlich, aber es war ... irgendwie anders. Etwas fehlte. Ja, das war die richtige Beschreibung. Es war in gewisser Weise unvollständig. Die Ohren waren nicht so, wie sie sein sollten, mit den Beinen stimmte etwas nicht, und selbst die Schnurrhaare waren offenbar nicht ganz fertig geworden.

„Ein ... Kaninchen“, kam es Piet ungewollt über die Lippen. Das Tier schien seinen gedämpften Ausruf gehört zu haben. Es zuckte zusammen, blickte auf und hoppelte hastig Richtung Wald.

Doch Piet gab nicht so schnell auf. Dieses seltsame Geschöpf wollte er sich genauer ansehen. Rasch, aber vorsichtig, um es nicht noch mehr zur Flucht anzutreiben, schlüpfte er durch den Zaun und lief über das Stoppelfeld. Er bemerkte gar nicht, dass der Himmel sich verdüsterte und sich von Süden her eine finstere Wolkendecke näherte. Seine ganze Konzentration galt dem pelzigen, kleinen Geschöpf, das nun jenseits des Feldes innehielt und sich nervös schnuppernd umsah. Piet verharrte mitten in der Bewegung. Als er keine Anstalten machte, näher zu kommen, beruhigte es sich etwas und hoppelte langsam weiter auf den Wald zu.

Piet nahm behutsam die Verfolgung auf. Eigentlich war es ihm verboten, den Wald zu betreten. Aber das kümmerte ihn nicht weiter, denn erstens war er ja noch nicht im Wald und zweitens hatte Mutter ihm dieses Verbot im vorletzten Herbst erteilt, als er mit Ida, der Nachbarstochter, Pilze sammeln wollte. Damals war er ja noch klein gewesen. Inzwischen konnte er ganz gut auf sich selber aufpassen.

Das Tier erreichte den Waldessaum und blieb aufgeregt witternd stehen.

Warum zögerte es?

Piet schlich näher. Unter dem Blätterdach der mächtigen, moosbewachsenen Bäume herrschte ewiges Zwielicht. Es kostete ihn Überwindung weiterzugehen. Ein Lufthauch strich leise flüsternd über sein Gesicht. Der Atem des Waldes war winterkalt.

Urplötzlich schien die Welt sich zu drehen. Piet stürzte zu Boden. Düsternis hüllte ihn ein und die Erde erzitterte unter einem gewaltigen Donnerschlag.

Einen Atemzug lang hockte Piet wie gelähmt da. Aus den Augenwinkeln sah er das kleine Geschöpf davonflitzen. Dann traf eine riesige, nasse Faust seinen Rücken. Erschrocken blickte er auf und erkannte, dass sich über dem Wald schwarze Gewitterwolken zu einem gewaltigen Unwetter zusammengeballt hatten. Das Wasser stürzte herab, als würde ein Riese das Meer leer schöpfen und über ihn ausgießen.

Da! Ein Geräusch durchdrang das gewaltige Dröhnen. War das ein Ruf gewesen? Piet stand auf. Die Wasserflut trommelte mit einer Wucht auf ihn herab, als wolle sie ihn wieder zu Boden pressen.

Dann vernahm er erneut den schrillen Schrei: „Piet!“

Jemand rief ihn. Er wandte sich um. Da sah er eine bleiche Gestalt über das Feld auf ihn zustürmen. „Piet! Komm weg da!“

„Mama!“ Nun begann auch Piet zu rennen. Er rannte wie noch nie zuvor in seinem Leben. Seine Mutter, die noch immer auf ihn zustürmte, war kaum mehr als ein schemenhafter Fleck in den herabfallenden Wassermassen.

Piet stolperte, fiel auf den schlammigen Boden, Wasser drang ihm in Mund und Nase. Hustend und keuchend rappelte er sich auf und hastete weiter. Dann endlich spürte er Arme, die sich schützend um ihn legten. „Mama“, keuchte er.

„Komm!“ Sie packte seine Hand und zog ihn mit sich. „Schnell, zurück ins Haus!“

Sie rannten an der Weide vorbei. Schlamm sog an ihren Füßen, als sie über den Hof hasteten. Endlich hatten sie das kleine Haus erreicht. Mutter riss die Tür auf. Sie schlüpften hinein. Mutter schlug die Tür zu und schob den Riegel davor. Wind pfiff durch die Spalten, und der Regen trommelte so wütend auf das Dach, als sei der Sturm zornig, dass ihm die beiden entkommen waren.

Erleichtert atmete Piet auf. Dann traf ihn die Ohrfeige mit solcher Wucht, dass er zurücktaumelte. „Tu das nie wieder!“, schrie Mutter über den trommelnden Regen hinweg. „Geh nie wieder in den Wald, hörst du?“

Ehe Piet nicken konnte, hatte seine Mutter ihn schon in die Arme geschlossen und an sich gedrückt. „Ich hatte solche Angst um dich!“

Piet sagte nichts. Er war völlig erschöpft. Müde lugte er über die Arme seiner Mutter hinweg und entdeckte Rieke, die mitten in der Diele stand und ihn aus großen Kuhaugen anglotzte.

Ein Licht flackerte auf und beleuchtete das erschöpfte Gesicht seines Vaters. Er stellte eine Lampe auf den Tisch. Nun erst erkannte Piet, dass nicht nur Rieke, sondern auch die Ziegen und die Hühner im Haus waren. Vater hatte alle Tiere in Sicherheit gebracht.

Der Wind heulte auf und die Dachsparren ächzten. Piet hob besorgt den Blick.

Vater strich ihm über die nassen Haare und brummte: „Das Haus wird halten, Sohn. Es wurde zu oft beschrieben. Ein Wassersturz reicht nicht aus, es auszulöschen."

Das waren seltsame Worte, aber Piet war zu aufgeregt, um darauf zu achten.

„Komm, zieh dir etwas Trockenes an", sagte Mutter.

Piet gehorchte. Bald darauf saßen die drei schweigend am Tisch und starrten in die Flamme der Lampe. Offenbar war das schlimmste Unwetter vorüber. Das Dröhnen der Donnerschläge war nur noch als dumpfes Grummeln zu vernehmen. Aber noch immer trommelte der Regen auf das Dach. Eines der Hühner gurrte leise und Rieke glotzte träge wiederkauend zu ihnen herüber. Ihre Kiefer bewegten sich so gleichmäßig wie ein Uhrwerk. Die gemächlich kauende Kuh in der Stube brachte Piet zum Lächeln und spülte die Angst aus seinem Herzen. Seine Neugier kehrte zurück. „Was ist mit dem Wald?", fragte er. „Warum dürfen wir ihn nicht betreten?"

Mutter machte Anstalten, erneut aufzubrausen, doch Vater legte ihr beruhigend die Hand auf den Arm. „Ich denke, er ist alt genug, es zu erfahren."

Sie zuckte zusammen. Dann senkte sie den Blick.

Vater sah Piet ernst an. „Hör zu, mein Junge. Wir betreten den Wald nicht, weil ... es dort gefährlich ist. Der Wald nimmt den größten Raum auf dieser Insel ein." Vater senkte die Stimme: „Deshalb schlägt ER fast immer dort zu."

„Wer ist ER?", fragte Piet.

Vater warf Mutter einen kurzen Blick zu. Sie nickte stumm. Dann beugte er sich zu Piet hinüber und raunte: „Der Verschlinger!"

Piet spürte die Furcht der Eltern. Unwillkürlich senkte er ebenfalls die Stimme: „Wer ist der Verschlinger?"

Wieder sahen die Eltern einander an. „Der Verschlinger kommt im Feuer, im Wasser und ... in anderen Dingen", sagte Vater. „Er lässt die Dinge verschwinden."

„Verschwinden?", entfuhr es Piet. „Was meinst du damit?"

„Er löscht alles aus, was ihm begegnet." Vater presste die Kiefer aufeinander. Ein bitterer Zug umspielte seine Lippen.

„Du meinst, er nimmt Bäume, Tiere und sogar Menschen fort?", fragte Piet.

„Ja."

„Und wo sind sie dann?"

Der Vater sah ihn mitleidig an. „Sie sind einfach weg ..."

„Du meinst, sie sind dann ganz woanders?"

Der Vater schüttelte traurig den Kopf. „Nein, sie sind nirgendwo. Es gibt sie nicht mehr."

Piet starrte ihn mit großen Augen an.

Der Vater strich ihm übers Haar. „Nimm es hin, Junge. Es ist einfach so. Dort, wo etwas war, ist nichts mehr. Wir können einfach nur hoffen, dass der Verschlinger uns möglichst lange verschont. Deshalb meiden wir den Wald. Hier am Rand der Insel ist es sicherer."

War das möglich? Konnte jemand sein und dann einfach nicht mehr sein? Woher war sich Vater so sicher?

Mutter sah ihn scharf an. „Hast du verstanden, was dein Vater gesagt hat?"

„Ja", sagte Piet und senkte den Kopf, um seine Einsichtsfähigkeit zu demonstrieren. In Gedanken jedoch schmiedete er bereits einen Plan.

Die Tage gingen ins Land und Piet hielt sich streng an alle Regeln. Er war ja nicht dumm. Wenn er zu früh mit seiner Expedition begann, würden seine Eltern es bemerken und ihn wahrscheinlich mit einem dicken Strick an Rieke festbinden. Dann konnte er den ganzen Tag auf der Weide hocken und ihr beim Kauen zusehen.

Nach und nach entspannten sich seine Eltern. Piet half brav bei der Arbeit mit und stellte sich beim Fischen immer geschickter an. Einige Wochen später hielt er die Zeit für gekommen. Und so erklärte er, dass er am nächsten Morgen ganz allein fischen gehen wolle. Vater war sofort einverstanden. Mutter musste erst ein wenig überredet werden. Aber schließlich nickte sie.

Sein Plan ging auf ... und er hatte ein schlechtes Gewissen. Aber während er seinen Rucksack packte, redete er sich ein, dass Forschung nun einmal Opfer verlangte.

Piet war so aufgeregt, dass er nachts kaum schlafen konnte. Das war in diesem Fall recht praktisch, denn es ermöglichte ihm, kurz nach Mitternacht aufzubrechen und sich aus dem Haus zu schleichen, während seine Eltern noch schliefen.

Riekes Augen glänzten im Licht der Sterne, als Piet an ihr vorbei auf den Waldessaum zustapfte. Unerfreulicherweise gab sein schlechtes Gewissen nicht so schnell Ruhe. Dabei war es doch nur eine kleine Lüge gewesen ... gewissermaßen. Er würde ja am Abend wieder zurück sein. Sein Ausflug führte ihn lediglich nach Süden und nicht nach Norden. Das war schon alles.

Piet kletterte über den Weidezaun. Sein Herz begann, schneller zu schlagen. Das Heidekraut federte weich unter seinen zögernden Tritten. Dunkel und schweigend wartete der Wald auf ihn.

Am Waldesrand angekommen, kramte Piet die kleine Petroleumlampe aus seinem Rucksack und zündete sie an. Das spärliche Licht reichte kaum bis zur zweiten Baumreihe. *Nun geh schon!*, befahl Piet sich selbst. *Das sind nur Bäume!*

Er nahm all seinen Mut zusammen und wagte sich vorsichtig unter das kühle Dach des uralten Waldes. Tote Zweige knackten leise unter seinen Füßen. Ansonsten war alles still. Gab es in diesem Wald denn gar keine Käuzchen oder Eulen? Piet fröstelte. Einen Augenblick lang erwog er tatsächlich umzukehren, dann biss er die Zähne zusammen und ging weiter.

Er hatte sich keinen besonders ausgeklügelten Plan zurechtgelegt. Vielmehr wollte er einfach direkt nach Süden wandern, um dann irgendwo auf Spuren des Verschlingers zu stoßen. Irgendwann stellte er erschrocken fest, dass die Flamme seiner Lampe schwächer wurde. Offenbar ging der Vorrat zur Neige. Das Licht der kleinen Petroleumflamme bewegte sich zitternd von Baumstamm zu Baumstamm. Dort, wo eben noch der gelbliche Schein seiner Lampe gewesen war, schluckte die undurchdringliche Schwärze wieder alle Konturen, als fräße sie alles auf, was ihr in den Weg kam. Piet fühlte sich von einem gigantischen schwarzen Schatten verfolgt, der ihn jeden Augenblick zu verschlingen drohte.

Da riss das dichte schwarze Blätterdach plötzlich auf. Fahles Licht brach herein. Eigentlich hätte der Schein des Mondes nach der allumfassenden Schwärze etwas Tröstliches in sich tragen sollen. Doch so war es nicht. Piet blieb stehen, starr vor Entsetzen. Denn das Licht fiel auf ... nichts. Er hatte damit gerechnet, dass der Gewittersturm schlimme Verwüstungen angerichtet hatte. Er hatte erwartet, umgestürzte, zersplitterte, vielleicht sogar von Blitzeinschlägen verkohlte Baumstämme zu sehen. Doch was er hier sah, war viel schlimmer. Es war eine Art Loch in der Wirklichkeit.

Unfähig, sich von der Stelle zu rühren, stand er da, bis das fahle Leuchten des Nachthimmels dem Morgengrauen wich. Nun konnte er in etwa zweihundert Schritt Entfernung Baumreihen erkennen.

Piet erschauerte. Zwischen ihm und jenen Bäumen hätte eine Lichtung sein sollen. Aber da war keine Lichtung, kein Gras, kein Strauchwerk, nicht einmal die nackte, dunkle Erde. Dort war nur eine bleiche, irgendwie verschwommen wirkende Fläche, auf der hier und da einige bizarr geformte schwarze Flecken zu erkennen waren.

Eine eisige Faust schien Piets Herz zu umfassen. Dann war es also wirklich wahr! Das Leben, ja die Wirklichkeit selbst konnte verschwinden, einfach aufhören zu existieren. Piet merkte kaum, wie er sich mit aller Kraft an den moosigen Stamm einer mächtigen Buche klammerte, als könne das jahrhundertalte Holz ihm irgendwie Trost bieten. Er zwang sich, seinen Blick über das Loch im Wald schweifen zu lassen. Plötzlich stutzte er. Diese bizarr geformten Schatten! Er kniff die Augen zusammen und sah genauer hin. Sie schienen nicht willkürlich geformt zu sein. Nach kurzem Zögern ließ Piet den Stamm los und kroch näher an den Rand der Wirklichkeit heran. Tatsächlich! Die Schatten wirkten wie seltsam geformte Skulpturen, die teils allein, teils zu kleinen Inseln verhakt in der Leere schwammen. Gar nicht weit entfernt sah er so etwas wie einen schwarzen, dürren Stiefel und etwas weiter hinten ein bauchiges Ding mit Haken daran.

Gleich darauf nahm er eine Bewegung am Rande seines Gesichtsfeldes wahr. Als er sich umwandte, erkannte er zu seiner Verblüffung einen Mann, der sich in etwa hundert Schritt Entfernung mit einem starken Hanfseil an einer Eiche gesichert hatte. Er schmierte mit einem Stück Kohle auf einem dünnen Holzbrett herum. Der Anblick war so skurril, dass Piet beschloss, sich das Ganze näher anzusehen. Er ging zurück in den Wald, umrundete das Nichts in weitem Bogen und kämpfte sich durch das Unterholz bis dicht an den Mann heran. Er war schon ziemlich alt. Piet schätzte, dass er mindestens vierzig war. Sein Haar begann bereits, sich am Hinterkopf zu lichten.

„Hallo?“, sagte Piet.

Der Mann zuckte zusammen. Beinahe wäre ihm das Holzbrettchen entglitten. Als er Piet sah, zischte er: „Erschrick mich nicht so, Junge!“

„Entschuldigung“, murmelte Piet.

„Das ist nichts für Kinder!“, knurrte der Mann. „Was machst du überhaupt hier?“

„Ich stehe im Wald“, erwiderte Piet wahrheitsgemäß. „Und was machen Sie?“

„Ich forsche!“

„Aha ... und was genau erforschen Sie?“

Aber der Mann beachtete ihn nicht weiter. Er lehnte sich über die Erdscholle und beobachtete eines der Gebilde in der Leere. Piet vermutete, dass der Mann schon längere Zeit nicht mehr unter Menschen gewesen war. Piet lugte dem Mann über die Schulter. Auf dem Brett waren schwarze Symbole aufgezeichnet.

„Was ist das?“, fragte er und wies auf die schwebenden Gebilde.

„Siehst du den schwarzen Schatten dort drüben neben dem Felsen?“, fragte der Mann und wies quer über das Nichts.

„Ja.“

„Wie sieht er aus? Beschreibe ihn! Meine Augen sind leider nicht die besten.“

Piet linste hinüber. „Ich würde sagen wie ein durchgeschnittener Becher mit zwei Stützfüßen.“

„Aha, die Becherrune!“ Der Mann grinste und steckte das Holzbrettchen in einen kleinen Lederbeutel, den er am Gürtel trug. Dann kraxelte er vom Rand des Nichts zurück und band das Sicherungsseil los. „Du hast gute Augen, Junge. Hast du nicht Lust, für mich zu arbeiten? Mein bisheriger Mitarbeiter ist in letzter Zeit etwas unmotiviert. Ich könnte einen neuen Assistenten gebrauchen.“

„Hm.“

„Du kannst Zeuge der größten Entdeckung der Menschheit werden und miterleben, wie die Bausteine des Seins enträtselt werden.“

„Aha“, sagte Piet.

Der Mann rollte das Seil zusammen und legte sich die Schlaufen über die Schulter. „Außerdem habe ich noch reichlich Haferkekse mit Honig in meinem Lager.“

Das, befand Piet, klang nicht uninteressant. „Und was wäre meine Aufgabe?“

„Du musst gut gucken und beschreiben können.“

„Das kann ich“, behauptete Piet.

„Ausgezeichnet. Ich bin zwar ziemlich sicher, dass ich die Gesamtzahl kenne. Aber ein paar Monate Forschung zur Absicherung würden meine Theorie verifizieren.“

„Äh ... Gesamtzahl ...?“ Piet kratzte sich am Kopf. Wovon redete der Mann?

„Die Anzahl der Bausteine des Seins.“

„Die was?“

Der Forscher zog das Holzbrettchen hervor und wies auf eines der seltsamen Symbole. Es sah aus wie der Stiefel, den Piet vorhin entdeckt hatte. „Das sind die Bausteine des Seins. Alles, was ist, ist daraus gemacht“, erwiderte Mann. „Und wie es scheint, habe ich nunmehr die Gesamtzahl der Bausteine ausgemacht. Es sind genau dreißig.“

„Können Sie das vielleicht etwas genauer erklären?“

Der Forscher betrachtete seinen neuen Assistenten mit kritischem Blick. „Gut“, sagte er schließlich. „Wir gehen zu meinem Lager, und ich erzähle dir, was ich herausgefunden habe.“

Gemeinsam stapften sie durch den Wald. „Das, was das einfache Volk als den ‚Vernichter‘ bezeichnet, sind in Wirklichkeit Fragmentationswirbel.“

„Ach so“, sagte Piet. Er hatte kein Wort verstanden.

„Diese Wirbel entstehen in sporadischen Abständen und fragmentieren das, was wir als Wirklichkeit bezeichnen. Die Energie ist dabei so hoch, dass große Teile im Nichts versinken, aber es werden auch einzelne Bausteine des Seins nahezu unversehrt herausgesprengt. Diese Teile erfasse ich und katalogisiere sie.“

„Aha, und was genau bedeutet das?“

„Dass wir nicht sind, wer wir zu sein glauben.“

„Ach ...“, murmelte Piet, um nicht allzu dumm dazustehen.

Der Forscher grinste. „Wer bist du?“

„Ich? Äh ... ich bin Piet Petersen. Ich wohne mit meinen Eltern drüben an der Steilküste. Mein Vater ist Fischer –“

„Interessant“, unterbrach ihn der Forscher, wobei er nicht besonders interessiert klang. „Und woraus bist du gemacht?“

Piet sah an sich herab. „Na ja, woraus Menschen eben bestehen, aus Fleisch und Blut, ein paar Knochen sind auch dabei –“

„Du bestehst aus Informationen“, unterbrach ihn der Forscher triumphierend.

„Wie?“

„Genauer gesagt aus einem Code.“

„Hä?“

„Durch meine Forschungen in der Leere habe ich herausgefunden, dass nur eine ganz bestimmte Anzahl von Seinsbausteinen existiert. Die Vielzahl der Gebilde und Lebewesen, die diese Welt ausmachen, ergeben sich ausschließlich aus der Kombination dieser Bausteine. Das ergibt zwar Millionen von unterschiedlichen Kombinationsmöglichkeiten, aber die Bausubstanz ist relativ einfach. Stell dir verschiedene Häuser vor: die Hütte eines Fischers, ein Bauernhaus, das Gutshaus eines Großgrundbesitzers und ein Schloss. Sie alle sehen sehr unterschiedlich aus, aber die Bausubstanz ist im wesentlichen Holz und gebrannter Lehm. Beim Schloss kommen vielleicht noch ein paar edlere Substanzen hinzu, aber das Prinzip ist das gleiche."

„Ich bin kein Haus", protestierte Piet.

„Ja, aber auch du bestehst gewissermaßen aus Bausteinen." Er klopfte auf seinen Lederbeutel. „Alles, was wir sind, sind die Informationen, die sich in unserem speziellen Code befinden."

„Aber ich bin doch ich und nicht nur ... ein paar Symbole!"

Der Forscher kicherte. „Faszinierend, wie wir uns gegen die Erkenntnis wehren, nicht wahr? Aber es ist, wie es ist. Alles, was wir sind, ist eine Kombination dieser Bausteine. Das Sein gaukelt uns lediglich vor, wir hätten so etwas wie ein Ich oder eine Seele. Denn das Sein kämpft gegen das Nichtsein. Das ist seine Natur. Je mehr scheinbares Bewusstsein nun eine Existenz hat, desto stärker kämpft sie gegen das Nichtsein. Das ist der Grund, warum die Menschen dem Wald fernbleiben, die Farne, Bäume und niederen Tiere aber nicht. Unser Ich ist nur ein Trick im Überlebenskampf." Der Mann zwinkerte ihm zu. „Du verstehst?"

Piet schwirrte der Kopf. Konnte das wirklich wahr sein? Gestern noch hatte er bezweifelt, dass es möglich sein könnte, irgendwann einmal nicht mehr da zu sein. Nun behauptete dieser Mann, dass Piet Petersen selbst im Grunde schon jetzt nicht mehr als eine komplizierte Täuschung war.

Sie erreichten eine kleine Lichtung, auf der jemand mit reichlich Segeltuch und langen Stangen eine Art Zelt gebaut hatte.

„Komm mit." Der Forscher schlug eine Plane zurück und winkte ihm. „Dank meiner umfangreichen Forschungen war ich in der Lage, eine Durchleuchtungsmaschine zu entwickeln, ein Fragmentometer.“ Stolz wies er auf ein kompliziertes Gebilde aus Glas und Kupferrohren. „Stell dich mal dort drüben hin!“

Wie in Trance gehorchte Piet.

„Das Gerät ist noch nicht hundertprozentig ausgereift, aber wenn alles gut klappt, sollte ich in der Lage sein, deinen Code sichtbar zu machen.“

Der Forscher entzündete eine riesige Lampe und Piet kniff geblendet die Augen zusammen.

„Nicht bewegen!“ Der Mann hantierte an einigen Hebeln und schließlich rief er aus: „Ha, mein Junge. Es hat geklappt, du bist ... durchschaut.“ Er kicherte über sein gelungenes Wortspiel und wies auf eine Segeltuchplane, die straff auf einen Rahmen gespannt war. Dort erschienen hell leuchtend ein paar seltsame Gebilde.

„Was soll denn das sein?“, knurrte Piet.

„Das, mein Freund, bist du!“, erwiderte der Forscher.

Piet kniff die Augen zusammen und starrte auf die Gebilde. „Blödsinn, das ist doch nichts als Kindergekrakel. Ein Strich mit dickem Bauch, der bis zum Haaransatz hochgerutscht ist, ein Männchen, das den Kopf verliert ...“

Der Mann kicherte. „Ernüchternd, nicht wahr? Aber so ist es nun mal. Sobald eine dieser Informationen wegkäme oder vertauscht würde, wärst du nicht mehr du selbst. Und irgendwann, ganz unweigerlich, wirst du in einen Fragmentationswirbel geraten und nicht mehr existieren. Egal, ob dieser nun in Form glühenden Feuers oder herabströmender Wasserfluten erscheint.“ Er machte eine nachdenkliche Pause. „Manche Leute glauben ja, dass diese Fragmente nicht verloren gehen, sondern lediglich an eine andere Stelle gespült werden, wo sie wieder zu einem neuen Sein zusammengesetzt werden. In gewisser Weise würde unsere Existenz somit nicht wirklich enden.“

„Aber“, entgegnete Piet misstrauisch, „wäre ich dann noch Piet Petersen?“

„Das nicht. Aber du wärst vielleicht Tiep Nersetep.“

„Tiep Nersetep?“, kreischte Piet. „Aber wer soll denn das sein?

Das wäre doch jemand völlig anderes und nicht ich. Was hätte ich denn davon?"

Der Mann zuckte die Achseln. „Keine Ahnung, ich glaube sowieso nicht an diese Wiederzusammensetzung."

Piet ließ die Schultern hängen. Er verwünschte seine eigene Neugier. Wäre er doch bloß zu Hause geblieben! Dann hätte er noch ein paar Jahre daran glauben können, dass es Piet Petersen wirklich gab, dass er mehr war als eine Auswahl aus dreißig Bausteinen, die irgendwie zufällig zusammengesetzt worden waren. Was für einen Sinn sollte das Ganze dann haben? Das ganze Leben – nur eine Täuschung, eine raffinierte Überlebenslüge? Ein ungewohnter Schmerz packte ihn. Er fühlte sich wertlos, wie ein nutzloses Stück Holz, das achtlos in den Schlamm getreten wird.

Eine schrille Stimme ließ ihn erschrocken zusammenfahren. „Herr Professor, schnell!"

Erschrocken sprang Pit auf und lief aus dem Zelt. Der Forscher folgte ihm. Ein junger Mann in verschmutzter Kleidung rannte an ihnen vorbei, als wäre ein Rudel Wölfe hinter ihm her. „Die Nichte!", kreischte er mit sich jäh überschlagener Stimme. Im Rennen verlor er einen Holzpantoffel, der wie ein Geschoss an Piet vorbeizischte und dröhnend gegen einen Kupferkessel krachte. „Lauft um euer Leben!"

„Die Nichte, ha!" Der Forscher schüttelte den Kopf. „Der Dummkopf glaubt, er habe dieses Wort vom Himmel herab gehört, als der letzte Fragmentationswirbel einen Wasserschwall über den Wald ergoss."

Piet starrte mit weit aufgerissenen Augen in den Morgenhimmel, der sich von einem Moment auf den nächsten verdüsterte. Ein ungeheurer Schatten schob sich vor die Sonne. Und gleich darauf sauste etwas auf die Erde nieder. Ein gewaltiges, vom Firmament bis zur Erde reichendes rosafarbenes Pendel.

„Faszinierend!", murmelte der Forscher neben Piet.

Piet gab einen krächzenden Laut von sich. Er hätte niemals gedacht, dass das Ende der Welt rosa sein könnte. Dröhnend krachte das Pendel auf die Erde, sodass diese erzitterte. Mit ohrenbetäubendem Kreischen fuhr es über den Boden und ließ die uralten Bäume, Bäche und Felsen in einer gewaltigen Gischt aus rosafarbenem Nebel verschwinden.

Piet begann zu laufen. In panischer Hast spurtete er über die Lichtung. Dass er eigentlich gar nicht existierte, interessierte ihn in diesem Moment überhaupt nicht. Kreischend und die Wirklichkeit in bizarre rosa Streifen zerschneidend, kam das ungeheure Pendel immer näher. Nichts konnte es aufhalten. Vierzig Meter hohe Urwaldgiganten zerstoben zu nichts. Der Boden riss auf, Steine wurden mitgerissen oder zersprengt. Die rosa Gischt raste auf ihn zu. Piet spürte, wie der Boden hinter ihm aufgerissen wurde. Plötzlich wurde es noch düsterer. Von einem Schlag auf den nächsten wurde das Licht vom Himmel gefegt. Er stolperte und fiel hin. In einer lächerlichen, sinnlosen Geste schlug er die Hände schützend über dem Kopf zusammen. Das ohrenbetäubende Kreischen des alles zerstörenden Pendels schien das gesamte Sein auszufüllen. Er spürte, wie ein mächtiger Schlag ihn traf, und die Welt zerstob in rosafarbenem Nebel.

Stille, Dunkelheit, Schweigen. *Ich ... ich bin tot!,* schoss es Piet durch den Sinn. Nur einen Augenblick später wurde ihm das Paradox bewusst. Wie konnte er tot sein, wenn er wusste, dass er tot war?

Plötzlich hörte Piet eine Stimme. Zuerst schien sie aus weiter Ferne zu kommen. Dann wurde sie immer klarer und deutlicher: „... Nein, Klara! Nein! Leg das Buch wieder hin. Das gehört dir nicht! Und nun gib mir den Stift!"

Ein zorniges, schrilles Kreischen erklang und dann ein rhythmisches Dröhnen, das sich langsam entfernte. Verwundert stellte Piet fest, dass die Dunkelheit, die ihn eingehüllt hatte, sich veränderte. Noch immer herrschte Dämmerung, aber alles Bedrohliche schien nun verschwunden zu sein. Dennoch war er nicht allein. Da war etwas. Es war zu groß, um es erkennen zu können. Zu gewaltig, um es zu verstehen. Aber so verrückt es auch klang: Dieses Etwas sah ihn! Piet konnte nicht erklären, woher er das wusste. Und noch etwas ahnte er: Dieses Etwas war kein Etwas, sondern ein Jemand.

„Hallo?“, wisperte er ängstlich in das Universum hinauf.

„Piet Petersen“, vernahm er eine Stimme. Er wusste nicht, ob sie nur in seinen Gedanken erklang oder ob sie ihn auf andere Art erreichte. Sie war leise, fast nur ein Hauch, und dennoch hatte Piet Sorge, dass sie ihn im nächsten Moment hinaus ins Nichts fegen könnte. „Du ... kennst mich?“

„Natürlich. Ich habe dich geschrieben.“

„Geschrieben, was heißt das?“

„Ich habe dich geschaffen. Du bist meinen Gedanken entsprungen, und ich habe dich mit unverwechselbaren Zeichen in das Buch eingetragen, das deine Welt abbildet.“

Piet hatte nicht alles verstanden. Einige Worte rauschten an ihm vorbei. Nur eines schälte sich mit erschreckender Deutlichkeit aus dem heraus, was die Stimme sagte: *die Zeichen.* Dieser eigenartige Wissenschaftler hatte recht gehabt!

Piet hatte das Gefühl, als würde ein eisiger Hauch ihn treffen. „Ich ... bin nur ein paar Pinselstriche auf einem Blatt Papier? Das ist alles?“ Verzweiflung senkte sich auf ihn herab. *Ich* ... Er erschauerte, als ihm bewusst wurde, dass er gar nicht das Recht hatte, *Ich* zu sagen. Er war kein *Ich*. Er war nur eine Handvoll Symbole auf einem Blatt Papier.

In einer Art Vision sah Piet plötzlich ein in Leinen gebundenes Buch. Es sah ziemlich mitgenommen aus. Brandflecken waren zu erkennen, und etliche Blätter waren wellig, weil sie nass geworden waren. Hier und da war die Tinte bis zur Unkenntlichkeit verschmiert. Einige Seiten waren voll, die meisten jedoch noch unbeschrieben. Er erkannte einige Symbole wieder. Symbole, die sein Selbst abbildeten.

Und dann tauchte plötzlich ein kleines Mädchen auf, mit streng geflochtenen Zöpfen und einem großen, gefährlich aussehenden Buntstift in der Hand. Sie sah sich heimlich um, huschte dann hastig auf das Buch zu und schlug die letzte beschriebene Seite auf. Den Stift wie einen Dolch in der Hand haltend, kritzelte sie über die Seiten. Piet sah, wie seine Symbole in rosa Farbe ertränkt wurden. Wie absurd, wie lächerlich. Er sah seinen eigenen Tod, eine willkürliche Reihe von Strichen, die sich in einem sinnlosen Wirbel von Farben auflösten. Das war alles.

„Piet? ... Piet!"

Er schreckte auf. Die Stimme hatte bereits mehrmals zu ihm gesprochen.

„Ja?"

„Warum weinst du?"

„Ich ... ich weine nicht. Ich bin tot! Ich habe doch das Buch gesehen. Alles, was ich kenne, die ganze Welt, existiert nicht wirklich. Wir sind nicht mehr als ein paar Striche auf einem Blatt Papier. Nur schwarze Tinte!"

„Ach Piet, mein armer Piet. Ich habe diese ganze Welt geschaffen. Die Insel, den Wald, deine Eltern, Rieke und auch dich. Ich habe dich schon gekannt, bevor ich zum ersten Mal den Stift in die Hand nahm. Ehe ich die mächtigen Gebirgszüge erdachte, die dich himmelhoch überragen, noch bevor der jahrhundertealte Wald gepflanzt wurde, an dessen Rand du lebst, ja ehe das gewaltige Meer zu brausen begann, habe ich an dich gedacht, Piet Petersen! Ich habe dich schon geliebt, als dein Vater und deine Mutter noch gar nicht geschrieben waren. Glaubst du wirklich, du bist nicht mehr als die Tinte aus meiner Feder? Hältst du es wirklich für möglich, dass ein paar gedankenlos hingekritzelte Striche in der Lage wären, dich aus mir herauszulöschen?"

Piet schwieg.

„Selbst wenn das ganze Buch im Meer versinken oder von Flammen verschlungen würde, so würdest du noch immer lebendig in mir sein. Ich habe dich erdacht. Nichts kann mich dazu bringen, dich zu vergessen!"

Noch immer brachte der Junge kein Wort heraus.

„Dies ist erst der Anfang, Piet Petersen, der Beginn! Denk daran, wenn du wieder die kühle Luft des Waldes atmest."

Eine frisch gespitzte Feder tauchte in ein Glas mit schwarzer

Tinte. Und eine Hand schrieb etwas in sorgfältig geschwungenen Lettern.

Es war ein unangenehmer Druck gegen seine rechte Schläfe, der Piet dazu brachte, die Augen aufzuschlagen. Er lag mit dem Kopf auf einer Baumwurzel. Dicht vor ihm krabbelte eine Ameise emsig über das weiche, taubenetzte Moos. Verwundert richtete er sich auf. Ein Strahl der Morgensonne fiel durch das Blätterdach und fing sich in den hauchdünnen Fäden eines Spinnennetzes, an denen die satte Feuchtigkeit des Morgens hing, aufgereiht wie eine Kette winziger Perlen.

Piet richtete sich auf. Sein Nacken war steif und jeder Muskel in seinem Körper schien zu schmerzen. Hatte er alles nur geträumt? War es immer noch Morgen oder schon wieder? Die uralten Bäume sahen schweigend auf ihn herab. Ihre grünen Moosbärte schwankten kaum unmerklich in einem schwachen Wind, der die Blätter leise flüstern ließ. Unwillkürlich kamen ihm Worte in den Sinn: ... *noch bevor der jahrhundertealte Wald gepflanzt wurde, an dessen Rand du lebst ... habe ich an dich gedacht, Piet Petersen!*

Er schluckte.

Als er sich umblickte, sah er, dass der Forscher fortgegangen war. Nur ein zerbeulter Kupferkessel und eine erloschene Feuerstelle waren von seinem Lager übrig geblieben. Die Bäume dahinter sahen jünger aus. Und über allem lag ein leichter rosa Schleier, als habe jemand den rosa Nebel fortradiert und neu überschrieben.

Piet hob den Kopf und blinzelte hinauf, dorthin, woher das klare Licht des Morgens kam. „Hallo? Warst du das? ... Bist du noch da?"

Doch keine Antwort erklang. Stattdessen schallte das jubelnde Trillern einer Lerche durch die mächtigen Baumreihen.

Aus irgendeinem Grund fühlte sich sein Herz leichter und fröhlicher an, als er seinen kleinen Rucksack schulterte und sich auf den Heimweg machte.

Sein Herz pochte schneller, als er endlich den Saum des Waldes erreichte und hinaus in die warme Mittagssonne trat. Rieke blickte ihm stumm entgegen.

Piet konnte nicht anders. Er begann zu laufen, kletterte geschwind über das morsche Gatter auf die Kuh zu und umarmte sie. „Wie schön", murmelte er und klopfte auf das borstige Fell ihres mächtigen Nackens. „Wie schön, dass du da bist."

Und für einen kurzen, erstaunlichen Moment hörte Rieke auf zu kauen und gab ein leises, zufriedenes Muhen von sich.

Die Kellertreppe

Langsam verloren sich die Bilder in Rasmus' Kopf und vor seinen Augen wurden staubige Schuhe auf nacktem Steinfußboden sichtbar. Er blickte auf und stellte fest, dass Walter und er nicht die einzigen Zuhörer geblieben waren. Nun zerstreute sich die kleine Gruppe. Eine Reihe von Männern hatte sich zu ihnen gesellt. Einige machten abfällige Sprüche und erhoben sich. Ein breitschultriger Landser klopfte Erwin schweigend auf die Schulter, bevor er sich grübelnd zurückzog.

Walter sah nachdenklich aus. „Eine wirklich skurrile Geschichte", sagte er.

Rasmus konnte ihm nur zustimmen. Er selbst mochte solche Geschichten sehr, weil sie seine Fantasie und sein Denken herausforderten, aber war eine solche Erzählung das Richtige in dieser Situation? Ein ungezogenes Mädchen, das mit seinem Stift eine ganze Welt vernichtet? War das die richtige Metapher angesichts dieses schrecklichen Krieges? Aber im gleichen Augenblick wusste Rasmus, dass dieser Gedanke falsch war. Die Geschichte war keine Allegorie des Krieges. Es ging um etwas gänzlich anderes.

„Glaubst du wirklich, wir sind Figuren in einem Theaterstück Gottes?", fragte Walter.

Erwin senkte nachdenklich den Blick. „Ich weiß, dass diese Geschichte Gefahren birgt. Wie jede Geschichte, die Menschen ersinnen. Das liegt daran, dass all unsere Bilder und Vergleiche zu klein für die Wirklichkeit sind. Wir können nur hier und da einen Lichtstrahl auffangen und eine winzige Facette des Ganzen beleuchten." Er kratzte sich nachdenklich am Kinn. „Nein, ich glaube nicht, dass die Geschichte sagen will, unsere Welt sei lediglich ein Theaterstück des Allmächtigen und wir seien vorherbestimmt, unsere Rollen in dieser göttlichen Komödie zu spielen."

„Das beruhigt mich", murmelte Walter.

„Das, was du vorhin von deinem Vater berichtet hast, ist mir durchaus sympathisch, Walter. Sein trockener Humor gefällt mir. Aber ich glaube trotzdem, dass er sich irrt. Um zu verstehen, wer wir sind, reichen die Naturgesetze nicht aus. Genauso wenig, wie die Kenntnis der Buchstaben und die Regeln der Grammatik uns dabei helfen können, den Kern einer Geschichte zu verstehen."

Walter versuchte sich an einem schiefen Grinsen. „Also bleibt es dabei: Niemand kann hinter den Vorhang schauen und so bastelt sich jeder seinen eigenen Sinn?"

„Ich glaube, ich ahne, worum es geht", meldete sich Rasmus zu Wort. Walter sah auf und sein Blick ging ihm durch Mark und Bein. Mit einem Mal wurde ihm bewusst, was das Flackern in den Augen des anderen zu bedeuten hatte. Das scheinbar harmlose, philosophische Plaudern war nur die Oberfläche. Dahinter loderte eine tiefe, existenzielle Angst. War da irgendetwas, das bleiben würde? Irgendetwas, dessen Sinnhaftigkeit über das Auskosten des Moments hinausging? Oder lauerte hinter allem bloß das mächtige, aber leidenschaftslose und alles Leben stumpf in sich hineinschlingende Nichts? Rasmus räusperte sich. „Vor einigen Jahren hatte ich den ... vermessenen Plan für ... jemanden eine Geschichte zu schreiben. Sie wurde nie fertig. Aber eines weiß ich noch sehr genau: Einige der Figuren, die dort eine Rolle spielen sollten, wurden in meinem Kopf sehr lebendig. Ja, sie führten regelrecht ein Eigenleben, und schon in den ersten Entwürfen entwickelte sich die Geschichte durch die Ausformung der Figuren auf viel lebendigere Art und Weise, als ich erwartet hatte."

„Hörst du etwa ... Stimmen?", fragte Walter.

Rasmus kicherte. „Danke, Kamerad, so schnell wird aus einem hoffnungsvollen Beinahe-Schriftsteller ein Irrer! Was ich damit sagen wollte, ist Folgendes: Die Existenz dieser Figuren war nicht abhängig davon, ob das Papier, auf dem ich mein Manuskript verfasst hatte, zerstört wurde oder nicht."

Das schwache Lächeln auf Walters Zügen verblasste. „Aber ... woher soll ich wissen, ob dieses Bild das Richtige ist?"

„Eine gute Frage", sagte Erwin. Er schwieg einen Moment nachdenklich. Dann fuhr er fort: „Angenommen, es wäre wahr. Angenommen, wir wären tatsächlich so etwas wie die Gedanken Gottes. Gedanken, die so stark sind, dass sie lebendig werden, einen eigenen Willen haben und eigene Entscheidungen treffen können. Angenommen, unsere Körper und unsere Seelen wären so etwas Ähnliches wie die Schriftzüge Gottes. Dann könnten wir aus diesen Schriftzügen weder den Ursprung noch das Ziel herauslesen. Denn beides läge verborgen in den Gedanken des Autors. Allerdings können wir durchaus eine Ahnung davon bekommen, dass da noch mehr ist als das für uns Greifbare. Wir könnten ahnen, dass es möglich wäre, die Schriftzüge zu zerstören, aber nicht das Eigentliche, nämlich die Gedanken, die dahinterstehen."

Walters Atem wurde schwerer. Seine Augen blickten durch Erwin hindurch.

„Wenn das wahr wäre", fuhr Erwin leise fort, „dann wäre es nicht die Substanz unserer Seelen, in der unser Hunger nach Ewigkeit verborgen liegt, sondern die fast verloren gegangene Erinnerung an unseren Ursprung – die Ahnung, dass es da einen Schöpfer gibt."

„Aber was nützt uns das?", flüsterte Walter. „Es bleibt doch alles verborgen ..."

Erwin nickte. „Es sei denn, Gott würde das Dahinter von sich aus durchschreiten, würde sich selbst in die Geschichte dieser Welt hineinschreiben. Was, wenn diese zweitausend Jahre alte Geschichte, an die wir uns zu Weihnachten erinnern, wirklich wahr wäre? Dann würde Licht in unsere Dunkelheit fallen, und was wir nur geahnt haben, wäre plötzlich sichtbar."

„Wenn es wahr wäre ...", wiederholte Walter ganz in sich versunken. Er flüsterte etwas: „Die Nacht ist vorgedrungen ... der

Tag ist nicht mehr fern.“ Kurz blickte er auf. „Das schwirrt mir schon die ganze Zeit im Kopf herum. Seltsam, nicht wahr?“ Er schloss die Augen. Seine Lippen bewegten sich kaum merklich.

Rasmus schluckte. Er kannte diese Worte. Sie entstammten einem Weihnachtslied. Jochen Klepper hatte es gedichtet, ein Jahr vor Kriegsausbruch. Seine Mutter hatte dieses Lied sehr gemocht. Sie hatte es sich zu ihrer Beerdigung gewünscht. Vater hatte es nicht spielen lassen. Er hatte es für unpassend gehalten, weil es ein Weihnachtslied war. Vielleicht aber auch, weil Jochen Klepper bei den Machthabern wegen seiner jüdischen Frau in Ungnade gefallen war.

Leise hallte die Melodie des Liedes in Rasmus wider:

Die Nacht ist vorgedrungen, der Tag ist nicht mehr fern.
So sei nun Lob gesungen dem hellen Morgenstern.
Auch wer zur Nacht geweinet, der stimme froh mit ein.
Der Morgenstern bescheinet auch deine Angst und Pein.

Rasmus betrachtete seinen kranken Kameraden. Walter wirkte sehr erschöpft. „Vielleicht solltest du dich besser ein wenig ausruhen!“

„Ja.“ Walter legte sich auf den Boden und zog die Beine an. Nach ein paar Minuten atmete er ruhig und gleichmäßig.

„Er schläft“, sagte Erwin.

Rasmus nickte. Dann stand er auf und entfernte sich ohne ein weiteres Wort von den beiden Kameraden. Er war aufgewühlt, auf vielerlei Weise, und er fand keinen besseren Weg, damit umzugehen, als sich durch die dicht an dicht auf dem Boden hockenden Gefangenen zu drängen, bis er in einer Ecke unweit der überquellenden Latrineneimer einen Platz fand, an dem er ein wenig für sich sein konnte. Auch wenn es erbärmlich stank.

Gott – immer wieder stieß er auf Gott. Es war so verwirrend. Eigentlich dachte er, er hätte dieses Kapitel längst abgeschlossen. An jedem Sonntag in der Kirche und an jedem einzelnen Tag in der Woche hatte sein Vater ihn gelehrt, diesen Gott zu hassen. Mit jedem Verbot, jeder Drohung, jedem Blick, der ihm immer wieder zu verstehen gab: *Du bist falsch, du bist eine Enttäuschung, du bist wertlos!*

Es waren diese Blicke, nicht so sehr die Prügel, die er einstecken musste, die Rasmus die Kirche und jedes Wort über Gott verhasst gemacht hatten. Zuerst hatte er sich in seine Fantasie geflüchtet, hatte mehr in Büchern gelebt als in der realen Welt, in der er seinem Vater begegnete. Er hatte gelernt, durch die Züge seines Vaters hindurchzublicken auf eine Welt, die es wert war, betrachtet zu werden. Eine Welt voller Farben, vielgestaltiger Wesen, Freiheit und Fantasie. Dann, mit zunehmendem Alter, hatte er sich auch räumlich zurückgezogen. Selbst die hirnlosen Fahnenappelle und die brutalen Wehrertüchtigungsübungen der HJ waren ihm irgendwann eine willkommene Zuflucht geworden. Alles war besser als das Pfarrhaus, in dem jeder Nagel in der Wand und jedes Astloch in den Dielen die düstere Gegenwart seines Vaters auszustrahlen schienen.

Gott war für ihn zu einem Fluch geworden. Und nun auf einmal schlich er sich, geschickt wie ein Panther, mitten hinein in seinen Zufluchtsort – in seine Liebe zu Geschichten, seine Fantasie und die süße und zugleich schmerzliche Sehnsucht, die er dort fand. Doch zeigte Gott hier ein ganz anderes Gesicht. Und es gelang Rasmus nicht, ihn mit den antrainierten Reflexen beiseitezustoßen. Das war irritierend, ja geradezu beängstigend, und gleichzeitig gab es ihm auf verwirrende Art und Weise etwas zurück, das er gerade jetzt nicht erwartet hätte: Hoffnung.

Der schmale Lichtstreifen, der durch die Fenster drang, war am Erlöschen, als er seinen stinkenden Zufluchtsort aufgab und zurück zu seinen Gefährten kroch.

Walter war bislang nicht wieder erwacht. Nach einem kurzen, oberflächlichen Gespräch mit Erwin legte Rasmus sich schlafen und versank in wirre Träume.

Er hatte das Gefühl, sich gerade erst hingelegt zu haben, als etwas ihn an der Schulter packte.

„Rasmus!“

Er fuhr erschrocken auf. Verschwommen erblickte er Erwins

Gesicht. Um ihn herum schnarchten die Gefangenen. „Was ist?“ Er rieb sich die Augen.

„Walter!“ Erwins Gesicht wirkte sehr blass im schwachen Widerschein des Mondlichts. „Er stirbt!“

„Bist du sicher?“, entfuhr es Rasmus. Er blickte hinab auf den jungen Kameraden und schämte sich für diese dumme Frage. Walters unruhig rasselnder Atem war deutlich schwächer geworden.

Rasmus kniete sich neben ihn und berührte seine glühend heiße Stirn. „Walter!“ Er schlug ihm auf die Wange. Der junge Soldat erwachte nicht. Der Tod war dabei, ein weiteres Leben zu verschlingen. Als ob er nicht schon genug bekommen hätte! Als ob er sich nicht schon bis zum Erbrechen vollgestopft hätte. Heißer Zorn durchfuhr Rasmus.

„Nein!“, zischte er und erhob sich hastig.

Erwin blickte verblüfft zu ihm auf.

„Ich lasse es nicht zu!“ Er wandte sich ab.

„Wo willst du hin?“

Rasmus antwortete nicht. Er stieg über die schlafenden Soldaten hinweg Richtung Tür. *Ein dicker Mann mit zerschossener Ohrmuschel,* hatte Kupilas gesagt. In diesem Raum gab es nicht allzu viele Menschen, die noch etwas Speck auf den Rippen hatten. Wenn Rasmus sich nicht irrte, hatte er diesen Mann vorhin in der Nähe des Eingangs gesehen. Es gab allerlei ärgerliches Gemurmel und gedämpfte Flüche, als er über die anderen hinwegstieg. Im schwachen Dämmerlicht waren die Schlafenden kaum mehr als dunkle Klumpen, die dicht an dicht den Boden bedeckten. Rasmus beugte sich vor und versuchte, die Gesichter zu erkennen. Zu dumm, dass er nicht einmal den Namen des Gesuchten kannte. Er kniete neben dem Körper nieder, der ihm breiter zu sein schien als die anderen, und rüttelte ihn an der Schulter.

„Lass ma in Ruhe!“, murmelte der Mann.

„He, Kamerad“, zischte Rasmus, „kannst du Russisch?“

„Zisch ab oder ick polier dir die Fresse!“, knurrte die Stimme, nun schon etwas munterer.

Rasmus zog sich rasch zurück. Der Mann hatte eher nicht wie ein Beamter im höheren Dienst geklungen. Aufmerksam sah er sich im Dämmerlicht um. Da, ein paar Meter entfernt, ein weiterer breiter Schatten. Rasmus tastete sich zu ihm vor. Als er die Hand nach dem Schlafenden ausstreckte, berührte er eine verschorfte Wunde.

„He!“ Der Mann schreckte hoch.

Das zerschossene Ohr!, ging es Rasmus durch den Kopf. „Entschuldige“, flüsterte er. „Hast du Hunger?“

„Natürlich“, erwiderte der Mann und setzte sich benommen auf.

Rasmus zog das Stück Brot aus seiner Tasche und gab es ihm. „Hier!“

Der Mann griff gierig zu und biss davon ab.

„Du warst im Kommissariat Ostland tätig?“, fragte Rasmus.

„Wer will das wissen?“ Das Misstrauen in der Stimme des Dicken war nicht zu überhören.

„Was du gemacht hast, ist mir egal“, sagte Rasmus rasch. „Du kannst Russisch?“

„Ein wenig.“

„Bitte ruf die Wache und verlange Oberstleutnant Kopelew.“

„Und warum sollte ich so etwas Verrücktes tun?“

„Ein Kamerad ist schwer krank. Wenn er nicht sofort Medikamente bekommt, stirbt er.“

„Vielleicht“, erwiderte der Dicke und biss ein weiteres Mal ab. „Aber wenn ich die Wache rufe und die hat einen schlechten Tag, bekomme ich einen Gewehrkolben zwischen die Zähne!“

„Wenn du schon keinem Kameraden helfen willst, dann tu es wenigstens für das Brot“, erwiderte Rasmus zornig.

„Hast du noch mehr davon?“

„Nein.“

„Dann sehe ich nicht, was mir das Ganze bringen sollte.“

Rasmus knirschte mit den Zähnen. „Hilf uns und du bekommst morgen meine Essensration.“

„Woher weiß ich, dass das kein leeres Versprechen ist?“

Kalter Zorn packte Rasmus. Ehe er wusste, was er tat, schnellte seine Hand vor und umfasste die weiche Kehle des Mannes. „Ich halte meine Versprechen! Und wenn mein Freund stirbt, weil du nichts tust, wirst du das büßen. Das verspreche ich dir."

„Schon gut, lass los!", krächzte der Mann. Seine Hand umklammerte Rasmus' Handgelenk.

Langsam ließ Rasmus los. Zu seiner Verblüffung erklärte der Mann: „Ich versuch's." Entweder wirkte Rasmus im Dunkel der Nacht gefährlicher, als er war, oder der Mann verspürte doch so etwas wie ein schlechtes Gewissen. „Was hat dein Freund?"

„Eine Lungenentzündung!"

„Er hat die Ruhr!"

„Nein ..."

„Doch, davor haben sie nämlich Angst!"

„Gut."

„Schaff ihn her!"

Rasmus warf dem Mann einen prüfenden Blick zu, dann nickte er. Nachdem er Erwin hastig die Situation erklärt hatte, packten sie Walter unter den Achseln und an den Armen und trugen ihn zur Tür.

Inzwischen hämmerte der Dicke gegen die Tür und rief irgendetwas auf Russisch. Immer mehr Männer wurden wach. Einige fragten besorgt, was los sei, andere machten ihrem Unmut sehr deutlich Luft.

Ein russischer Posten öffnete die Tür und fuhr den Dicken zornig an. Der erwiderte etwas. Es ging eine Weile hin und her, dann verschwand der Mann.

„Und?", fragte Rasmus, als er ihn vor Anstrengung schnaufend erreicht hatte.

„Wir werden sehen." Der Dicke wirkte nervös. Aber er machte seine Sache gut. Als sich immer mehr Gefangene lautstark über den Tumult beschwerten, erklärte er, dass Walter dringend in Quarantäne müsse, um die anderen vor Ansteckung zu schützen. Auf diese Weise sorgte er dafür, dass die Männer eilig wegrückten und die drei Freunde etwas mehr Platz hatten.

Schließlich wurde der Eingang wieder geöffnet. Aber es war nicht Oberstleutnant Kopelew, der dort in der Tür erschien, sondern die russische Ärztin, gemeinsam mit mehreren Wachposten. Ihr eisiger Blick ruhte auf dem Dicken, der ihr hastig etwas auf Russisch erklärte. Die Frau zeigte keine Regung. Sie sah lediglich kurz zu Rasmus hinüber und gab einen knappen Befehl.

„Du sollst mitkommen!", übersetzte der Dicke.

Als Erwin sich anschickte, Walter mit hinauszutragen, stieß ihm ein Posten schimpfend das Gewehr vor die Brust.

Der Soldat stolperte zurück und fiel nach Atem ringend auf die Knie.

„Nur einer", warf der Dicke hastig ein.

Erwin krächzte einen Widerspruch, doch Rasmus sagte: „Schon gut. Ich mach das."

Er packte die Arme des Kranken und legte sie sich über die Schultern. Dann folgte er den Posten. Walter war größer als er. Seine Stiefel schleiften über den Boden, und er war, obwohl abgemagert und krank, noch immer schwer. Zumindest für Rasmus, der ohnehin nicht besonders kräftig gebaut war. Er biss die Zähne zusammen.

Die russischen Soldaten trieben ihn zur Eile, hielten aber Abstand.

Sie traten hinaus. Der Himmel war sternenklar. Trotz der Kühle rann Rasmus der Schweiß über das Gesicht. Dicht neben seinem Ohr vernahm er Walters röchelnden Atem.

Die Ärztin war in eines der Gebäude vorgegangen. Rasmus folgte ihr. Ächzend stieg er die Stufen zum Lazarett empor. Durch einen engen Flur gelangten sie in einen kleinen Raum, der bis auf eine nackte Pritsche leer war. Schnaufend legte Rasmus den Kranken dort ab. Walter stöhnte und murmelte irgendetwas.

„Ganz ruhig, Kamerad", schnaufte Rasmus, „gleich wird dir geholfen!"

Der Mann mit dem Gewehr blieb schweigend neben ihm.

Grelles Licht wurde eingeschaltet. Rasmus blinzelte und erkannte verschwommen die Gestalt der Ärztin und dahinter noch jemanden.

Die Frau trat einen Schritt auf die Pritsche zu. Sie beugte sich über Walter, rührte ihn aber nicht an. Das Licht zeichnete einen flirrenden Schimmer auf ihr blondes Haar. „Kaputt!", sagte sie schließlich und wandte sich ab.

„Kaputt?", stieß Rasmus verwirrt hervor. „Was meinen Sie damit?"

„Wird sterben!", erwiderte die Frau. Sie ging zur Tür.

„Aber ... er braucht Medizin!", rief Rasmus. „Sie müssen ihm helfen!" Er eilte ihr hinterher, um sie festzuhalten.

„*Stoj!*", bellte der Soldat und im nächsten Moment spürte er den Gewehrkolben in seinem Gesicht.

Benommen ging er zu Boden. Die Tür fiel krachend ins Schloss. Blut troff auf den nackten Steinfußboden. Rasmus tastete nach seiner aufgeplatzten Wange. Ihm war schwindlig.

Jemand kniete sich neben ihm nieder. Offenbar war er mit Walter nicht allein zurückgeblieben. „Geht es?", hörte er eine näselnde Stimme über sich.

Noch immer benommen blickte er auf und erkannte den segelohrigen Hans wieder, den einfältigen jungen Mann, der als Sanitäter eingesetzt wurde und dessen Vater die Antifa-Abteilung des Lagers leitete.

„Was ... machst du denn hier?", murmelte Rasmus.

„Ich helfe." Der Junge packte seinen Arm und zog ihn hoch.

Rasmus versuchte, die Benommenheit abzuschütteln. „Walter braucht Medikamente ..."

„Ich habe Wasser", erwiderte Hans. „Und einen Verband."

Rasmus stöhnte und ging zurück zur Pritsche. „Dann kannst du nicht helfen." Er kniete sich neben dem fiebernden Walter nieder.

„Was hat er?", fragte Hans und hockte sich neben ihn.

„Du hast doch gehört, was die Ärztin gesagt hat", erwiderte Rasmus. „Er stirbt! Geh, und kümmer dich um die anderen, die deine Hilfe brauchen."

Hans schüttelte den Kopf.

Rasmus wollte zu einer zornigen Erwiderung ansetzen, doch da bewegte sich Walter stöhnend.

Hans griff nach der Hand des Sterbenden. „Ich bleibe bei dir“, sagte er leise.

Rasmus schluckte seinen Zorn herunter. Was half es, wenn er den Jungen beschimpfte? Er konnte doch nichts dafür.

So hockten sie zu zweit neben Walter, hielten seine Hände und versuchten, ihm, so gut es ging, mit feuchten Tüchern Linderung zu verschaffen.

Walter war unruhig, bewegte sich im Fiebertraum. Immer wieder flüsterte er Unverständliches vor sich hin. Rasmus hatte erwartet, dass er in völlige Bewusstlosigkeit gleiten und dann einfach aufhören würde zu atmen. Doch plötzlich riss der Fiebernde die Augen auf. „Wo ... wo bin ich?“, stieß er stockend hervor. Furcht spiegelte sich auf seinem Gesicht.

Rasmus hatte das Gefühl, als würde ihm die Luft abgeschnitten. Was sollte er sagen? Im Lazarett? Sollte er den Mann anlügen und behaupten, man hätte ihm Medizin gegeben?

„Wo?“, flüsterte Walter.

„Du ... du bist ...“, krächzte Rasmus.

„Ich weiß, wo du bist“, sagte Hans unvermittelt. „Du bist auf der langen, dunklen Kellertreppe. Tante Walli hat mir davon erzählt.“ Die Stimme des Jungen klang sanft.

Auch wenn er offensichtlich dummes Zeug redete, schien Walter sich bei seinen Worten ein wenig zu beruhigen.

Rasmus unterdrückte seinen Impuls, dem Jungen das Wort zu verbieten.

„Jeder von uns muss irgendwann vom Keller wieder hinauf“, fuhr Hans leise fort. „Die Treppe ist kalt und eng. So eng, dass man sich nicht umdrehen kann. Deshalb haben wir Angst. Aber das müssen wir gar nicht. Wir sind ja nicht allein, auch wenn es sich so anfühlt, weil's so dunkel ist. In Wirklichkeit ist Jesus da, ganz dicht! Tante Walli sagt, er ist so dicht, dass wir ihn anfangs gar nicht bemerken. Aber wenn wir ganz still sind, dann können wir ihn hören. Er flüstert uns ins Ohr: *Hab keine Angst, ich bin doch bei dir. Es sind nur ein paar Schritte. Gleich wird es hell.* Erinnerst du dich? Früher war es doch auch nicht anders. Du musstest hinab in den Keller, um Kartoffeln oder ein Glas Marmelade zu holen. Und dann musst du wieder zurück.

Auf der Treppe hat man Angst, weil es dunkel ist und unheimlich erscheint. Aber sobald man oben ist, muss man über sich selbst lachen. Es ist doch nur die Kellertreppe, nur der kurze Weg hinauf. Dorthin, wo man zu Hause ist."

Rasmus schluckte. Obwohl eine zynische Stimme in ihm die Einfältigkeit des Jungen verspotten wollte, versandete jeder abfällige Gedanke in einem widersprüchlichen Gefühl von Wärme und Schmerz. Es schien ihm, als würde die Stimme des Jungen viel mehr in sich tragen, als seine simplen Worte auszudrücken vermochten.

Rasmus hörte ein leises Seufzen, und als er die Tränen wegblinzelte, die auf einmal in seinen Augen standen, erkannte er, dass Schmerz und Furcht aus Walters Gesicht gewichen waren. Ganz friedlich lag er da.

„Er ist angekommen", sagte Hans leise. „Nun wird er staunen."

Das Orakel

Den Rest der Nacht verbrachten sie schweigend. Hans hockte sich in eine Ecke und irgendwann nickte er ein. Er selbst konnte nicht schlafen. Die Worte des Jungen hatten sich in ihm festgesetzt und eine unerwartete Assoziation in ihm wachgerufen. *Der 23. Psalm!* Das, was der Junge dort gesagt hatte, erinnerte ihn an einen Vers des 23. Psalms. Wohl hundertmal hatte Rasmus dieses uralte biblische Lied gehört oder gelesen, aber es hatte ihn nie berührt, jedenfalls nicht positiv.

Der Herr ist mein Hirte, mir wird nichts mangeln. Nichts mangeln? Wo war denn Gott, wenn die Menschen zu Tausenden, zu Millionen starben? Angesichts des Krieges und des Leides schienen diese Worte doch nicht mehr als ein Hohn zu sein.

Was er bei diesen Gedanken übersehen hatte, war der Umstand, dass der Psalmist selber keinesfalls über Wattebäusche frommer Glückseligkeit auf die grünen Auen tänzelte, sondern Leid und Verrat am eigenen Leib erfuhr, von erbitterten Feinden umgeben war und den eisigen Hauch spürte, der ihm aus dem dunklen Tal der Todesschatten entgegenwehte. Rasmus nagte an der Unterlippe. Vielleicht ging es gar nicht um eine heile Scheinwelt, in der Leid und Tod mit einem Schwall frommer Worte hinweggespült werden sollten. Möglicherweise war es gar nicht das Ziel, von der dunklen Wirklichkeit fortzusehen, sondern genauer hinzusehen. Das dunkle Tal der Todesschatten – nur eine Kellertreppe?

Ein lautes Krachen riss ihn aus seinen Gedanken. Die Tür wurde aufgestoßen. Der Wachposten kam herein und warf einen abschätzenden Blick auf Walters Leichnam. Im Hintergrund sah Rasmus die Ärztin durch den Flur gehen. Sie knöpfte sich ihre Bluse zu und ihre Gesichtszüge wirkten entspannt.

Der Posten schrie etwas auf Russisch. Rasmus zuckte zusammen.

„Wir sollen ihn raustragen“, sagte Hans.

Der Körper des Toten war schwerer, als er erwartet hatte, und die Leichenstarre hatte eingesetzt. Rasmus warf einen Blick auf das leere Gesicht des Toten. Das war nicht mehr Walter. Walter war fort. Unvermittelt kamen ihm die Worte des Jungen wieder in den Sinn: *Er ist angekommen. Nun wird er staunen.*

Rasmus blickte hinüber zu Hans, dem vor Anstrengung der Schweiß über die Stirn rann. *Ich hoffe, du hast recht.*

Sie wurden angewiesen, den Leichnam zu vergraben, ohne Zeremonie, ohne Holzkreuz, irgendwo auf dem freien Feld neben der Anlage. Zwei Wachposten standen mit Kalaschnikows in der Hand hinter ihnen.

Unterdessen hatte die Sonne die ersten Strahlen über den Horizont gesandt und hinter ihnen erwachte langsam der neue Tag. Befehle wurden gebrüllt. Kaum war der Leichnam mit Erde bedeckt, wurden sie auch schon wieder zurück zum Lager beordert, wo Rasmus sich in die Marschkolonne einreihte. Hastig drückte er Hans die Hand, bevor dieser weitergeführt wurde. „Danke!“, raunte er.

Der Junge lächelte.

Die Kolonne setzte sich in Bewegung. Niemand sagte ihnen, wohin sie marschierten. Gerüchte machten die Runde. Die Gefangenen flüsterten und tauschten die verschiedensten Theorien aus. Einige meinten, dass es wohl zu einer Industrieanlage ginge, die demontiert werden solle, andere waren pessimistischer: „Sibirien!“, raunten sie sich zu. Und Sibirien, so schien es jedenfalls, war gleichbedeutend mit dem sicheren Tod.

Rasmus fühlte sich wie taub, als würde sich eine gläserne Glocke über sein Herz stülpen und alle Empfindungen von ihm abtrennen. Er setzte einen Schritt vor den anderen. In seinem Kopf kreisten die Bilder. Er sah das Gesicht des toten Walter vor sich, sah, wie dunkle Erde auf seine starre, leblose Gestalt hinabfiel. Und dann sah er Emmi, ihr spitzbübisches Lächeln und gleich darauf ihren leeren Blick, als sie von der Brücke springen wollte. Hundert Tage hatte er ihr abgerungen. Fast ein Drittel davon war schon vorüber. Würde ihr Gesicht bald genauso starr und fremd sein wie Walters? Hatte es überhaupt einen Sinn zu hoffen?

Plötzlich schlich das einfältige Gesicht von Hans sich in seine Gedanken. Er sah den Jungen vor sich, wie er ernst, aber voller Zuversicht von der dunklen Kellertreppe sprach, die hinauf in die warme Stube führte. War Hoffnung nur ein Geschenk für die Naiven?

War es wirklich seine geistige Überlegenheit, die Rasmus in düsteren Gedanken und Verzweiflung festhielt, oder war es etwas ganz anderes? Überrascht stellte er fest, dass so etwas wie Neid auf den jungen Mann in ihm wach wurde.

Nach und nach jedoch verschwammen seine Gedanken und irgendwann starrte er nur noch stumpf auf den Boden, und sein ganzes Sein war reduziert auf das Heben und Senken seiner Füße, den Durst in seiner Kehle und das nagende Gefühl des Hungers in seinen Eingeweiden.

Gegen Mittag rasteten sie auf einer verlassenen Weide. Es gelang Rasmus, Erwin in der Menge auszumachen. Als sich die Gefangenen auf dem Boden niederließen, drängte er sich zu ihm hindurch. Rasch berichtete er ihm von Walters Tod. Erwin nickte langsam. Er wirkte sehr erschöpft, aber in seinen Augen standen weder Resignation noch Bitterkeit.

„Du glaubst, er ist jetzt an einem besseren Ort?", fragte Rasmus.

„Ich glaube, er ist jetzt mehr er selbst, als er es jemals zuvor war. Und das Wunderbare ist" – Erwins Blick bekam etwas Sehnsuchtsvolles –, „er wird es kaum bemerken, weil es nur das Nebenprodukt von etwas viel Großartigerem ist."

Rasmus starrte ihn von der Seite an. „Du bist dir schon darüber im Klaren, dass du wie ein Orakel klingst?!"

„Entschuldige."

Wasser wurde unter den Gefangenen verteilt. Obwohl Rasmus versucht war, die lauwarme, abgestandene Flüssigkeit gierig hinunterzustürzen, trank er in kleinen, vorsichtigen Schlucken. Schließlich war der Becher leer.

„Warum glaubst du, dass Walter nun mehr er selbst ist als vorher?“, fragte Rasmus.

„Der eigentliche Tod und das eigentliche Sterben haben nichts damit zu tun, dass unser Herz aufhört zu schlagen. Man kann lebendig und doch tot sein. Und man kann seinen letzten Atemzug tun und doch mitgerissen werden von den Wogen des Lebens. Nicht unsere Organe, sondern unser tiefstes Sein ist der Ort, an dem sich zeigt, ob wir tot sind oder lebendig.“

Rasmus runzelte die Stirn. Eigentlich war er der Ansicht, dass er eine recht einfache und klare Frage gestellt hatte.

Erwin schien seinen verwirrten Gesichtsausdruck nicht zu bemerken. „Weißt du, was das Verrückte ist?“, fuhr er fort. „Wir werden so lange tot sein, wie wir uns weigern zu sterben.“

„Das macht dir Spaß, was?“, knurrte Rasmus. „Du denkst dir: Wenn wir schon nichts zu beißen haben und irgendwo in Sibirien den Löffel abgeben müssen, dann kann ich wenigstens ein wenig Sphinx spielen und meinem jüngeren Kameraden zeigen, was für ein Trottel er ist.“

Erwins Gesicht wurde ernst. „Du bist kein Trottel, Rasmus, ganz im Gegenteil. Es tut mir leid, dass ich ... die Dinge nicht gut erklären kann. Aber ich vertraue dir. In dir ruht etwas ganz Besonderes.“

Rasmus schnaubte verächtlich. „Wenn du mich fragst, dann ruht in mir gerade eine ganz besondere Leere, und zwar sowohl im Bauch als auch im Hirn.“

Erwin klopfte ihm stumm auf die Schulter. Rasmus spürte, dass es dem älteren Mann mit seinen Worten ernst war. Und für einen Augenblick fühlte er sich auf ganz besondere Weise berührt. Dann bemerkte er, dass die Russen anfingen, Brot unter den Gefangenen zu verteilen, und sein ganzes Sein reduzierte sich auf das schmerzhafte Ziehen in seinem Magen. *Was für erbärmliche Geschöpfe wir doch sind,* ging es ihm durch den Kopf.

Als er das harte Stück Brot in der Hand hatte, kam es ihm so vor wie der größte Schatz auf Erden.

Er ging ein paar Schritte zur Seite und ignorierte die teils lustvoll, teils gierig kauenden Kameraden. Er musste eine Entscheidung treffen. Es kam ihm so vor, als sei der Hunger ein bösartiges, klauenbewehrtes Geschöpf, das in seinen Eingeweiden wühlte. Der Kampf war hart. Seine Hände zitterten. Rasmus musste seine gesamte Willenskraft aufbieten, um seinen Blick vom Brot loszureißen. Er schaute suchend über das provisorische Lager. Der Mann mit der zerschossenen Ohrmuschel stand abseits und sprach mit einem Mann der Antifa. Rasmus ging auf den Mann zu. Er unterdrückte seine Wut. Der Mann hatte zwar in der Gefangenschaft deutlich Federn lassen müssen, doch noch immer wölbte sich sein Bauchspeck sichtbar über dem Hosenbund. Er brauchte dieses Brot nicht. Rasmus schon.

Der Mann sah ihn kommen und grinste.

Rasmus biss die Zähne zusammen und reichte ihm das Brot.

Der Dicke ließ es rasch in seiner Hosentasche verschwinden. Auf ein Nicken seines Gesprächspartners hin schlenderte er davon.

Der Mann von der Antifa betrachtete Rasmus nachdenklich. Er hatte ein rundliches Gesicht, das seinen Zügen etwas Gutmütiges verlieh. „Irre ich mich oder waren Sie des Öfteren mit Hans Bethge zusammen?"

Rasmus schwieg einen Moment. Die Frage überraschte ihn. Sollte er zustimmen oder verneinen?

„Sie wissen schon, der junge Schlaks mit der Uniform eines Sanitäters."

Nach kurzem Zögern nickte Rasmus.

Der Mann von der Antifa lächelte. „Kommen Sie." Er nahm Rasmus beim Arm. „Ich würde mich gerne ein wenig mit Ihnen unterhalten." Er führte den überraschten Rasmus ein paar Schritte vom Lager fort. Ein Wachposten ließ sie vorbei, ohne eine Miene zu verziehen. Rasmus spürte die neugierigen Blicke der anderen Gefangenen in seinem Rücken.

„Gestatten Sie, dass ich mich vorstelle. Mein Name ist Hubert Breitenbach." Sein Händedruck war fest.

„Rasmus-Salomo Eichdorff", erwiderte Rasmus.

Der Mann hob überrascht die Brauen.

„Nein, ich habe kein jüdisches Blut in den Adern", erwiderte Rasmus. Mit bitterem Lächeln fügte er hinzu: „Mein Stammbaum ist so arisch, wie er nur sein kann. Mein Vater hat das überprüfen lassen."

Der Mann lächelte, dann wechselte er ansatzlos das Thema: „Warum haben Sie dem Mann Ihr Brot gegeben?"

„Er hatte mir einen Gefallen getan."

„Ich verstehe. Sie sind also ein Mann, der seine Schulden bezahlt?"

„Wenn ich kann", erwiderte Rasmus.

„Das gefällt mir", sagte Hubert Breitenbach. „Ich versuche, genauso zu handeln. Ich war Mitglied der KPD, als die Nazis die Macht übernahmen. Irgendwann musste ich meine Heimat verlassen. Aber nun bin ich zurück und versuche, meinen Teil dazu beizutragen, ein besseres und gerechteres Deutschland wiederaufzubauen."

Rasmus nickte unverbindlich.

„Arbeit und Brot für alle. Keine Unterdrückung anderer Völker mehr, kein Krieg, jeder ist jedermanns Bruder. Denken Sie nicht, dass es sich dafür zu kämpfen lohnt?"

„Es klingt ... erstrebenswert", sagte Rasmus.

Der Mann lachte und klopfte ihm auf die Schulter. „Worte sind erst einmal nur Worte, nicht wahr?" Er nahm eine Scheibe Brot aus der Tasche und drückte sie Rasmus in die Hand. „Ich kann wohl schlecht über Brot für alle sprechen, während Ihnen der Magen knurrt."

Rasmus starrte auf die Brotscheibe. Sein Magen zog sich erneut schmerzhaft zusammen. „Warum haben Sie mich nach Hans gefragt?"

„Der Junge kommt aus dem russischen Exil, genau wie ich." Hubert Breitenbach lächelte. „Ich dachte mir, wir können bei

Ihren gemeinsamen Gesprächen anknüpfen. Sie haben doch miteinander gesprochen, nicht wahr?"

„Ein wenig", entgegnete Rasmus. Was wollte der Mann? Wenn es ihm darum ging, Rasmus zu einem Kommunisten zu machen, fing er das sehr merkwürdig an.

„Und stimmen Sie mit der politischen Gesinnung des jungen Bethge überein?"

„Wir haben nicht allzu viel über Politik gesprochen."

„Nicht?", fragte der Mann scheinbar überrascht.

„Hans nimmt seine Aufgabe als Sanitäter sehr ernst. Das hat mich beeindruckt", erwiderte Rasmus. Aus irgendeinem Grund hatte er das Gefühl, sich auf sehr dünnem Eis zu bewegen. Um wen oder was ging es hier eigentlich?

„Ja", erwiderte Breitenbach, „er hat sich in besonderer Weise um einen Kameraden gekümmert, nicht wahr?"

Rasmus blickte in das freundliche Gesicht des Mannes. Sein Blick wirkte undurchdringlich. „Ich hatte nicht den Eindruck, dass er irgendwelche Unterschiede zwischen den Soldaten macht", erwiderte er.

„War Ihr Freund oft allein auf der Krankenstation?"

„Das weiß ich nicht."

„Aber an jenem Abend, als Ihr Kamerad starb, war er allein", sagte Breitenbach.

„Ja. Allerdings nur, weil die Ärztin ihn dort allein ließ."

Hubert Breitenbach lächelte. „Es war nett, mit Ihnen zu plaudern." Erneut klopfte er Rasmus auf die Schulter. „Ich würde mich freuen, wenn wir unser Gespräch in näherer Zukunft fortführen könnten."

Rasmus starrte ihn verwirrt an, doch bevor er noch etwas sagen konnte, hatte der Mann sich schon abgewandt. Sofort war ein russischer Posten bei ihm und geleitete ihn zurück ins Lager.

Rasmus steckte das Stück Brot in die Tasche und fühlte sich dabei wie ein Verräter. Dabei gab es doch nichts, was er sich vorzuwerfen hatte.

Er hockte sich neben Erwin. Einen Moment lang erwog er, das Brot zu teilen oder etwas davon aufzubewahren, um es gegen weitere Informationen einzutauschen. Doch dann aß er es auf, hastig und heimlich, als begehe er ein Verbrechen.

„Was hast du?", fragte Erwin.

„Jemand von der Antifa, ein Hubert Breitenbach, hat mich über Hans ausgefragt, und er hat mir ein Stück Brot gegeben. Es war merkwürdig. Ich habe nicht verstanden, was er eigentlich von mir wollte."

„Und nun fühlst du dich schlecht, weil du das Brot angenommen hast?"

„Ich habe keine Ahnung." Rasmus seufzte. „Ich glaube, die anderen halten mich jetzt für einen Spitzel."

„Und bist du es?"

„Nicht bewusst. Aber vielleicht habe ich irgendetwas Falsches gesagt."

Erwin lächelte. „Manchmal ist das Leben kompliziert."

„Du sagst es." Rasmus zog eine Grimasse. „Allerdings ist diese Erkenntnis nicht besonders hilfreich."

„Dieser alte Dorfpfarrer, von dem ich dir mal erzählt habe ..."

„Ja?"

„Er hat mir etwas gesagt, über das ich lange nachgedacht habe: *Wenn du weißt, was richtig ist, dann tu es.*"

„Na ja", brummte Rasmus, „klingt etwas banal, findest du nicht?"

„Ich finde, es klingt so, als könnte die Welt vollkommen anders aussehen, wenn jeder danach leben würde."

„Tja ... Du meinst, ich soll mir keine Gedanken darüber machen, was er plant?"

„Das habe ich nicht gesagt", erwiderte Erwin.

In diesem Augenblick gaben die Posten das Signal zum Aufbruch. Erwin stand ächzend auf. „Ich fühle mich wie ein Achtzigjähriger."

„Und du klingst schon wieder wie ein Orakel!", schimpfte Rasmus. „Sag doch deutlich, was du denkst."

„Aber das tue ich doch. Mein Rat an dich ist: Wenn du weißt, was richtig ist, dann tu es."

Ärgerlich brummend reihte sich Rasmus in die Marschkolonne ein. In flirrender Hitze ging es weiter. Die körperliche Anstrengung vertrieb die Wut aus seinem Bauch. Das Kreisen seiner Gedanken wurde immer kleiner und irgendwann dachte er nur noch an den nächsten Schluck Wasser und ein weiteres Stück Brot.

Der Marsch dauerte bis in den späten Abend. Wie durch ein Wunder hielten alle Gefangenen durch. Aber Erwin sah aus wie eine wandelnde Leiche, und manch einer, der keine Stiefel mehr hatte, wickelte stöhnend blutdurchtränkte Lappen von seinen Füßen.

Ein Trupp Gefangener wurde dazu abgestellt, Suppe auszuteilen, die jedoch fast vollständig nur aus Wasser bestand. Lediglich ein paar zerfaserte Reste irgendeiner Rübenart schwammen darin.

Diese allerdings reichten aus, um bei Rasmus wenig später Bauchkrämpfe auszulösen. Gekrümmt schlich er durch das Lager und suchte die Menge ab. Hans war nirgendwo zu finden. Irgendwann gab er auf und ließ sich neben Erwin auf dem Boden nieder. Sie übernachteten im Freien.

Rasmus erwachte noch vor Sonnenaufgang. Der Boden war nass vom Tau. Alles war klamm und seine Glieder waren steif vor Kälte.

Zum Frühstück gab es nur einen Napf abgestandenes Wasser. Etwa eine Stunde später ging es weiter. Mit schweren Schritten setzte sich die Kolonne in Bewegung. Im Laufe des Vormittags wurde deutlich, dass einige der Männer ernsthaft krank waren. Die Ruhr, die alle gefürchtet hatten, begann, um sich zu greifen. Immer mehr Männer baten darum, am Wegesrand ihre Notdurft verrichten zu dürfen. Aber offenbar hatte der russische Offizier, der den Transport leitete, es eilig. Er gestattete keine Pausen. Wer es dennoch versuchte, wurde mit brutalen Schlägen zurück ins Glied getrieben. Irgendwo weiter hinten krachten Schüsse.

Rasmus wusste nicht, ob tatsächlich jemand erschossen worden war. Aber das Gerücht darüber machte die Runde. Niemand versuchte mehr, die Kolonne zu verlassen. Aber irgendwann konnten die Männer es nicht mehr zurückhalten. Fäkalien flossen die Beine hinab zu Boden. Es war demütigend und der Gestank bestialisch.

Die Mittagsrast war kurz. Erneut wurden ein mageres Stück Brot und Wasser verteilt.

Von Hans noch immer keine Spur. Aber die Kolonne war lang. Er konnte wer weiß wo stecken.

Viel zu schnell ging es weiter. Und dann, am späten Nachmittag, hatten sie ihr Ziel offenbar erreicht. Es war irgendein Güterbahnhof. Lange Zeit geschah nichts. Die russischen Offiziere diskutierten lautstark miteinander. Funksprüche wurden abgesendet und empfangen.

Dann mit einem Mal musste alles ganz schnell gehen. Das mittlerweile vertraute *„Dawai, Dawai!“* erscholl. Die Soldaten trieben die Männer auf die Güterwaggons zu. Da plötzlich entdeckte er Hans. Er taumelte neben ihnen auf die Gleise zu. Sein Gesicht war zerschunden, das linke Auge fast zugeschwollen. Seine Uniform mit der Sanitätsbinde war verschwunden; er trug lediglich ein zerschlissenes Hemd. Kurzentschlossen drängte Rasmus zu ihm hinüber und packte ihn am Arm. „Hans!“

Der Junge zuckte zusammen und sah ihn ängstlich an.

„Ich bin es, Rasmus.“

Ein schüchternes Lächeln huschte über seine Züge.

„Was haben sie mit dir gemacht?“, fragte Rasmus.

Der Junge starrte ihn verständnislos an.

Irgendjemand versetzte Rasmus einen heftigen Stoß in die Nieren. Er sah sich um und erkannte, dass Erwin auf einen anderen Waggon zugetrieben wurde. Er wollte sich zu ihm hindurchdrängen, doch ein russischer Posten schrie einen Befehl und stieß ihn zurück. Im nächsten Moment rempelte ihn jemand von der Seite an und er wäre beinahe zu Boden gestürzt. Rasmus verlor Erwin aus den Augen und beinahe entglitt ihm auch

Hans. Er erwischte gerade noch seinen Hemdzipfel. Die Soldaten drängten die Gefangenen in die Güterwaggons. Rasmus zwängte sich vor und zog Hans mit sich. Stolpernd kämpften sie sich den Metalltritt hinauf in das dunkle Innere des Waggons.

Dicht an dicht wurden die Männer zusammengedrückt, und schließlich, als Rasmus das Gefühl hatte, er würde gleich zerquetscht, wurden die Türen zugesperrt. Dunkelheit brach über sie herein.

Zwischenlager

Der Zug fuhr mit einem Rucken an. Die Männer im Waggon stießen unsanft gegeneinander. Einige fluchten. Langsam nahmen die Waggons Fahrt auf. Hier und da drang etwas Licht durch schmale Ritzen. Allmählich gewöhnten sich Rasmus' Augen an das dämmerige Licht. Hans schwankte leicht. Er sah übel aus.

„Was ist geschehen?", raunte Rasmus ihm zu.

„Ich war es nicht ...", nuschelte der Junge.

„Was?", fragte Rasmus.

„Ich habe es nicht getan!"

„Was hast du nicht getan?", zischte Rasmus.

Irgendjemand im Waggon schrie. Es gab ein Handgemenge. Hans wimmerte und hielt sich schützend die Hände über den Kopf. Der Junge war völlig durcheinander, und Rasmus spürte, dass er ihn nur noch mehr verstören würde, wenn er weiter in ihn drang.

Irgendwann kehrte Ruhe im Waggon ein. Hans hockte sich auf den Boden, umschlang die Beine mit den Armen und legte seinen Kopf auf die Knie. Langsam schaukelte er vor und zurück. Rasmus setzte sich neben ihn und schwieg. Mehr konnte er im Augenblick nicht tun.

Leise Gespräche setzten ein. Einige spekulierten über die Pläne der Russen. Die meisten redeten jedoch lieber von der Heimat und von ihren Familien, die sie vermissten. Rasmus dachte an Emmi. Sie war nicht seine Familie. Sie war auch nicht seine Braut, und doch war sie es, an die er denken musste, immerzu. Er hatte nicht geahnt, wie tief sie sich in seine Seele gebrannt hatte. Selbst dann nicht, als er während der Schlacht um Berlin nach ihr gesucht hatte. Er bemerkte es erst jetzt, da sie fort war und die Chance, sie wiederzusehen, mit jedem Kilometer, den der rostige Güterzug ihn nach Osten brachte, geringer wurde. Wann hatte es eigentlich begonnen? Wann hatte er angefangen, sie zu lieben, ohne es zu bemerken?

Anfangs war sie ihm eher lästig gewesen. Ein kleines Mädchen, das zu viele Fragen stellte und ständig wollte, dass er irgendwelche Mädchendinge mit ihr spielte. Für einen Siebenjährigen konnte es kaum etwas Peinlicheres geben, als den verliebten Bräutigam zu mimen oder sich als Prinz zu verkleiden. Offenbar hatte Emmi ein Gespür für diese Problematik, weshalb sie diese Gefälligkeiten auf der Grundlage ihres weitaus reichhaltigeren Taschengeldes mithilfe von Süßigkeiten und antiquarischen Karl-May-Büchern aus ihm herauspresste. Jahrelang konnte Rasmus nicht ohne Scham daran zurückdenken, wie er, in den viel zu großen weinroten Morgenmantel von Emmis Mutter gehüllt, mit einem Brotmesser auf deren kostbare Rosenhecke einschlug, um das dahinter schlummernde Dornröschen zu retten. Vor allem weil der Gärtner ihn dabei auf frischer Tat erwischte. Die Tracht Prügel war jedoch erträglich gewesen. Viel schlimmer war aber das Bewusstsein, dass er seine Ehre für eine Tafel Goldsiegel-Schokolade verkauft hatte.

Eine Zeit lang widerstand Rasmus mit männlichem Stolz allen Versuchungen. Aber schon einen Monat später köderte Emmi ihn mit dem ersten Band von „Old Surehand“, und Rasmus fand sich auf einer geblümten Picknickdecke wieder, während er zusah, wie Emmi sein Taschentuch um das puschelige Hinterteil eines Stoffbären wand, ihrem gemeinsamen Sohn, wie Emmi nicht müde wurde zu erklären.

Emmi hatte ohne Zweifel ein Talent zur Manipulation. Aber das war nur das Nebenprodukt einer besonderen Gabe, über die sie verfügte. Es war wohl diese Gabe, mit der sie schließlich Rasmus' Herz gewann, ohne dass dieser selbst es bemerkte.

Rasmus versank immer tiefer in seinen Erinnerungen. In Gedanken strich er als dürrer Drittklässler mit der kleinen Emmi im Schlepptau durch die Kreuzberger Gassen.

Es war ein sonniger Junitag, als sie im Kiez hinter dem Pfarrhaus unterwegs waren. Tauben gurrten. Hier und da hörte man das Geknatter eines Automobils. Kinderlachen hallte in den Hinterhöfen wider und dann konnte man eine verlockende Melodie vernehmen. Ein Drehorgelspieler war unterwegs. Sie rannten einen Häuserblock weiter und schlossen sich der nicht unbeträchtlichen Schar von Kindern an, die dem Mann bereits folgte wie eine Horde wuseliger Nager dem Rattenfänger von Hameln.

„Oha“, brummte Rasmus, als sie schließlich einen düsteren, aber ordentlich gefegten Hinterhof betraten.

Emmi sah ihn fragend an.

„Hier haust Winfried der Wüterich!“

„Wer?“

„Wart’s ab.“

Der Drehorgelspieler begann zu spielen. Fenster wurden geöffnet. Ein paar Hausfrauen warfen in Zeitungspapier eingewickelte Sechser und Groschen in den Hof hinab. Unter lautem Jubel sammelten die Kinder den Lohn ein und steckten sie in die Sammelbüchse des Drehorgelspielers. Zumindest das meiste Geld. Die eine oder andere kleine Münze wanderte auch in die Hosentaschen.

Plötzlich wurden die Fenster im Erdgeschoss aufgestoßen. Ein hagerer Mann mit dicken Tränensäcken schaute wütend heraus und brüllte die Kinder an, sie sollten gefälligst von hier verschwinden.

Die Reaktion war nicht ganz die erwünschte. Einige Bengel streckten dem Mann die Zunge heraus, andere ignorierten den Alten einfach. Allerdings nicht lange. Denn gleich darauf schoss der Mann überraschend flink aus der Hoftür und schwang seinen Besen mit solcher Wildheit, dass die Bande Fersengeld gab. Keines der Kinder lachte mehr, obwohl der Mann mit den Holzpantoffeln an den Füßen und der flatternden Arbeitsschürze um den Bauch ein sehr außergewöhnlicher Anblick war. Sein Gesicht jedoch verriet einen solchen Zorn, dass die Kinder rannten, als wäre der Teufel höchstpersönlich hinter ihnen her.

Erst zwei Häuserblocks entfernt bogen Emmi und Rasmus plötzlich rechts ab und suchten in einer schmalen Seitengasse Zuflucht. Schwer atmend lehnten sie im Schatten eines ausladenden Hauseingangs an der Wand und lauschten auf das langsam verklingende Gezeter des Mannes.

„Jetzt ... weißt du ... warum er ... Winfried der Wüterich heißt“, schnaufte Rasmus. „Der Alte hasst Kinder.“

Eigentlich hatte Rasmus erwartet, dass Emmi losprusten und sich über den alten Mann lustig machen würde, stattdessen schüttelte sie ernst den Kopf. „Nein“, sagte sie leise.

„Nein?“, entfuhr es Rasmus. „Hast du gesehen, wie er Kalle mit seinem Mörderbesen die Mütze vom Kopf gefegt hat?“

„Er war so traurig“, sagte Emmi, als hätte sie ihm gar nicht zugehört. „Furchtbar traurig.“

„Traurig?“, entfuhr es Rasmus. „Wenn der nur traurig war, will ich ihn nicht erleben, wenn er wütend wird.“

„Dummkopf. Er war wütend, weil er traurig war. Das hat man doch gesehen.“

„Ach, hat man das?“

Emmi hielt eine Antwort offenbar für unnötig.

Rasmus zuckte mit den Achseln. „Nun gut, dann ist er eben ab jetzt Winfried der weinende Wüterich.“

Emmi gab ihm einen Knuff. „Komm, wir gehen zu mir und spielen Verstecken.“

Rasmus folgte ihr sehr nachdenklich. Er wäre nie auf den Gedanken gekommen, dass der alte Knacker traurig sein könnte. Wenn er ehrlich war, hatte er nie darüber nachgedacht, was der Grund für seinen Zorn sein könnte.

Später am Abend fragte er seine Mutter. „Weißt du, warum der alte Winfried so traurig ist?“

„Das hast du bemerkt?“ Ein Lächeln zeigte sich auf ihren blassen Zügen. Sie strich ihm mit der Hand durchs Haar.

„Nun ja, ich habe vor allem bemerkt, dass er sehr hart mit

dem Besen zuschlagen kann.“ Er lächelte verlegen. „Emmi glaubt, dass er traurig ist.“

„Sie ist ein kluges Mädchen“, sagte Mama. Dann schwieg sie.

„Und warum ist Winfried traurig?“, hakte Rasmus nach.

„Er ist traurig, weil jedes Kinderlachen ihn an das erinnert, was er verloren hat.“ Mutter räusperte sich. Sie war damals schon sehr krank. Aber Rasmus bemerkte nur wenig davon. Vielleicht, weil er es nicht bemerken wollte.

„Und was hat er verloren?“

„Es ist für dich schwer vorstellbar, aber der alte Winfried war früher jung und fröhlich. Er hatte zwei Kinder, einen Jungen und ein Mädchen. Er verlor sie beide. Der Junge war sieben, als er einen schweren Unfall hatte. Er wurde von einer Straßenbahn überfahren. Ein Jahr später starb seine Tochter an Kinderlähmung. Und dann ... starb auch seine Frau.“

Rasmus schluckte. „Das wusste ich nicht.“

„Deshalb freue ich mich, dass du mich gefragt hast.“

Am nächsten Tag erzählte Rasmus Emmi, was er erfahren hatte.

„Der arme alte Mann“, sagte sie.

„Woher hast du das gewusst?“, fragte Rasmus. „Wie konntest du sehen, dass er traurig ist, während er versucht, dir mit seinem Besen die Rübe einzuschlagen?“

Emmi zuckte die Achseln. „Ich dachte, jeder sieht das.“

Rasmus kratzte sich am Kinn. „Sag mal, du kennst doch meinen Vater?“

„Was ist denn das für eine blöde Frage? Natürlich!“

„Du weißt ja, dass er ziemlich ... streng sein kann. Also, was ich sagen will ... eigentlich ist er auch immer wütend. Wenn ich für all die Backpfeifen, die er mir verpasst hat, einen Sechser bekommen hätte, wäre ich jetzt ein gemachter Mann.“

„Du bist kein Mann, du bist ein Junge.“

„Gut, dann wäre ich also ein gemachter Mann, bevor ich ein Mann wäre. Aber was ich eigentlich fragen will: Ist Vater so streng, weil er eigentlich auch traurig ist?“

„Nein." Sie schüttelte energisch den Kopf. „Du musst ihm doch nur zuhören, wenn er am Sonntag auf der Kanzel steht und schimpft, dann weißt du's."

„Was weiß ich?"

„Dass er Angst hat."

„Angst? Wovor?"

„Vor Gott."

„Oh ..." Rasmus hätte Emmi nicht verblüffter anstarren können, wenn sie in einer rosafarbenen Porzellanuntertasse vom Himmel herabgeschwebt wäre. „Und ich? Bin ich in Wirklichkeit auch traurig? Oder habe ich Angst?"

„Nein." Sie schüttelte ihren Lockenkopf. „Du bist ... anders."

„He ... das klingt ... echt knorke", brummte Rasmus.

„Doofmann. Du bist was Besonderes." Emmi grinste. „Komm, wir spielen Einkriege. Aber du musst auf einem Bein hüpfen!"

Emmi besaß die Gabe, tiefer zu blicken. Vielleicht war es genau dieser Tag gewesen, an dem sich alles geändert hatte. Vielleicht war es auch viel später gewesen. Als er, von den typischen Selbstzweifeln eines Heranwachsenden zerfressen, spürte, dass sie etwas in ihm sah, das andere nicht wahrnahmen, ja das nicht einmal er selber sehen konnte. Sie sah hinter die Fassade des blassgesichtigen Bücherwurms, des Zweiflers und Träumers. Sie konnte ihm auf eine Weise nah sein wie niemand sonst. Unmerklich hatte sie Einzug in sein Herz gehalten und sich dort häuslich niedergelassen. Und je weiter sie fortrückte, desto deutlicher spürte er es.

Hundert Tage! Wie ein scharfschneidiges Schwert bohrte sich diese Zahl in sein Bewusstsein. Rasmus stöhnte leise. Vierunddreißig Tage waren vergangen. Und mit jedem weiteren Tag entfernte er sich weiter von Emmi.

Ein Rumpeln riss ihn aus seinen Gedanken. Auf einmal wurde es still im Wagen. Die Männer an den Seiten versuchten durch die schmalen Ritzen des Waggons etwas zu erkennen.

„Was ist los?", fragte eine dumpfe Stimme.

„Woher soll ich das wissen?", entgegnete eine andere barsch. „Ich sehe nur freies Feld."

Nichts geschah.

Irgendwann wurden die Männer unruhig. Die Luft schien immer stickiger zu werden. Zäh wie Brei floss die Zeit dahin. Der Eimer, der für die Notdurft der Männer in den Waggon gestellt worden war, quoll längst über. Der Gestank war bestialisch.

Irgendjemand fluchte laut. Die Stimmung im Waggon wurde immer gereizter, und Rasmus fürchtete, dass Angst und Frustration sich schon bald in Gewalt entladen würden.

Plötzlich tat sich etwas. Die Tür wurde aufgerissen. Männer sprangen auf, drängten nach vorn, wurden aber sogleich von harschen Befehlen und Gewehrkolben zurückgetrieben. Ein Mann übersetzte einen russischen Offizier: „Hans Bethge!", rief er. „Ist Hans Bethge in diesem Wagen?"

Hans rührte sich nicht. Rasmus stieß ihm in die Seite. „Steh auf", sagte er leise. „Bestimmt lässt dein Vater nach dir suchen."

Hans hielt den Blick gesenkt.

Rasmus konnte durch das Gedränge nicht viel erkennen. Aber offenbar hatte einer der Gefangenen draußen etwas bemerkt. Er rief: „Wasser!"

Männer drängten wieder nach vorn: „Wir verrecken hier", krächzte jemand.

„Gebt uns zu trinken!", forderte ein anderer.

„Erst, wenn der Junge gefunden ist."

Hektische Betriebsamkeit setzte ein. Männer riefen durcheinander.

Noch einmal stieß Rasmus Hans in die Seite. „Na los. Überall ist es besser als hier!"

Plötzlich packte eine Hand die Schulter des Jungen. „Du bist das!", rief eine raue Stimme. Er zerrte Hans hoch, der sich schwach wehrte.

„Lass ihn in Ruhe!", begehrte Rasmus auf. Der Mann stieß ihn weg. „Hier ist er!", rief er. „Ich hab ihn!" Hans wurde durch die dicht gedrängten Reihen der Männer hinausgeschoben. Rasmus konnte nicht sehen, was mit ihm geschah. Zwei Kriegsgefangene hoben ein Wasserfass in den Waggon. Nur mit Mühe konnten die dehydrierten Männer davon abgehalten werden, sich alle auf das Fass zu stürzen. Schließlich bekam jeder zwei Becher zu trinken, manche sogar drei. Anschließend wurde Brot verteilt, pro Mann hundertfünfzig Gramm.

Rasmus kaute jeden Bissen so lange, bis der Brei seinen Mund vollkommen ausfüllte. Als er alles aufgegessen hatte, fühlte er sich nicht satt, aber das schlimmste Wüten des Hungers schwieg für eine Weile.

Irgendwann fuhr der Zug wieder an.

Der nächste Tag verging wie der erste. Immer weiter ging es nach Osten, Tag um Tag. Allmählich verlor sich die Zeit im stumpfen, rhythmischen Poltern der Bahn.

Der Hunger schien alles zu durchdringen. Er nahm jeden Gedanken gefangen.

Hin und wieder erwachte Rasmus aus seiner Lethargie. Er registrierte, dass Männer starben. Nach jedem Halt wurde wieder einer aus dem Wagen getragen. Er wollte trauern, wollte an seine Kameraden denken und sich um Emmi sorgen. Doch alle Gefühle verloren sich in der Leere. Der Hunger, so schien es ihm, fraß alle Menschlichkeit auf.

Irgendwann, am vierundzwanzigsten Tag ihrer Reise, endete die Fahrt. Geblendet von der hellen Nachmittagssonne und mit wankenden Knien standen die Überlebenden in Reih und Glied auf einem Bahnsteig aus grauem Beton. Rasmus hatte keine Ahnung, wo sie waren. Die Schrift auf dem rostigen Bahnhofsschild war kyrillisch.

Umständlich wurden die Gefangenen gezählt und mit Listen verglichen. Rasmus sah sich um, konnte aber weder Erwin noch Hans irgendwo entdecken. Dann marschierten sie los.

Es ging einen ungepflasterten Weg an staubigen Brachen und leeren Weiden entlang. Rasmus sah kaum Vieh. Hier und da standen Kinder am Wegesrand. Sie starrten die Deutschen mit großen Augen an, hohlwangig und klapperdürr. Ab und zu schlurften Frauen vorbei; sie zogen Karren mit Feuerholz oder den mageren Erträgen ihrer Felder hinter sich her. Und ganz allmählich wurde Rasmus bewusst, dass der Mangel, den die Kriegsgefangenen litten, nicht auf die Rachegelüste der Soldaten oder irgendeine perfide Ideologie zurückzuführen war. Die Russen hatten Mühe, sich selbst zu versorgen. Das ganze Land litt Hunger.

Am Abend erreichten sie eine verfallene Kolchose. Dort lagerten bereits an die zweihundert Gefangene. „Rumänen!", hörte Rasmus zwei Männer hinter sich tuscheln. Sie hatten wohl die Uniformen erkannt. Einige der Gefangenen betrachteten die Neuankömmlinge feindselig. Die meisten jedoch starrten nur stumpf vor sich hin.

Die Scheune war abgebrannt, aber eine der Arbeiterbaracken schien noch intakt. Etwas irritiert registrierte Rasmus, dass die Rumänen sich alle außerhalb des Gebäudes lagerten.

Der Zählappell zog sich wie immer schier endlos dahin, und als er endlich vorbei war, war die Sonne bereits untergegangen. Es wurde empfindlich kalt.

Immerhin gab es zu ihrer aller Überraschung einen dicken Haferbrei für die Gefangenen. Zum ersten Mal seit Wochen war Rasmus beinahe satt. Und als er dann erfuhr, dass er zu jenen gehörte, die diese Nacht das Privileg haben sollten, in der Baracke zu schlafen, da glaubte er fast, das Glück habe sich wieder auf seine Seite geschlagen. Einer der Soldaten drückte dem Gefangenen neben Rasmus eine Lampe in die Hand und deutete auf das Gebäude. Die Tür quietschte in den Angeln. Rasmus trat gleich als Zweiter in die Baracke, die aus einem einzigen riesigen Raum bestand. Kurz registrierte er die Pritschen an den Wänden. Es roch eigenartig. Irgendetwas stimmte hier nicht. Auch der vor Rasmus gehende Soldat zögerte. Er blieb stehen, drehte den Docht der Petroleumlampe höher. Das Licht flammte auf, und er hob die Lampe, um besser sehen zu können.

Das hätte er besser nicht tun sollen, denn gleich darauf regnete es Wanzen von der Decke. Aufgeschreckt vom Licht prasselten sie wie schwarze Hagelkörner zu Tausenden auf die Männer herab. Rasmus war überrascht, wie schnell er sich noch bewegen konnte. Sie flohen ins Freie und befreiten sich mit hektischen Bewegungen von den Plagegeistern. Einige der Rumänen lachten.

„Rasmus!“, vernahm er plötzlich einen Ruf. Er blickte auf und sah ein bekanntes Gesicht.

„Erwin!“ Rasmus grinste und lief auf den humpelnden Kameraden zu. „Du hast es geschafft!“ Als er den Älteren umarmte, hatte er den Eindruck, nur noch Knochen unter der Uniform zu spüren.

„Was habt ihr da drin getrieben?“, fragte Erwin.

„Wir haben festgestellt, dass die Baracke bereits bewohnt ist.“

„Du hast da etwas!“, sagte Erwin und schnipste eine Wanze von Rasmus' Schulter.

„Sei freundlich. Immerhin verdanken wir den Biestern unser Wiedersehen!“

„Das ist wahr! Die Rumänen hatten ihren Spaß und das hat meine Aufmerksamkeit geweckt. Zwei gute Dinge auf einmal.“

Rasmus schnaubte.

Sie lagerten sich etwas abseits der Baracke in einer Erdkuhle. Dort waren sie zumindest ein wenig vor dem kalten Wind geschützt.

„Walter?“, fragte Erwin.

Rasmus schüttelte den Kopf. Mehr war nicht nötig.

Erwin nickte traurig. „Und Hans?“

„Er war mit mir im Wagen. Sie haben ihn verprügelt, bevor wir in den Zug mussten. Er war sehr verwirrt. Ich glaube, ihm wird irgendetwas unterstellt. Dann, auf unserer ersten Station, wurde er herausgeholt. Seitdem habe ich ihn nicht mehr gesehen.“

Erwin senkte nachdenklich den Blick.

„Ich verstehe nicht, warum Bethge nichts tut“, fuhr Rasmus fort. „Als Kommandant der Antifa verfügt er doch über genügend Einfluss, um seinen Sohn zu schützen.“ Rasmus schnaubte erneut. „Aber vielleicht will er das ja gar nicht.“

„Wie kommst du darauf?“

Rasmus zuckte die Achseln. „Nur so ein Gefühl."

„Du scheinst nicht viel Vertrauen in die Vaterliebe zu haben."

„Ich habe keine Ahnung, was das sein soll", sagte Rasmus. „Aber sie reimt sich auf Hiebe und die kenne ich recht gut."

„Meinst du nicht, dass es an der Zeit ist, deinen Hass abzulegen?"

„Ich hasse meinen Vater nicht. Ich habe nur gelernt, was ich erwarten kann. Bei Vätern geht es an erster Stelle um Prinzipien – um Frömmigkeit, das Ansehen vor den Leuten oder vielleicht auch um politisches Kalkül. Erst dann, irgendwann, kommen die Bedürfnisse des Kindes, wenn überhaupt. Ist es nicht sogar beim Gottvater so? Musste nicht sein Sohn Jesus sterben um der ach so wichtigen Gerechtigkeit willen?"

Erwin lachte leise. „Ich verstehe. Du spielst auf den bekannten Vers aus dem Johannesevangelium an: ‚So sehr hat Gott seine Prinzipien geliebt, dass er seinen eingeborenen Sohn gab, auf dass alle ...'"

„Mach dich nicht über mich lustig!", unterbrach ihn Rasmus.

„Das tue ich nicht. Aber glaubst du wirklich, dass du Gott so siehst, wie Jesus es tat? Er sprach den allmächtigen Gott mit Kosenamen an. Abba – Papa –, so nennen die kleinen hebräischen Kinder ihren Vater, sobald sie anfangen, sprechen zu lernen. Mehr Intimität ist nicht möglich. Ich finde darin nichts von einem gleichgültigen, fernen Weltenlenker."

„Aber dieser Papa ließ ihn im Stich!"

„Glaubst du das wirklich?"

Rasmus sah Erwin kurz an, dann senkte er den Blick. „Ehrlich gesagt, ich weiß nicht, was ich glauben soll. Ich habe so meine Zweifel, ob es überhaupt eine Rolle spielt. Was ändert es schon?"

„Tja, was ändert es schon ...?" Erwin lehnte sich ächzend zurück und verschränkte die Hände hinter dem Kopf. „Alles, würde ich sagen. Die Wahrheit ändert alles."

Rasmus betrachtete den alten Soldaten, der mit geschlossenen Augen dalag und sehr entspannt wirkte. *Die Wahrheit?* Rasmus runzelte die Stirn. Wer konnte schon sagen, was die Wahrheit war? Noch während er diesen Gedanken nachhing, kam ihm in den Sinn, dass ein anderer Mann vor langer Zeit eine ganz ähnliche Frage gestellt hatte. Sein Name war Pontius Pilatus gewesen. Rasmus seufzte. „Du bist der seltsamste Kerl, der mir je begegnet ist", brummte er.

Erwin antwortet nicht. Sein tiefes Atmen verriet, dass er eingeschlafen war.

Rasmus zuckte mit den Achseln und rollte sich neben dem älteren Gefangenen in der Erdkuhle zusammen. Ihm war kühl, und er glaubte, nicht schlafen zu können. Aber irgendwann musste er doch eingenickt sein, denn als jemand ihn unsanft an der Schulter rüttelte, fuhr er aus wirren Träumen empor.

„Eichdorff?", knurrte jemand mit starkem russischen Akzent.

„Ja!"

„Mitkommen!"

„Wohin?", stammelte Rasmus.

Ein stämmiger russischer Soldat packte Rasmus an der Jacke und zerrte ihn grob empor.

Erwin wachte auf. „He, was ist los? Was haben Sie mit dem Jungen vor?"

Der Mann ignorierte alle Fragen. *„Dawai!"* Rasmus erhielt einen harten Stoß in den Rücken und stolperte vorwärts. *„Dawai! Dawai!"*

Das Verhör

Der Raum war kaum mehr als ein Bretterverschlag, aber er schien weitgehend wanzenfrei und schützte vor dem kalten Wind. Eine Öllampe hing an einem Nagel an der Wand und verbreitete einen warmen Lichtschein. Ein kräftiger, glatzköpfiger Mann saß auf einem Stuhl und deutete mit befehlsgewohnter Geste auf einen Hocker.

Rasmus setzte sich.

Es war ausgesprochen eng in dem kleinen Schuppen, denn neben dem Wachposten waren noch zwei weitere Männer in dem Raum. Ein junger Mann saß auf einem Hocker und hatte eine Schreibmaschine auf dem Schoß, ein anderer stand zwischen den beiden. Rasmus erkannte in ihm einen der Antifa-Leute.

Der glatzköpfige Mann auf dem Stuhl trug keine Uniform, aber er hatte unverkennbar einen höheren Rang inne. Vielleicht war er ein politischer Offizier, vielleicht ein KGB-Mann oder auch ein Staatsanwalt. Er sagte etwas auf Russisch. Der Antifa-Mann übersetzte.

„Wie heißt du?"

„Rasmus-Salomo Eichdorff."

„Du bist der Sohn eines Klerikers?"

Rasmus hob überrascht die Brauen. Woher wusste der Mann das? „Ja", erwiderte er zögernd. „Aber warum –"

„Der Kommissar stellt die Fragen. Du antwortest!", sagte der Übersetzer barsch. „Dein Vater ist Mitglied der NSDAP, ist das richtig?"

Rasmus nickte.

Ein harter Schlag traf ihn an der Schulter. Der Soldat hob

drohend ein weiteres Mal den Gewehrkolben und knurrte einen russischen Befehl.

„Antworte mit Ja oder Nein!“, sagte der Antifa-Mann.

„Ja, er ist Parteimitglied.“ Er wollte noch hinzufügen, dass dies weniger der politischen Überzeugung als dem Opportunismus seines Vaters geschuldet war, aber als er den Blick des Kommissars sah, verstummte er.

„Du selbst bist in die Hitlerjugend eingetreten – freiwillig?“

„Gewissermaßen ... äh ja“, erwiderte Rasmus. Wohin führte das Ganze hier? Fast jeder Deutsche seines Alters war in der HJ gewesen. Offiziell hatte es keine anderen Jugendverbände mehr gegeben.

„Du hast als Flakhelfer an der Schlacht um Berlin teilgenommen?“

„Unser Geschütz wurde Ende April zerstört.“

„Warst du Flakhelfer oder nicht?“

„Ja.“

„Ist es richtig, dass Tausende von Hitlerjungen und Zivilisten in die Schlacht um Berlin zogen, weil sie an den Endsieg glaubten?“

Rasmus zögerte. Was sollten diese Fragen? „Ja, das ist richtig ...“, erwiderte er schließlich. „Aber die meisten –“

„Du sollst die Fragen beantworten, mehr nicht! Müssen wir dir das noch nachdrücklicher klarmachen?“

Rasmus schüttelte den Kopf. „Nein.“

„Du hattest Kontakt zu einem gewissen Franz Haberland?“

„Franz Haberland?“, entfuhr es Rasmus.

„Antworte auf die Frage!“, bellte der Antifa-Mann und gleichzeitig traf Rasmus ein erneuter Kolbenstoß.

„Er war mein Klassenkamerad“, sagte er hastig und rieb sich die schmerzende Schulter.

Der Glatzkopf sprach mit dem Übersetzer. Mehrmals vernahm Rasmus das Wort *Kamerad*. Rasmus schluckte. Woher hatten die Männer all diese Informationen? Warum interessierten sie sich überhaupt für ihn?

„Ist es wahr, dass du einen politischen Beitrag für den ‚Völkischen Beobachter' geschrieben hast?", fragte der Mann plötzlich.

„Was?", stotterte Rasmus.

Der Glatzkopf zog ein zusammengefaltetes Stück Papier aus der Jackentasche und hielt es Rasmus unter die Nase. „Stammt das von dir?"

Es war tatsächlich ein Auszug aus dem „Völkischen Beobachter" vom 18. Mai 1942. Rasmus las:

Wenn der Sieg errungen ist
Die deutsche Jugend plant für die Zukunft

Darunter waren mehrere Beiträge aufgeführt und unter einem von ihnen stand sein Name. „Das ... war ein Schulaufsatz ...", stammelte Rasmus. Er erinnerte sich an diesen Text. Er hatte genau gewusst, was der Lehrer hören wollte ... damals war er sich sehr pfiffig vorgekommen. Er war sogar ein wenig stolz gewesen, dass sein Aufsatz vom Propagandaministerium ausgewählt worden war. Er hatte irgendetwas über Landwirtschaftsprojekte in den neuen Ostgebieten geschrieben. Das war dumm gewesen, aber konnte es wirklich sein, dass man ihn deshalb zu einem unverbesserlichen Nationalsozialisten abstempelte?

Der Übersetzer sagte etwas und der Glatzkopf nickte zufrieden.

Rasmus spürte, wie er blass wurde.

„Seit wann sympathisierst du mit den Werwölfen?", wollte der Mann wissen.

„Mit wem?"

„Wie sind sie organisiert?"

Rasmus starrte den Mann an. „Ich habe keine Ahnung ... Ich weiß nur, dass der Propagandaminister in den letzten Kriegstagen etwas von einer spontanen Untergrundbewegung gefaselt hatte. Aber ... das Ganze ist doch absurd. Die letzten Kräfte waren doch schon im Volkssturm herangezogen worden. Wer sollte denn in dieser Untergrundbewegung kämpfen? Kinder und Großmütter?"

Der Übersetzer sprach kurz mit dem Russen. Dann sagte er an Rasmus gewandt: „Mach es dir nicht unnötig schwer, Junge. Wir wissen ohnehin Bescheid. Also, wer ist der Kopf deines Rudels? Ist es Haberland? Ist er Hans-Adolf Prützmann direkt unterstellt?“

Rasmus schüttelte verzweifelt den Kopf. „Ich habe damit nichts zu tun! Haberland habe ich nur in der Schule gesehen. Er war nicht einmal in der gleichen Wehrertüchtigungsgruppe wie ich.“

Der Antifa-Mann nickte grimmig. Dann sprach er mit dem Russen. Der Mann schwieg eine Weile. Schließlich sagte er etwas und der Deutsche übersetzte: „Ich denke nicht, dass du unter vierzehn Jahren Straflager davonkommen wirst!“

„Vierzehn Jahre?“ Rasmus hatte das Gefühl, als würde eine kalte Hand nach ihm greifen und ihn hinab in einen schwarzen Schlund reißen. „Aber ich bin unschuldig ...“

„Unschuldig?“, schnaubte der Antifa-Mann. „Niemand ist unschuldig.“

Der Russe stand auf und nickte dem Soldaten zu.

Rasmus spürte den Gewehrkolben in seinem Rücken und stand hastig auf. „Habe ich denn gar kein Recht auf ein Gerichtsverfahren?“, rief er verzweifelt.

„Selbstverständlich wirst du ein faires Verfahren erhalten“, erwiderte der Mann.

Er spürte einen erneuten harten Stoß. *„Dawai!“*, knurrte der russische Soldat.

Wie in Trance stolperte Rasmus aus dem Verhörraum.

Schon am nächsten Tag marschierte der Gefangenentrupp weiter. Drei Wochen später erreichten sie ein riesiges Lager.

„Das ist nur ein Zwischenlager“, machte es jedoch schon bald die Runde.

Nach dem Zählappell, der Stunden dauerte, bekamen sie einen Platz zugewiesen und erhielten eine dünne Suppe. „Dieses seltsame Verhör geht mir einfach nicht aus dem Kopf“, sagte Rasmus wohl zum hundertsten Mal.

„Aber es ist Wochen her, dass sie dich befragt haben“, erwiderte Erwin. „Denkst du nicht, dass die Sache inzwischen im Sande verlaufen ist?“

„Ich weiß nicht. Ich frage mich nur ständig, was diese absurden Vorwürfe zu bedeuten haben. Woher kommen sie?“

Erwin schürzte die Lippen. „Vielleicht hat Haberland tatsächlich bei einem Verhör deinen Namen genannt?“

„Warum sollte er das tun?“

„War er dein Feind?“

„Er hielt nicht viel von mir, aber mein Feind war er nicht.“

„Möglicherweise wollte er seine wahren Kumpane schützen. Vermutlich dachte er, du seist tot. Wer sollte dann nachweisen, dass er log?“

Rasmus zuckte die Achseln. „Wie auch immer. Hier werde ich wohl kaum die Chance haben, das Gegenteil zu beweisen.“

Erwin legte ihm die Hand auf die Schulter. „Ich werde das Gefühl nicht los, dass noch mehr dahintersteckt.“

Rasmus seufzte. „Warum beruhigt mich das nicht?“

Die Tage vergingen und neue Gefangenentrupps trafen ein. Es gab endlose Zählappelle. Und der Hunger begleitete sie bei jedem Atemzug. Die Angst vor einer ungerechtfertigten Verurteilung wich allmählich der Sorge um Erwin. Dem alten Soldaten ging es zunehmend schlechter. Seine Verletzung wollte nicht heilen und allem Anschein nach hatte er sich nun auch noch die Ruhr eingefangen. Er litt unter Bauchkrämpfen und Durchfall. Von Tag zu Tag wurde er apathischer.

Einige Tage später standen sie erneut bei einem der unzähligen Zählappelle in Reih und Glied. Es war später Nachmittag. Ein kalter Wind pfiff durch das Lager. Der alte Soldat schwankte. Seine Haut glühte vor Fieber. Rasmus warf ihm immer wieder besorgte Blicke zu.

Kupilas stand neben ihm. „So viel zur klassenlosen Gesellschaft der ruhmreichen Sowjetunion!“, knurrte er durch die halb geschlossenen Lippen.

Rasmus folgte seinem Blick und erkannte eine Delegation

von Ärzten, die von einem jungen russischen Offizier durch das Lager geführt wurden. Sie hielten auf den abgesonderten Bereich zu, in dem deutsche Offiziere untergebracht waren. Jedermann im Lager wusste oder behauptete zumindest zu wissen, dass die Offiziere besser behandelt wurden. Sie erhielten mehr zu essen, bekamen hin und wieder Zigaretten und wurden nicht zu Arbeitseinsätzen herangezogen.

Rasmus biss sich auf die Lippen. Nach einem kurzen Blick auf den wankenden Erwin richtete er sich auf und rief: „Hier! Hierher. Der Mann ist schwerkrank. Er braucht Hilfe!"

Einer der Lagerpolizisten, ein Volksdeutscher aus Litauen, den alle wegen seiner langen, dünnen Beine nur den „Storch" nannten, drehte sich um und zischte: „Halt's Maul!"

„Hör auf ihn!", mahnte Kupilas.

„Lass gut sein, mein Junge", flüsterte Erwin.

Rasmus hob erneut die Stimme: „Bitte! Der Mann braucht Hilfe!"

Der Storch kam angestürmt und rammte Rasmus die Faust in den Magen. „Halt's Maul, hab ich gesagt!"

Benommen rappelte sich Rasmus wieder auf.

Der Storch zog einen Knüppel aus seinem Gürtel.

„Stoj!" Die Frauenstimme war nicht laut, aber der Storch erstarrte mitten in der Bewegung. Hastig trat er zur Seite.

Eine russische Ärztin hatte die Delegation verlassen. Sie mochte Mitte dreißig sein. Dunkles Haar, in das sich die ersten grauen Strähnen mischten, umrahmten ihr schmales Gesicht. Sie kniff die Augen zusammen und warf einen prüfenden Blick auf Erwin. Dann sagte sie etwas auf Russisch. Der Storch zuckte zusammen, nickte dann aber hastig.

„Mitkommen!", sagte die Frau mit starkem russischen Akzent.

Hoffnung keimte in Rasmus auf. „Erwin, hast du verstanden?" Er versetzte seinem Freund einen sanften Stoß und der alte Soldat wäre beinahe in die Knie gegangen.

„Sie helfen!", befahl die Frau an Rasmus und Fritz Kupilas gewandt.

Rasmus hakte Erwins linken Arm unter und warf Kupilas einen auffordernden Blick zu. Aus irgendeinem Grund zögerte der Unteroffizier. Dann gab er sich einen Ruck und stützte Erwin auf der anderen Seite. Sie wurden in ein neu errichtetes Lazarettzelt geführt und Erwin durfte sich auf eine Pritsche legen. Rasmus und Kupilas warteten stehend.

Der Storch hielt mit verschränkten Armen und finsterem Blick Wache. Es dauerte Stunden, ohne dass irgendetwas geschah. Schließlich sagte Kupilas: „Ich denke, es wird Zeit, zum Sammelplatz zurückzukehren."

Der Storch runzelte die Stirn.

„So, wie ich die Kumpane kenne, haben sie nicht mitbekommen, dass wir hier sind", erklärte Kupilas. „Wahrscheinlich haben sie sich zum zehnten Mal verzählt und unsere Kameraden müssen immer noch in der Kälte stehen."

„Du bleibst!", befahl der Lagerpolizist.

Rasmus warf Kupilas einen fragenden Blick zu. Was hatte der Mann?

Schließlich kam die Ärztin herein. Sie untersuchte Erwin sehr gründlich und mit einer unerwarteten Sanftheit. Dann entschied sie: „Sie bleiben!"

Erwin nickte apathisch.

Die Frau gab ihm etwas zu trinken. Dann sprach sie auf Russisch mit dem Storch. Der Mann begleitete Erwin zu den Lazarettbetten.

„Werde rasch wieder gesund, alter Mann!", rief Rasmus seinem Kameraden hinterher.

Die Ärztin wandte sich an Rasmus und Kupilas und bedeutete ihnen, sich frei zu machen. „Ich untersuche!", erklärte sie.

Verwundert begann Rasmus, sich auszuziehen. In den letzten Monaten hatte die Notwendigkeit, irgendwie zu überleben, sein Schamgefühl abgetötet. Dennoch war es ein merkwürdiges Gefühl, sich vor der Ärztin zu entkleiden. Vielleicht, weil sie ganz anders war, als er es erwartet hatte.

Kupilas lächelte. „Das ist sehr freundlich von Ihnen. Aber mir geht es gut."

Die Frau betrachtete ihn nachdenklich. „Ich entscheide", sagte sie leise.

„Natürlich!", erwiderte der Unteroffizier rasch.

Die Ärztin untersuchte Rasmus zuerst. Sie hörte ihn sorgfältig ab, tastete seinen Bauch ab und prüfte seinen Puls. Dann nickte sie und wandte sich ab. Während Rasmus sich wieder anzog, drückte sie ihm einen Kanten Schwarzbrot in die Hand. „Essen, langsam."

„Danke!" Rasmus griff hastig zu. Die Freundlichkeit der Frau trieb ihm fast die Tränen in die Augen. „Danke, Dr. ..."

„Dr. Rivka Markowna", erwiderte die Frau.

Rasmus drückte das Brot wie einen Schatz an seine Brust. Rasch zog er seine Jacke über und setzte sich auf die Pritsche. Dann biss er von dem Brot ab. Es war hart und ungesalzen. Aber Rasmus glaubte, noch nie etwas so Köstliches gegessen zu haben.

Die Ärztin wandte sich Kupilas zu. Der Unteroffizier war nicht ganz so abgemagert, wie Rasmus es bei den meisten anderen gesehen hatte. Unwillkürlich fiel ihm Erwins Kommentar ein: *Das ist ein Mann, der weiß, wie man überlebt.* Doch das Auffälligste war nicht der Allgemeinzustand des Unteroffiziers, sondern eine breitflächige, schlecht vernarbte Brandverletzung an seinem linken Oberarm.

Die Ärztin kniff die Augen zusammen. „Wie ist passiert?", fragte sie.

„Bei der Flucht aus unserem brennenden Panzer bin ich nicht ganz so glimpflich davongekommen", erwiderte Kupilas.

Die Ärztin bedeutete ihm, den Arm zu heben.

Kupilas zögerte nur einen winzigen Moment.

Rasmus hielt unbewusst den Atem an. Auch die Ärztin hatte dieses kurze Zögern bemerkt, da war er sich sicher. Sie sagte nichts. Aber ihre Haltung versteifte sich. Sorgfältig folgte sie mit den Fingern den Umrissen der Narbe. Sie zog sich bis auf die

Innenseite des Oberarms. Weit genug, um eine möglicherweise verräterische Tätowierung zu verdecken.

Wortlos setzte die Ärztin ihre Untersuchung fort. Sie hörte seine Brust ab. Als sie seinen Puls prüfte, fragte sie: „Einzige Wunde von brennenden Panzer?"

Kupilas nickte. „Ich hatte Glück." Er räusperte sich. „Wo haben Sie eigentlich so gut Deutsch gelernt, wenn ich fragen darf?"

„In Schule", erwiderte die Frau. Sie nahm zum ersten Mal während der Untersuchung ein Formular zur Hand und machte eine Notiz.

Kupilas schluckte, dann wirkte er wieder vollkommen beherrscht. „Darf ich noch eine Frage stellen?", er fuhr fort, ohne eine Antwort abzuwarten: „Dr. Rivka Markowna – das klingt gar nicht russisch, ist der Name vielleicht ukrainisch?"

Rasmus war klar, dass diese Frage nicht ganz so harmlos war, wie sie schien. Denn während der deutschen Besatzungszeit hatten viele Ukrainer kollaboriert, da sie die Sowjetunion als den schlimmeren Feind ansahen. Möglicherweise war die Ärztin deshalb so unerwartet freundlich.

Ein stilles Lächeln umspielte die Lippen der Ärztin. Offenbar hatte sie die Gedankengänge des Unteroffiziers erraten. „Nicht ukrainisch", erwiderte sie leise, „jüdisch." Sie blickte Kupilas ins Gesicht.

Der Mann erbleichte.

„Ich komme aus Kiew. Meine Tochter, zwölf Jahre, wurde von Bajonett getötet. SS-Mann lachte dabei. Mein Mann wurde vor mein Augen erschlagen."

Zum ersten Mal sah Rasmus, wie Kupilas seine Selbstbeherrschung verlor. Nacktes Entsetzen zeigte sich auf seinem Gesicht. Rasmus war geschockt. Der Unteroffizier war tatsächlich ein SS-Mann gewesen. Jetzt fiel ihm wieder ein, dass Kupilas bei der ersten Untersuchung durch die russische Ärztin nicht dabei gewesen war.

„Nur ich habe überlebt ... von meine ganze Familie." Die Ärztin wandte sich ab. „Anziehen!"

Kupilas schluckte trocken. Er zog sich an und wartete stumm.

Die Ärztin machte einige Notizen. „Manchmal man bekommt zweite Chance." Sie blickte nicht auf. „Man muss nutzen sie ... für das Leben."

Rasmus starrte die Frau an. Hatte sie von sich gesprochen oder von Kupilas?

Sorgfältig legte sie die Akte beiseite. „Gehen Sie!"

Ohne ein weiteres Wort wandte sie sich ab und schritt hinüber zu den Betten des Lazaretts.

Rasmus' Blick wanderte zu Kupilas. Der Mann war totenbleich. Erst langsam, dann immer schneller verließ er das Zelt.

Ein russischer Wachmann erwartete sie dort bereits und führte sie zurück in den ihnen zugeordneten Lagerbereich.

Die Worte der Ärztin spukten in seinem Kopf herum: *Manchmal man bekommt zweite Chance. Man muss nutzen sie für das Leben.*

Unwillkürlich sah er Emmis zerschlagenes Gesicht vor sich und die Leere in ihrem Blick. Hatte sie eine zweite Chance bekommen? Und falls ja, würde sie diese auch nutzen? Hundert Tage hatte er ihr abgerungen, dreiundneunzig waren schon vergangen. „Bitte, Gott!", flüsterte er. „Bitte, lass sie das Leben gewinnen." Die Worte flossen einfach aus ihm heraus. Schwach kam ihm ins Bewusstsein, dass er eigentlich längst aufgegeben hatte zu beten. Dennoch fuhr er fort: „Und wenn es sein muss, wenn unbedingt noch ein Leben verschlungen werden soll ... dann nimm meines und verschone sie!"

Rasmus hielt inne, wartete auf eine innere Stimme oder irgendein Gefühl, das ihm Gottes Einverständnis vermittelte. Doch da war nichts!

Er schüttelte den Kopf. „Du bist albern!", sagte er zu sich selbst.

Sie erreichten die Zone, in der sie gelagert hatten. Kupilas gesellte sich unbehelligt zu den anderen, aber Rasmus wurde von einem russischen Offizier aufgehalten.

„Chier!" Der Mann drückte ihm ein Schreiben in kyrillischer

Schrift in die Hand. Dann zog er einen Füllfederhalter hervor und deutete mit dem Finger auf eine gestrichelte Linie am Ende des Dokuments. „Schreib Name!", befahl er.

Rasmus starrte auf das Papier. „Warum?", fragte er.

„Schreib!", wiederholte der Offizier.

„Ich weiß doch gar nicht, was das ist!", erwiderte Rasmus und hob das Blatt Papier.

„Das kann ich dir sagen", meldete sich eine sanfte Stimme hinter ihm. „Das ist deine rechtlich gültige Verurteilung zu sechzehn Jahren Zwangsarbeit im Lager 503 in Kemerowo."

Im Loch

Rasmus fuhr herum. Er kannte diese Stimme. Sie gehörte dem Antifa-Mann, der ihm so seltsame Fragen über den einfältigen Hans Bethge gestellt hatte. Hubert Breitenbach lächelte. Er deutete auf das Blatt Papier. „Die sowjetische Justiz gibt sich alle Mühe, schnelle und gerechte Urteile zu fällen."

„Gerechte Urteile?", entfuhr es Rasmus. „Aber es gab doch nicht einmal eine Verhandlung."

„Selbstverständlich gab es eine Verhandlung."

„Ohne mich?!"

„Bei Millionen Tatverdächtigen lässt sich dies schwerlich anders organisieren", erwiderte Breitenbach.

Der Offizier knurrte irgendetwas. Er wurde ungeduldig.

„Unterschreiben Sie besser. Eine Weigerung wird Ihre Situation ... nicht verbessern."

Rasmus' Herz pochte in seiner Brust. „Nein!"

Breitenbach zuckte bedauernd mit den Achseln und wandte sich ab.

Der russische Offizier gab einen Befehl und gleich darauf spürte Rasmus einen Gewehrlauf im Rücken. Der Soldat führte ihn in die Mitte des Lagers. Rasmus wusste, wo es hinging.

Die Karzer waren nicht mehr als winzige Erdlöcher, zu niedrig, um aufrecht darin stehen zu können. Der Posten stieß ihn hinab. Die hölzerne Luke schloss sich und vollkommene Schwärze umgab ihn.

Rasmus hockte sich auf den Boden und umschloss die Knie mit den Händen. Seine Gedanken wirbelten wirr durcheinander. Hatte Gott etwa tatsächlich sein Gebet erhört? War dies der Tausch, den er angeboten hatte?

Unsinn, sagte er sich selbst, diese Geschichte war schon längst am Laufen gewesen, bevor er versucht hatte, mit Gott zu verhandeln.

Er spürte, wie etwas Vielgliedriges in sein Hosenbein krabbelte, und gleich darauf spürte er einen schmerzhaften Stich. Hastig schlug er zu. Mit einem spürbaren Knacken zerplatzte die Wanze auf seiner nackten Haut. Er klaubte das tote Tier unter seinem Hosenbein hervor und spürte gleich darauf ein Krabbeln im Nacken. Kaum hatte er dieses Biest erledigt, kroch ein weiteres sein Bein empor, während ein anderes unter seinen Ärmel schlüpfte.

Er hatte keine Ahnung, wie lange sein Kampf gegen die Wanzen andauerte, doch irgendwann gab er entkräftet auf und ließ die wuselnden Insekten sein Blut saugen.

Es war eine kalte Nacht.

Rasmus spürte, wie sein Kopf nach vorn sackte. Erschöpfung übermannte ihn und spülte alle Fragen, Ängste und Zweifel fort.

Die erste Empfindung, die durch den dunklen Nebel seines Erschöpfungsschlafes drang, war das Gefühl quälenden Durstes. Er hatte keine Ahnung, wie lange er hier unten gelegen hatte. Ein hämmernder Kopfschmerz pochte in seinen Schläfen. Durch den Schmerz hindurch spürte er das Krabbeln und Stechen der Insekten überall auf seiner Haut. Sein Kopf schien fast vollkommen bedeckt zu sein von diesen blutsaugenden Parasiten. Kraftlos versuchte er, sie zu vertreiben. Doch wenn er sie aus der Haut riss, schien das Jucken noch unerträglicher zu werden. Schließlich resignierte er. Mühsam richtete er sich auf. Seine Gelenke schienen wie festgefroren in ihrer gekrümmten Haltung und jede Bewegung schmerzte. Er stieß gegen die Holzklappe, welche die Grube verschloss.

„He!“, krächzte er. „Ist da jemand?“ Er entsann sich des russischen Wortes, das er im Verlauf seiner Gefangenschaft aufgeschnappt hatte. „*Woda**!“

---

* Wasser

Irrte er sich oder waren dort Stimmen zu vernehmen? *„Woda! Poshalujsta*, Woda!“*

Immer wieder rief er die Worte, doch nichts geschah. Als er die Hand hob, um gegen das Holz zu hämmern, spürte er etwas Feuchtigkeit auf den dicken Planken. Vielleicht hatte sich Kondenswasser dort festgesetzt oder es hatte nachts geregnet? Er legte den Kopf in den Nacken und leckte über das schmierige Holz. Gierig sog er jeden Tropfen Feuchtigkeit in sich auf, den er finden konnte. Dann ließ er sich langsam auf den Boden zurücksinken. *Sie werden mich hier sterben lassen*, ging es ihm durch den Kopf, *vielleicht aus Bosheit oder kalter Berechnung. Vielleicht auch einfach, weil sie mich vergessen haben.*

Rasmus versank in dumpfe Grübeleien. Er spürte, wie er sich in einen Mantel aus Bitterkeit hüllen wollte, der ihm zumindest irgendeine Form von Schutz bot. Doch plötzlich stahlen sich andere Worte in seine Gedanken: *Auch wenn ich wandere im Tal des Todesschattens, fürchte ich kein Unheil, denn du bist bei mir; dein Stecken und dein Stab, sie trösten mich.*

Unvermittelt blitzte das Gesicht seines Vaters vor ihm auf. Streng schaute es von der Kanzel auf ihn herab.

Du deckst für mich einen Tisch, flüsterte eine leise, hartnäckige Stimme weiter, *vor den Augen meiner Feinde.*

Die Worte kamen aus der Tiefe seines Unterbewusstseins, und die Stimme, die da leise in ihm sprach, war nicht die seines Vaters.

Rasmus stutzte. Bislang hatten diese Worte ihm nichts bedeutet. Aber in diesem Moment offenbarte ihm die leise flüsternde Stimme eine Tiefe, die er zuvor nicht erkannt hatte. Vielleicht ging es gar nicht um menschliche Feinde? Vielleicht ging es um das, was dahinter stand? Hätte nicht Emmi ihm schon vor Jahren die Augen öffnen müssen? *„Du musst ihm doch nur zuhören, wenn er am Sonntag auf der Kanzel steht und schimpft, dann weißt du's.“*

„Was weiß ich?“, hörte er sich selber fragen.

---

* Bitte

„Dass er Angst hat."

„Angst? Wovor?"

„Vor Gott."

All die Jahre hatte er mit seinem Vater gerungen, ohne zu erkennen, dass gar nicht er sein Feind war, sondern das, was ihn antrieb – die Angst! Und hier in diesem Loch? Natürlich, Hunger und Durst waren seine Feinde und eine als Machtinstrument missbrauchte Justiz, aber auch Angst, Bitterkeit und Verzweiflung.

... dein Stecken und dein Stab, sie trösten mich.

„Bist du wirklich da?", flüsterte Rasmus. Er wartete, lauschte in sich hinein und spürte – nichts. Aber für einen kurzen Moment blitzte ganz vage ein Bild in ihm auf: eine Brücke, alt und moosbewachsen, sie führte hinaus aufs Meer. Tosende Wogen umbrausten die Stützpfeiler. Zweitausend Jahre hatte sie gehalten. Hielt sie noch immer?

Rasmus spürte, dass es nur eine Möglichkeit gab, das herauszufinden. Für einen kurzen Moment huschte ein Lächeln über sein Gesicht. Dann kam die Erschöpfung.

Irgendwann glitt er in eine Art Dämmerschlaf. Er spürte erst, dass er eingeschlafen war, als etwas ihn hochschrecken ließ. Er hatte etwas gehört – ein Geräusch an der Tür. Seine Hände zitterten, und Schwindel überkam ihn, als er den Kopf hob.

Schritte waren zu vernehmen, dann das Geräusch eines zurückgeschobenen Riegels und das Knarren von Türangeln. Blendend helles Licht strömte herein.

„Komm raus!", befahl eine Stimme.

Rasmus versuchte, sich hochzustemmen, aber seine Glieder wollten ihm nicht gehorchen. Jemand packte ihn an der Jacke und zerrte ihn empor. Zusammengekrümmt und von der Helligkeit geblendet taumelte Rasmus von Gewehrkolben angetrieben voran.

„Stoj!", befahl die Stimme. „Ausziehen!"

Rasmus gehorchte. Er spürte nackten Beton unter seinen Füßen. Und dann erkannten seine blinzelnden Augen, wo er sich befand. Es war eine Art Duschraum.

Erst als Wasser auf ihn herabprasselte, konnte er fassen, was geschah. Er trank hastig, stillte seinen Durst, und dann wusch er sich Dreck, Gestank und Ungeziefer vom Leib. Es gab sogar Seife.

Nach einigen kostbaren Minuten wurde das Wasser abgestellt. Er bekam ein Bündel Kleidung. Die Sachen rochen nach scharfem Desinfektionsmittel und sie hatten ganz offensichtlich jemand anderem gehört. Jemandem, der breitere Hüften und kürzere Beine gehabt hatte. Aber das war Rasmus gleichgültig. Ein Strick diente ihm als Gürtel und die Kleidung war warm und frei von Ungeziefer.

Man führte ihn in einen Raum, der bis auf einen Tisch mit zwei Stühlen leer war.

„Nehmen Sie Platz, Herr Eichdorff", sagte eine vertraute Stimme.

„Herr Breitenbach?" Rasmus hatte erwartet, erneut von einem Russen befragt zu werden.

„Setzen Sie sich." Mit einer großzügigen Geste deutete Hubert Breitenbach auf einen der beiden Stühle.

Rasmus gehorchte.

„Sie sind sicher hungrig?"

Rasmus verzog den Mund zu einem gequälten Lächeln. „Sieht man mir das an?"

Breitenbach lachte. „Das gefällt mir." Er wies mit dem Finger auf Rasmus. „Drei Tage Karzer und der Mann hat immer noch Humor."

Wenig später stand eine Schüssel mit dickflüssigem Hirsebrei auf dem Tisch. Rasmus verschlang sie innerhalb einer Minute. Er wusste, dass es nicht klug war, so gierig zu essen. Und er ahnte, dass er es noch bereuen würde, aber es war ihm gleichgültig. Breitenbach beobachtete ihn. Als Rasmus den letzten Rest aus der Schüssel geleckt hatte, sagte der Mann: „Es sind schlimme Zeiten. Ich will ganz ehrlich sein: Der Krieg hat fast alle Ressourcen verbraucht. Aber das russische Volk teilt das wenige, was es hat, mit den Deutschen. Alle leiden Hunger."

Breitenbach sah Rasmus in die Augen. „Wissen Sie, was ich auf den Tod nicht ausstehen kann, Herr Eichdorff?“

Rasmus schwieg.

Breitenbach erwartete offenbar keine Antwort, denn er fuhr gleich darauf fort: „Wenn Menschen ihre Machtposition missbrauchen und anderen vorenthalten, was ihnen zusteht.“ Wieder machte er eine Pause. „Finden Sie nicht auch, dass Solidarität in dieser Situation das Wichtigste ist, das wir brauchen?“

Rasmus erwiderte den Blick des Antifaschisten. Worauf wollte der Mann hinaus? Im Lager gab es ständig Korruption und Übervorteilung. Wenn man den Gerüchten Glauben schenken wollte, sammelten sich gerade in der Antifa haufenweise Opportunisten, die jede Gelegenheit nutzten, sich zu bereichern. Breitenbach schwieg. Dieses Mal erwartete er offenbar eine Antwort. Rasmus nickte vorsichtig. „Sie haben recht. Ohne Solidarität werden noch viele sterben.“

Hubert Breitenbach lächelte. Dann wurde sein Blick wieder ernst. „Wir hatten Medikamente für fünfhundert Leute im Lager Ketschendorf. Als wir abzogen, fand der Lagerkommandant nur noch ein paar Verbände vor. Ich frage mich, was mit den Medikamenten geschehen ist.“

„Das frage ich mich auch“, erwiderte Rasmus. „Ein guter Kamerad starb, weil ihm nicht geholfen wurde.“

„Haben Sie sich nicht auch schon gefragt, was ein Mann wie Hans Bethge als Sanitäter im Lager zu suchen hat? Seien wir ehrlich: Der Junge ist geistig minderbemittelt und gar nicht in der Lage, eine solche Aufgabe zu bewältigen.“

Rasmus wollte etwas erwidern, doch Breitenbach fuhr fort: „Es erfordert nicht viel Fantasie, sich vorzustellen, wie er in diese Position kam.“ Er machte eine bedeutungsvolle Pause. „Und ich bin mir sicher, dass diese Beförderung nicht ohne Hintergedanken erfolgte.“

Rasmus starrte den Mann an. Worum ging es hier? Intrigierte Breitenbach gegen seinen eigenen Vorgesetzten?

„Genosse Stalin ist bereit, Solidarität und Ehrlichkeit zu

belohnen. Aber nichts hasst er so sehr wie Verrat. Seine Gesetze sind ehern. Wie Sie sicher wissen, sah er jeden russischen Soldaten, der sich von den Deutschen gefangen nehmen ließ, als Verräter an. Das war hart, aber nur durch diese Härte schmiedete er den Widerstand, der schließlich die deutschen Aggressoren niederrang. Als sein eigener Sohn in deutsche Gefangenschaft geriet, war er nicht bereit, eine Ausnahme zu machen und ihn gegen Generalfeldmarschall Paulus auszutauschen. *Man tauscht einen Soldaten nicht gegen einen General,* waren seine Worte."

Rasmus nickte.

„Wenn Sie bereit sind auszusagen, was Sie in jener Nacht beobachtet haben, als Ihr Kamerad Walter Henning starb, dann wird man sich dafür einsetzen, dass Ihr Urteil noch einmal in Revision geht." Er lächelte.

Rasmus runzelte die Stirn.

Breitenbach schien die Skepsis in seinen Augen zu lesen. „Ich bin mir sicher, dass die Anklage einer genaueren Untersuchung nicht standhalten wird." Er lächelte. „Um es zu konkretisieren: Wenn Sie uns sagen, was Sie wissen, sind Sie binnen einer Woche ein freier Mann und dürfen nach Hause gehen. Darauf gebe ich Ihnen mein Wort."

Rasmus schluckte. Breitenbach war schwer zu durchschauen, aber er hatte das Gefühl, dass seine Worte ernst gemeint waren. Nach Hause! Diese Worte hatten eine geradezu magische Anziehungskraft. Rasmus schluckte erneut. „Aber ich habe in jener Nacht nichts Besonderes beobachtet. Zumindest nichts in Bezug auf die Medikamente."

Breitenbach beugte sich vor. „Wirklich nicht?" Sein Blick war so eindringlich, dass Rasmus unwillkürlich eine Gänsehaut über den Rücken lief. „Es dürfte eigentlich nicht zu übersehen gewesen sein, dass Hans Bethge an jenem Abend einen großen Koffer bei sich hatte und ihn seinem Vater übergab. Es war ein brauner Koffer mit Metallbeschlägen."

Rasmus schluckte. Darum ging es also! Bethge war Hubert Breitenbach im Weg und sollte beseitigt werden. Und dass er als einfacher Kriegsgefangener in die Sache hineingezogen wurde, konnte nur bedeuten, dass dieser Machtkampf auf Messers Schneide stand. Vielleicht hatte ein hochrangiger Offizier oder politischer Kommissar Rasmus an diesem Abend gesehen und nun brauchte man ihn als Zeugen.

„Der Junge kann sicher nichts dafür", fuhr Breitenbach fort. „Ich würde mich dafür einsetzen, dass er eine milde Strafe bekommt. Vermutlich würde er lediglich aus dem Dienst entlassen und nach Hause geschickt." Breitenbach lächelte.

Rasmus biss sich auf die Lippen. Für Hans wäre es sicher das Beste, hier fortzukommen. Er erinnerte sich daran, wie zerschlagen der Junge gewesen war, als er ihn das letzte Mal gesehen hatte. Er hatte immer nur gestammelt: „Ich war es nicht." Wahrscheinlich hatte man ihn mit dem Medikamentendiebstahl konfrontiert. Früher oder später würde man ihn brechen. Diese Leute wussten, wie man Menschen brach. Sollte er es wirklich so weit kommen lassen? Unwillkürlich und ungewollt kamen ihm Erwins Worte in den Sinn: *Wenn du weißt, was das Richtige ist, tu es!* Emmis Gesicht tauchte vor seinem inneren Auge auf. Er vermisste sie. Er vermisste sie so sehr. Rasmus stöhnte.

Hubert Breitenbach lächelte. „Kommen Sie. Sagen Sie, was Sie gesehen haben." Er nahm einen Zettel aus einer Aktentasche. Er war bereits bedruckt – mit kyrillischen Buchstaben.

„Also gut, an jenem Abend, als mein Kamerad Walter Henning starb, war Hans Bethge bei mir", sagte Rasmus. Seine Stimme klang heiser. Jedes Wort schien in der Kehle zu schmerzen. „Ich habe alles gesehen, was er in diesen Stunden getan hat. Und ich kann beschwören, dass ich den von Ihnen beschriebenen Koffer ... nie gesehen habe. Hans Bethge stand meinem Kamerad bei, als dieser starb. Und ich verbürge mich für ihn als einen ehrlichen Mann. Niemals hat er Medikamente gestohlen oder unerlaubt weitergegeben."

Breitenbach seufzte. Behutsam legte er den Zettel zurück in seine Aktentasche. „Das, mein Junge, war ein schwerer Fehler!" Er rief etwas auf Russisch.

Rasmus hörte schwere Schritte hinter sich. Ehe er sich umdrehen konnte, packte ihn eine eiserne Faust im Nacken und zerrte ihn empor.

Nur eine Minute später fand er sich im Karzer wieder. Die zuschlagende Luke verschluckte alles Licht und erneut umhüllte ihn Finsternis.

Es dauerte keine fünf Atemzüge, ehe die erste Wanze ihn biss. „Du bist ein Idiot, Rasmus-Salomo Eichdorff!“ Er schnaubte. „Ein Riesenidiot!“

Aber, fügte er nach einer kurzen Pause in Gedanken hinzu, *du bist auch ein satter Idiot*. Zum ersten Mal seit Monaten war er satt.

Du bereitest vor mir einen Tisch angesichts meiner Feinde.

War das Gottes ganz spezielle Art von Humor? Er erinnerte sich an das Bild, das er vor sich gesehen hatte, bevor Hubert Breitenbach ihn aus dem Loch geholt hatte. Vielleicht gab es sie ja tatsächlich, diese Brücke über das tosende Meer. Er seufzte. Aber vielleicht war das Ganze auch bloß Zufall.

Eine Zeit lang dachte er darüber nach, und es schien ihm, als würden weniger Wanzen beißen. Möglicherweise schreckte sie der Geruch des Desinfektionsmittels ab.

Irgendwann legten sie jedoch ihre Hemmungen ab. Hunger und Durst kehrten zurück und mit ihnen auch die Zweifel. Er hatte keine Ahnung, ob ein halber Tag verging oder drei Tage, ehe sich jemand erneut an der Bodenluke zu schaffen machte. In der Finsternis des Lochs schien die Sanduhr der Zeit mit Teer gefüllt zu sein.

Grelles Licht schoss wie ein Pfeil herab in seinen Kerker, als die Luke einen Spaltbreit geöffnet wurde.

„Lebt der überhaupt noch?“, schnaubte eine Stimme.

Die Luke klappte auf und wie ein Wasserfall ergoss sich Helligkeit über ihn. Die Wanzen flüchteten eilends in ihre Löcher. Rasmus hob blinzelnd den Kopf.

Ein Blecheimer wurde unsanft herabgelassen. Ein Sack mit etwas Hartem traf ihn an der Schulter. „Schade um das schöne Brot!“, knurrte eine Stimme, die ihm bekannt vorkam. *Kupilas?*

Die Luke schloss sich wieder.

Rasmus griff nach dem Eimer. Es plätscherte – Wasser! Er trank sich satt. Es war herrlich. Dann durchsuchte er den Beutel. Es befand sich tatsächlich ein Stück Brot darin. Doch nicht nur das. Rasmus fühlte auch die Seiten eines Buches und … ein Feuerzeug!

Rasmus aß die Hälfte des harten Brotes und zwang sich, den Rest aufzuheben. Dann entzündete er das Feuerzeug. Er bemerkte, dass seine Hände vor Aufregung zitterten, als er das Buch zur Hand nahm. Es sah aus wie ein Tagebuch. Aber es war in erbärmlichem Zustand. Mehr als die Hälfte der Seiten fehlten. Rasmus vermutete, dass irgendjemand im Lager sie als Toilettenpapier verwendet hatte. Er schlug den beschädigten Pappeinband auf und stellte fest, dass jemand eine kurze Nachricht auf die Innenseite geschrieben hatte:

Dein Kamerad Erwin ist auf dem Weg in die Heimat! Diese Ärztin vollbringt Wunder! Sie hat zwei Dutzend Männer für dauerhaft arbeitsunfähig erklärt und irgendwie erreicht, dass sie heimkehren dürfen. Ich weiß nicht, ob Erwin es schaffen wird. Aber er hat eine realistische Chance.

Ich bin dir etwas schuldig. Daher habe ich das Buch aufgetrieben, das du so lange gesucht hast. Da Erwin bereits fort ist, übergebe ich es dir.

Benutze den Eimer als Latrine, wenn du das Wasser getrunken hast. Er wird regelmäßig ausgetauscht werden. Und sieh zu, dass deine Muskeln nicht verkümmern. Bewege dich, so gut es geht. Du wirst deine Kraft vielleicht noch brauchen.

F.

Fritz Kupilas! Rasmus wusste nicht, was der Mann in seinem Leben alles getan und seit wann er der SS angehört hatte. Es gab nicht wenige, die erst in den letzten Kriegstagen eine solche „Beförderung“ erhielten und es gleich darauf bitter bereuten. In jedem Fall hatte die Barmherzigkeit der jüdischen Ärztin etwas in dem zynischen Überlebenskünstler bewirkt.

Rasmus betrachtete die Kladde noch einmal genauer. Ja, es sah tatsächlich aus wie das Buch, aus dem Erwin vorgelesen hatte, auch wenn es inzwischen sehr gelitten hatte. Er schlug die erste Seite auf. Da die vorherigen herausgerissen worden waren, begann der Text mitten im Satz. Wie es schien, hatte Erwin nicht nur Geschichten gesammelt, sondern auch seine Gedanken dazu aufgeschrieben.

„… sollst dir kein Bild machen." Ich habe dieses Gebot nie so recht verstehen können und dachte immer, es betrifft eine andere Zeit. Eine Zeit, in der die Leute sich Götterfiguren schnitzten und diese anbeteten. Inzwischen bin ich mir da nicht mehr so sicher.

Warum verlieren die einen im Leid ihren Glauben, warum gewinnen andere ihn? Warum vertieft sich bei den einen der Glaube durch ihre Fähigkeit zum logischen Denken, während andere ihn scheinbar durch die gleiche Fähigkeit verlieren? Warum haben die einen das Gefühl, der Glaube sei ein Korsett, während andere ihn als befreiend erleben?

Wer den Glauben verliert, beruft sich auf die Wahrheit, und wer ihn gewinnt, ebenfalls. Haben beide unrecht oder ist die Wahrheit relativ und nicht viel mehr als ein subjektives Empfinden? Wenn das so wäre, dann wäre das ein Verlust, schrecklicher, als wir im ersten Moment zu ahnen vermögen.

Vielleicht ist es aber auch ganz anders? Vielleicht ist die Ursache dieses Problems die Tatsache, dass wir noch immer heimlich unsere Gottesbilder schnitzen? Sowohl der fromme Heuchler als auch der trotzige Nihilist tanzen um ihre selbst erschaffenen Götzen. Der eine verbrennt Weihrauch, bis die Luft so dick wird, dass man kaum noch atmen kann. Der andere stößt sein Bild vom Sockel und schreit triumphierend in die Dunkelheit: „Gott ist tot!"

Rasmus erinnerte sich an sein Gespräch mit Erwin, in dem er all seinen Zorn auf Gott und auf seinen Vater herausgelassen hatte. Hatte Gott nicht auch seinen eigenen Sohn im Stich gelassen, ihn auf dem Altar seiner Prinzipien geopfert?

Erwin hatte dem keine Argumente entgegengehalten. Er hatte nur gefragt: „Glaubst du wirklich, dass du Gott so siehst, wie Jesus es tat?“

Du sollst dir kein Bildnis machen. Vielleicht hatte das zweite der zehn Gebote auch heute noch tatsächlich eine ganz substanzielle Bedeutung?

Er las weiter:

Die folgende Geschichte hat mir ein Kamerad aus Südtirol erzählt. Sie ist meine Medizin, wenn ich wieder einmal glaube, Gott durchschaut und so zurechtgeschnitzt zu haben, dass er in meine Tasche passt.

Molluskenweisheit

Ich hatte mir erhofft, dass meine dreimonatige Studienreise nach Italien mich auf neue Gedanken bringen und gewissermaßen frischen Wind in meine vom jahrelangen Studium etwas angestaubten Gehirnwindungen blasen würde. Bevor ich mit meiner Doktorarbeit auf die Zielgerade einbog, wollte ich alles noch einmal aus einem neuen Blickwinkel betrachten. Und genauso kam es auch, allerdings etwas anders, als ich erwartet hatte.

Die Theologie war mir wohl in die Wiege gelegt worden. Mein Vater lehrte Kirchengeschichte in Heidelberg, meine Mutter war eine Pfarrerstochter. Ich hatte in Marburg studiert und arbeitete seit zwei Semestern intensiv an meiner Dissertation. „Die Kulturgeschichte des Gottesbildes – von der patriarchischen Schöpferfigur zum anthropologischen Gott-in-uns." Man verhieß mir eine glänzende wissenschaftliche Karriere.

Meine Reise begann in einem Landgasthof in der Nähe von Verona mit einem Magen-Darm-Infekt, der höchst unangenehme Begleiterscheinungen hatte. Auslöser war wohl die Pasta Frutti di Mare, die ich im Speisesaal des Gasthofs genoss.

Nachdem ich etwa ein Drittel meiner Portion lustvoll verspeist hatte, machte sich ein flaues Gefühl in meinem Magen breit. Kalter Schweiß trat mir auf die Stirn. Auch mit meinen Augen schien etwas nicht zu stimmen. Zunächst verschwamm mir die Sicht, und dann begann ich, Dinge zu sehen ... sehr seltsame Dinge!

Es fing damit an, dass die Meeresfrüchte auf meinem Teller zu neuem Leben erwachten. Eine Jakobsmuschel schloss mit empörtem Knirschen ihre Schale, eine Napfschnecke kroch, Nudeln und Tomatenstückchen geschickt als Deckung nutzend, aus der Gefahrenzone, und ein Kalmar winkte drohend mit mehreren seiner äußerst beweglichen Ärmchen. Ich beschloss, dass ich satt sei und dringend frische Luft brauchte.

Als ich an der offenen Küchentür vorbeikam, rauschte mir ein seltsam blubberndes Stimmengewirr entgegen: Es schien aus einer großen Kiste mit marktfrischen Tintenfischen zu kommen. Ich beschleunigte meine Schritte.

Vielleicht, so dachte ich, würde mir ein Spaziergang zu dem künstlich geschaffenen kleinen Weinberg in unmittelbarer Nähe guttun. Immerhin würde mir dort kein Meeresgetier über den Weg laufen.

Anfangs schien es tatsächlich besser zu werden, doch schon bald verließ mich meine Zuversicht. Ich hörte seltsame Geräusche, und es schien, als würde sich ein Schleier über meine Augen legen.

Mit verschwommenem Blick sah ich mich um. Eine Bank rückte verlockend dicht in meinen Gesichtskreis. Sie lag inmitten des weinbewachsenen Hügels und war umgeben von dichtem Gras. Ich taumelte zu ihr hinüber und kroch auf die grün gestrichene Sitzfläche.

Ganz allmählich ließ die Übelkeit nach. Und schon bald stellte ich etwas Seltsames fest: Sobald ich in die Ferne blickte, verschwamm alles vor meinen Augen. Aber in der Nähe konnte ich gestochen scharf sehen. Die fetten, grünen Grashalme des Rasens waren mit winzigen Wassertröpfchen benetzt.

„Nun, Anton“, vernahm ich plötzlich eine schleimige Stimme, „was macht das Studium?“ Erschrocken sah ich mich um. Es war niemand in der Nähe! Dann senkte ich meinen Blick und entdeckte zwei Weinbergschnecken, die gemächlich durch das feuchte Gras krochen. Die größere von beiden legte ihren Fühler kameradschaftlich über das Schneckenhaus des jüngeren Exemplars.

„Ich denke, ich habe die richtige Entscheidung getroffen, Onkel Herbert“, antwortete eine zweite Stimme. „Vielen Dank übrigens, dass du mich mit einem wöchentlichen Blatt Löwenzahn unterstützt. Mein Stipendium reicht gerade mal aus, um das Kalziumkarbonat für meine Bude zu refinanzieren.“

Beinahe wäre ich von der Bank gefallen. Es war, da gab es keinen Zweifel, die jüngere Weinbergschnecke gewesen, die da gesprochen hatte! *Ich halluziniere!*, fuhr es mir durch den Sinn.

„Gerne", sagte die ältere Schnecke und pflückte im Vorbeikriechen ein Kleeblatt. „Ich weiß noch zu gut, wie klamm ich als Student war. Aber warum muss es ausgerechnet Menschologie sein? Ich meine, ist das nicht eine ... wie soll ich sagen ... salatlose Kunst? Du bist so eine intelligente junge Molluske. Ich hatte ja gehofft, du studierst Agrarwissenschaft oder machst Karriere in der Gleitmittelforschung."

Ich war unfähig, mich zu rühren. *Das ist alles nicht wahr, nichts davon ist real!*, sprach ich mir lautlos Mut zu.

„Ach, Onkel Herbert. Ich mache mir nun mal gerne Gedanken um den Menschen und den Weinberg. Natürlich kann man heutzutage nicht mehr an den alten, dogmatischen Vorstellungen festhalten. Aber wir dürfen auch nicht verleugnen, dass die Idee des Menschen unsere Kultur über viele Jahrhunderte geprägt hat", erwiderte Anton.

„Na ja, in gewisser Weise ist da wohl etwas dran", erwiderte die ältere Schnecke und legte ihre Stirn in matschige Falten.

Ich beobachte zwei Schnecken, die sich über die Grundlagen ihrer Kultur unterhalten, rekapitulierte ich. *Ich bin ohne jeden Zweifel auf dem besten Weg, den Verstand zu verlieren.*

„Mein Neffe – ein Menschologe", schnaubte Onkel Herbert. „Dein Großvater würde sich im Kompost umdrehen, wenn er das hören könnte. Er war Antimenschist von der Schleimdrüse bis zum Schlundganglion." Er winkte nachlässig mit dem Fühler. „Aber ich hoffe, dieses Kindermärchen, dass der Mensch einst den Weinberg angelegt hätte, ist kein Thema mehr?"

„Natürlich nicht, jede Schnecke kann doch sehen, dass der Wein von alleine und ganz natürlich wächst", erwiderte Anton. „Auch wir Menschologen wissen, dass der Weinberg aus Millionen von Erdkrumen besteht, die übereinandergeschichtet sind. Damit sind alle überschneckischen Erklärungsmodelle ad absurdum geführt. Wir sehen unsere Aufgabe nicht in der Verteidigung uralter Dogmen. Die moderne Menschologie will entmythologisieren und ihren Teil dazu beitragen, dass jede junge Molluske frei und aufgeklärt ihren Weg kriechen kann."

„Das klingt doch ganz vernünftig." Herbert nickte anerkennend.

„Nun ja ..." Anton räusperte sich. „Ich will nicht verhehlen, dass es noch die eine oder andere Schnecke gibt, die an alten Denkmustern festhält. Aber die meisten von uns sind da weit offener. Neulich hatten wir diesbezüglich eine sehr spannende Diskussion. Wir haben diese konservativen Kleingeister einfach mal mit den nackten Fakten der alten Sagen konfrontiert. Angefangen damit, dass behauptet wird, der Mensch besäße gar kein Schneckenhaus."

„Aha", erwiderte Herbert, „demzufolge wäre er eine Art Nacktschnecke?"

„Das wäre die logische Schlussfolgerung", erwiderte Anton. „Ziemlich peinlich, wenn man sich klarmacht, dass dies den Menschen in die Nähe eines Wurmschnegels rückt. Besonders absurd wird es, wenn man sich die alte Sage vor Augen führt, dass der Mensch riesenhaft groß sei, sogar mehrere Tausend Mal größer und schwerer als wir."

„Na, das wird ja immer schöner", meinte Onkel Herbert amüsiert. „Dann müsste er doch eine gigantische Schleimspur hinterlassen, die von hier bis zur alten Mauer zu sehen wäre."

„Vielleicht", entgegnete Anton mit sophistischem Lächeln, „hinterlässt er gar keine Schleimspuren?"

„Blödsinn", erwiderte Onkel Herbert. „Jeder hinterlässt Schleimspuren."

„Nun ja, in einigen der ganz alten Geschichten wird behauptet, der Mensch lebe gar nicht im Weinberg. Er sei sozusagen ein Außerweinbergischer oder ein Überweinbergischer."

Onkel Herbert schnaufte. „Jetzt begeben wir uns eindeutig ins Reich der Fantasie. Die Idee, der Mensch habe den Weinberg irgendwo ausgehoben oder aufgeschüttet und müsse demnach außerhalb desselben leben, ist doch Quatsch. Ich erinnere mich noch an ein Bilderbuch aus Kindertagen. Da wurde der Mensch als streng dreinblickende Überschnecke mit Heiligenschleim dargestellt, die auf einem ihrer Fühler die Weinbergsplatte trägt."

„Und die kleinen Schnecken, die nicht aufpassen, fallen am Rand der Bergplatte herunter", ergänzte Anton. „Ich erinnere mich an das Buch. Oma hat's mir manchmal vorgelesen.

Dabei wissen wir schon seit den Thesen von Adalbert Einschleim, dass der Weinberg gekrümmt ist. Und Mollus Magellanus hat dann mit seiner Bachüberquerung und seiner Rückkehr auf der südlichen Seite des Weinbergs den Beweis angetreten, dass dies wahr ist. Es gibt keinen Menschen, der den Weinberg trägt. Der Mensch als Urheber des Weinbergs ist nicht mehr als eine überholte Idee. Ein Lückenbüßer für unsere naturwissenschaftlich ungebildeten Vorfahren. Wer will, darf meinetwegen an ihn glauben. Aber niemand darf mir vorschreiben, so einen Unsinn für bares Kleeblatt zu nehmen.

Ich persönlich halte es ja mehr mit den Panmenschisten", bemerkte Anton. „Im Grunde genommen sind der Mensch und der Weinberg ein und dasselbe. Ein menschlicher Funke ist überall und in gewisser Weise ist er auch in uns. Es liegt an jedem Einzelnen, ihn in sich zu entdecken und lebendig werden zu lassen."

„Ja", meinte Herbert. „Da könnte etwas dran sein."

„Ich stelle mir immer vor, der Mensch ist eigentlich nur eine Art Bild, sozusagen die Essenz alles Schöpferischen und Fortschrittlichen in allen Schnecken auf dem Weinberg."

„Schöner Gedanke", meinte Herbert anerkennend. „Demnach könnte man also sagen: Der Mensch ist, metaphorisch gesprochen, die dickste Schleimspur der gesamten Schneckenheit."

„Was für ein wundervolles Bild", erwiderte Anton.

Ich sah den beiden Schnecken nach, bis sie hinter einem Steinbrocken verschwanden. Dann richtete ich mich langsam auf. In etwa vierhundert Metern Entfernung konnte ich den Gasthof ausmachen. Mein Blick war nicht mehr verschwommen.

Ich blickte zu Boden – keine Schnecken, keine Stimmen.

Erleichtert atmete ich aus. Mit zittrigen Knien erhob ich mich und schlurfte zurück zum Haus. Ich versuchte, das bizarre Erlebnis zu verdrängen, aber es wollte mir nicht gelingen. Was, so fragte ich mich, wenn es gar keine Halluzinationen gewesen waren?

Das Gespräch der beiden Schnecken ließ mich einfach nicht los. Ihre Vorstellungen vom Menschen waren grotesk, aber aus ihrer Sicht durchaus logisch gewesen. Anton und Herbert waren im Grunde genommen intelligente Schnecken. Sie waren gebildet, aufgeklärt und tolerant. Aber sie dachten wie Schnecken, fühlten wie Schnecken und hatten die Vorstellungskraft von Schnecken. Sie waren gar nicht in der Lage, den Menschen so zu sehen, wie er wirklich war. Im Grunde genommen müsste sich ein Mensch in eine Schnecke verwandeln und ihnen sozusagen auf „schneckisch" erklären, wie er wirklich ist. Ein ziemlich skurriler Gedanke.

Andererseits kam er mir irgendwie bekannt vor. Woher nur?

Kopfschüttelnd beschleunigte ich meine Schritte und hielt auf das Hotel zu. Zumindest eines stand für mich fest: *Niemals, um keinen Preis der Welt, werde ich nochmals Pasta Frutti di Mare anrühren.*

Das Grab

Die Flamme erlosch. Rasmus ließ das inzwischen recht heiß gewordene Feuerzeug fallen und tauchte seine Finger in das Wasser, das sich noch im Eimer befand.

Was hatte der alte Soldat geschrieben? *Meine Medizin, wenn ich wieder einmal glaube, Gott durchschaut und so zurechtgeschnitzt zu haben, dass er in meine Tasche passt.*

Rasmus lächelte. *Was könnte wohl auf der Verpackung stehen? Vielleicht: Eine Geschichte zu verabreichen bei geistlicher Hybris,* dachte Rasmus. *Irgendwie gefällt mir das.*

Nachdenklich kratzte er sich am Kopf und zerquetschte eine Wanze zwischen seinen Fingern.

Lange genug hatte er mit seinem Schicksal gehadert und realistischerweise würde er es wohl schon bald erneut tun. Da war es geradezu eine Befreiung, zur Abwechslung mal über etwas anderes nachzudenken.

Die Geschichte war einigermaßen skurril gewesen. Aber er mochte skurrile Geschichten. Es wäre sicherlich eine Fehlinterpretation, wollte man dem unbekannten Autor unterstellen, dass er dem Menschen etwas Schneckenhaftes andichtete. Es ging lediglich um einen Perspektivwechsel. Eine Schnecke konnte nur „denken“ wie eine Schnecke und ein Mensch konnte nur denken wie ein Mensch. Was brachte ihn auf den absonderlichen Gedanken, er könnte mit seinen begrenzten Möglichkeiten Gott durchschauen?

Eine berechtigte Frage. Andererseits hatte der Mensch doch gar keine andere Wahl. Wenn es Gott gab, konnte er doch nur versuchen, diesen mit seinen Mitteln zu begreifen. Und wenn er es versuchte, griff er nur allzu oft ins Leere.

Wo zeigte sich Gott denn in dieser furchtbaren Zeit, in millionenfachem Leid und Tod? Wo war Gott in diesem Elend? War er gleichgültig? Oder schlimmer noch, entsprang dieses Morden seinem Plan?

Rasmus spürte, wie sich reflexhaft Zorn und Bitterkeit in ihm regten. Es waren wohlbekannte Empfindungen. Und das machte ihn misstrauisch. Hatte er nicht viel zu lange schon das Gottesbild seines Vaters verinnerlicht? Hatte er nicht schon genug Jahre seines Lebens damit verbracht, eine grotesk geschnitzte Gottesfigur zu bekämpfen, statt nach der Wirklichkeit zu suchen?

Menschen hatten diesen schrecklichen, weltumspannenden Krieg geführt. Menschen hatten ihren Brüdern und Schwestern unendliches Leid angetan. Der Faschismus kannte als einzigen Gott seinen Rassenwahn und der Kommunismus hatte alles Göttliche längst abgeschafft. Wenn es jemals einen definitiv gottlosen Krieg gegeben hatte, dann war es dieser. Diese furchtbare Katastrophe, die wie ein Flächenbrand über die Welt hinweggebraust war, sagte nur über einen wirklich etwas aus: über den Menschen.

Aber wo war Gott dann? Hielt er sich raus? War ihm gleichgültig, was geschah? War er machtlos? Oder sprach er in einer Art und Weise, die einfach nicht in unser Denken passte? Hatte das menschliche Credo „Wenn es Gott gäbe, dann müsste er doch ..." diese taub gemacht für die leise Stimme, die man nur in der Tiefe des eigenen Herzens hören konnte?

Rasmus nagte nachdenklich an seinen aufgesprungenen Lippen. Es gab einen Schlüssel zum Verständnis der Geschichte. Er las einen Absatz noch einmal: ... Die dachten wie Schnecken, fühlten wie Schnecken und hatten die Vorstellungskraft von Schnecken. Sie waren gar nicht in der Lage, den Menschen so zu sehen, wie er wirklich war. Im Grunde genommen müsste sich ein Mensch in eine Schnecke verwandeln und ihnen sozusagen auf „schneckisch" erklären, wie er wirklich ist. Ein ziemlich skurriler Gedanke.

Andererseits kam er mir irgendwie bekannt vor. Woher nur?

Es war nicht weiter schwer zu erahnen, worauf der Geschichtenerzähler anspielte. Es ging um Jesus.

Rasmus versuchte, sich in die Situation hineinzuversetzen, in die Jesus damals gekommen war. Fast 2.000 Jahre lag das zurück. Eine antike Welt – aber war sie wirklich so anders gewesen? War nicht allen im von den heidnischen Römern besetzten Israel klar gewesen, was Gott zu tun hatte?

Es gab nur eine Art und Weise, auf die der Allmächtige sich zeigen konnte: Er musste endlich den versprochenen Messias senden, der die Feinde aus dem Land jagen, die Heiligkeit des Tempels wiederherstellen und alle Götzendiener in den Staub treten würde.

Und was tat Gott? Er kam und keiner erkannte ihn. Er sprach und keiner verstand ihn. Er heilte, stillte den Hunger, und die Menschen wollten ihn instrumentalisieren. Statt machtvoll seine Feinde zu zerschmettern, starb er für sie.

Zumindest eine Sache konnte Rasmus daraus lernen: *Wenn Gott nicht tut, was ich erwarte, dann ist das etwas, das mich nicht weiter verwundern sollte.*

Rasmus seufzte. „Gott?“, flüsterte er. „In letzter Zeit haben wir nicht oft miteinander geredet. Ich weiß nicht genau, ob diese Geschichte tatsächlich ein Wink von dir ist. Falls ja, bin ich mir nicht sicher, ob mich dieser Wink wirklich tröstet. Aber zumindest eines will ich dir versprechen: Ich werde nicht aufhören zu fragen, wie du es wirklich meinst. Niemals, solange ich lebe.“ Er machte eine Pause und fügte hinzu: „Was angesichts der Umstände vielleicht nicht mehr lange ist. Also, falls mein Weg demnächst endet – es wäre schön, wenn du bei mir wärst, wenn ich die Kellertreppe betrete.“

Er ließ sich zurücksinken und lehnte den Rücken gegen die feuchte Wand. Eine Zeit lang irrten seine Gedanken hin und her wie Schmeißfliegen und schon bald kreisten sie wieder um das beständig zunehmende Gefühl des Hungers.

Kupilas hielt Wort. In Abständen tauschte er den Toiletteneimer gegen einen neuen mit Trinkwasser. Meist war auch etwas zu essen dabei, ein Stück Brot, eine Rübe, einmal auch eine lauwarme Kartoffel.

Rasmus erdachte sich verschiedene Übungen und versuchte, seine Muskeln und Gelenke so beweglich wie möglich zu halten. Er las in dem Buch, bis das Feuerzeugbenzin ausging.

Aber ganz allmählich hatte er das Gefühl, den Kampf gegen das Loch zu verlieren. Die Wände um ihn her schienen immer enger zu werden, sie quetschten ihm das Leben aus der Brust und die Freiheit aus seinen Gedanken. Wenn er einschlummerte, erwachte er immer öfter mit einem Schrei auf den Lippen und dem Gefühl, gleich ersticken zu müssen. Immer wieder musste er gegen die Panik ankämpfen, die ihn zu übermannen drohte.

Sie würden ihn brechen. Das wusste er nun. Irgendwann würden sie ihn wieder aus dem Karzer ziehen, und er würde tun, was sie von ihm wollten. Oder hatten sie gar nicht vor, ihn herauszuholen? Würden sie ihn hier unten verrecken lassen?

Ungewohnte Geräusche rissen ihn aus wirren Gedanken und dumpfen Traumbildern. Es war das Geräusch marschierender Schritte. Die Schritte verstummten, als sie fast über ihm waren. Er hörte einen Befehl. Jemand entriegelte die Falltür. Das war nicht Kupilas! Hastig stopfte Rasmus das Buch unter sein Hemd und kniff die Augen zusammen. Doch das Licht war nicht so grell, wie er erwartet hatte. Die Dämmerung war schon hereingebrochen.

„Raus!“, befahl eine Stimme mit stark russischem Akzent.

Zwei Männer griffen nach seinen Armen und zerrten ihn grob heraus. Rasmus versuchte, sich zu orientieren, doch trotz der Dämmerung mussten sich seine Augen erst auf das Licht einstellen.

Jemand stieß ihn. Jeder Schritt schmerzte, doch Rasmus gehorchte. Mit steifen Gelenken und schmerzenden Muskeln humpelte er vorwärts. Nach und nach gewöhnten sich seine Augen an das Dämmerlicht, und er stellte fest, dass er sich in einer Marschkolonne befand. Vor ihm liefen Kriegsgefangene. Sie trugen Leichname. Immer zu zweit schleppten sie einen toten Kameraden. Rasmus zählte zweiundzwanzig Männer, die elf Tote trugen. Die Lagertore öffneten sich und sie marschierten hinaus auf das freie Feld. Ein eisiger Wind pfiff ihnen entgegen.

Vielleicht ist heute der einhundertste Tag, ging es ihm durch den Kopf. Irgendwann hatte er die Tage im Karzer nicht länger gezählt. Aber irgendetwas sagte ihm, dass sein Gefühl ihn nicht trog.

Dann drehte er sich um und registrierte, dass er der Einzige war, der keinen Toten trug. Hinter ihm liefen nur noch einige Soldaten mit geschulterten Gewehren und ein grimmig dreinblickender Offizier. Was bedeutete das?

„Wohin gehen wir?“, fragte Rasmus.

„Satknis!“* Er bekam einen harten Stoß in die Nieren und stolperte vorwärts.

Die Männer hielten auf einen Erdhügel zu, der sich mitten im kargen Grasland befand. Dahinter gähnte ein etwa eineinhalb Meter tiefes und fünf Meter breites Loch.

Der Offizier bellte einen Befehl. Einer nach dem anderen ließen die Männer die Toten in das Loch fallen. Ein paar bekreuzigten sich. Die meisten starrten mit leeren Blicken ins Nichts.

Schließlich lagen alle Toten im Grab.

Rasmus begann zu zittern. Warum war er hier?

Die Kolonne setzte sich auf Befehl des Offiziers wieder in Bewegung.

„Stoj!“, brüllte einer der Soldaten, als Rasmus sich ihnen anschließen wollte.

Sie werden mich erschießen! Der Gedanke war so klar und kühl wie die abendliche Luft, die ihm ins Gesicht blies. Rasmus erschauerte.

Der Offizier sprach mit zwei Soldaten, die zunächst zurückgeblieben waren, und schickte sie mit einem kurzen Befehl der Kolonne hinterher. Dann zog er seine Pistole und grinste.

---

* Halt's Maul!

„Guterr Tagg zum Sterben“, sagte er in furchtbarem Deutsch.

„Warum?“, stammelte Rasmus.

„*Satknis!*“, fauchte der Mann. Dann spie er ein paar Sätze auf Russisch hervor, die sich anhörten wie eine Reihe von Flüchen.

Rasmus versuchte, die Stimme auszublenden, versuchte, zwischen seinem keuchenden Atem und dem Wummern seines Herzens jene Stille zu suchen, in der er Gottes Stimme zu finden hoffte. Er starrte auf die Pistole. Bilder huschten vor seinem inneren Auge vorbei. Er sah Emmi, wie sie sich lachend aus dem Schnee aufrappelte und wie sie im See badete. Er sah ihren letzten Blick, angstgeweitete Augen in einem bleichen Gesicht.

Der Offizier flüsterte irgendetwas.

Erst einen Atemzug später wurde Rasmus bewusst, dass er Deutsch gesprochen hatte. Er starrte den Mann an. Was hatte er gesagt? ... *Schuss ... du fallen?*

„Was ...?“, entfuhr es Rasmus.

Der Mann fluchte. Er packte Rasmus an der zerschlissenen Uniform und hielt ihm die Pistole an die Stirn. Dann rief er mit kalter Stimme irgendein russisches Wort. Seine rechte Hand zuckte. Der Schuss krachte mit ohrenbetäubender Lautstärke, gleichzeitig spürte Rasmus einen harten Stoß gegen die Brust. Etwas zog seine Beine unter ihm weg. Rasmus verlor das Gleichgewicht und stürzte mit einem erstickten Aufschrei in die Grube.

Mit schreckgeweiteten Augen blickte er zu dem Mann empor, der die Waffe nun in die Grube richtete. „Unten blejb, Idiot!“, zischte dieser.

Ein zweiter Schuss krachte. Rasmus spürte, wie die Kugel direkt neben ihm das Gesicht eines Toten traf. Blut spritzte auf.

Von fern drang ein fragender Ruf heran. Der Offizier erwiderte etwas und lachte. Dann steckte er die Pistole ein und verschwand Richtung Lager.

Rasmus rührte sich nicht. Er starrte aus der Grube hinauf in den Abendhimmel. Weit über ihm blitzten die ersten Sterne auf. Er lag in einem Grab. Das Blut eines anderen klebte auf seiner Haut. *Ich bin nicht tot!* Das war alles, was er zu denken vermochte.

„Psst!"

Rasmus zuckte zusammen.

„Chier!", wisperte eine Stimme.

Er blickte auf und sah ein dreckverschmiertes Gesicht hinab in die Grube blicken.

„Komm!" Der Mann war Russe – ein Zivilist, wie es schien, und er streckte ihm eine Hand entgegen.

Rasmus rappelte sich benommen auf.

„*Dawai!*", zischte der Mann.

Es war ein furchtbares Gefühl, über die toten Körper der Kameraden zu klettern. Schweigend griff Rasmus nach der Hand des Mannes und krabbelte aus dem Grab.

„Unten blejb!", zischte der Mann und drückte ihn auf den Boden. Dann lugte er vorsichtig hinter dem Erdhaufen vorbei Richtung Lager. „Jetzt!", befahl er.

Gemeinsam robbten sie über den Boden in den Schutz eines niedrigen Gebüsches. Von dort ging es geduckt weiter, bis sie eine flache Mulde erreichten. „Chinlegen!", schnaubte der Mann.

Rasmus gehorchte. Einmal wandte er sich um und hob kurz den Kopf, um zu sehen, was hinter ihnen vorging. Er erhaschte einen Blick auf die Kolonne, die weitere Tote brachte. „Unten blejb!" Verärgert drückte der Mann Rasmus' Kopf zurück ins Gras. Sie warteten.

Irgendwann hob der Zivilist den Kopf und kroch aus der Deckung. Er winkte Rasmus wortlos und dieser folgte ihm. Eine ganze Weile liefen sie geduckt über das Grasland, bis sie schließlich einen Wald erreichten.

Unter den Bäumen war es merklich dunkler. Doch sein unbekannter Führer schien sich hier gut auszukennen. Irgendwann, als die Finsternis um sie herum beinahe vollkommen geworden war, erreichten sie eine kleine Blockhütte. Der Fremde klopfte an. Dreimal schnell, dreimal langsam. Kurz darauf öffnete sich die Tür. Eine dunkle Gestalt erschien im Türrahmen. In der

Hütte brannte kein Licht. Der Fremde sagte etwas auf Russisch. Rasmus' Führer nickte kurz und verschwand dann ohne ein weiteres Wort in der Dunkelheit des Waldes. Ehe Rasmus reagieren und ihm einen Dank hinterherrufen konnte, sagte der Fremde: „Kommen Sie rein, Herr Eichdorff."

Die Stimme kam Rasmus bekannt vor. Aber es gelang ihm nicht, sie zuzuordnen.

Er trat ein. Die Tür schloss sich. Vollkommene Finsternis umhüllte Rasmus. Gleich darauf hörte er, wie ein Streichholz angerissen wurde. Das gelbe Licht einer Öllampe flackerte auf. Der schwache Lichtschein spiegelte sich auf Sägeblättern und Axtschneiden. Offenbar bewahrten Holzfäller ihre Werkzeuge in der fensterlosen Hütte auf.

Rasmus sah auf und erblickte nun den Mann, der hinter der ganzen Aktion zu stecken schien.

„Sie?!", entfuhr es ihm.

Der Plan

„Ich nehme an, das Blut in Ihrem Gesicht stammt nicht von Ihnen. Eine Verletzung könnte in der jetzigen Situation hinderlich sein." Otto Bethge stellte die Lampe behutsam auf einem Hackklotz ab.

„Sie haben das alles eingefädelt?!" Rasmus starrte den Hauptmann der Antifa mit großen Augen an. Bislang hatte er ihn nur aus der Ferne gesehen, wenn er seine kommunistische Propaganda verbreitete. Was wollte der Mann von ihm? Sie hatten nie ein Wort miteinander gewechselt.

Otto Bethge verschränkte die Arme vor der Brust. Seine Miene war nicht zu deuten. „Ich habe gar nichts getan. Es war ein bedauerlicher Irrtum. In Karzer II saß ein gewisser Dimitri Kroschke, ein deutsch-russischer Spion und politischer Verschwörer. Er wurde zum Tode verurteilt. Aus irgendwelchen Gründen kam es wohl zu einer Verwechslung." Er zog ein Tuch aus der Tasche und warf es Rasmus zu. „Sie sehen furchtbar aus. In dem Eimer dort ist Wasser. Machen Sie sich sauber."

Rasmus tunkte den Lappen in das eiskalte Wasser und sah zu Bethge auf. Bei seinen politischen Belehrungen war ihm der Wortführer der Antifa stets stark erschienen, erfüllt von dem festen Glauben an den Sieg des Kommunismus. Hier in diesem kleinen Schuppen wirkte er alt und müde.

„Was wollen Sie von mir?", fragte er, während er sich wusch.

Bethge antwortete nicht gleich. Er betrachtete Rasmus wie ein seltenes Insekt. „Ich muss gestehen, Sie haben mich überrascht. Warum haben Sie das Angebot ausgeschlagen? Breitenbach hat großen Einfluss. Er hätte wirklich erreichen können, dass Sie nach Hause kommen!"

Rasmus tauchte seinen Kopf in den Eimer und wusch sich die Haare. Als er tropfnass wieder emporkam, sah er ein halbes Dutzend Wanzen im Wasser schwimmen. Er zog seine Jacke aus und rubbelte sich damit trocken. „Ein guter Freund sagte mir einmal: Wenn du weißt, was das Richtige ist, dann tu es!"

„Das Richtige?" Bethge lachte verächtlich. „Meinen Sie nicht, dass jeder etwas anderes darunter versteht? Die Deutschen glaubten, das Richtige zu tun, und die Russen auch. Ein Kapitalist wird etwas ganz anderes als richtig ansehen als ein Kommunist. Und die Pfaffen haben ohnehin ihre ganz eigenen Ansichten über die Wahrheit. Das müssten Sie als Pfaffensohn doch wissen!"

Rasmus spürte überall auf der Haut ein unangenehmes Jucken. Er betrachtete das inzwischen nicht mehr ganz so klare Wasser des Eimers und beschloss, dass es fast noch sauber war. Er fragte sich, ob Bethge wirklich recht hatte. War es tatsächlich nur eine Frage der Interpretation, was gut oder böse war?

„Ich glaube, nicht", brummte er, während er Hemd und Hose auszog.

„Wie bitte?", gab Bethge zurück.

„Entschuldigen Sie. Ich habe nur laut gedacht." Er schnipste die Wanzen aus dem Wasser und begann sich zu waschen.

Der Antifa-Mann verzog das Gesicht zu einem schmallippigen Lächeln. „Dann lassen Sie mich doch teilhaben an Ihren Gedanken."

„Ich glaube nicht, dass die Unterschiede wirklich so groß sind." Rasmus zog sein Hemd aus. „Die Menschen wissen, was gut und böse ist. Das ist unser Erbe! Wir wissen zum Beispiel, dass es falsch ist, einen anderen Menschen zu töten. Also sorgen wir dafür, dass diejenigen, die wir für unsere Feinde halten, weniger menschlich erscheinen. Wir reden uns ein, dass sie es nicht wert sind, wie Menschen behandelt zu werden. Weil wir dieses Gesetz, das in uns hineingeschrieben ist, nicht einfach abschaffen können, schreiben wir einfach ein paar neue Paragraphen hinzu."

Bethge runzelte die Stirn. „Das glauben Sie wirklich?"

„Sie nicht?“ Rasmus nahm seine Jacke und rubbelte sich trocken.

„Ich denke, Sie sind ein Utopist. Hätte die Sowjetunion die Nazis einfach einmarschieren lassen sollen? Hätten wir tatenlos zusehen sollen, wie die Deutschen mordend und brennend durchs Land ziehen?!“

„Nein.“ Rasmus schüttelt den Kopf.

„Ich sage Ihnen, was wir brauchen“, fuhr Bethge fort. „Wir brauchen eine Revolution, die die Menschen von jeglicher Unterdrückung durch Kapitalismus und Imperialismus befreit. Erst dann können wir in Frieden und Freiheit leben.“

Rasmus zuckte zusammen, als ihm plötzlich etwas bewusst wurde. „Sie haben recht ... fast.“

Ein schiefes Grinsen huschte über Bethges Gesicht.

„Wir brauchen eine Revolution, aber nicht die Revolution des politischen Systems. Das reicht nicht tief genug. Wir brauchen eine Revolution in jedem einzelnen Menschen. Um Frieden und Freiheit zu schaffen, brauchen wir friedfertige und freie Menschen. Wir brauchen Menschen, die selber die Revolution sind. Und soll ich Ihnen etwas sagen, Herr Bethge? Ihr Sohn ist so ein Mensch.“

Der Antifa-Mann sah Rasmus einen Augenblick lang schweigend an. Dann seufzte er und schüttelte den Kopf. „Mein Sohn ist ein Dummkopf, ein naives Kind, das in dieser Welt niemals zurechtkommen wird. Aber er ist trotzdem mein Sohn, und ich will nicht, dass ihm etwas geschieht und ...“ Er verstummte.

Rasmus blickte dem Antifa-Mann ins Gesicht. Doch dieser starrte an ihm vorbei. „Und dass Ihre politischen Gegner ihn missbrauchen, um Ihnen zu schaden“, ergänzte er.

„Vielleicht auch das“, erwiderte Bethge kühl. „Sind Sie fertig mit Waschen?“

„Ja.“

„Gut. Ziehen Sie das an.“ Er deutete auf ein Bündel, das in einer Ecke auf dem Boden lag.

Rasmus griff sich die Sachen. Es waren ein paar deutlich zu

weite Hosen, ein einfaches Baumwollhemd und eine gefütterte Jacke, dazu eine Mütze und Lederstiefel, die ihm ebenfalls zwei Nummern zu groß waren. Er wandte Bethge den Rücken zu. Allerdings weniger aus Scham, sondern um Erwins Buch unauffällig unter das neue Hemd zu stopfen. Sein Gefühl mahnte ihn, dass der Hauptmann etwas dagegen hätte, wenn er davon wüsste.

„Was genau wollen Sie von mir, Herr Bethge?“, fragte Rasmus und streifte die Jacke über.

„Ich will, dass Sie zu Ende bringen, was Sie angefangen haben. Hier!“ Er reichte Rasmus einen Ausweis. „Sie sind Jakub Svoboda.“

Rasmus nahm die Papiere entgegen und starrte auf das Foto. Es zeigte einen bärtigen Mann mit rundem Gesicht. Er konnte nicht allzu viel Ähnlichkeit mit sich selbst feststellen. Dann las er die Eintragungen.

„Prag?“, entfuhr es ihm, „aber –“

„Richtig“, unterbrach ihn Bethge. „Sie sind Bürger der Tschechoslowakei und haben als einfacher Rotarmist im tschechoslowakischen Bataillon der Roten Armee gekämpft. Ehe Sie im Spätsommer 1944 schwer verwundet wurden ...“

„Aber ... ich kann kein Wort Tschechisch!“, unterbrach ihn Rasmus.

„Die meisten Russen auch nicht“, erwiderte Bethge lapidar.

Rasmus war dankbar, dass er das Buch verborgen hatte. Ein deutsches Buch mit deutschen Eintragungen passte schlecht zu einem tschechoslowakischen Rotarmisten.

„Der Mann auf dem Bild sieht mir nicht besonders ähnlich!“, bemerkte er.

„Lassen Sie sich den Bart genauso stehen und Sie werden verblüfft sein. Der Hunger hat alle verändert. Und nun konzentrieren Sie sich: Mit Ihrem Kameraden Ondrej Novák, der auch alle notwendigen Papiere und ein paar Rubel für Vorräte bei sich trägt, sind Sie auf dem Weg in Ihre Heimat.“

Rasmus starrte Bethge an. „Und ich nehme an, mein Kamerad Ondrej Novák heißt in Wahrheit Hans Bethge?“

Der Hauptmann erwiderte nichts. Stattdessen drückte er Rasmus eine Russlandkarte in die Hand. „Haben Sie ein gutes Gedächtnis?“

„Eigentlich schon ...“

„Gut. Sie starten von Wologda aus. Ich empfehle Ihnen, Moskau zu meiden. Die Kontrollen dort sind schärfer als im restlichen Land. Suchen Sie sich zwei oder drei Fluchtrouten und prägen Sie sich die Ortsnamen ein. Sie sehen hier die größeren Städte in deutsche Lautschrift übertragen.“

Rasmus tat, wie geheißen. Aber während er die Karte studierte, nagten die Fragen hartnäckig an ihm.

Nach einiger Zeit sagte Bethge: „Das reicht!“, und nahm ihm die Karte wieder ab.

„Es wäre gut, diese Karte dabeizuhaben.“

„Und es wäre verräterisch“, erwiderte Bethge ungerührt und faltete das Papier zusammen.

„Warum ich?“, fragte Rasmus. „Warum vertrauen Sie das Leben Ihres Sohnes ausgerechnet einem deutschen Kriegsgefangenen an?“

„Ist das nicht offensichtlich? Sie haben etwas zu gewinnen. Wenn Sie Hans in Sicherheit gebracht haben, sind auch Sie selbst frei. Und außerdem –“

„– gibt es unter Ihren vermeintlichen Freunden niemand, dem Sie vertrauen können“, beendete Rasmus den Satz. Es war unverkennbar, dass es einen Machtkampf in der Antifa gab. Und politische Machtkämpfe konnten in Stalins Russland nur allzu schnell tödlich enden.

„– Und außerdem haben Sie bewiesen, dass Ihnen etwas an meinem Sohn liegt“, fuhr Bethge fort. „Ich nenne Ihnen jetzt eine Adresse. Sie müssen Sie ebenfalls auswendig lernen: Waltraut Gütter, Treskowstr. 6, Berlin, Alt-Tegel.“

„Tante Walli?“, entfuhr es Rasmus. Er erinnerte sich daran, dass Hans von ihr erzählt hatte.

„Sie ist eine unverbesserliche Betschwester“, knurrte Bethge. „Aber ich habe keine anderen Verwandten.“ Dreimal ließ er Rasmus die Adresse wiederholen. Dann fuhr er fort: „Ich habe einen Lastwagen organisiert, der Sie bis nach Wologda bringt. Von dort aus müssen Sie sich allein durchschlagen." Er sah auf die Uhr. „Ich fürchte, wir haben uns etwas verplaudert. Sie müssen sich beeilen!"

„Reichen die Rubel für Bahnkarten?"

„Nein. Aber sie reichen für bis zu vier Wochen Essen. Ihre Freiheit ist teuer erkauft. Hans hat alles, was ich entbehren kann."

„Aber wie soll ich mich verständigen?", fragte Rasmus.

„Hans kann leidlich Russisch sprechen. Helfen Sie ihm, dann hilft er Ihnen. Alleine wird es keiner schaffen."

„Ich dachte, Sie vertrauen mir?", sagte Rasmus.

Otto Bethge entblößte die Zähne zu einem freudlosen Grinsen. „Kommen Sie!" Er löschte die Lampe und trat hinaus in den Wald. Im Dunkel der Nacht war er nur ein schwarzer Schatten. „Folgen Sie diesem Pfad dort Richtung Norden. Nach ein paar Minuten stoßen Sie auf eine Landstraße. Am Rand der Straße liegen Baumstämme gestapelt. Dort warten Sie."

„Auf wen soll ich warten? Und wie lange?"

Plötzlich erklang das charakteristische Knistern und Rauschen eines Funkgeräts. Bethge trat rasch zu der Hütte und machte sich dort zu schaffen. Rasmus hörte ihn auf Russisch etwas sagen. Eine blecherne Antwort ertönte. Der Antifa-Mann beendete das Gespräch hastig.

„Laufen Sie!", befahl er. Seine Stimme hatte einen neuen Unterton.

„Aber –"

„Er nennt sich Sergej. Und jetzt verschwinden Sie endlich von hier! Schnell!"

Rasmus begann zu laufen. Der Weg war kaum mehr als ein schmaler, gewundener grauer Strich, der sich nur wenig vom Schwarz der hoch aufragenden Bäume abhob. Seine Schritte waren unbeholfen. Jeder Muskel tat weh. Immer wieder stieß er mit den viel zu großen Stiefeln gegen Wurzeln und

Bodenunebenheiten. Der Unterton in der Stimme Bethges war nicht schwer zu deuten gewesen – Furcht!

Rasmus hatte die Augen weit aufgerissen, versuchte, das Dunkel zu durchdringen. Ein mit Dornen besetzter Zweig peitschte ihm ins Gesicht. Und ein abgebrochener Ast zerriss den Stoff seiner neuen Hose. Rasmus eilte weiter. Über seinen keuchenden Atem und das Stampfen seiner Füße hinweg hörte er plötzlich ein Geräusch hinter sich. Ein lautes Knacken im Unterholz. Er wandte sich nicht um.

„*Stoj!*“, erschallte ein Ruf.

Galt er ihm oder Bethge? Er wusste es nicht. Der Schall übertrug sich im nächtlichen Wald anders. Der Verfolger konnte zwanzig Meter entfernt sein oder auch zweihundert.

Er lief weiter.

Ein Schuss krachte.

Rasmus zuckte zusammen. Er widerstand dem Impuls, sich zu Boden zu werfen. Wenn er den Schuss hörte, konnte er ihm ohnehin nicht mehr ausweichen. Seine einzige Chance lag darin, so viele Meter wie möglich zwischen sich und die Verfolger zu bringen.

Ein zweiter Schuss krachte. Ohrenbetäubend laut hallte er im nächtlichen Wald wider. Irrte er sich oder war danach ein gedämpfter Schmerzenslaut erklungen?

Gleich darauf erschollen weitere Rufe. Mehrere Schüsse folgten.

Rasmus beschleunigte seine Schritte. Jeder Atemzug brannte wie Feuer in seinen Lungen. Er schmeckte Eisen auf seiner Zunge und seine Muskeln sandten grelle Schmerzsignale an sein Gehirn.

Plötzlich hielt ihn etwas auf. Sein erster Impuls war Verwunderung, weil sein Körper ihm nicht mehr gehorchte. Erst dann spürte er den Schmerz, den der brutale Schlag gegen seinen Schädel nach sich zog. Er merkte, wie sein Körper unerbittlich nach unten gezogen wurde, und noch bevor er auf dem Boden aufschlug, hüllte Schwärze ihn ein.

Es war das Summen im Hintergrund, das ihn irritierte. Er lag auf einer Wiese, umgeben von einem Meer aus grünen Halmen und gelben Butterblumen. Kein Wind regte sich. Über ihm wölbte sich der blaue Himmel. Er wartete auf Emmi. Sie waren verabredet. Aber sie kam nicht. Er wollte sich aufrichten, aber sein Kopf war so schwer, als hätte er in der satten, dunklen Erde Wurzeln geschlagen. Das Summen in der Luft schien ihn zu verspotten. Mühsam gelang es ihm, seinen Kopf ein paar Zentimeter aufzurichten. Er linste über die reglosen Halme hinweg, die ihn umgaben. Suchend ließ er seinen Blick über das grüne Meer schweifen. Und dann endlich sah er etwas. Ein Flirren in der Luft. Er kniff die Augen zusammen und sah genauer hin. Es war ein helles Kleid, das sich im grellen Sonnenlicht bewegte, eine schlanke Frauengestalt, die sich langsam näherte.

Erschöpft sank er zurück ins Gras. „Emmi!", wisperte er.

Das Summen wurde lauter, bedrohlicher. Nach einigen Atemzügen sammelte er seine Kräfte und richtete sich erneut auf. Erschrocken stellte er fest, dass die schlanke Frauengestalt verschwunden war. Stattdessen sah er so etwas wie einen sich ständig verändernden Schatten langsam näher kommen.

„Emmi?", stöhnte Rasmus.

Wie gebannt starrte er auf das herannahende Etwas. Bald war es nur noch zwei Dutzend Schritte entfernt. Nun erkannte er eine entfernt menschenähnliche Gestalt. Sie bewegte sich steif und mechanisch, wie eine Maschine. Offenbar trug sie eine Art schwarzen Mantel, der sich ständig hin und her bewegte, wie von Luftwirbeln umhergeworfen. Doch das konnte nicht sein, denn kein Windhauch bewegte die grünen Halme des Grases.

Wo war Emmi? Sie konnte doch nicht verschwunden sein. Er war sich sicher, dass er sie gesehen hatte, bevor dieses Ding aufgetaucht war.

Das Summen wurde tiefer und lauter. Nun war die Gestalt ganz nah. Und als hätte sie Rasmus' Gedanken gelesen, flüsterte sie: „Zu spät!"

Voller Entsetzen starrte Rasmus das Wesen an. Es war eine klapperdürre Gestalt. Anstelle eines Gesichts glotzte ihm ein bleicher Totenschädel entgegen. Und der wabernde schwarze Schatten, der die

Gestalt umgab, war kein Mantel, sondern ein gewaltiger Schwarm von Fliegen. Tausende, Hunderttausende ekelhafter Aasfliegen.

„Sie hat auf dich gewartet. Aber du kamst nicht." Die Gestalt hob in der grotesken Parodie eines bedauernden Schulterzuckens die knöchernen Arme. „Da hat sie mich erwählt!"

„Nein!", schrie Rasmus. „Nein!"

Das Summen der Fliegen wurde lauter und bedrohlicher. Der knöcherne Totenschädel kam näher und fing an zu leuchten, ein bleiches, grelles Leuchten, das Rasmus in die Augen stach. Er hob abwehrend die Hände und stieß gegen etwas Hartes.

Seine Augenlider flatterten. Er fühlte Rinde unter seinen tastenden Fingern. Das Summen der Fliegen verwandelte sich in das Knattern eines Dieselmotors. Rasmus erkannte zwei grelle Scheinwerfer, die den düsteren Schatten des Waldes durchschnitten.

Als er den Kopf hob, ließ ein pochender Schmerz ihn leise aufstöhnen. Er musste in der Dunkelheit, kurz bevor er die Straße erreicht hatte, gegen einen Baum gerannt sein. Rasmus befühlte seine Stirn und ertastete eine gewaltige Beule unter halb geronnenem Blut. Mühsam richtete er sich auf. Sein Blick verschwamm immer wieder, aber er erkannte die Umrisse eines Lastwagens, der mit laufendem Motor an der Straße wartete. Ein Teil des Lichts fiel auf einen Stapel Baumstämme.

Sergej! Stöhnend rappelte er sich auf. Dann taumelte er benommen auf den Lastwagen zu. Er musste ihn erreichen, ehe der Mann die Geduld verlor und verschwand.

Der Boden schien unter seinen Füßen zu schwanken. Undeutlich konnte er eine Stimme vernehmen.

„Sergej!", flüsterte er. Seine Kehle fühlte sich trocken und zugeschwollen an.

Wieder sagte jemand etwas und er sah eine Gestalt rasch auf sich zukommen.

Rasmus blinzelte und erkannte zu seiner Erleichterung einen stämmigen Zivilisten. Er hatte eine Wollweste an und eine Uschanka auf dem breiten Schädel.

„Sergej?“, fragte er und lächelte.

„Satknis!“, zischte der Mann. Blitzschnell stieß er Rasmus zu Boden. „Blejben liegen!“, wisperte er. Dabei warf er Rasmus einen solch finsteren Blick zu, dass dieser nicht wagte, sich zu rühren.

Der Mann ging an ihm vorbei. Fast im gleichen Moment vernahm Rasmus die Stimme eines zweiten Russen, die vom LKW her in schneidendem Tonfall eine Frage stellte.

Der stämmige Mann stand inzwischen breitbeinig vor einem Baum und Rasmus konnte leises Plätschern vernehmen. Der Geruch von Urin stieg ihm in die Nase. Der Mann drehte sich um und rief irgendetwas über die Schulter zurück.

Der andere knurrte etwas und gab kurz darauf einen scharfen Befehl.

Ohne den Kopf zu bewegen, linste Rasmus zur Straße hinüber. Zu seinem Entsetzen bemerkte er nun mehrere russische Soldaten, die ganz offensichtlich den Lastwagen abgesucht hatten. Sie sprangen herunter und gingen um den Wagen herum. Gleich darauf hörte Rasmus, wie ein Motor angelassen wurde. Ein Militärfahrzeug, das verdeckt hinter dem Laster gestanden hatte, kam langsam hervor. Ein Offizier stand auf der Straße und starrte zu dem Breitschultrigen hinüber.

Der Zivilist schniefte und spie aus. Dann knöpfte er seinen Hosenschlitz zu und stapfte zurück zum Wagen. Der Offizier schnauzte ihn an, und der Mann brummte etwas, das wie eine Entschuldigung klang. Dann drückte er dem Zivilisten ein Blatt Papier in die Hand und stieg ein. Das Militärfahrzeug röhrte auf und ließ eine blaue Wolke aus Abgasen hinter sich, als es davonfuhr.

Der Lastwagenfahrer zündete sich eine Zigarette an und stieg in sein Fahrzeug. Auch er startete den Motor. *„Dawai. Idiot!“*, zischte der Mann, während er hastig zu Rasmus herüberwinkte.

Dieser rappelte sich auf und stolperte hinüber. Wie es schien, hatte er tatsächlich Sergej gefunden. Er öffnete die Tür und kletterte auf den Beifahrersitz. „Wo ist Hans?“

Der Russe packte ihn im Nacken, zerrte ihn beiseite und klappte den Beifahrersitz nach vorn. Er beugte sich vor und machte sich an irgendetwas zu schaffen. Es knirschte. Als der Russe sich zur Seite beugte, erblickte Rasmus einen winzigen, versteckten Verschlag, in dem Hans, eingeklappt wie ein Taschenmesser, hockte und ihm etwas dümmlich entgegengrinste. „Rasmus!"

„Los!", knurrte Sergej. Er stieß Rasmus vor.

„Da rein? Aber das ist viel zu eng!"

Der breitschultrige Russe war anderer Ansicht. Er presste Rasmus in den Verschlag, bis die beiden jungen Männer wie zwei Ölsardinen nebeneinanderlagen.

„Wie schön, dich zu sehen!", sagte Hans.

„Ich freu mich auch", stieß Rasmus mühsam hervor.

„Du hast da eine große Beule", meinte Hans und betrachtete interessiert Rasmus' Stirn.

Sergej schloss den Verschlag. Das Blech schepperte und Rasmus spürte einen scharfen Schmerz an der Stirn.

„Ich weiß!", stöhnte er leise.

Wieder war die Finsternis, die ihn umgab, vollkommen. Es schien sein Schicksal zu sein, von einem engen, dunklen Loch in das nächste verfrachtet zu werden. Diesmal zumindest war er nicht allein.

„Ich bin froh, dass du mitkommst", sagte Hans.

„Ich auch", erwiderte Rasmus. Zu seiner eigenen Überraschung bezog sich das nicht nur auf seine Flucht aus dem Lager. Er war tatsächlich dankbar, den jungen Mann an seiner Seite zu haben. Auch wenn dessen Ellenbogen sich spitz in seine Rippen bohrte.

„Kennst du diesen Sergej?", fragte er.

„Nein. Vater kennt ihn."

„Können wir ihm trauen?"

„Warum nicht?", fragte Hans erstaunt.

Rasmus dachte an die Schüsse im Wald. *Weil irgendjemand deinen Vater verraten hat!*, wollte er sagen. Aber er schwieg. Ob

Bethge entkommen war? Er war ein gewiefter Mann und sicher nicht leicht zu töten. Rasmus beschloss, das Thema zu wechseln. „Hat dein Vater dir erklärt, wie wir von Wologda aus weiterkommen sollen?“

„Mit dem Zug.“

„Aber wir haben kein Geld für Bahnkarten!“

„Wieso Karten? Wir müssen uns doch nur festhalten.“

„Festhalten?“, fragte Rasmus verdutzt.

„Wenn ein Zug kommt, springen wir auf und halten uns fest“, erklärte Hans. „Alle machen das so.“

„Aha ...“, brummte Rasmus. „Und woher wissen wir, welcher Zug der richtige ist?“

„Dafür bist du dabei, hat Vater gesagt.“

„Das ...“, murmelte Rasmus, „das klingt nach einem wirklich großartigen Plan.“

„Nicht wahr?!“, erwiderte Hans. Er klang ausgesprochen zufrieden.

Rasmus seufzte leise.

Nicht die ganze Wahrheit

Der Lastwagen rumpelte über die mit Schlaglöchern übersäte Straße. Es war schwer, die verstreichende Zeit einzuschätzen. Rasmus kam es wie Stunden vor, aber vielleicht vergingen auch bloß zwanzig Minuten, bis der Wagen sein Tempo drosselte und schnaufend zum Stehen kam.

„He!“ Er hämmerte gegen das Blech des Verschlags. „Lass uns raus!“

„*Satknis!*“, hörte er die gedämpfte Stimme Sergejs durch das Tuckern des Dieselmotors hindurch. „Nix Laut. Sonst Tod!“, glaubte er noch zu vernehmen.

Der Russe ließ den Motor laufen.

Eine befehlsgewohnte Stimme sagte etwas.

Hans bewegte sich unruhig. „Ich muss mal …“, flüsterte er.

„Psst.“ Rasmus beugte sich zu ihm hinüber und raunte: „Ich glaube, das ist ein Kontrollposten.“

„Ich muss sehr dringend!“, wisperte Hans.

„Verkneif's dir!“, befahl Rasmus. Er hörte, wie jemand die Plane zurückschlug und auf die Ladefläche stieg. Es rumpelte, als die Ladung durchsucht wurde.

Sergej beschwerte sich über irgendetwas und jemand lachte.

„Was sagt er?“, wollte Rasmus wissen.

„Sergej will, dass der Mann aufhört, alle Säcke aufzuschlitzen. Und der andere sagt: Entweder die Säcke oder du“, wisperte Hans. Gepresst fügte er hinzu: „Ich glaube, ich kann es nicht mehr einhalten!“

„Bist du wahnsinnig?!“

„Nein. Ich war seit gestern Abend nicht mehr auf dem Klo.“

Das Rumpeln im Laderaum hörte auf. Ein Mann rief etwas.

„Er hat nichts gefunden“, übersetzte Hans.

„Natürlich nicht. Wir stecken ja auch hier!“, murmelte Rasmus.

Die Stimmen neben dem Wagen klangen nun etwas entspannter. Bald darauf drang der charakteristische Geruch russischer Machorka in den winzigen Verschlag. Offenbar rauchte Sergej noch eine Zigarette mit den russischen Soldaten. Nerven hatte er, das musste man ihm lassen.

Rasmus spürte, wie Hans sich unruhig neben ihm bewegte. Dann wurde er mit einem Mal ganz still. *Oh nein!* Irrte Rasmus sich oder war das tatsächlich ein leises Plätschern, das er da vernahm? Der Geruch der russischen Zigaretten mischte sich mit dem beißenden Aroma von Urin.

„Jetzt geht es wieder“, wisperte Hans.

Rasmus biss sich auf die Lippen und verkniff sich eine Erwiderung. Durch das Blech hindurch hörte er einen der Russen etwas sagen.

„‚Ich glaub, dein Kühlwasser leckt‘“, übersetzte Hans.

Für den Fluch, den Sergej jetzt ausstieß, brauchte Rasmus keinen Dolmetscher. Der LKW-Fahrer riss die Tür zur Fahrerkabine auf und stieg ein. Er murmelte irgendetwas von „... Werkstatt in der Nähe“.

Was ganz genau, das verstand Hans auch nicht. Dann schlug Sergej die Tür zu und gab Gas.

Etwa zehn Minuten später schien er sich sicher zu fühlen. Er parkte den Wagen, riss die Tür zum Verschlag auf und gab seinen beiden Passagieren mimisch und gestisch sehr deutlich zu verstehen, was er von der unpassenden Blasenentleerung hielt, während ein Strom fantasievoller Flüche über seine Lippen quoll.

Rasmus zwängte sich aus dem Versteck. Er hatte das Gefühl, für den Rest seines Lebens gebeugt wie ein buckliger Pavian durch die Gegend laufen zu müssen. Er stolperte aus dem Lastwagen und erleichterte sich an einem der Bäume am Straßenrand.

Sergej warf Hans einen schmierigen Lappen zu. „Sauber machen!“, fauchte er.

Rasmus machte keinerlei Anstalten zu helfen. Stattdessen dehnte er seine verkrampften Muskeln und sah zu, wie Hans die Lache aus dem Versteck entfernte.

Anschließend gönnte ihnen Sergej ein paar Schlucke Wasser und einen Kanten Brot.

Er bestand darauf, dass die beiden für die weitere Fahrt wieder in ihrem Versteck verschwanden. Am späten Abend parkte er den Wagen auf einem tiefer im Wald gelegenen schmalen Weg und gestattete ihnen, hinten im Laderaum zu übernachten. Der Wagen hatte überwiegend Zementsäcke geladen, was nicht allzu bequem war. Aber mithilfe von alten Decken gelang es den beiden, ein einigermaßen weiches Lager zu bauen.

Hans war innerhalb weniger Minuten eingeschlafen. Er schnarchte leise.

Rasmus lag auf dem Rücken und hatte die Hände hinter dem Kopf verschränkt. Durch die löchrige Plane hindurch erhaschte er einen Blick auf den vollen Mond, der hier und da von Wolkenfetzen verdeckt wurde. Einen Tausch hatte er Gott angeboten: sein Leben gegen Emmis. Und am Vortag hatte er gedacht, Gott habe diesen Handel angenommen. Offenbar hatte er sich geirrt. Wider alle Logik war er nicht tot, sondern am Leben und auf dem Weg nach Hause.

Aber was bedeutete das nun? Hatte Gott sein Angebot abgelehnt oder war das Ganze ohnehin nur eine versponnene Idee von ihm gewesen?

Er seufzte. Wahrscheinlich war es Letzteres. Langsam drehte er sich auf die Seite. Den Geruch von Zement und Fußschweiß in der Nase schlief er ein.

Er wusste, dass er träumte, und er wusste auch, was nun kommen würde, aber das machte es nicht erträglicher.

Reglos, als hätte man sie aus der Zeit herausgenommen und sie seien zu einem dreidimensionalen Bild erstarrt, umgaben ihn die grünen Halme und gelben Blüten der Wiese. Nur eines bewegte sich: das helle Kleid, flirrend in der grellen Sonne.

„Emmi!“, flüsterte Rasmus. Er wollte diesen Augenblick festhal-

ten, ihn aus der Zeit reißen, genau wie die reglose Wiese um ihn her. Doch es gelang ihm nicht und die schlanke Frauengestalt wurde von Schatten verschlungen.

Unaufhaltsam kam das schwarze, wabernde Etwas näher und irgendwann blitzten bleiche Knochenarme auf.

„Emmi!"

Der Schatten beugte sich über ihn. Der schwarze Fliegenmantel umflatterte das grausame Grinsen eines Totenschädels.

„Zu spät!", flüsterte die Stimme. „Du kamst nicht und sie hat mich erwählt!"

„Nein!"

„Rasmus!", drang eine aufgeregte Stimme an seine Ohren. „Rasmus!"

Er schreckte auf. Die Decke war zerwühlt. Im fleckigen Mondlicht starrte das besorgte Gesicht von Hans auf ihn herab.

Rasmus seufzte und ließ sich wieder auf sein Lager sinken.

„Du hast geschrien!", sagte Hans.

„Entschuldige." Rasmus rieb sich müde das Gesicht. „Ich wollte dich nicht wecken. Ich habe ... schlecht geträumt."

„Das kenne ich", erwiderte Hans verständnisvoll. „Manchmal träume ich von der Schule." Er schüttelte sich. „Und manchmal träume ich davon, wie Mama starb." Er kratzte sich nachdenklich am Kinn. „Dabei kann ich mich nicht wirklich daran erinnern, denn sie starb, als ich geboren wurde."

„Das tut mir leid", sagte Rasmus. „Meine Mutter starb auch vor einigen Jahren."

„Hast du eben von ihr geträumt?"

„Nein!" Rasmus schüttelte den Kopf. „Es ist ein ... seltsamer Traum, der immer wiederkehrt", sagte er leise. „Ich sehe darin ... in gewisser Weise den Tod eines Menschen, der mir viel bedeutet."

Hans schwieg. Rasmus wusste nicht einmal, ob er ihm überhaupt noch zuhörte. Das Gesicht des Jungen war ein bleicher Fleck.

„Ich liege auf einer Wiese", fuhr Rasmus fort. Irgendwie

tat es ihm gut, diese Bilder zu beschreiben. „Über mir strahlt die Sonne, aber alles ist wie erstarrt. Dann sehe ich Emmi. Sie kommt auf mich zu. Aber plötzlich verwandelt sie sich in einen schwarzen Schatten. Es ist der Tod. Er spricht zu mir, sagt, dass ich zu spät käme und dass Emmi ... ihn erwählt hätte." Er holte tief Atem, dann flüsterte er mehr zu sich selbst: „Manchmal frage ich mich, ob dies eine Art Vision ist."

„Du meinst, dass Gott dir diesen Traum geschickt hat?", fragte Hans. Er hatte offenbar doch aufmerksam zugehört.

„Vielleicht", sagte Rasmus.

„Das glaube ich nicht", erwiderte Hans in seiner unbekümmerten Art.

„Warum nicht?", erwiderte Rasmus. „Sagt man nicht, dass Gott ab und zu durch Träume spricht?"

„Doch", erwiderte Hans nachdenklich. „Aber es hört sich ... überhaupt nicht nach ihm an."

Rasmus ärgerte sich über sich selbst. Es war eine unsinnige Diskussion. Warum sollte er den Jungen verunsichern? Sein Gottvertrauen half diesem ganz offenbar, mit seiner schwierigen Situation klarzukommen. Es war nicht fair, ihm diesen Halt zu nehmen. „Vergiss, was ich gesagt hab", brummte er. „Bestimmt hast du recht."

Doch Hans blieb hartnäckig. „Was sagt er denn?", bohrte er nach.

„Wie bitte?"

„Ich meine, was sagt Gott in diesem Traum zu dir?"

„Wahrscheinlich nichts –", setzte er an.

Doch Hans unterbrach ihn. „Was ist in dir, wenn du aufwachst?"

„Was in mir ist?", fragte Rasmus verdutzt. „Du meinst, was ich denke und fühle?"

„Ja!"

„Hm ..." Rasmus verspürte das starke Bedürfnis, das Gespräch zu beenden. Es war ihm peinlich, dass der einfältige Junge sich gerade zu einer Art Seelsorger aufschwang. Andererseits war es eine gute Frage. Er schob seinen Stolz beiseite. „Ich weiß nicht genau ...“, sagte er leise. „In gewisser Weise lässt er das in mir zurück, was ich gesehen habe – einen schwarzen Schatten, Angst ... Verzweiflung.“

„Das ist alles?“, hakte Hans nach.

„Tja ...“ Rasmus schnaubte leise. „Ich fürchte, ja.“

„Dann hat Gott dir diesen Traum nicht geschickt“, sagte Hans und er wirkte sehr zufrieden mit seiner Feststellung.

Rasmus musste schmunzeln. „Was macht dich da so sicher?“

„Warum sollte Gott wollen, dass du verzweifelst?“

„Nun ... vielleicht will er einfach nur, dass ich die Wahrheit kenne?“

„Natürlich will er das!“, sagte Hans im Brustton der Überzeugung.

„Und wenn die Wahrheit nun einmal zum Verzweifeln ist?“

Hans schwieg.

Rasmus spürte einen merkwürdigen Zwiespalt. Ein Teil von ihm empfand einen finsteren Triumph, weil er das kindliche Gottvertrauen des Jungen zum Schweigen gebracht hatte. Der andere Teil empfand Scham.

Doch Hans war gar nicht verstummt. Er brauchte nur ein wenig länger, um in Worte zu fassen, was er dachte. „Dann“, sagte er leise, aber bestimmt, „dann ist es nicht die ganze Wahrheit!“

Rasmus runzelte die Stirn. „Wie meinst du das?“

„Tante Walli hat's mir erklärt. Ich habe nicht so gute Worte in mir wie sie. Deshalb nehme ich einfach ihre Worte: Als Jesus am Grab seines toten Freundes Lazarus stand, da weinte er. Aber das ist noch nicht die ganze Wahrheit.

Jesus wurde verhaftet und sein Jünger Petrus folgte ihm heimlich. Als eine Dienerin ihn fragte, ob er nicht auch zu Jesus gehören würde, da verleugnete er den Menschen, der ihm am meisten bedeutete. Aber das ist noch nicht die ganze Wahrheit.

Als Jesus am Kreuz starb, da war es, als würde die Finsternis triumphieren und die Verzweiflung für immer bleiben. Aber das ist noch nicht die ganze Wahrheit!“

Rasmus starrte schweigend in das bleiche Gesicht des jungen Mannes. *Noch nicht die ganze Wahrheit!* Für einen kurzen Moment hatte er das Gefühl, der dichte, klebrige Schleier dieser zerstörten Welt würde aufreißen. Einen kostbaren Atemzug lang hatte er das Gefühl, einen Blick in die dahinterliegende Wirklichkeit zu werfen. Alles, was geschehen war, wurde aus den Schatten hervorgezerrt: aller Schmerz und alles Leid, dieser sinnlose, grausame Krieg, Walters Tod, Emmis Leiden, das Versagen und die Schuld, die unzählige Menschen auf sich geladen hatten, auch jene, die behaupteten, in Gottes Namen zu sprechen – all dies war Wahrheit. Aber es war noch nicht die ganze Wahrheit. Der Panzer aus Bitterkeit und Zweifel, der all die Jahre immer dicker und schwerer geworden war, bekam dünne Risse. Keine ausgeklügelte Theologie und keine aggressive Apologetik hatten ihm etwas anhaben können, keine Strenge und kein Drohen mit der Hölle. Nur fünf einfache Worte eines einfältigen Jungen.

Rasmus spürte, dass dieser Moment vorübergehen würde. Vielleicht würde er ihm schon in einer Stunde unwirklich vorkommen. Aber das änderte nichts an der Realität dieses einen Augenblicks. Er wollte irgendetwas sagen, das zum Ausdruck brachte, was da in ihm vorgegangen war. Doch stattdessen stammelte er dümmlich: „Du hast diese Worte auswendig gelernt?"

„Ja", erwiderte Hans.

„Das ... ist sehr außergewöhnlich", meinte Rasmus.

„Ich kann es nicht besser", sagte Hans. Dann gähnte er. „Ich bin müde. Hab gute Träume, Rasmus."

Wenige Minuten später war er wieder eingeschlafen.

Noch nicht die ganze Wahrheit. Rasmus lag in dieser Nacht noch lange wach.

Irgendwann jedoch musste er eingeschlafen sein, denn Sergej weckte ihn, als die Sonne zwischen den Stämmen der Bäume hindurch auf ihr provisorisches Lager schien.

„Weiter!", knurrte er. Dann achtete er sorgfältig darauf, dass seine beiden Passagiere ihren Toilettengang im Wald erledigten, bevor er sie wieder in das enge Versteck zwängte.

Mehrere Tage waren sie so unterwegs. Die meiste Zeit hockten sie eng zusammengepfercht in dem kleinen Versteck. Zuweilen durften sie auch hinten im Laderaum mitfahren.

Rasmus wurde das Gefühl nicht los, dass der russische LKW-Fahrer zunehmend gereizter wirkte. Irgendetwas passte ihm nicht.

Mehrmals hatte er den Wagen irgendwo abgestellt und war für Stunden fort gewesen. *Er will uns loswerden*, ging es Rasmus durch den Kopf. Und wenn der Mann es darauf anlegte, wäre es auch gar nicht weiter schwer. Dieser Verschlag ließ sich nur von außen öffnen. Sergej brauchte den Wagen nur ein paar Tage irgendwo in einer einsamen Gegend abzustellen und sie würden verdursten. Dann könnte er ihre Leichen irgendwo im Wald verscharren und niemand würde sich darum scheren.

Rasmus hegte schon länger den Verdacht, dass Sergej ihnen nicht aus Menschlichkeit half oder weil er Otto Bethge einen Gefallen schuldete. Dazu verhielt sich der russische LKW-Fahrer zu distanziert und zu abgebrüht. Inzwischen war sich Rasmus sicher, dass Sergej ein professioneller Menschenschmuggler war. Das war auf der einen Seite sicherlich von Vorteil. Der Mann wusste, was er tat. Auf der anderen Seite barg es auch gewisse Gefahren. Und diese Annahme sollte sich nur allzu bald bestätigen.

Sergej parkte den Lastwagen irgendwo und ließ sie wie so oft ohne ein Wort der Erklärung zurück. Stundenlang saßen sie eingepfercht in der Dunkelheit und warteten. Inzwischen musste es Nacht geworden sein, klamme Kälte kroch in ihr Versteck. Irgendwann hörten sie Schritte.

Erleichtert vernahm Rasmus das Geräusch des zurückklappenden Sitzes. Die Blechtür wurde entriegelt und geöffnet.

„Aussteigen!“, knurrte Sergej.

„Wo warst du so lange?“, fragte Rasmus.

Doch der Mann antwortete nicht. Mit schmerzenden Gliedern krochen sie aus dem Wagen. Es war Nacht. Der volle Mond beschien die traurigen Überreste eines verlassenen Gehöfts, und er schimmerte auf dem Lauf der Pistole, die Sergej auf sie gerichtet hatte.

„Ihr mich betrogen!“, knurrte der Russe. „*Sakastschik** nix zahlen.“

Hans starrte den Mann verständnislos an.

„Was meinst du damit?“, fragte Rasmus.

Sergej hob drei Finger. „Dreimal zahlen. Aber nur einmal Geld kommen.“

Rasmus sah die Wut in den Augen des Mannes. Wie es schien, hatte Otto Bethge die Summe in drei Raten zahlen wollen. Vermutlich sollte sie über einen Mittelsmann ausgezahlt werden, sobald Rasmus und Hans die vereinbarten Stationen erreicht hatten.

„Ich muss mit Vater reden!“, sagte Hans. „Er hat gesagt, er zahlt, wenn er mich gesprochen hat.“

Sergej schnaufte. „Dein Vater lässt im Stich dich, Junge. Er nix meldet sich.“

Rasmus spürte, wie sein Herz schneller zu schlagen begann. Offenbar hatte Otto Bethge nicht allzu viel Vertrauen in Sergej gehabt und eine doppelte Sicherung eingebaut. Aber diese Absicherung konnte ihnen nun zum Verhängnis werden. Was, wenn er tot war? Rasmus warf einen Blick in das zornige Gesicht des Menschenschmugglers und unterdrückte die aufkeimende Furcht. War der Mann eiskalt genug, sie umzubringen, wenn der Hauptmann die Vereinbarung nicht einhielt? Rasmus war sich nicht sicher.

Er räusperte sich. „Du bekommst dein Geld“, sagte er, um eine feste Stimme bemüht.

Sergej schnaubte verächtlich.

Fieberhaft dachte Rasmus nach. „Wir ... brauchen mehr Licht und etwas zu schreiben.“

Der Russe kniff die Augen misstrauisch zusammen. „Warum?“

---

* Auftraggeber

„Weil ... Bethge ... vorgesorgt hat. Für den Fall, dass er für einige Zeit wegmuss."

„Ach?", sagte Hans verdutzt.

„Weg?", fragte Sergej. „Wohin?"

Rasmus spürte, wie er trotz der Kälte zu schwitzen begann. „Das hat er mir nicht verraten ... Aber du weißt selbst, dass es politische Differenzen gibt. Er hat Freunde mit Einfluss, und er hat angedeutet, dass er einen von ihnen aufsuchen muss." Es war eine abenteuerliche Geschichte, und Rasmus hoffte inständig, dass der Schmuggler sie ihm abkaufte.

„Davon hat Vater mir gar nichts gesagt", warf Hans nicht gerade hilfreich ein.

„Aber mir!", erwiderte Rasmus, während er seinen Kameraden gleichzeitig unauffällig in die Seite stieß, um ihn zum Schweigen zu bringen. Das allerdings schien Hans nur noch mehr zu verwirren. Ehe der Junge irgendeine Dummheit äußern konnte, wandte Rasmus sich erneut an den Russen. „Also, hast du etwas zu schreiben?"

Sergej warf ihm einen skeptischen Blick zu. „Wofür?"

„Ich schreibe eine kurze Nachricht, in der ich mitteile, dass du uns bis zur ... Zwischenstation gebracht hast. Äh, wie heißt noch gleich der nächste Ort? Ich kann mir die russischen Namen so schlecht merken."

„*Saretschje*", brummte Sergej.

„Genau." Rasmus lächelte.

„Und dann?"

„Dann leitest du die Botschaft an einen Mittelsmann weiter. Sein Name ist ... Fritz Kupilas. Er ist einer der Gefangenen aus unserem Zug."

„Das war nicht vereinbart."

„Willst du dein Geld oder nicht?" Rasmus spürte, wie ihm der Schweiß in den Jackenkragen lief. Er hoffte inständig, dass der andere seine Nervosität nicht bemerkte.

Sergej stieß einen russischen Fluch aus. Dann ging er, ohne die Waffe herunterzunehmen oder die beiden aus den Augen zu lassen, ein paar Schritte rückwärts und fischte eine Petroleumlampe aus dem Wagen.

Nachdem Rasmus sie entzündet hatte, drückte Sergej ihm einen einseitig mit kyrillischen Buchstaben bedruckten Zettel und einen Bleistift in die Hand.

„Wie soll ich Brief dorthin bringen?“, knurrte er.

„Ich bin mir sicher, du hast deine Mittel und Wege.“ Es war ein Schuss ins Blaue, aber offensichtlich hatte er nicht falsch geraten. Sergej grunzte etwas und bedeutete Rasmus, seine Nachricht zu schreiben.

Rasmus winkte Hans zu sich.

Wie viel schuldet ihm dein Vater?, schrieb er auf das Papier. Er deutete mit dem Stift auf den Satz.

Hans nagte an der Unterlippe. Dann legte er den Zeigefinger unter die ersten Worte und begann angestrengt zu lesen: „WIE VIEL ...“

„Leise!“, zischte Rasmus.

„Was ihr macht?“, fragte Sergej drohend und kam einen Schritt näher.

„Wir müssen jeweils einen Teil schreiben“, erklärte Rasmus. „Das ist der Beweis, dass es uns beiden gut geht.“

Hans las konzentriert weiter. Irgendwann lehnte er sich erleichtert zurück. Offenbar hatte er den Satz beendet.

„Und?“, zischte Rasmus.

Hans kratzte sich am Kopf.

„Schreib's auf!“, knurrte Rasmus und drückte ihm den Stift in die Hand.

Hans streckte konzentriert seine Zunge zwischen die Zähne und schrieb mit den krakeligen Buchstaben eines Erstklässlers: weis nicht.

Rasmus unterdrückte ein Stöhnen. *Wie viel hast du bei dir?*, schrieb er.

Hans griff in seinen Mantel.

Hastig hielt Rasmus ihn zurück und schüttelte den Kopf. *Du darfst es auf keinen Fall zeigen!*

„Wenn du spielst falsches Spiel ...!“, knurrte Sergej. Vielsagend richtete er die Waffe auf Rasmus’ Schläfe.

„Du siehst doch, dass der Junge ein bisschen ... länger braucht“, erwiderte Rasmus.

Indessen zählte Hans irgendetwas an den Fingern ab. Anschließend kritzelte er auf das Blatt: 15 geelbe + 5 rote + 12 plaue[1]

Beinahe hätte Rasmus laut aufgestöhnt. Woher sollte er wissen, welche Farbe die einzelnen Scheine hatten? Ein kurzer Blick in das Gesicht des Russen zeigte ihm, dass er es nicht auf die Spitze treiben durfte. Eine weitere Frage war nicht möglich. Rasch nahm er den Stift zur Hand und schrieb:

Lieber Fritz,

bitte ignoriere das Gekritzel und leite folgende Botschaft an den Hauptmann weiter.

Er hob den Kopf. „Wann werden wir am Bahnhof von Wologda eintreffen?“

„Woher soll ich wissen?“

„Wenn du dein Geld willst, muss es einen Übergabezeitpunkt geben.“

Der Russe dachte kurz nach. Dann erwiderte er: „29 Sentjabr.“

Rasmus warf Hans einen Blick zu. „Heißt das ‚September‘?“

„Ja.“

Rasmus schrieb: *S. erwartet seinen Lohn am 29. September am letzten Bhf.*

Genauere Angaben ließ er weg. Otto Bethge würde wissen, was gemeint war. Falls er noch lebte und diesen Zettel tatsächlich rechtzeitig erhielt.

Für Kupilas ergänzte er:

Sollte der Hauptmann verschwunden sein: Vernichte diesen Brief bitte.

R. S. E

Sorgfältig faltete er den Brief zusammen und reichte ihn Sergej.

Der Mann machte sich nicht die Mühe, einen Blick darauf zu werfen, sondern stopfte ihn in seine Jackentasche. Er konnte kein Deutsch lesen. Darauf hatte Rasmus spekuliert. Natürlich war es möglich, dass er jemanden kannte, der den Text für ihn übersetzte. Doch dieses Risiko musste er eingehen.

Sergej winkte mit der Pistole. „Einsteigen. *Dawai, dawai!*"

„Nein!"

Sergej hob die Waffe.

„Wir brauchen etwas zu trinken", sagte Rasmus, „und zu essen."

Der Russe starrte ihn mit ausdrucksloser Miene an. Aber Rasmus spürte, dass es in dem Mann brodelte. Gleichzeitig jedoch war er sich bewusst, dass seine Geschichte umso glaubwürdiger wirkte, je selbstbewusster er auftrat.

Ein humorloses Grinsen huschte über das Gesicht des Mannes. „Wenn du gelogen, du sterben langsam!", sagte er.

Trotz seines großen Hungers konnte Rasmus den Kanten trockenen Brotes und den mit Wasser vermischten Wodka nicht genießen. Das kalte Glänzen in den Augen des Mannes jagte ihm einen Schauer über den Rücken.

Zeichen oder Wunder

Der Wagen tuckerte gleichmäßig über die schlecht asphaltierten Straßen. Rasmus spürte eine wunde Stelle an seiner Schulter, mit der er immer wieder gegen das harte Blech stieß. Er versuchte, den Schmerz zu ignorieren, und ging in Gedanken noch einmal durch, was er sich zurechtgelegt hatte. Es war ein kläglicher Plan.

Wenn die Sonne hell schien, fiel zu bestimmten Tageszeiten durch einen kaum zwei Millimeter breiten Spalt etwas Licht in das Versteck. In diesem schwachen Schimmer hatte Rasmus die Scheine untersucht, die Hans bei sich trug. Es waren 1.500 Rubel. Genug, um sich ausreichend mit Lebensmitteln zu versorgen. Aber wohl erheblich weniger, als Sergej mit Otto Bethge vereinbart hatte.

Rasmus seufzte. Er ließ sich viel Zeit damit, Hans seinen Plan zu erklären. Immer wieder ließ er Hans wiederholen, was dieser zu tun hatte. Als er sich sicher war, dass der Junge verstanden hatte, stellte dieser die Frage, vor der Rasmus sich gefürchtet hatte: „Was ist mit Vater?"

„Was meinst du?", fragte Rasmus und kam sich dabei erbärmlich vor.

„Vater hat gesagt, er kümmert sich um alles. Sergej bringt uns zum Bahnhof und von dort fahren wir weiter. Aber nun ist alles so ... schwierig geworden." Er schwieg einen Moment. „Ob Vater etwas zugestoßen ist?"

Rasmus lag eine beschwichtigende Antwort auf der Zunge. Aber er sprach sie nicht aus. Hatte er das Recht, Hans zu belügen? Natürlich war Hans in mancher Hinsicht wie ein Kind. Er konnte kaum lesen oder rechnen. Er war gutgläubig und naiv.

Aber gleichzeitig war er ungeheuer mutig, und er trug eine Weisheit in sich, die nichts mit intellektueller Welterklärung zu tun hatte und die dennoch – oder vielleicht gerade deshalb – Rasmus' Seele berührt hatte. Nein, er durfte nicht lügen.

„Ich ...", begann er stockend, „... ich weiß nicht, ob deinem Vater etwas geschehen ist. Er brachte mich zu einem Versteck im Wald. Und als er mich zu Sergej schickte, waren da plötzlich Männer. Ich habe Schüsse gehört. Aber ich weiß nicht, ob sie auf deinen Vater geschossen haben oder auf mich. Ich habe weder gesehen noch gehört, dass er getroffen wurde. Es ist gut möglich, dass er sich nun versteckt, damit die Männer ihn nicht finden. Vielleicht kann er uns deshalb nicht helfen."

Hans schwieg. Nach einer Weile hörte Rasmus ihn leise flüstern.

„Ich verstehe dich nicht", sagte Rasmus.

„Ich rede mit Gott", erwiderte Hans.

„Oh, entschuldige. Ich wollte dich nicht stören."

„Du störst nicht. Gott kümmert sich um Vater."

Rasmus wusste nicht, was er sagen sollte. Die Zuversicht in der Stimme des Jungen war erstaunlich.

„Wir können auch gern zu dritt weitersprechen", schlug Hans vor.

„Äh ... vielen Dank. Ich glaube nicht, dass ich das im Moment möchte. Weißt du ... Gott und ich ... wir hatten so unsere Schwierigkeiten miteinander. Ich glaube, wir brauchen noch ein bisschen Zeit."

Hans kicherte.

„Warum lachst du?", fragte Rasmus leicht pikiert.

„Du sagst so lustige Sachen. Zeit ist doch nur für Menschen da."

„Also gut", gab Rasmus sich geschlagen. „Dann brauche *ich* wohl noch ein bisschen Zeit."

„Wofür?"

„Um mich daran zu gewöhnen, dass Gott vielleicht doch ganz anders ist, als ich immer gedacht habe."

„So viel Zeit gibt's auf der ganzen Welt nicht", erwiderte Hans. „Da kannst du auch gleich mit ihm reden."

Rasmus schüttelte den Kopf. Dann schmunzelte er. „Du bist ganz schön anstrengend, Hans."

„Warum?"

„Ständig stellst du meine Überzeugungen infrage."

„Aha", erwiderte Hans irritiert. „Das tut mir leid."

Rasmus spürte ein Kitzeln im Hals. Er unterdrückte den Impuls. Ein schallendes Gelächter könnte sowohl bei Hans als auch bei Sergej zu Missverständnissen führen.

„Schon gut", gluckste er. „Dafür sind Freunde da."

„Dann sind wir Freunde?" Rasmus konnte das breite Grinsen aus der Stimme des Jungen heraushören.

„Ja", erwiderte er. „Das sind wir!"

Noch mehrere Male übernachteten sie an einsamen Orten, dann war zu hören, dass sie in eine Stadt kamen. Es gab Motorenlärm, Hupen, zuweilen auch laute Rufe oder Lachen.

Irgendwann wurde der Wagen langsamer und schließlich hielt er an. Das Knattern des Dieselmotors erstarb. Rasmus hörte, wie die Wagentür geöffnet und dann wieder zugeschlagen wurde. Danach vernahm er sich entfernende Schritte und dann nichts mehr. Stille umgab sie. Durch den schmalen Spalt drang nicht der kleinste Lichtschimmer.

Eine ganze Weile geschah nichts. Schließlich wurde Hans unruhig. Rasmus ahnte Schlimmes.

„Ich glaube –", setzte Hans an.

„Nein!", unterbrach Rasmus ihn.

„Aber ... ich –"

„Nein!", wiederholte Rasmus streng. „Jetzt noch nicht!"

Hans hörte mit seinem Gezappel auf. Dann fragte er verblüfft: „Woher weißt du das?"

„Woher ich weiß, dass du nicht schon wieder in diesen Verschlag pinkeln wirst?!"

„Warum pinkeln? Ich wollte nur sagen: Ich glaube, wir sind da."

Rasmus schwieg. Er bekam rote Ohren, aber das konnte Hans nicht sehen.

„Glaubst du nicht, dass wir schon da sind?“, fragte Hans nach einer Weile.

„Doch.“

„Aber warum hast du dann –“

„Psst. Da kommt jemand.“

Eine Art unregelmäßiges Poltern war zu vernehmen, dann das leise Scheppern von Metall. Rasmus legte sein Ohr an die Blechwand und lauschte. Das Geräusch veränderte sich und wurde zum rhythmischen Poltern schwerer Stiefel.

Die Wagentür wurde geöffnet, und als die verborgene Tür aufging, fiel schales Licht in den Verschlag. Im Halbdunkel erkannte er Sergejs Gesicht.

„Wo ist Geld?“, wollte dieser wissen.

Rasmus sank das Herz. Dass der Mann diese Frage stellte, konnte nur bedeuten, dass Otto Bethge die Botschaft nicht erhalten hatte. Sie mussten also wohl oder übel auf Plan B zurückgreifen.

„Lass uns erst einmal raus hier!“, forderte Rasmus.

Der Menschenschmuggler bleckte die Zähne und stieg aus dem Laster. Als sie ihm ächzend nach draußen folgten, erkannte Rasmus, dass sie sich in einem Lokschuppen befanden. Durch die schmierigen Oberlichter drang nur wenig Sonnenlicht. Eine riesige Dampflok hockte wie ein schlafendes Ungeheuer neben ihnen auf einem Abstellgleis. Sergej blickte ihnen stumm entgegen. Er hatte seine Hand in die Manteltasche gesteckt. Rasmus zweifelte nicht daran, dass er seine Pistole auf sie gerichtet hielt.

„Wo ist Geld?“, wiederholte der Russe.

Rasmus zögerte. Irgendetwas stimmte nicht. Irgendetwas ...

„Du betrügen!“, knurrte Sergej.

„Nein!“, erwiderte Rasmus hastig. „Nein. Es ist alles in Ordnung. Hans wird sich mit einem Boten treffen und dir das Geld in zwei Stunden bringen.“

Das Gesicht des Russen verfinsterte sich.

„Ich bleibe bis zur Übergabe deine Geisel“, fügte er rasch hinzu.

„Nix gut“, knurrte er. „Junge bleibt.“

„Anders funktioniert es nicht“, erwiderte Rasmus. Er bemühte sich, seine Stimme kühl erscheinen zu lassen. „Was fürchtest du eigentlich?“

„Verrat“, erwiderte Sergej. „Alle Russen fürchten Verrat von deutsche Lügner.“

Rasmus schluckte. „Hans wird mich nicht im Stich lassen. Er bringt das Geld. Die Übergabe erfolgt auf Gleis 2.“

Sergej sah ihn lange und schweigend an. Er erwartete Widerspruch. Aber stattdessen nickte der Russe langsam. „Gut. Wenn anderer Mann kommt, du tot. Wenn Junge ohne Geld kommt, du tot. Wenn du fliehen, du tot. Verstanden?“

Rasmus nickte mechanisch. Warum gab Sergej so schnell nach? Ein schwaches Geräusch hallte in seiner Erinnerung wider, ein Klackern, das in das rhythmische Stampfen zweier Stiefel überging.

„In Ordnung, Hans“, sagte er. „Du tust alles, was wir besprochen haben.“ Er blickte dem Jungen ernst in die Augen. „So schnell du kannst!“

„Schnell?“, fragte Hans irritiert.

„Tu genau, was ich sage!“, beharrte Rasmus eindringlich. „Unser Leben hängt davon ab.“

„Schluss jetzt!“, unterbrach Sergej sie. Er hatte den kleinen Dialog mit wachsendem Misstrauen beobachtet. „Junge, geh!“ Er stieß Hans Richtung Ausgang.

Hans warf Rasmus einen kurzen Blick zu. Dann drehte er sich um und lief zum Tor des Lokschuppens.

„Renn!“, rief Rasmus, als Hans das Tor erreicht hatte. Der Junge spurtete los.

„Was soll das?!“, knurrte Sergej. Er schlug Rasmus in den Magen.

Vermutlich hatte er nicht alle Kraft in den Schlag gelegt. Für

Rasmus fühlte es sich trotzdem an, als habe ihn ein Dampfhammer getroffen. Er taumelte zurück. Säure stieg seine Speiseröhre empor und er bekam keine Luft mehr. Dann ließ der Schmerz nach. Alles verschwamm vor seinen Augen, und nur undeutlich erkannte er eine männliche Gestalt, die aus ihrem Versteck aufsprang. Der Mann stolperte, rappelte sich auf und folgte Hans leicht hinkend. Seine Instinkte oder was auch immer hatten ihn nicht getrogen. Die Geräusche, die er vernommen hatte, waren die Schritte des zweiten Mannes gewesen und das Klappern der Schrottteile, hinter denen dieser sich verborgen hatte. Mühsam richtete er sich wieder auf und rang nach Atem. Er hoffte inständig, dass es Hans gelingen würde, dem Verfolger zu entkommen. Wenn der Mann feststellte, dass es gar keinen von Otto Bethge beauftragten Mittelsmann gab, würden sie beide diesen Tag nicht überleben.

Sergej packte ihn am Kragen und zog ihn dicht zu sich heran. „Was das soll?!“, fauchte er.

Rasmus spürte den Lauf der Pistole, die schmerzhaft gegen seine ohnehin schon malträtierte Magengegend drückte. Erstaunlicherweise spürte er wenig Furcht. Er wusste, dass Sergej ihn nicht töten würde. Zumindest noch nicht.

„Keine Sorge“, stieß er gepresst hervor, „Hans kommt zurück.“

Sergej schnaubte und stieß ihn grob von sich. Wortlos führte er ihn zurück zum Wagen, ließ ihn auf die Pritsche steigen und fesselte ihn dort. Offenbar fürchtete er nicht, dass jemand Fremdes hier auftauchen könnte, sonst hätte er ihn wohl in den Verschlag gesteckt.

Ohne ein weiteres Wort zu verlieren, verschwand Sergej. Rasmus vermutete, dass der Schmuggler sich mit seinem Partner austauschen wollte. Hoffentlich gab es nicht mehr Verbündete als nur diesen einen Mann. Und hoffentlich waren die Bedingungen am Bahnhof günstig.

Es fiel Rasmus schwer einzuschätzen, wie viel Zeit verrann. Irgendwann vernahm er Schritte.

Wortlos stieg Sergej in den Laderaum. Er durschnitt die Fesseln und stieß Rasmus vor sich her. Der Lokschuppen war düster. Rasmus hob den Blick. Durch die Oberlichter drang weiterhin nur schwaches, graues Licht. Sergej bedeutete ihm, das schwere eiserne Tor aufzuschieben.

Draußen war es nur unwesentlich heller. Die Dämmerung war schon weit vorangeschritten. Das war nicht gut. Rasmus hatte darauf gehofft, dass viele Leute sich am Bahnsteig aufhalten würden. Ein kalter Windstoß fuhr ihm in die Kleidung und ließ ihn frösteln. Eigentlich hatte der Herbst noch gar nicht begonnen, und doch schien es Rasmus, als trüge der Wind bereits eine Ahnung des langen russischen Winters in sich.

Sergej drückte ihm den Lauf seiner Pistole in die Nierengegend. „Geh! Wenn du rennen, ich schießen! Du deutscher Flüchtling, kein Problem mit Polizia!"

Rasmus nickte stumm.

Sie gingen an einem weiteren Lagergebäude vorbei, neben dem rostige Eisenbahnschienen gestapelt waren. Dann betraten sie offenes Gelände. Die Sonne war bereits am Horizont versunken. Der Himmel war grau und kalt. Links neben ihm schien sich eine Art Güterbahnhof zu befinden. Rechts vor ihnen lag der Personenbahnhof. Er erkannte in der Dämmerung einige zweigeschossige, stuckverzierte Gebäude. Die Bahnsteige waren menschenleer.

Rasmus schluckte. Kalter Wind zerrte an seinem Mantel und erste Regentropfen klatschten ihm ins Gesicht. *Gott?*, wisperte eine nervöse Stimme in ihm. *Ich habe nicht das Gefühl, dass ich schon bereit bin zu sterben. Vielleicht kannst du mir ein kleines Zeichen senden, dass alles gut gehen wird?* Sie stiegen eine rostige Metallleiter zum Bahnsteig 2 hinauf. Ein Windstoß riss ihm beinahe die Mütze vom Kopf. *Zum Beispiel, indem du diesem Sturm gebietest aufzuhören.*

Sie betraten den Bahnsteig. Nicht ein einziger Fahrgast wartete dort. Der Wind blies mit unverminderter Heftigkeit. Das Einzige, was sich änderte, war der Regen, der stetig zunahm.

Düstere Wolken jagten wie die Schatten gewaltiger Ungeheuer über den Himmel. Eine einzige Laterne verbreitete etwas Licht. Sergej blieb fernab davon in den Schatten stehen.

Regen prasselte vom fauchenden Wind vorangetrieben auf Rasmus ein. Kalte Wasserfäden rannen seinen Nacken hinab. Er warf einen Blick auf den anderen Bahnsteig. Auch dort war niemand zu sehen. Durch die Fensterscheibe des Bahnwärters drang Licht nach draußen. Der Mann hatte sich eine Pfeife angezündet und las. Es sah nicht so aus, als habe er die Absicht, heute noch vor die Tür zu treten.

Rasmus hatte sich noch nie so allein gefühlt. *Das ist das Problem, wenn man um ein Zeichen bittet,* resümierte eine nüchterne Stimme in ihm. *Bleibt es aus, fühlt man sich noch schlechter als zuvor.*

„Dort kommt dein Freund!“, sagte Sergej.

Rasmus hob den Blick. Eine schmale Gestalt hatte den Bahnsteig betreten und kam zögernd näher.

Sergej sagte noch etwas, aber seine Worte gingen im Schnaufen und Quietschen eines Güterzugs unter, der sich knapp sechzig Meter entfernt langsam in Bewegung setzte.

Rasmus warf einen Blick in das Gesicht des Mannes. Im schwachen Licht war seine Mimik schwer zu deuten. Aber Rasmus schien es, als habe der Schmuggler ein zufriedenes Grinsen aufgesetzt. „Vorwärts!“ Sergej hob die Pistole.

Rasmus schielte hinüber zum Bahnwärter. Irrte er sich oder blickte der Mann gerade aus dem Fenster?

„Hans!“, rief Rasmus laut gegen den Sturm an. Er winkte mit den Armen. „Hier sind wir!“

„*Samoltschi**!“, zischte Sergej.

Rasmus spürte einen Schlag auf seinem Hinterkopf. Sergej hatte mit dem Pistolengriff nicht besonders hart zugeschlagen, dennoch taumelte Rasmus in den Schein der Laterne. Er warf einen Blick hinter sich und sah das kalte Blitzen in den Augen

---

* Sei still!

des Mannes. In diesem Moment wurde ihm mit erschreckender Klarheit bewusst: *Er wird uns töten! Sobald er das Geld hat!* Als er wieder aufblickte, sah er, dass Hans stehen geblieben war. Der Mantel blähte sich um seine magere Gestalt.

„Warum schlägt er dich?", rief er ängstlich. Mit einer Hand hielt er seine Mütze fest. Hinter ihm, am anderen Ende des Bahnsteigs, erschien eine dunkle Gestalt, die hinkend näher kam.

„*Dawai!*", zischte Sergej und stieß ihn vorwärts.

Auf dem Güterbahnhof stieß der Zug einen gellenden Pfiff aus. Die rostigen Räder quietschten ohrenbetäubend.

Er glaubte, aus den Augenwinkeln eine Bewegung am Bahnwärterhaus wahrzunehmen. Inmitten all des Chaos, der Angst und des Schmerzes blitzte ein Gedanke in ihm auf.

„Es ist alles gut, Hans", brüllte er gegen den Lärm an. „Zeig ihm das Geld!"

„*Satknis!*" Sergej rammte ihm die Pistole in den Rücken.

Rasmus stolperte vorwärts. Vor Schmerz schossen ihm die Tränen in die Augen.

„Nicht schlagen!" Hans zog einen Briefumschlag hervor und hielt ihn hoch. Das Papier flatterte wie ein Kolibri im Sturm. „Hier ist doch das Geld!"

Der hinkende Mann hinter ihm begann schneller zu laufen.

„Zeig ihm die Scheine!", rief Rasmus.

Hans riss den Umschlag auf.

Sergej fluchte. Im gleichen Moment ließ Rasmus sich in die Hocke sinken und warf sich mit aller Kraft nach hinten. Seine Schulter prallte gegen die Knie des Russen, der ins Stolpern geriet und mit den Armen rudernd über ihn stürzte. Sergej schlug, einen wütenden Schrei ausstoßend, auf dem Bahnsteig auf.

Rasmus rappelte sich auf und hörte, wie der Bahnwärter von der anderen Seite aus herüberrief: „*Tschto wy tam djelajetje**?"

---

* Was machen Sie da?!

Hans stand wie erstarrt da, noch immer die flatternden Rubelscheine in der Hand haltend. Der hinkende Mann hatte ihn fast erreicht.

„Lass die verdammten Scheine los und lauf!“, brüllte Rasmus.

Hans starrte ihn einen langen Atemzug lang mit großen Augen an.

„*Njet**!“, schrie Sergej.

Doch es war zu spät. In diesem Moment löste Hans seinen Griff und die Rubelscheine wurden vom peitschenden Wind wie Herbstlaub über den Bahnhof getrieben. Einen Herzschlag lang starrte der Junge ihnen erschrocken hinterher. Dann begann er zu laufen. Er schlug einen Haken um den tobenden Sergej, der aufsprang und nach einem der Geldscheine griff. Mit weit ausholenden Schritten hetzte er auf Rasmus zu.

„Komm!“, rief dieser. Gemeinsam rannten sie den Bahnsteig entlang. Rasmus wagte nicht, einen Blick zurück zu werfen. Er konnte nur hoffen, dass die Gier der Männer größer war als ihr Zorn. Was nützte es ihnen, vor den Augen des Bahnwärters auf die Fliehenden zu schießen, während gleichzeitig ihr Geld in alle Winde verstreut wurde? Dann dachte er an den kalten Blick in Sergejs Augen und er beschleunigte seine Schritte. Hans hielt mühelos mit ihm Schritt. Seine langen, schlaksigen Beine flogen geradezu über den gepflasterten Bahnsteig. Sie hetzten die Treppe hinunter.

„Dort hinüber!“, schnaufte Rasmus. Sie sprangen über die Gleise und hetzten über das leere Feld. Der Sturm peitschte ihnen Wasser ins Gesicht. Rasmus konnte kaum etwas erkennen. Es war ein Wunder, dass sie nicht bei jedem zweiten Schritt ins Straucheln gerieten.

Der Güterzug, dessen Lärm sie die ganze Zeit begleitet hatte, nahm weiter Fahrt auf. Wie eine riesige graue Schlange wand er sich aus dem Bahnhof.

---

* Nein

„Schneller!“, keuchte Rasmus. Mehr brachte er nicht heraus, aber Hans schien zu verstehen.

Der Zug beschleunigte. Bald würde er zu schnell für sie sein.

Hans schien noch über Energiereserven zu verfügen. Nun lief er vor Rasmus. Mit weit ausgreifenden Schritten hetzte er vorwärts.

Rasmus spürte, wie die Kräfte ihn verließen. Jeder Atemzug brannte in seiner Lunge und der stolpernde Schlag seines Herzens dröhnte in seinen Ohren.

Nun hatte Hans den Zug erreicht. Er sprang auf, klammerte sich fest und streckte Rasmus seine Hand entgegen. „Komm!“

„Ich ... kann ... nicht ... mehr“, keuchte Rasmus. Er spürte Übelkeit in sich aufsteigen. Der Zug stieß einen gellenden Pfiff aus und schien noch mehr zu beschleunigen.

Vor Rasmus' Augen flimmerte es. Er wusste, er konnte es nicht schaffen. Gleich würde sein Kreislauf kollabieren und er würde hier auf den Bahngleisen zusammenbrechen.

Sein Blickfeld verengte sich, er sah nur noch die Hand, die sich ihm bleich und schemenhaft entgegenstreckte. In diesem Augenblick drang ein Geräusch an seine Ohren, das er nicht einordnen konnte. Und dann auf einmal schien die Hand näher zu kommen. Rasmus streckte den Arm aus und packte zu. Plötzlich gab es einen Ruck. Er spürte, wie etwas hart gegen seine Schulter stieß. Halb sprang er, halb wurde er emporgezogen, und dann fand er sich auf dem schmalen Eisengitter des hintersten Waggons wieder, das den Bahnbediensteten als Trittbrett diente.

Hans sagte etwas, doch Rasmus war zu sehr damit beschäftigt, die kläglichen Reste seines Mageninhalts auszuspeien und keuchend nach Atem zu ringen. Schließlich wischte er sich mit dem Ärmel den Mund ab und kämpfte sich auf die Knie.

„... hält an“, sagte Hans gerade.

„Was?“, keuchte Rasmus. Noch immer war seine Sicht verschwommen. Es schien ihm, als würden ihm zwei dunkle Augenpaare aus dem bleichen Gesicht des Jungen entgegenstarren.

„Der Zug hält an!“, wiederholte Hans.

Rasmus hätte nicht gedacht, dass sein Körper in der Lage wäre, noch irgendetwas anderes außer Erschöpfung zu verspüren, und doch fühlte er den kalten Griff der Angst in seinen Eingeweiden. Vor seinem inneren Auge sah er Sergej und seinen Kumpanen mit gezogenen Waffen den Zug absuchen. Erst als er mehrere Stimmen hörte, männliche und weibliche, wurde ihm bewusst, wie unwahrscheinlich das war. Vorsichtig lugte er um die Ecke und sah mehrere Dutzend Gestalten auf die Waggons klettern. Kurz darauf fuhr der Zug mit einem Ruck an und die Fahrt ging weiter. Offenbar hatte der Zugführer, vermutlich gegen ein kleines Entgelt, etliche Passagiere aufgenommen.

„Komm. Wir suchen uns einen besseren Platz!", sagte er, nachdem er wieder einigermaßen zu Atem gekommen war.

Sie balancierten hinüber zum nächsten Waggon. Dort gab es ein flaches Dach. Kaum waren sie dort hinaufgeklettert, knurrte eine heisere Stimme: *„Sanjato**!"

Es war noch genug Platz für zehn Mann auf dem Dach. Doch Rasmus wollte jedem Streit aus dem Weg gehen und so verzogen sie sich wieder. Schließlich fanden sie Platz auf einem Kesselwagen. Eine Familie mit Kindern blickte ihnen entgegen. Etwas abseits saß eine einzelne Frau. Niemand beschwerte sich, als sie ein kleines Stück für sich in Anspruch nahmen.

Sie lehnten sich an den kalten Eisenkessel. Regen troff auf sie herab, aber immerhin waren sie hier einigermaßen windgeschützt. Rasmus schloss die Augen und atmete tief durch. Sie waren tatsächlich entkommen – wider alle Wahrscheinlichkeit. Dabei hatte Gott Rasmus das erbetene Zeichen verweigert. Er hatte den Sturm nicht gestillt – ganz im Gegenteil! Aber dieser stürmische Wind, der die Rubelscheine in alle Richtungen davongeweht hatte, war ohne Zweifel das entscheidende Detail für ihre Rettung gewesen. Wie durch ein Wunder waren sie entkommen. Ein Wunder statt eines Zeichens? Vielleicht war es Gottes Spezialität, ein Gebet zu erhören, indem er es nicht erhörte?

---

* Besetzt!

Rasmus seufzte leise. Ein erschreckender und zugleich tröstlicher Gedanke machte sich in ihm breit: *Manchmal ist es besser, wenn wir nicht alles unter Kontrolle haben.* Ein Schmunzeln breitete sich auf seinen Lippen aus. Genosse Lenin hatte sich offenbar geirrt: Kontrolle mag uns sehr nahe liegen, aber es ist das Vertrauen, das uns am Leben erhält.

Er schlug die Augen wieder auf. Hans hatte den Kopf in den Nacken gelegt und versuchte, die herabprasselnden Regentropfen mit der Zunge aufzufangen.

„Hast du etwas von dem Geld zurückbehalten, wie ich es dir gesagt habe?", fragte Rasmus ihn.

Hans schüttelte den Kopf. „Hab's vergessen."

„Es wäre ja auch zu schön gewesen", brummte Rasmus. Offenbar wartete bereits die nächste Lektion in Sachen Vertrauen auf ihn.

Er schloss die Augen erneut und ließ sich zurücksinken.

Eigentlich hatte er das Gefühl, nur kurz eingedöst zu sein, aber als er wieder hochschreckte, dämmerte bereits der Morgen.

Die russische Familie unterhielt sich leise miteinander. Die etwas abseits sitzende Frau kaute mühsam auf einem Stück Brot. Sie hatte nicht mehr allzu viele Zähne. Ihr Gesicht war hager und verhärmt. Stumpfes, braunes Haar ragte unter ihrem Kopftuch hervor. Es war kein Streifen Grau darin. Rasmus argwöhnte, dass sie weitaus jünger war, als sie aussah.

Inzwischen hatte Hans bemerkt, dass er wach war. „Guten Morgen", begrüßte er ihn mit breitem Grinsen.

„Morgen", erwiderte Rasmus etwas leiser. Irrte er sich oder war die verhärmte Frau eben zusammengezuckt, als sie die Stimme von Hans vernommen hatte? „Wir sollten nicht so laut sprechen", mahnte er. „Immerhin soll man uns für Tschechen halten."

„Ach so", sagte Hans, ohne seine Stimme wesentlich zu senken.

„Leise!", zischte Rasmus.

Hans nickte verschwörerisch.

Rasmus unterdrückte ein Seufzen und fragte: „Kannst du die anderen fragen, wohin der Zug fährt?“

Hans nickte und wandte sich an die Familie. Der Vater, ein breitschultriger Mann mit üppigem Bartwuchs, gab bereitwillig Auskunft.

Rasmus hatte das unangenehme Gefühl, als würde die hagere Frau ihn unter den gesenkten Augenlidern hindurch beobachten.

„Wir fahren nach Torschok“, flüsterte Hans. „Ist das gut?“,

Rasmus versuchte, sich die Karte in Erinnerung zu rufen, die der Hauptmann ihm gezeigt hatte. Torschok war eine Stadt nordwestlich von Moskau. Sie lag etwa auf halber Strecke zwischen Wologda und der Hauptstadt. Rasmus nickte zufrieden.

„Ja“, sagte er. „Auf diese Weise können wir Moskau umgehen. Dein Vater hält das für sicherer. Und ich denke, er hat recht damit.“

„Warum?“, fragte Hans.

Rasmus verstummte. Sein Blick fiel auf die verhärmte Frau. Es schien zwar, als habe sie die Augen geschlossen, aber sie hielt den Kopf leicht geneigt, als lausche sie.

In Moskau würde es von Militär und Geheimpolizei wimmeln, und die Gefahr, entdeckt zu werden, war viel zu groß. Auf ihrer jetzigen Fahrtroute würden sie die Stadt nördlich umgehen.

„Später!“, flüsterte Rasmus. „Wir sollten hier nicht zu viel sprechen.“

„Oh“, erwiderte Hans, „und was machen wir dann?“

Rasmus lehnte sich zurück. „Wir versuchen, noch ein Nickerchen zu machen.“

Der Zug hatte inzwischen ein beachtliches Tempo erreicht. Es wirkte so, als würde die Welt an ihnen vorbeirauschen. Rasmus sah den Häusern hinterher, die an ihnen vorbeihuschten und dann am Horizont verschwanden. Die Sonne brach rechts von ihnen durch die Wolken. Sie stand noch niedrig am Himmel. Dennoch trugen ihre Strahlen schon etwas Wärme in sich. Nach der klammen Nacht tat jedes bisschen Wärme gut. Rasmus schloss die Augen. Für einen kurzen Moment beschlich ihn eine Art Unruhe, so als hätte er irgendetwas Wichtiges übersehen. Doch dann schob er diesen Gedanken beiseite. In diesem Moment waren sie in Sicherheit. Alles Weitere würde die Zukunft zeigen. Er beschloss, die wärmenden Strahlen zu genießen und an Hunger und Durst vorbeizudösen.

Wider Erwarten schien ihm dies recht gut zu gelingen. Als Hans ihn nervös in die Seite stieß, neigte die Sonne sich im Westen wieder dem Horizont entgegen.

„Was ist?", murmelte Rasmus und blinzelte zu seinem Gefährten empor.

„Ist Torschok eine große Stadt?"

„Keine Ahnung", murmelte Rasmus und richtete sich auf. „Ich glaube nicht. Warum fragst du?"

Statt einer Antwort blickte Hans mit weit aufgerissenen Augen um sich.

Rasmus richtete sich auf und erstarrte. Ein Meer aus Häusern umgab ihn. Der Zug rollte langsam auf einen riesigen Bahnhof zu. Und auf einem der Schilder las er die russischen Buchstaben: Москва́ гла́вный вокза́л*. Moskau! Sie waren in Moskau! Aber wie konnte das sein? Er drehte sich um und starrte in die Gesichter der russischen Familie. Die Leute lächelten ihm freundlich zu. Dann fuhr er zu Hans herum. Der Junge betrachtete interessiert die riesige Gleisanlage. Und dann dämmerte es ihm. Es war sein Fehler. Er hatte falsch gedacht. Der Zug fuhr ohne Zweifel nach Torschok. Und diese Stadt lag auch nordwestlich von Moskau. Aber das bedeutete nicht zwangsläufig, dass es auch einen direkten Schienenweg dorthin gab. Rasmus nahm die Kappe ab und fuhr sich mit der Hand durch die wirren Haare. Er hatte sogar geahnt, dass irgendetwas nicht stimmte. Als an diesem Morgen die Sonne aufgegangen war, hatte sie rechts von ihm gelegen. Er hatte mit dem Rücken in Fahrtrichtung gesessen. Das bedeutete, sie waren nach Süden

---

* Moskau Hauptbahnhof

gefahren und nicht nach Westen. Der Zug fuhr immer langsamer und hielt schließlich an. Rasmus biss sich auf die Lippen. Sie waren genau dort gelandet, wo sie auf keinen Fall sein wollten. Und es sollte noch schlimmer kommen. Eine Handvoll Uniformierter näherte sich dem Güterzug.

Dunja

Rasmus spürte, wie sich sein Magen zuzog. Die Männer fingen an, die Menschen auf dem Güterzug zu kontrollieren. Seine Gedanken überschlugen sich. Was sollte er tun? Sie hatten Ausweise. Vielleicht wäre es klüger, abzuwarten und ihre Rolle als tschechische Rotarmisten zu spielen? Andererseits mussten sie auf alle Fälle eine ausführliche Befragung vermeiden. Schon ein kleiner Fehler würde ihre Tarnung auffliegen lassen. Rasmus warf einen Blick zu Hans. Der Junge sah blass aus. Er war derjenige, der Russisch sprach. Wäre er gerissen genug, Fangfragen zu erkennen und ihnen auszuweichen? Rasmus würde sein letztes Hemd nicht darauf verwetten. Die Familie schien nicht auf sie zu achten. Aber die hagere Frau beobachtete sie unverhohlen.

„Wir müssen weg von hier!", raunte er Hans zu.

Hastig schaut sich Rasmus um. Nicht weit entfernt standen russische Soldaten zwischen den Gleisen hinter ihnen. Gelangweilt rauchten sie ihre Zigaretten.

Rasmus kletterte vom Zug. Vielleicht konnten sie unauffällig zwischen den Waggons des neben ihnen stehenden Zuges hindurchschlüpfen. Er spürte ein Zittern in den Beinen.

„Komm!", raunte er Hans zu.

Nervös schwang der Junge ein Bein über die flache Brüstung. Dann hielt er inne. Der russische Familienvater hatte eine Frage an sie gerichtet.

„Was ist?", zischte Rasmus.

„Er will wissen, warum wir gehen. Der Zug wird heute noch bis Torschok weiterfahren."

„Sag ihm ..." Rasmus spürte Wut in sich aufkeimen. Er wollte fort von hier. So schnell wie möglich. Was ging es diesen Bauern an, wohin sie gingen?! „Sag ihm, wir wollen noch jemanden in der Stadt besuchen."

Als Hans antwortete, konnte man deutlich das Zittern in seiner Stimme vernehmen. Er schwang das zweite Bein über die Brüstung und blieb erneut stehen.

Wieder sagte der Russe etwas.

„Er sagt, dass der nächste Zug erst übermorgen fährt. Und außerdem will er wissen, warum ich nicht selber auf seine Fragen antworten kann."

Rasmus schnaubte. Was mischte dieser Kerl sich ein? „Kümmere dich nicht um ihn", zischte er. „Wünsch ihm einen guten Tag und komm!"

Hans sagte etwas auf Russisch. Rasmus wartete nicht ab, bis er fertig war, sondern packte den Jungen an der Jacke und zog ihn zu sich hinunter. Sie kamen etwa zwei Dutzend Schritte weit.

„*Waschi dokumjenty**!" Die tiefe Stimme klang fordernd und ein wenig verwaschen.

Rasmus fuhr herum. Das Erste, was er wahrnahm, war die Uniform, das Zweite der alkoholgeschwängerte Atem des Mannes.

Rasmus stand da wie erstarrt.

Der Mann wiederholte seine Bitte. Sein rot geädertes Gesicht blickte nicht unfreundlich auf Rasmus hinab. Einen Atemzug lang erwiderte Rasmus seinen Blick, ohne zu wissen, was er tun sollte. Dann zog er rasch seinen Ausweis aus der Tasche und stieß Hans in die Seite.

Offenbar hatte ein Teil der Kontrolleure den Zug von der anderen Seite aus durchkämmt, ohne dass sie es bemerkt hatten.

Der Mann prüfte ihre Pässe sorgfältiger, als Rasmus erhofft hatte. Mehrmals wechselte sein Blick zwischen Rasmus und dem Ausweisfoto hin und her. Schließlich schien er sich zufriedenzugeben. Doch statt ihnen die Ausweise zurückzugeben, fragte er etwas.

---

* Ihre Ausweise!

Hans kramte in seiner Jackentasche. Dann drückte er dem Mann zwei weitere Zettel in die Hand. Es waren ihre Entlassungspapiere, die sie als ehemalige Soldaten der Roten Armee auswiesen.

Der Mann warf nur einen flüchtigen Blick darauf und stellte eine weitere Forderung. Seine Stimme klang noch immer freundlich. Aber Rasmus hatte den Eindruck, dass ein Hauch von Ungeduld darin mitschwang. Er warf Hans einen fragenden Blick zu.

Dieser zuckte mit den Achseln und sagte leise: „Er sagt: *Nicht diese Papiere* ... Aber ich habe keine anderen."

„Oh." Rasmus bekam eine Ahnung, worauf das Ganze hinauslief.

In diesem Moment hörte er hinter sich die keifende Stimme einer Frau. Es war die hagere Russin, die sie die ganze Zeit beobachtet hatte. Sie war ihnen vom Waggon aus gefolgt. Nun wies sie mit den Fingern auf Hans und ihn und stieß dabei einen Schwall russischer Wörter aus.

Rasmus spürte, wie Panik in ihm aufstieg. Unauffällig sah er sich um. Die anderen Kontrolleure waren einen Waggon vor ihnen und auch hinter ihnen waren die russischen Soldaten inzwischen auf sie aufmerksam geworden. Neugierig blickten sie zu der keifenden Frau hinüber. Eine Flucht wäre so ziemlich das Dümmste, das sie tun konnten. Sie wäre von Anfang an zum Scheitern verurteilt und würde nur dazu führen, dass man ihre Identität umso genauer unter die Lupe nehmen würde. Dennoch war Rasmus drauf und dran, Hans einfach mit sich zu zerren und zwischen den Waggons des benachbarten Zuges hindurchzustürmen, als etwas Unerwartetes geschah: Die Frau hatte ihren keifenden Monolog beendet. Der Kontrolleur kicherte und warf ihnen einen mitleidigen Blick zu, während er etwas in seiner Uniformtasche verschwinden ließ.

Die hagere Frau war klein gewachsen, sie reichte Rasmus kaum bis zum Kinn. Die fehlende Größe machte sie allerdings durch resolutes Auftreten wett. Wild gestikulierend marschierte sie auf Rasmus und Hans zu und packte sie an den Armen, während sie pausenlos auf Russisch vor sich hin schimpfte. Rasmus war so verblüfft, dass er sich widerstandslos von ihr mitziehen ließ. Sie führte die beiden verdutzten Deutschen direkt auf die russischen Soldaten zu, die grinsend beiseitewichen. Am letzten Wagen des Zuges machte sie halt. *„Dawai!"*, befahl sie und scheuchte sie mit wütenden Drohgebärden auf den mit Baumstämmen beladenen Waggon. Hinter den Stämmen gab es nur wenig Platz, und wenn man sich gegen die Baumstämme lehnte, war die Kleidung binnen Kurzem mit Harz verklebt. Das war wohl auch der Grund, warum niemand sonst sich diesen Platz ausgesucht hatte.

„Was ist hier eigentlich los?", wisperte Rasmus.

Doch die Frau warf ihnen einen dermaßen finsteren Blick zu, dass Hans seine Antwort verschluckte und stumm die Lippen aufeinanderpresste.

Sie warteten schweigend eine halbe Stunde, dann setzte der Zug sich wieder in Bewegung. Als sie den Bahnhof hinter sich gelassen hatten und der Zug schneller fuhr, ging eine unerwartete Verwandlung mit der Frau vor sich. Ihre strengen Züge entspannten sich. „Chier sicherer", sagte sie plötzlich. „Mann in andere Wagen ist Nikolai Wolkow. Ist Kolchoseleiter, sehr misstrauische Mensch. Du verstehst? Wir bleiben auf Wagen. Bei nächste Kontrolle ihr nix reden. Ich mache. Ich habe gezahlt 90 Rubel und eine Flasche Wodka für euch. Habe gesagt, ihr sollt arbeiten auf Hof und nicht versaufen Geld in Moskau." Sie zwinkerte ihnen listig zu. „Ich nicht will umsonst gezahlt haben. Ich rede, ihr schweigen."

Unwillkürlich nickten Hans und Rasmus.

Die Frau verzog ihr Gesicht zu einem Lächeln, das beinahe hübsch gewesen wäre, wenn sie noch alle ihre Zähne gehabt hätte. „Mein Name ist Dunja Alexandrowa. Aber ihr könnt mich nennen Dunja."

Völlig verdutzt reichten Rasmus und Hans ihr die Hand. Keiner sagte etwas.

„Ihr seid Deutsche", sagte sie. „Ihr wollt in Cheimat fliehen. Ich chab recht?"

Rasmus und Hans warfen sich einen langen Blick zu.

„Du ... sprichst sehr gut Deutsch", sagte Hans überflüssigerweise.

Dunja lachte und in diesem Augenblick wirkte sie sehr jung. „Ich chabe gelernt in Ostpreußen in Pulverfabrik."

Rasmus schluckte. „Du warst Zwangsarbeiterin?"

Dunja nickte. „Zwei Jahre und neun Monate ich chabe gebaut Granaten für deutsche Landser. Ich chabe gemacht viele Fehler, aber cheimlich." Sie kicherte. Dann wurde ihr Blick ernst. „Aber einmal sie chaben erwischt mich. Es hat gekostet mich meine Zähne und beinahe auch mein Leben. Aber ich chatte Glück. Sie brauchten Arbeiterinnen wie mich."

„Wenn du weißt, wer wir sind – warum hilfst du uns dann?", fragte Rasmus verblüfft.

„Ich nix weiß, wer ihr seid", erwiderte die Frau.

„Du weißt, dass wir Deutsche sind."

„Ja. Aber ich nix weiß, wer du bist", sie sah Rasmus an, „oder du." Nun schaute sie zu Hans.

Dieser lächelte. „Ich bin Hans!", erklärte er und dann begann er zu erzählen. Ohne jede Scheu berichtete er von seinem Vater, der ihn nach Russland geholt hatte, von seiner Arbeit im Kriegsgefangenenlager und von ihrer Flucht.

Die Frau hörte aufmerksam zu.

Dann kamen sie in eine zweite Kontrolle. Dunja übernahm die Wortführung. Rasmus rechnete jeden Moment damit aufzufliegen, doch alles ging gut, und schon bald rollte der Zug aus der Stadt hinaus aufs offene Land. Dunja fischte einen Laib Brot und eine Flasche Wasser aus ihrem Beutel und teilte alles.

Hans berichtete weiter von ihren Erlebnissen. Rasmus beobachtete Dunja die ganze Zeit und versuchte, sich ein Bild von ihr zu machen. Aber sie blieb ihm ein Rätsel. Schließlich war es an ihm zu erzählen. Zuerst berichtete er nur zögernd. Doch Dunja zeigte sehr viel Geduld und stellte keine unangenehmen

Nachfragen. Schließlich ertappte er sich dabei, dass er ihr sein Herz ausschüttete. Er berichtete von seiner Zeit bei der Hitlerjugend, vom Bombenkrieg über Berlin und seinen Aufgaben als Flakhelfer. Er erzählte, wie Erwin ihm das Leben gerettet hatte und was er empfunden hatte, als Walter starb. Sogar von seinem Vater berichtete er und von Emmi.

Es wurde Abend, und sie fuhren durch ausgedehnte Kiefernwälder, als der Zug plötzlich langsamer wurde. Es rumpelte und holperte. Die Gleise waren in einem erbärmlichen Zustand.

„Chier wir müssen absteigen!“, verkündete Dunja plötzlich.

Rasmus schaute sich verwundert um. Ein Bahnhof war weit und breit nicht in Sicht.

„Aber wir müssen heim. So schnell wie möglich!“, widersprach Rasmus.

„Ich kenne Abkürzung. Kommt!“, befahl Dunja. „Morgen geht weiter, mit andere Zug.“ Geschickt kletterte sie vom Waggon und sprang ab. Rasmus und Hans folgten ihr nach kurzem Zögern.

„Besser, Nikolai Wolkow sieht nicht, wo aussteigen. Wir gehen zu Haus von Großvater. War Holzfäller und weiser Mann.“ Sie schwang sich ihren Beutel über die Schulter und marschierte schnurstracks in den Wald hinein. „Morgen wir gehen zu andere Strecke. Zug fährt bis Lwow. Von dort ihr fahrt weiter nach Westen.“

Achselzuckend folgten die beiden ihr.

Sie erreichten die kleine Hütte bei Einbruch der Nacht. Bis zuletzt hatte eine misstrauische Stimme in Rasmus ihn gewarnt, dass die hagere Russin sie doch noch in eine Falle führen würde. Doch die kleine Hütte am Waldesrand war leer.

Dunja wies sie an, Feuerholz zu holen.

Wenig später hatte sie den kleinen Holzofen angefeuert und begann, eine Suppe zu kochen.

„Das riecht lecker!“, sagte Hans und lugte ihr über die Schulter. „Was ist das?“

„Chabe ich gefunden in Wald“, sagte Dunja.

Rasmus trat auf ihre andere Seite. Er konnte so etwas wie bleiche, sich windende Fäden im köchelnden Wasser erkennen. „Sind das ... Maden?“, fragte er.

„Du magst nicht Maden?“, fragte die Frau arglos.

„Nun ja ...“

Dunja lachte. „Ist Pilzsuppe. Rezept von meine Großmutter. Sehr lecker.“

„Oh, das klingt gut“, sagte Rasmus erleichtert.

Der Holzofen verbreitete eine angenehme Wärme. Sie aßen mit Holzlöffeln aus einem Topf. Die cremige Suppe schmeckte etwas ungewohnt, aber nicht schlecht. Irgendwann hielt Rasmus inne. Er seufzte und lehnte sich auf seinem Stuhl zurück. Nach einem Augenblick der Verwunderung wurde ihm bewusst, dass er tatsächlich satt war. Er konnte sich nicht mehr erinnern, wann er dieses Gefühl zum letzten Mal verspürt hatte.

„Danke!“, sagte er leise.

Die hagere Frau lächelte.

Hans rieb sich sichtlich zufrieden den Bauch. „Ja, vielen Dank! Es war sehr lecker.“ Er stand auf und schlenderte neugierig in der Hütte umher. Dunja schien es nicht zu stören. Schließlich blieb er an einem Regal stehen. „Ist das dein Großvater?“, fragte er.

Er deutete auf ein kleines Bild, das Rasmus bislang nicht bemerkt hatte.

„Ja.“ Dunja stand auf und holte das Bild vom Regal. Sie strich zärtlich mit dem Finger darüber. Dann erklärte sie: „Die beiden sind meine Großeltern. Großvater war besonderer Mann. Wenn ich bei ihm war, ich immer gewusst chab, dass Gott mich mag.“ Sie lächelte und fuhr fort: „Das ist mein Vater und der Grimmige dort mein Onkel. Chier sind mein Bruder, meine Schwester und ich.“

Rasmus betrachtete das Bild. Dunjas Großeltern strahlten eine stille Würde aus, ihr Vater wirkte etwas schmächtig, und der Onkel blickte streng drein. Dunja war die älteste der drei Geschwister – eine hübsche junge Frau mit einem verschmitzten

Lächeln. Ihre Schwester sah ihr sehr ähnlich, sie wirkte nur etwas schüchterner, und ihr Bruder sah aus wie fünfzehn. Aber er trug bereits die Uniform eines Rotarmisten.

„Wie alt ist dieses Bild?", fragte er.

„Es ist gemacht in Sommer 1940", erwiderte Dunja. „Aber für mich ist es wie aus anderer Zeit. Großvater und Großmutter tot in Hungerwinter 1942. Ein Jahr später Vater tot – Tuberkulose. Mein Bruder fiel in Schlacht bei Charkow. Mein Schwester lebt weit weg in Lwow, ihr Deutschen nennt Lemberg. Sonst ist nur noch mein Onkel am Leben. Aber er denkt, ich Verräterin, weil ich gearbeitet für Deutsche."

Rasmus starrte sie an und stellte fest, dass ihr Gesicht vor seinen Augen verschwamm. Dunja sah aus wie eine alte Frau, dabei konnte sie noch nicht einmal die dreißig erreicht haben. Alles hatte man ihr geraubt – ihre Familie, ihre Jugend, ihre Würde. Tränen rannen ihm über die Wangen und er konnte nichts dagegen tun. Rasmus schniefte und wischte sich mit dem Ärmel über das Gesicht.

„Warum hilfst du uns?", fragte er unvermittelt. „Wir Deutschen haben dir Furchtbares angetan. Du musst uns doch hassen!"

Dunja sah ihm in die Augen. „Anfangs ich chabe gehasst. Und wie sehr ich chabe gehasst. Es gab da ein Mann. Alois Wagner. Er war Vorarbeiter. Grausam er war, schlimmer als SS. Viele gestorben sind wegen ihm. Er chat in mir gesehen weniger als Vieh ..." Ein Schluchzen entrang sich ihrer Kehle. „Ich will nix erzählen, was er gemacht hat mit uns. Ich habe gechasst ihn. Tag und Nacht ich chab gesehen sein Gesicht vor mir, seine kalten Augen und sein Grinsen. Er war in meinen Gedanken an Morgen, wenn ich wurde wach, und er war letzte Gedanke, wenn ich ging schlafen in Bett. Selbst in meine Träume er war. Chass war wie Gift in mein Körper." Sie senkte den Blick und atmete tief ein und aus. Dann fuhr sie fort: „Er chatte Familie, kleine Mädchen. Ich chabe gesehen in Fabrikhof. Chat getan wie jede Papa auf der Welt. Chat Kind hochgeworfen und gefangen. Mädchen chat gelacht." Sie schluckte. „Die ganze Nacht ich lag wach und hab gedacht, was ich tu mit Mädchen – schlimme Dinge, sehr schlimme Dinge. Ich wollte sehen ihn weinen, wollte brechen ihn. Am Morgen ich sah mich selbst in Fenster von Fabrik und ich erschrocken. Es war, als würde etwas Fremdes sehen zurück." Dunja schauderte.

Niemand sagte etwas. Nur das Knacken des Feuers im Ofen unterbrach die Stille. Endlich seufzte Dunja tief. „Dann ich chabe mich erinnert."

„Erinnert? Woran?", unterbrach Hans die erneut einsetzende Stille.

„An Geschichte von früher." Ein kaum wahrnehmbares Lächeln umspielte ihre Lippen. „Mein Großvater mir chat vorgelesen, als ich junges Mädchen war."

„Dürfen ... wir sie hören?", fragte Hans.

„Ja." Dunja lächelte. „Warum nicht. Es ist eine gute Geschichte, ich glaube." Sie stand auf und holte ein einfaches Schreibheft aus einem der Regale. Und dann begann sie zu lesen. Es dauerte lange, da sie alles ins Deutsche übersetzen musste.

Schweigend lauschten ihr die beiden.

Später schrieb Rasmus die Geschichte in Erwins Buch. Er glättete Dunjas eigenwilligen Akzent und ihre slawische Grammatik. Ansonsten hielt er sich aber so genau wie möglich an das Original.

Dr. Vitali Vitas Westentaschen-berater für alle Lebenslagen

Andrej Golubew arbeitete gern in seinem Beruf, er liebte es, Buchhalter zu sein, und er verehrte Irina Saizewa, die Sekretärin seines Vorgesetzten. Viele Jahre lang war er ein zufriedener Mensch, bis zu jenem Tag, an dem Igor Sokolow in sein Leben trat.

Andrej arbeitete als Buchhalter bei der Eisenbahn. Er mochte die schweren Bücher, in denen sich die Zahlen akkurat aneinanderreihten. Und er war bekannt für seine komplexen Tabellen, in die er mit winzigen Federstrichen kleine Ziffern eintrug und so das große Ganze zu einem Wunderwerk der Präzision zusammenfasste. Sein Meisterwerk vollbrachte er, als es ihm gelang, den Sommerfahrplan des gesamten Güterverkehrs des Leningrader Hauptbahnhofs auf zwei Buchseiten zusammenzufassen. Eine beachtliche Leistung, die nur dadurch geschmälert wurde, dass die Gebrauchsanweisung für diese Tabelle weitere fünfzehn Seiten in Anspruch nahm. Allerdings hatte er diese bewusst einfach formuliert und sogar mit dem einen oder anderen humorvollen Wortspiel versehen. Irina Saizewa hatte sein Werk mit einem Lächeln entgegengenommen und versprochen, es sofort an seinen Vorgesetzten Pawlow weiterzuleiten. Andrej müsste sich schon sehr täuschen, wenn er nicht ein ganz besonderes Glänzen in ihren Augen bemerkt hatte. Ein Glänzen, in dem Anerkennung, vielleicht sogar ein Hauch von Bewunderung lag.

Andrejs Herz klopfte, als er am nächsten Tag die Rückmeldung seines Chefs erwartete.

„Tut mir leid, Gobulew.“ Das Doppelkinn des älteren Herrn

wackelte bedauernd. „Aber Ihre Tabelle ist in der Praxis unbrauchbar."

„Was? Aber ...", stammelte Andrej. „Wer sagt das?"

„Ich sag das", brummte eine tiefe Stimme hinter ihm. Und da stand er: ein breitschultriger Mann, lässig am Türrahmen lehnend, die muskelbepackten Arme über der Brust verschränkt und die Lippen unter dem mächtigen Schnurrbart zu einem überlegenen Lächeln verzogen.

„Und wer sind Sie, wenn ich fragen darf?"

Der Mann ignorierte ihn. Er klatschte ein paar zerknitterte Zettel auf den Schreibtisch des Vorgesetzten. „Nehmen Sie mir das nicht übel, aber Ihr Bürokratengekritzel können Sie in der Pfeife rauchen." Er pochte mit seinem dicken, behaarten Zeigefinger auf ein paar hingeschmierte Zeilen. „So handhaben wir das in Moskau."

Andrej wartete darauf, dass sein Vorgesetzter diesen aufgeblasenen Wichtigtuer zurechtweisen würde, doch stattdessen lächelte der feiste Mann breit und erwiderte: „Vielen Dank, Herr Sokolow. Es ist mir wirklich eine große Freude, dass Sie uns zugeteilt wurden. Mit Ihrer reichhaltigen Erfahrung werden wir unsere Probleme hier bald in den Griff bekommen."

Der breitschultrige Schnurrbartträger nickte, als wäre er der letzte Nachkomme des Zaren, der die Huldigungen seiner Untertanen entgegennahm. Dann klopfte er auf den Schreibtisch und verschwand ohne ein weiteres Wort.

„Wer war das?", fragt Andrej.

„Igor Sokolow, unser neuer Oberlokomotivführer", erwiderte Generalsekretär Pawlow und lächelte noch immer verträumt, als wäre ihm gerade Wassilissa die Weise erschienen mit dem Versprechen, ihm drei Wünsche zu erfüllen. „Er hat zehn Jahre lang in Moskau gearbeitet."

Und ich arbeite seit fünfzehn Jahren hier, wollte Andrej erwidern, doch er sagte nichts. Stattdessen beobachtete er, wie dieser behaarte Waldschrat sich breit grinsend an Irina Saizewas Schreibtisch lehnte. Er sagte irgendetwas und starrte ihr dabei unverhohlen in den Ausschnitt. Und sie? Andrej schluckte trocken. Sie lächelte doch tatsächlich zurück und ihre rosigen Wangen färbten sich noch eine Spur röter.

Andrej hatte schon bald das Gefühl, verfolgt zu werden. Immer wieder lief ihm Igor Sokolow über den Weg. Er spazierte breitbeinig durch die Flure und wich keinen Schritt zur Seite, als er Andrej mit seinem Aktenwagen entgegenkommen sah, sodass dieser sich an die Wand quetschen musste, um den Kerl vorbeizulassen. Als Andrej in den Lokschuppen ging, um etwas mit dem Lagerverwalter zu besprechen, stand der Oberlokführer in einer Traube von Männern, die ihm andächtig lauschten. Als er den schmächtigen Buchhalter bemerkte, sagte er irgendetwas, und die Männer lachten. Andrej knirschte mit den Zähnen. Selbst auf der Herrentoilette ließ der Kerl ihm keine Ruhe. Als Andrej eintrat, stand er breitbeinig am Becken und entleerte seine Blase. Er wandte sich um, schaute stirnrunzelnd auf den schmächtigen Buchhalter hinab und blickte wieder weg. Aber Andrej hörte ihn über das Plätschern hinweg verächtlich schnauben.

Abends im Bett lag er lange wach, starrte an die Decke und sah das breit grinsende Gesicht von Igor Sokolow über sich schweben. *Was hat er nur gegen mich?*, fragte er sich. *Ich habe ihm doch überhaupt nichts getan!*

Irgendwann schlief er dann ein.

Am nächsten Morgen nahm er sich vor, die Dinge nicht zu persönlich zu nehmen. Wahrscheinlich bildete er sich das Ganze nur ein.

In den nächsten Tagen stellte Andrej fest, dass diese Hypothese entweder falsch oder die Macht seiner Einbildungskraft erschreckend war.

Der neue Oberlokomotivführer sorgte dafür, dass alles, was Andrej tat, entweder ignoriert oder lächerlich gemacht wurde. Obwohl der Mann eigentlich draußen bei den Loks zu tun hatte, schien er sich ständig im Verwaltungsgebäude aufzuhalten. Bislang hatte er noch nicht ein einziges Wort mit Andrej gewechselt, aber das hinderte ihn nicht daran, diesen auf jede erdenkliche Art und Weise zu schikanieren.

Die Kantine vor Ort war sicherlich kein Tempel kulinarischen Hochgenusses. Aber das Fischrassolnik war ausgezeichnet. Vorsichtig trug Andrej seine Schale mit Eintopf durch die Kantine. Plötzlich verspürte er einen Schlag gegen den rechten Fußknöchel. Nicht besonders schmerzhaft, aber stark genug, um seinen Fuß zur Seite zu drehen, sodass er stolperte, ein paar Schritte hektisch um Halt ringend vorwärtstaumelte, bevor er umknickte und mitsamt dem Fischrassolnik zu Boden stürzte. Er knallte mit dem Kinn auf eine Stuhlkante und schlug dann hart auf dem Boden auf. Fischbrocken, Gurkenscheiben und heißer Sud ergossen sich über ihn und die Schale zersplitterte mit lautem Knall. Für einen Moment wurde ihm schwarz vor Augen. Dann vernahm er ein dröhnendes Lachen. Eine breitschultrige Gestalt schien turmhoch über ihm aufzuragen.

„Da ist unser Buchhalter wohl über die eigenen Füße gestolpert.“ Eine Hand packte ihn grob und zerrte ihn empor. Sokolows Augen funkelten. „So eine Kantine ist ein rauer und gefährlicher Ort. Sind Sie sicher, dass Sie es alleine herausschaffen, oder soll ich Sie lieber begleiten?“

Das Gefühl durchpulste ihn wie eine Eruption glühend heißer Lava, die einem unsichtbaren Vulkan in seinem Inneren entsprang. Für einen Moment sah er alles, wie durch einen roten Schleier hindurch. Er hatte nicht geahnt, wie mächtig das Gefühl des Hasses sein konnte. Wortlos drehte er sich um und verließ die Kantine.

Am Abend dieses Tages wanderte Andrej Golubew ziellos durch die Leningrader Gassen. Kein Atemzug verging, in dem nicht das Bild des spöttisch grinsenden Sokolow vor seinen Augen stand. Der Schmerz in seinem Kinn pochte und seine Gedanken rasten. Er musste etwas tun!

Vielleicht war es Zufall, vielleicht Schicksal, möglicherweise auch etwas ganz anderes, das ihn in jene schmale, dunkle Gasse führte. Die meisten der kleinen Läden und Geschäfte dort waren geschlossen, die Fenster mit Brettern vernagelt. Umso mehr fiel ihm ein Schaufenster ins Auge, dessen Scheibe sorgfältig geputzt war. In ordentlichen weißen Lettern war darauf geschrieben:

Dr. Vitali Vitas
Hat man Ihr Glück gestohlen,
kann ich es wieder holen.

Und darunter in etwas kleinerer Schrift:

Westentaschenberater für alle Lebenslagen

Warum nicht, dachte sich Andrej. *Einen Versuch ist es allemal wert.*

Er öffnete die Tür. Die Ladenglocke bimmelte und der Geruch von alten Büchern und Tabakqualm stieg ihm in die Nase. Ein Duft, der keine unangenehmen Assoziationen in ihm weckte. Im nächsten Moment stellte er sich jedoch vor, wie Sokolow sich über ihn lustig machen würde, und der rote Schleier des Zorns erstickte alle anderen Empfindungen.

Der Raum war wie ein Studierzimmer eingerichtet und vollgestopft mit Büchern. Der Ladeninhaber, ein stoppelbärtiger Mann mit Nickelbrille und Mütze auf dem fast kahlen Schädel, wirkte in seiner ausgebeulten Hose wie ein Student der Philosophie im vierundachtzigsten Semester. Er war in ein Buch vertieft und schien vor sich hin zu murmeln. Jedenfalls vernahm Andrej eine leise Stimme, die für den nicht mehr ganz schlanken Mann erstaunlich dünn und fistelig klang.

Andrej räusperte sich.

Der Mann schreckte zusammen und sprang auf. „Entschuldigung. Ich habe Sie gar nicht kommen hören.“ Er lächelte und reichte Andrej die Hand. „Mein Name ist Dr. Vitali Vitas. Was kann ich für Sie tun?“ Seine Stimme klang nun tief und fest.

„Ich, äh ...“

„Bitte setzen Sie sich.“ Der Mann wies auf einen abgenutzten Ledersessel.

Andrej nahm Platz. „Nun ja ... um ehrlich zu sein, ich bin mir nicht so sicher, ob ich hier richtig bin.“

Dr. Vitas hatte sich ebenfalls niedergelassen. Er lächelte. „Sie befinden sich in einer schwierigen Lebenslage!“

„Ja."

„Und Sie wissen nicht, was Sie tun sollen." Es war eine Feststellung, keine Frage.

Andrej nickte. „So könnte man es formulieren, ja."

„Nun", der stoppelbärtige Ladenbesitzer schenkte ihm ein strahlendes Lächeln, „dann sind Sie bei mir genau richtig. Ich habe Berater für alle Lebenslagen. Und ... sie sind erstaunlich preiswert, wie Sie feststellen werden."

Andrej ließ seinen Blick über die dicht gefüllten Regale gleiten. „Ich bin nicht sicher, ob ein Buch mir wirklich weiterhelfen kann ..."

„Wer hat denn von einem Buch gesprochen?" Der Mann schüttelte lächelnd den Kopf. „Was ich Ihnen anbiete, ist eine persönliche Beratung."

„Ach?" Andrej runzelte die Stirn. „Ich bin ein vielbeschäftigter Mann. Ich weiß nicht, ob ich Zeit habe, regelmäßig hierherzukommen und –"

„Das brauchen Sie auch nicht." Dr. Vitas strahlte. „Für nur vierhundert Rubel erhalten Sie einen Monat lang eine persönliche Beratung in allen Lebenslagen zu jeder Tages- und Nachtzeit, wann immer Ihnen danach ist ..."

Andrej glaubte, so etwas wie ein leises Piepsen zu hören. Dem Fiepen einer Maus nicht unähnlich. Allerdings hörte es sich fast so an, als würde diese Maus sagen: „Nun übertreibe es nicht, Vitali!"

„Es ist ganz unkompliziert. Die Berater sind für andere quasi unsichtbar, werden Ihnen in keiner Weise zur Last fallen."

„He, du vergisst wieder mal Kost und Logis", piepste die Mausestimme.

„Ich mache Ihnen folgendes Angebot", fuhr Dr. Vitas fort. „Sie zahlen hundert Rubel an, und sollten Sie nicht zufrieden sein, erlasse ich Ihnen die restlichen dreihundert Rubel."

„Ich ... ich weiß nicht", stammelte Andrej. „Wer sind denn diese Berater?"

„Erfahrene Leute", erwiderte Dr. Vitas rasch, „und sehr unauffällig. Sie werden Sie nur bemerken, wenn Sie sie brauchen."

„Und wie soll diese Beratung funktionieren? Ich meine, wie komme ich an diese Leute heran?“

„Ganz einfach.“ Dr. Vitas wandte sich um und zog ein Kleidungsstück von der Sessellehne. „Sie müssen nur diese Weste tragen. Schlüpfen Sie mal rein.“

Irritiert gehorchte Andrej.

„Passt wie angegossen.“

„Na ja.“ Andrej sah an sich herunter. Das offenbar für wohlgenährte Träger geschneiderte Kleidungsstück suchte vergeblich nach Leibesmasse und schlug traurige Falten. Er zupfte an den Knöpfen. „Ist das so eine Art Erkennungszeichen? So etwas Ähnliches wie eine rote Nelke am Knopfloch?“

„Fast“, sagte Dr. Vitas. „Zahlen Sie in bar oder per Scheck?“

„Ich bin mir alles andere als sicher, ob ich überhaupt zahlen möchte …“

„Also gut, reduzieren wir die Anzahlung auf achtzig Rubel.“ Dr. Vitas tupfte sich mit einem Taschentuch über die hohe Stirn. „Das ist so gut wie geschenkt.“

„Ich weiß nicht …“

„Fünfzig Rubel!“, sagte Dr. Vitas. Rote Flecke zeigten sich an seinem Hals.

„Also gut.“ Andrej drückte ihm das Geld in die Hand. So viel würde er im Zweifelsfall schon für die Weste bekommen.

„Wunderbar. Sie werden es nicht bereuen!“, sagte Dr. Vitas und schob ihn hinaus auf die Straße. „Erobern Sie sich Ihr Glück zurück!“

Die Tür fiel hinter Andrej ins Schloss, und er hörte, wie der Schlüssel zweimal herumgedreht wurde. „Man könnte fast meinen, er wollte das Ding loswerden“, brummte er.

Irrte er sich oder war tatsächlich so etwas wie ein ärgerliches Piepsen zu hören? Es klang fast wie: „Und das nach all dem, was wir für ihn getan haben.“ Er drehte sich um. Aber da war niemand in der Gasse.

Kopfschüttelnd machte er sich auf den Heimweg.

Es kostete ihn einige Mühe, die Weste mithilfe von Nadeln

so abzustecken, dass sie einigermaßen passte. Und er kam sich selbst ein wenig lächerlich vor, als er damit auf der Arbeit erschien. Aber niemand schien es zu bemerken. Irina Saizewa lächelte ihm freundlich zu und Pawlow schüttelte ihm gedankenversunken die Hand. Alles war wie immer.

Irgendwann öffnete jemand, ohne anzuklopfen, die Tür. Sokolow stapfte herein. Seine schweren Stiefel hinterließen schlammig-braune Bröckchen auf dem Boden. Wortlos ließ er einen Stapel Papier auf Andrejs Schreibtisch fallen und ging wieder hinaus. Noch im Zimmer rief er Irina Saizewa ein zweideutiges Kompliment zu. Ohne die Tür zu schließen, verschwand er im Flur. Der Gestank von Hundekot blieb zurück.

Andrej starrte auf das Papier. Es waren seine Inventurlisten, alle mit einem Kohlestift durchgestrichen. Dazu ein schmieriger Zettel, auf dem *So wird das gemacht* stand. Und daneben eine hingekrakelte Tabelle primitivster Machart. Andrej spürte, wie sein Herz zu pochen begann und die rote Wolke des Zorns seinen Blick vernebelte. Auch das war wie immer!

Nur eines war anders. Und das war die piepsige Stimme, die sich aus der Region westlich seines Bauchnabels meldete: „Interesssant. Ich nehme an, das ist der Grund, weshalb ich hier bin!“

„Weshalb *wir* hier sind“, knurrte eine etwas tiefere Stimme.

Andrej senkte den Blick. Und sah eine freundlich lächelnde etwas füllige Dame um die fünfzig vor sich. Sie trug ein Kopftuch in dezenten Grüntönen und war in etwa so groß wie sein Daumen. Die Arme hatte sie auf dem Saum seiner Westentasche abgelegt.

Andrej gab ein unartikuliertes, heiseres Krächzen von sich.

„Du kannst mich Olga nennen“, erwiderte die winzige Frau. „Würdest du so freundlich sein und mich auf den Schreibtisch heben? Dann können wir uns besser unterhalten.“

„Lass sie lieber drin“, knurrte eine Stimme, die zu einem bärtigen Gesicht gehörte, das nun ebenfalls aus der Tasche ragte. „Sie kann dir ohnehin nicht helfen.“

Andrej schloss die Augen, atmete zweimal tief durch und öffnete die Augen dann wieder.

Olga lächelte noch immer zu ihm auf und der Bärtige verdrehte die Augen.

Andrej erhob sich, ging die Schlammhäufchen meidend zur Tür und schloss sie behutsam.

Dann setzte er sich wieder auf den Stuhl, zögerte einen Moment und sah dann wieder hinab. Die Frau war noch immer da. Der Bärtige hingegen schien es sich in der Tasche bequem gemacht zu haben.

„Ich weiß, was du jetzt denkst“, sagte die Frau. „Und ich beantworte gerne deine Fragen: Nein, du bist nicht verrückt. Und du träumst auch nicht. Selbstverständlich darfst du dich zwicken, wenn du möchtest.“

Reflexartig zwickte sich Andrej in den Arm. Es schmerzte. Die lächelnde Zwergin war noch immer da.

„Unglaublich“, stammelte er.

„In der Tat“, ertönt die grimmige Stimme des Bärtigen. „Vor allem, wenn ich an den Preis denke – fünfzig Rubel! Ha!“

Andrej räusperte sich. „Und wer bist du?“, fragte er zögernd.

„Ich bin der, der dir wirklich hilft, wenn die Dicke mit ihren Ratschlägen am Ende ist“, knurrte der Bärtige und ließ sich in das Dunkel der Westentasche zurücksinken.

Die Frau lächelte gütig. „Das ist Dimitri. Er meint es nicht so.“

„Doch, genau so!“, kam es dumpf aus den Tiefen der Westentasche.

„Also gut, Andrej. Dann wollen wir uns deinem Problem widmen.“ Sie streckte ihre winzigen Arme aus. „Hilfst du mir hoch?“

Andrej hob sie empor und setzte sie vorsichtig auf einem Radiergummi ab.

Die Zwergin zupfte ihr Strickjäckchen zurecht, schlug die Beine übereinander und sagte: „Am besten, du erzählst mir alles von Anfang an.“

Und das tat Andrej. Jede Kleinigkeit stand ihm überdeutlich vor Augen, jeder Satz, jede Gemeinheit, jedes verächtliche Grinsen von Igor Sokolow.

Als er geendet hatte, nickte Olga verständnisvoll. „Ich nehme an, du spürst nun eine starke Wut in dir", piepste sie.

„Das ist eine sehr milde Formulierung", erwiderte Andrej.

„Nun, Zorn ist eine nachvollziehbare und sehr menschliche Reaktion. Und es ist wichtig, dass du dir dieses Gefühls bewusst bist. Aber eines solltest du wissen ..." An dieser Stelle wurde ihre Stimme ein wenig tiefer und ... geheimnisvoller.

Andrej beugte sich unwillkürlich vor.

„Der Igor Sokolow, den du zu kennen glaubst, ist nicht der wahre Igor Sokolow."

„Ach?"

„Ja", Olga nickte bedeutsam. „So viel Aggression entsteht nicht ohne Grund. Wenn du hinter die Fassade des grobschlächtigen Arbeiters blicken könntest, würdest du dort einen kleinen, verängstigten Jungen entdecken. Einen Jungen, dem Schmerzvolles widerfahren ist." Der Blick der winzigen Frau schien in die Ferne zu schweifen. „Ich sehe ihn vor mir, den kleinen Igor. Sein Vater ist ein Trinker und seine Mutter eine verhärmte Frau ohne Liebe."

„Du kennst die Eltern von diesem Kerl?", entfuhr es Andrej.

„Ich bilde Hypothesen", erwiderte sie würdevoll, „die auf meiner langjährigen Erfahrung beruhen. Nur so wird es dir gelingen, Empathie zu entwickeln, und Empathie ist der Schlüssel zur Konfliktlösung."

„Aha."

„Also, der kleine Igor sitzt in der Schule. Er ist eher praktisch veranlagt. Ein Junge, der sich bewegen und ausprobieren muss. Aber sein Lehrer verlangt, dass er mathematische Formeln auswendig lernt und saubere Tabellen erstellt. Und wenn er das nicht tut oder nicht ordentlich tut, dann verprügelt er ihn mit einem Rohrstock auf brutalste Art und Weise. Und weißt du was, Andrej? Dieser Lehrer sieht aus wie du!"

„Was?", entfährt es Andrej. „Woher willst du das wissen?"

Die winzige Frau seufzte. „Ich sagte doch bereits, dass wir fundierte Hypothesen erarbeiten müssen, um den kleinen Jungen sehen zu können, der noch immer in ihm schlummert. Hast du jemals mit ihm gesprochen?"

„Mit dem kleinen Igor?", fragte Andrej verwirrt.

„Mit Igor Sokolow!"

„Ach so."

„Hast du ihn jemals auf euren Konflikt angesprochen?"

„Was für einen Konflikt? Ich habe ihm doch gar nichts getan."

„Ja, das glaubst du", sagte die winzige Frau. „Aber der kleine Igor empfindet das ganz anders."

„Na ja, ich gebe zu, so habe ich das noch nie betrachtet."

„Gut. Dann schlage ich jetzt Folgendes vor ..."

Andrej Golubews Hand zitterte leicht, als er gegen die schwere eiserne Tür klopfte.

Alles blieb still.

„Niemand da!", seufzte er erleichtert.

„Klopf lauter!", befahl eine piepsige Stimme aus seiner Westentasche.

Andrej holte tief Luft und klopfte lauter.

„Was ist?", knurrte eine tiefe Stimme unwirsch.

Sein Herz pochte gegen seine Rippen wie ein Dampfhammer. Er schob die schwere Tür auf. Igor Sokolow war allein in der Werkstatt, er blickte schweigend zur Tür. Sein Gesicht war ausdruckslos.

„Ich ..." Andrej räusperte sich. „Nun, ich dachte mir, es wäre an der Zeit, dass wir unter vier Augen miteinander sprechen. Ich meine, wir hatten keinen besonders guten Start und ich würde unseren unausgesprochenen Konflikt gerne beseitigen." Er trat zögernd ein paar Schritte näher. „Ich weiß nicht, warum Sie mir so aggressiv begegnen. Habe ich irgendetwas getan, das Sie verärgert hat?"

Igor Sokolows Schnurrbart zitterte. Und dann, von einem Augenblick auf den nächsten, brach er in dröhnendes Gelächter aus. „Du, mir etwas getan? Mach dich nicht lächerlich!"

Andrej schluckte seinen Zorn hinunter. „Warum tun Sie das

dann? Warum untergraben Sie meine Arbeit? Warum beleidigen Sie mich?"

„Nun", der riesige Mann breitete die Arme aus, „ganz einfach: Es gefällt mir." Er kam einen Schritt näher. „Und glaub mir, ich habe gerade erst angefangen."

„Aber ... warum?", fragte Andrej und verachtete sich selbst dafür, dass seine Stimme so leise klang, dass sie kaum mehr als ein Flüstern war.

Sokolow grinste. Dann beugte er sich vor, sodass sein Atem Andrej in die Nase stieg. Er roch nach Zwiebeln und kaltem Zigarettenrauch. „Einfach so", hauchte er.

Andrej wusste später nicht mehr, wie es ihm gelungen war, den Raum zu verlassen. Das Nächste, woran er sich erinnerte, war sein Schreibtischstuhl, der ihm gegen die Knie stieß, und die piepsige Stimme aus seiner Westentasche.

„Na bitte", bemerkte Olga und lächelte ihm etwas gezwungen aus der Westentasche entgegen, „das war doch schon ein Anfang."

„Was?!", fauchte Andrej.

„Wenn du ganz genau hingesehen hast, konntest du den kleinen Igor –"

„Noch ein Wort vom kleinen Igor, ein einziges Wort, und ich schäle dir mit dem Bleistiftanspitzer ganz langsam und Stück für Stück deine empathischen Hypothesen aus dem Gehirn."

Wortlos verkroch sich Olga in den Tiefen der Westentasche.

„Na endlich", meldete sich die Stimme des bärtigen Dimitri. „Ich dachte schon, ich komme gar nicht mehr zum Zug." Er kletterte geschmeidig aus der Tasche und sprang hinüber auf den Schreibtisch. Er sah ein wenig wie eine Miniaturversion von Iwan dem Schrecklichen aus, als er, die winzigen Arme hinter dem Rücken verschränkt, zwischen Tintenfass und Radiergummi auf und ab lief. „Du hast lange genug dem Geschwafel der Dicken zugehört", knurrte er.

„Es wird Zeit, dass du dich endlich mal dem Konflikt mit deiner Mutter stellst, Dimitri", erklang es belehrend aus der Westentasche.

„Ruhe!", donnerten Andrej und der Bärtige gemeinsam.

Die Antwort war ein verschnupft klingendes Gemurmel, das immer leiser wurde, bis es schließlich ganz verstummte.

„Schön", ergriff Dimitri wieder das Wort, „es wird Zeit, dass wir der Wahrheit ins Gesicht blicken: Dieser Igor Sokolow macht dir Angst!"

„Angst?", murmelte Andrej. „Findest du das nicht ein wenig drastisch formuliert?"

Dimitri blieb stehen, stemmte die Hände in die Hüften und blickte zu ihm auf. „Dein Herz fängt an zu flattern, wenn du nur seine Schritte auf dem Gang hörst. Deine Hände sind schweißnass, und schon bei der Vorstellung, ihm zu begegnen, schnürt es dir die Kehle zu. Es vergeht keine Minute, in der du nicht darüber nachsinnst, was er dir als Nächstes antun wird. Und nachts erscheint er dir wie ein Dämon in deinen Albträumen. Korrekt?"

„Äh, nun ja, in gewisser Weise ..."

Dimitri nickte grimmig. „Das nennt man Angst."

Andrej gab sich geschlagen „Also gut, setzen wir als Arbeitshypothese eine gewisse, äh, Bangigkeit voraus."

„Angst ist Schwäche. Und Schwäche sorgt dafür, dass er dich irgendwann vernichtet. Willst du vernichtet werden?"

Andrej schüttelte den Kopf.

„Die Lösung ist ganz einfach: Du musst den Spieß umdrehen!"

„Wie meinst du das?"

„Angst ist eine sehr starke Emotion, nutze sie und wandle sie um in ein noch stärkeres Gefühl. Wandle deine Angst in Hass! Wenn du seine Schritte auf dem Gang hörst, dann stell dir vor, wie aus dem arroganten Umherstolzieren eine panische Flucht wird. Wenn deine Hände schweißnass werden bei dem Gedanken, ihm zu begegnen, stelle dir vor, wie du diese Hände um seine Kehle legst und immer fester und fester zudrückst. Denke jede Minute, jeden Atemzug deines Lebens darüber nach, was du ihm antun wirst. Mach es zum obersten Ziel deines Daseins, ihn zu vernichten. Und nachts, wenn du in deinem Bett liegst, wärme dich an dem Gedanken, dass du zu seinem Albtraum wirst!"

Die Worte des Bärtigen hatten einen eigentümlichen Bann gewoben. Der rote Nebel des Zorns, der hin und wieder aufgeflackert war, schien nun seine ganze Sicht auszufüllen. Sein Herz pochte und er fühlte sich … stärker.

Dimitri bleckte die Zähne. „Spürst du, wie die Kraft in dir wächst?"

Andrej nickte zögernd.

„Glaube mir, was du jetzt spürst ist nur ein Bruchteil deines wahren Potenzials. Lass deinen Hass wachsen, bis er jede Faser deines Seins ausfüllt. Jetzt bist du nur ein schwacher Mensch, aber irgendwann wirst du ein Rachegeist sein. Und dann wirst du diese Kakerlake zertreten."

Ein Geräusch ertönte. Andrej nahm es nur am Rande seines Bewusstseins wahr. In seinem Kopf wurden die Bilder immer lebhafter. Dimitri hörte auf umherzustolzieren und spurtete über die Schreibtischplatte. Auch das bemerkte Andrej kaum. In Gedanken durchlebte er jede Begegnung mit Igor Sokolow noch einmal. Doch dieses Mal reagierte er anders. Dieses Mal hatte er schlagfertige Antworten parat, wich den Fallen geschickt aus und stellte seinen Widersacher bloß.

Verschwommen nahm er wahr, wie Dimitri von der Tischkante sprang, etwas unelegant gegen die Weste prallte, abrutschte und an einem Knopf hängen blieb. Fluchend löste er seinen langen Bart, der sich irgendwie verheddert hatte, und schlitterte in die Westentasche. Ein gedämpfter Schmerzenslaut erklang.

Ein erneutes Geräusch ließ Andrej unwirsch aufblicken. „Jetzt nicht!", blaffte er.

Dann bemerkte er das erschrockene Gesicht von Irina Saizewa. Wortlos zog sie sich zurück und schloss die Tür hinter sich.

„Oh, verdammt!", zischte Andrej. Etwas lauter sagte er: „Warten Sie!"

Er eilte zur Tür. Als er sie aufriss, war von der Chefsekretärin nichts mehr zu sehen. Stattdessen ertönten wohlvertraute schwere Schritte auf dem Flur. Andrej knirschte mit den Zähnen und widerstand dem Impuls, in sein Büro zu fliehen. Stattdessen starrte er seinem Widersacher entgegen. Er stellte sich vor, wie diese Schritte ins Straucheln gerieten und wie der selbstgefällige Ausdruck des Mannes sich zu Erschrecken wandelte.

Igor Sokolow kam näher. Andrejs stummer Zorn schien ihn nicht im Mindesten zu beeindrucken.

Er ließ seinen Blick an Andrej hinabwandern, verharrte kurz auf seinen Füßen und wandte sich dann mit einem belustigten Schnauben ab.

Als der Oberlokomotivführer verschwunden war, senkte Andrej den Blick. Seine sorgfältig geputzten Lederschuhe und die weißen Gamaschen waren kotbeschmiert. Er spürte eine neue Eruption des Hasses in sich.

Andrej stellte fest, dass es ihm erstaunlich leichtfiel, den Ratschlägen Dimitris zu folgen. Der Hass in ihm war wie ein Strudel, der mächtiger und mächtiger wurde, bis er alles mit sich riss. Er wachte auf mit Groll im Herzen, und wenn er sich abends schlafen legte, erfüllten Rachefantasien sein Denken. Aus dem kalten Strom der Furcht war ein mageres Rinnsal geworden. Sie war verdampft in der Glut seines Zorns.

Hin und wieder hatte er das Gefühl, mehr als nur seine Furcht verloren zu haben. Er bemerkte, dass seine Arbeit ihm immer gleichgültiger wurde. Hin und wieder spürte er die befremdeten Blicke von Irina Saizewa auf sich ruhen. Selbst sein Vorgesetzter sah ihn hin und wieder so merkwürdig an. Aber diese Irritationen hielten nicht lange an. Alles wurde verschlungen vom Mahlstrom des Hasses.

„Gut!“, sagte Dimitri und rieb sich die Hände, während er auf Andrejs Esstisch auf und ab marschierte. „Ich denke, du bist jetzt so weit.“

Andrej hob die Brauen.

„Es ist an der Zeit, Igor Sokolow zu vernichten.“

„Wie?“ Andrej beugte sich vor. Er verspürte eine seltsame Gier in sich. *So muss sich ein Trunkenbold fühlen, wenn ihm eine Flasche Wodka angeboten wird*, schoss es ihm durch den Sinn. Er verdrängte den Gedanken.

„Wir werden dieses arrogante Schwein restlos ruinieren!" Dimitri lächelte. „Wir werden dafür sorgen, dass er einen katastrophalen Fehler begeht. Er wird seine Arbeit verlieren, sein Ruf wird so zerstört sein, dass man ihn nicht mal mehr als Lumpensammler einstellen wird, und wenn alles gut geht, landet er sogar im Gefängnis."

Andrej verzog die Lippen zu einem breiten Grinsen. „Was muss ich tun?"

Der Bärtige erklärte es ihm.

Vier Wochen später ging Andrej mit federnden Schritten den langen Flur entlang zu seinem Büro. Heute war der große Tag. Heute würde das Leben des Oberlokomotivführers Igor Sojolow in einer Katastrophe enden.

Und das anderer Menschen möglicherweise auch, mahnte eine leise wispernde Stimme in ihm. Andrej wischte den Gedanken beiseite. Kollateralschäden waren manchmal nicht zu vermeiden. Außerdem waren es nicht seine Fehler, die dazu führen würden. Das war ja das Großartige an seinem Plan. Seine Rache würde makellos sein!

Noch nie hatte Andrej sich so stark gefühlt.

Irina Saizewa trat hinaus auf den Flur. Sie sah bezaubernd aus. Ihr Rock schmiegte sich eng an ihre Hüften, und ohne dass sie es bemerkt hatte, hatte sich ein Knopf ihrer Bluse gelöst. Andrej schluckte. *Ich sollte sie zum Essen einladen*, schoss es ihm durch den Kopf. „Guten Morgen." Er lächelte, ohne dass es ihm gelang, den Blick von ihrer halboffenen Bluse zu lösen.

Irina Saizewa sah ihn an. Ihre Augen weiteten sich ein wenig. Das freundliche Lächeln auf ihren Lippen verblasste. Und irgendetwas, das stets in ihrem Blick gelegen hatte, etwas, das Andrej stets für ihren ganz natürlichen Ausdruck gehalten hatte, verschwand. Dann senkte sie kurz den Blick und schloss den Knopf an ihrer Bluse. „Guten Morgen." Sie wandte sich ab.

Andrej blieb stehen.

„Los! Weiter!", zischte es aus der Westentasche. „Bring es zu Ende!"

Andrej starrte auf seine Hände und bemerkte, dass sie zitterten. Abrupt machte er kehrt.

„He, was soll das?", schimpfte Dimitri. „Das ist die falsche Richtung!"

Andrej hetzte zu den Herrentoiletten. Stieß die Tür so heftig auf, dass sie gegen die Wand krachte. Dann lief er hinüber zum Waschbecken und starrte in den Spiegel.

Ein Fremder starrte zurück, ein bärtiger Mann mit eingefallenen Wangen. Dunkle Ringe zeigten sich unter den Augen, die ihm kalt und leer entgegenblickten. Die Lippen unter dem Bart waren zu demselben arroganten Lächeln verzogen, das ihm an Igor Sokolow so verhasst war. Es war, als habe sich eine Maske über sein Gesicht gelegt, eine Maske, die zu lösen unmöglich war.

„Was ... was ist aus mir geworden?", stammelte er.

„Das, was du immer sein wolltest", wisperte eine heisere Stimme aus seiner Westentasche, „der Rachegeist, der deinen Feind in die Tiefen der Hölle stoßen wird!"

Mit zitternden Händen drehte Andrej den Wasserhahn auf.

„Nun vollende, was du angefangen hast!", befahl Dimitri.

„Sei still!", fauchte Andrej. „Noch ein Wort und ich spüle dich den Ausguss runter!"

Dimitri warf ihm einen bösartigen Blick zu und verschwand in der Tasche.

Andrej ließ das kalte Wasser in seine Hände laufen, tauchte sein Gesicht hinein. Immer wieder rieb er sich über das Gesicht, als könne er so die bösartige Maske abwaschen. An diesem Nachmittag würde ein Unglück passieren und er hatte es eingefädelt. Zwei Güterzüge würden entgleisen – das Ergebnis einer verhängnisvollen Kette von Fehlentscheidungen. Der Schaden würde über eine Million Rubel betragen. Die Lokführer würden verletzt, vielleicht sogar getötet werden. Man würde den Fall natürlich untersuchen. Und man würde feststellen, dass ein Mann dafür verantwortlich war: Oberlokomotivführer Igor Sokolow. Er hatte entschieden, dass die Kupplungen mit minderwertigem Material repariert worden waren. Er hatte seine Unterschrift unter die Genehmigungen der Ladung gesetzt, die an diesem einen Tag viel zu hoch sein würde. Und diesen Fehler würde man im Wesentlichen auf die deutlich reduzierte Dokumentation zurückführen, die er eingeführt hatte. Igor Sokolow hatte entschieden, dass die Geschwindigkeit auf einem ganz bestimmten Streckenabschnitt erhöht und der Zeitabstand zwischen den Zügen deutlich verringert worden war. Igor Sokolow würde für das größte Eisenbahnunglück der vergangenen zehn Jahre verantwortlich gemacht werden. Kein Mensch würde Andrej Golubew verdächtigen. Schließlich war sogar dokumentiert, dass er des Öfteren Gegenteiliges empfohlen hatte. Niemand würde ihn behelligen. Aber das änderte nichts daran, dass er genau wusste: Dies war sein Werk!

Er starrte in sein gerötetes, klatschnasses Gesicht. „Was soll ich nur tun?“, flüsterte er. „Was soll ich nur tun?“

„Willst du das wirklich wissen?“, fragte eine leise Stimme.

Andrej senkte den Blick und entdeckte einen daumengroßen Mann, der aus seiner Westentasche emporlugte. Er sah jung aus und trug einfache Bauernkleidung, die allerdings so hellweiß war, dass sie ein wenig in den Augen stach.

„Wer bist du?“

„Mein Name ist Gabriel.“

„Gehörst du auch zu denen?“, entfuhr es Andrej. „Ich meine, warst du auch die ganze Zeit in meiner Westentasche?“

„Ich war die ganze Zeit bei dir.“

„Warum hast du nichts gesagt?“

„Ich habe etwas gesagt, aber du warst noch nicht bereit, mich zu hören.“

„Also gut. Jetzt bin ich bereit.“

Gabriel wiegte nachdenklich den Kopf hin und her.

„Was soll das heißen?“, fauchte Andrej.

„Darf ich dir ein paar Fragen stellen?“

„Meinetwegen!“, schnaufte Andrej. „Mein Leben ist ohnehin ruiniert, da kann ich ruhig noch ein bisschen plaudern.“

Gabriel kletterte aus der Westentasche und balancierte auf dem Waschbeckenrand. „Warum konnte dir Olga nicht helfen?“

„Warum? Ha! Weil dieses Gerede vom kleinen Igor keinen Deut weiterhilft."

„Olga meint es gut", sagte Gabriel. „So mancher Streit kann geschlichtet werden, wenn wir uns in den anderen hineinversetzen und Missverständnisse klären. Aber es gibt auch Menschen, deren Handeln nicht durch Erklärungen beiseitegewischt oder entschuldigt werden kann, ganz einfach, weil sie schuldig sind. Manchmal misslingt jeder Versöhnungsversuch, weil Menschen sich nicht versöhnen wollen."

„Also hatte Dimitri doch recht?"

„Hast du es genossen, so viel Zeit mit Igor Sokolow zu verbringen?", fragte Gabriel, während er auf den Wasserhahn zuspazierte.

„Machst du Witze?!", entfuhr es Andrej.

„Findest du es angemessen, dass er so viel Macht über dich ausgeübt hat?"

„Ich verabscheue jede Sekunde in seiner Gegenwart. Das weißt du sicher ganz genau. Also, was soll diese Frage?"

„Warum hast du ihm dann so viel Macht über dich gegeben, viel mehr Macht, als er von sich aus jemals ausüben könnte? Warum hast du ihm all deine Zeit geopfert und warum all deine Gefühle nur für ihn aufgespart? Warum hast du ausgerechnet ihm die ersten Gedanken des Morgens geweiht und den Tag mit seinem Bild vor Augen beschlossen?"

„Weil ... weil ..." Andrej verstummte. Hilflos zuckte er mit den Schultern. Was sollte er sagen? Die Wahrheit schnitt wie ein glühendes Schwert in seine Seele. Alles, was Gabriel gesagt hatte, traf zu. Er hatte alles gegeben, um seinen Hass zu nähren, und war dabei dem immer ähnlicher geworden, der ihm verhasst war. „Du hast recht", flüsterte er leise. „Aber", seine Stimme wurde lauter, „er hat mich dazu getrieben. Sollte ich sein Tun etwa schönreden oder gutheißen?!"

Gabriel hockte sich auf den Drehknauf des Wasserhahns und blickte zu ihm auf.

Es war schwer, seinen Blick zu deuten, weil er so klein war.

Aber etwas Ungewohntes lag darin. Es war kein Mitleid. Eher so etwas wie ... Zuneigung?

„Es gibt eine Möglichkeit, ihm die Macht über dich zu nehmen und dich von der Dunkelheit zu befreien, die an deiner Seele nagt."

„Ach ja?", fragte Andrej. „Und wie soll ich das anstellen?"

„Du musst ihm vergeben."

„Was?!", schrie Andrej auf. „Das ist nicht dein Ernst!"

„Es ist die einzige Möglichkeit", erwiderte Gabriel ruhig.

„Diesem Schwein vergeben?!", fauchte Andrej. „Diesem Widerling, der mein Leben grundlos ruiniert hat?! Nein!" Er schüttelte den Kopf. „Das tue ich nicht, niemals! Er hat kein Recht auf meine Vergebung!"

„Natürlich hat er kein Recht darauf", erwiderte Gabriel. „Vergebung bedeutet nicht, dass du sein Handeln entschuldigst."

„Nicht?" Andrej schniefte und wischte sich mit dem Ärmel über sein nasses Gesicht. „Was bedeutet es dann?"

„Es bedeutet, dass du dem Bösen, das er tut, nicht die Macht über dein Handeln, dein Denken und dein Fühlen gibst. Es bedeutet, dass du nicht zulässt, dass das Böse dich selber böse macht."

Andrej starrte zu Boden. Lange Zeit sagte er nichts. Dann fragte er leise: „Und wie soll so etwas möglich sein?"

„Dein Herz muss mit etwas anderem gefüllt sein", erwiderte Gabriel, „so randvoll, dass weder Hass noch Angst darin Platz finden." Ein Lächeln breitete sich auf seinem winzigen Gesicht aus, und für einen Moment sah es so aus, als würde sein einfaches, weißes Bauerngewand strahlen wie Sternenstaub. „Eines hast du nämlich völlig vergessen, Andrej Gobulew."

„Ach, und das wäre?"

Gabriel nahm Anlauf, sprang vom Waschbeckenrand auf Andrejs tropfnassen Hemdsärmel und kletterte geschickt bis ganz nach oben auf seine Schulter. Dann hielt er sich mit einer Hand an seinem Kragen fest und flüsterte ihm etwas sehr leise ins Ohr.

Oleg, der Lokführer, war etwas überrascht, als Andrej zu ihm kam und ihm dringend ans Herz legte, die Ladung noch einmal genau auf das zulässige Gesamtgewicht zu überprüfen. Auch Michail, der Mechaniker, machte ein verdutztes Gesicht, als der kleine Buchhalter ihn bat, die neuen Kupplungen wieder auszutauschen. Als sie die Fehler bemerkten, war es ihnen ganz recht, die Anerkennung dafür selbst ernten zu können. Denn Andrej hatte ihnen eingeschärft, auf keinen Fall zu erwähnen, dass er sie darauf hingewiesen hatte. Den Gedanken, die Fahrpläne zu ändern, gab er seinem Vorgesetzten ein, ohne dass dieser es merkte.

Es war früher Abend, und die Luft war mild, als Andrej Gobulew die schäbige kleine Gasse entlangschritt. Ein Lächeln stahl sich auf seine Lippen, als er eine hastige Bewegung hinter dem Schaufenster von „Vitali Vitas Westentaschenberater für alle Lebenslagen" wahrnahm. Als er wenig später vor der Ladentür stand, baumelte das Schild *Wegen Krankheit geschlossen* am Türknauf.

Er klopfte.

Nichts geschah.

Er klopfte etwas energischer. „Machen Sie auf, Dr. Vitas! Ich weiß, dass Sie da sind!"

Erst als er so heftig klopfte, dass die Scheibe erzitterte, lugte das bleiche Gesicht des Ladenbesitzers hinter einem der Lehnsessel hervor.

Andrej nickte ihm freundlich zu.

Vorsichtig öffnete der Mann.

Wortlos reichte ihm Andrej den Beutel mit der Weste.

Dr. Vitas nahm ihn hastig entgegen. „Tut mir leid, aber die Anzahlung kann ich Ihnen nicht in bar erstatten. Ich wäre allerdings bereit, Ihnen meinen kleinen psychologischen Ratgeber im Taschenbuchformat –"

„Schon gut", unterbrach Andrej ihn. „Ich bezahle Ihnen die restlichen dreihundertfünfzig Rubel gerne."

Dr. Vitali Vitas starrte ihn mit offenem Mund an. „Haben ... die beiden Sie nicht zur Weißglut getrieben?"

„Die beiden ersten schon." Andrej schmunzelte. „Aber der Rat des Dritten war ... erstaunlich." Er drückte dem Ladenbesitzer die Rubelscheine in die Hand.

„Des Dritten ...?", murmelte dieser verblüfft. „Was für ein ...?" Er räusperte sich und ließ das Geld hastig in der Jacketttasche verschwinden. „Äh ... wie dem auch sei ... Es freut mich außerordentlich, dass ich Ihnen weiterhelfen konnte. Und sollten Sie noch einmal Rat brauchen – Sie wissen ja, wo Sie mich finden."

Andrej verabschiedete sich. Dann blickte er auf die Uhr und beschleunigte seine Schritte. Er hatte um die Ecke einen Blumenladen gesehen. Ob Irina Saizewa Nelken mochte? Oder sollte er ihr Rosen mitbringen? Ja, beschloss er, zwanzig Rosen. Er würde sie heimlich auf ihren Schreibtisch stellen. Und dann würde er sie fragen, ob sie möglicherweise nicht ganz abgeneigt wäre, in dieser oder der nächsten Woche ganz unverbindlich mit ihm essen zu gehen. Es war vielleicht ein wenig gewagt. Aber irgendwie schien ihm heute ein angemessener Tag für ein solches Wagnis zu sein.

Waldfrühstück

Dunja schlug das Büchlein zu und stellte es zurück ins Regal. „An jenem Tag sah ich mein Gesicht im Fenster. Ich chabe sofort gedacht an diese Geschichte. Ein weiser Mann war mein Großvater. Ich chabe immer gewusst. Aber ich chabe nicht gewusst, wie schwer zu leben.“ Sie öffnete die Ofenklappe und stocherte in der Glut, bevor sie ein paar Scheite nachlegte. „Er hat gesagt, um zu leben, wir müssen sterben.“

Rasmus stutzte. Hatte er nicht schon mal einen ganz ähnlichen Satz gehört? Er rief sich Erwins Worte ins Gedächtnis: *Wir werden so lange tot sein, wie wir uns weigern zu sterben.* Nachdenklich ruhte sein Blick auf der ehemaligen Zwangsarbeiterin. Das warme Licht ließ ihre Züge jünger und weicher erscheinen.

„Was genau meinst du damit?“

„Solange wir uns klammern an das, was wir für unser Recht chalten, tief in uns ist große Leere. Erst wenn wir lassen los, Gott kann machen unser Cherz voller Liebe. So voll, dass nix anderes mehr chat Platz darin.“

Hans nickte. „Das hat Tante Walli mir auch erzählt.“

Rasmus runzelte die Stirn. Er konnte sich nicht vorstellen, dass Hans wirklich verstanden hatte, was Dunja gesagt hatte. Aber vielleicht irrte er sich auch. Schließlich hatte er sich oft genug getäuscht. Schweigend verließ er die Hütte, saß draußen in der kalten Nacht und dachte nach. Er dachte an viele Dinge – an seinen Vater, an jenen Abend am Berliner Badesee, an Emmi und die russischen Soldaten.

Der Morgen begann bereits zu grauen, als er zurück in die Hütte schlüpfte und sich auf dem Boden ausstreckte, um noch ein wenig Schlaf abzubekommen.

„Aufwachen!“ Jemand rüttelte ihn an der Schulter.

Rasmus blinzelte in das grinsende Gesicht von Hans und schluckte eine mürrische Bemerkung hinunter. Ächzend setzte er sich auf und rieb sich die Augen. Er hatte schon wieder den gleichen Traum gehabt. Auch wenn die Bilder rasch verblassten, sah er noch das Schimmern von Emmis Sommerkleid und das kalte Grinsen des Totenschädels. Er rappelte sich auf.

„*Dóbroje útro**“, begrüßte ihn Dunja und reichte ihm einen Leinensack.

„Guten Morgen“, erwiderte Rasmus. Er gähnte. Der Sack in seiner Hand war leicht. „Was ist da drin?“, fragte er.

„Was euch chilft auf Reise. Eine Decke, kleine Messer und Topf, Stricke für binden von Feuerholz und ein paar Rubel.“

„Ich weiß nicht, wie wir dir danken sollen“, sagte Rasmus.

Dunja lächelte. Dann stieß sie die Tür der kleinen Hütte auf. „Kommt, wir können essen, wenn gehen.“

Während sie in strammem Tempo durch den Wald schritt, erklärte sie den beiden: „Wenn ihr wollt überleben, ihr müsst wissen, was ihr könnt essen. Rehe essen Rinde. Ihr könnt auch.“ Sie zeigte ihnen, wie man an die weiche Innenrinde frischer Kiefernäste herankam, die ebenso essbar war wie das Harz der Bäume. Sie erklärte ihnen, dass Löwenzahnwurzeln gekocht wie Möhren schmecken und Schilfwurzeln stark machen. Birkensaft könne helfen, Zeiten ohne Wasser zu überbrücken. Geröstete Heuschrecken hätten schon Johannes dem Täufer geschmeckt und fast alle Larven seien essbar. „Und damit ihr lernt“, sagte sie mit einem, wie Rasmus fand, etwas schadenfrohen Lächeln, „wir machen Waldfrühstück. Dreh Stein dort um!“, wies sie Hans an. „Sicher du findest dort Regenwurm.“

Hans gehorchte, wenn auch etwas zögerlich, und Rasmus starrte sie mit großen Augen an. „Ist das dein Ernst?“

Sie nickte. „Überall Menschen chungern. Ihr chabt nicht genug Geld, um zu kaufen Essen.“

---

* Guten Morgen

„Dann waren das also doch Maden in der Suppe gestern?“

Dunja lächelte, etwas verlegen, wie Rasmus schien. „Das meiste war Pilz“, erwiderte sie knapp. Dann nahm sie seine Hand. „Komm, ich dir zeige, wie finden Borkenkäfer. Schmeckt fast wie Pinienkerne.“

In der Tat brauchte Dunja nicht lange, um fündig zu werden. Zufrieden überreichte sie ihm ein prachtvolles Exemplar. Sein Verstand sagte Rasmus, dass Dunja recht hatte. Die Menschen aßen Krabben und Muscheln – warum nicht auch Käfer und Maden? Seinen Magen allerdings schien diese Argumentation nicht zu überzeugen. Mit zusammengekniffenen Lippen betrachtete Rasmus den schwärzlichen Käfer, der plump auf seiner Handfläche herumkrabbelte und träge mit den Fühlern winkte.

„Das Problem ist“, sagte er mit belegter Stimme, „dass er nicht aussieht wie ein Pinienkern.“

„Was soll ich jetzt machen?“, warf Hans unsicher ein.

Er hielt zwei sich windende Regenwürmer an spitzen Fingern in die Höhe.

„Augen zu und schlucken!“, kommandierte Dunja.

Mit einer Mischung aus Faszination und Ekel beobachtete Rasmus, wie Hans den Kopf in den Nacken legte, die Augen schloss und die beiden Würmer in den Rachen plumpsen ließ. Er schluckte, schüttelte sich kurz und neigte dann den Kopf zur Seite, als lausche er, was die beiden Tiere auf dem Weg in die Tiefen seiner Eingeweide noch von sich gaben.

„Schmeckt’s?“, fragte Rasmus.

„Keine Ahnung.“ Hans zuckte mit den Achseln. „Ich hab einfach geschluckt.“ Dann fragte er neugierig: „Und wie ist dein Frühstück?“

„Tja“, sagte Rasmus, während sich ein erleichtertes Lächeln auf seinem Gesicht breitmachte, „das ist wohl davongeflogen.“ Zum Beweis hob er seine leere Handfläche.

„Du chast Glück“, meldete sich Dunja. „Ich chab es wieder eingefangen.“ Sie hielt ihm ihre Faust entgegen, in der es hörbar brummte. Der Blick ihrer Augen war erbarmungslos.

Rasmus erschauerte.

Ob der Käfer tatsächlich nach Pinie schmeckte, konnte er anschließend nicht sagen. Er hatte zugeschnappt wie eine Schlange und so hastig geschluckt, dass nicht viel mehr als ein Kitzeln auf seiner Zunge zurückblieb.

In jedem Fall war er dankbar, dass der Fahrplan des russischen Güterverkehrs die Lehrstunde rasch wieder beendete.

„Wir müssen laufen schnell", sagte Dunja. „Zug wird bald da sein." Dann erklärte sie den beiden ausführlich, wie sie mit mehrmaligem Umsteigen bis zu einem Vorort von Lwow gelangen konnten. Dort würde ihre Schwester sie in Empfang nehmen.

Als sie die Bahnstrecke erreichten, blieben sie an der Böschung verborgen im Unterholz hocken, bis die Lok vorüber war. Dunja reichte Rasmus die Hand, aber er umarmte sie und drückte sie fest an sich. „Das werden wir dir niemals vergessen", sagte er. Er wollte noch mehr sagen, brachte aber kein Wort heraus.

Hans hatte Tränen in den Augen, als er sich verabschiedete.

Sie liefen neben dem rumpelnden Zug her und sprangen auf einen Waggon, der Baumaterial geladen hatte. Dunja winkte ihnen nach, bis der Zug um eine Biegung fuhr und sie aus ihrem Blick verschwand.

Als der Zustand der Gleise besser wurde, nahm der Zug Fahrt auf. Es gab noch mehr Mitreisende, aber diese hatten sich auf andere Waggons verteilt.

Hans starrte nachdenklich auf die dichten Wälder, die der Zug hinter sich ließ. „Meinst du, sie könnte ein Engel gewesen sein?"

„Dunja?"

Er nickte.

Rasmus zuckte die Achseln. „Ich weiß nicht. Ich kenne mich da nicht so gut aus. Aber ich glaube, was sie getan hat, war genau das, was auch ein Engel getan hätte."

Hans nickte nachdenklich. „Ich hätte nie gedacht, dass Engel Würmer essen."

Rasmus lachte. „Ich auch nicht."

Wieder schwieg Hans eine Weile. Dann meinte er: „Meinst du, sie leben noch?“

„Wer?“, fragte Rasmus verdutzt.

„Die Würmer.“

„Wohl kaum!“

„Bist du sicher? Vielleicht denken sie ja, sie sind noch in der Erde, und versuchen, tiefer zu kriechen?“ Er lächelte etwas verkniffen. „Es fühlt sich jedenfalls so an.“

Rasmus kniff die Augen zusammen. „Oh, nein!“ Er sprang auf. „Nicht hier! Ich halte dich und du lehnst deinen Hintern da raus.“

Hans nickte hastig.

Sie schafften es gerade noch rechtzeitig, die übel riechende Hinterlassenschaft neben die Gleise zu platzieren.

Als sich Rasmus ein paar Stunden später auf ganz ähnliche Weise der überschüssigen Verdauungsextrakte entledigte, kam ihm in den Sinn, dass er sich nie hätte träumen lassen, wie viel Sehnsucht man nach einer sauberen Toilettenschüssel haben konnte.

Abgesehen von diesen Schwierigkeiten gestaltete sich die Fahrt jedoch erfreulich ereignislos. In dem Sack fand sich noch ein Stück hartes Brot. Etwa die Hälfte der Rubelscheine ging für Bestechungsgelder drauf. Von der anderen Hälfte konnten sie sich zweimal etwas zu essen und einen Blechkanister mit Trinkwasser kaufen.

Die meiste Zeit blieben sie von Regen verschont. Einmal fanden sie Unterschlupf in einer leeren Scheune unweit eines Bahnhofs, ein zweites Mal drückten sie sich an einen Containerwagen, dessen Dach ein wenig überstand.

Nach drei Wochen verließen sie den Zug in einem völlig zerstörten Vorort von Lwow.

Dunjas Schwester Rimma war klein und zierlich, kaum größer als ein Kind. Ihr hübsches Gesicht wirkte verängstigt, als sie die beiden Deutschen zu einer verfallenen Datscha außerhalb der Stadt führte.

Da sie nur Russisch sprach, musste Hans übersetzen.

„Ihr Mann darf nicht wissen, dass wir hier sind“, sagte Hans. „Er hasst die Deutschen.“

Rasmus nickte. Er fragte sich, wie es Dunja gelungen war, ihre Schwester zu informieren, ohne dass deren Mann etwas davon mitbekommen hatte.

Die Frau legte eine Konservendose mit Fisch und einige schrumpelige Klaräpfel auf den Tisch. Sie sprach hastig und hielt den Blick meist gesenkt.

„Das ist alles, was sie im Moment entbehren kann. Aber morgen wird sie uns noch etwas Brot bringen.“

Rasmus wollte ihr einen der beiden verbliebenen Zehn-Rubel-Scheine in die Hand drücken, aber sie lehnte ab.

Dann gab sie noch ein paar Anweisungen.

„Wir dürfen kein Feuer machen und kein Licht“, übersetzte Hans. „Das Haus sollen wir auf keinen Fall verlassen. Manchmal streunen die Leute auf der Suche nach etwas Essbarem hier herum. Wenn wir etwas Verdächtiges hören, sollen wir auf den Dachboden klettern und die Leiter hochziehen. Niemand wird sich die Mühe machen, dort oben nachzusehen.“

„*Spasibo**!“, sagte Rasmus.

Rimma nickte stumm. Dann wandte sie sich um und verließ ohne ein weiteres Wort die verfallene kleine Hütte.

„Sie ist ganz anders als Dunja“, bemerkte Hans.

„Ja“, sagte Rasmus und blickte der jungen Frau durch die schmutzige Fensterscheibe hinterher. „Sie hat Angst. Es ist sehr gefährlich, entflohenen Kriegsgefangenen zu helfen. Und nicht jeder kann so mutig und schlagfertig sein wie Dunja.“

„Das stimmt“, bestätigte Hans. „Fisch ist sehr gesund“, wechselte er etwas abrupt das Thema. Sein Blick ruhte auf der Konservendose.

„Ja“, bestätigte Rasmus. Sein leerer Magen nutzte diesen Moment geschickt, um lautstark auf sich aufmerksam zu

* Danke

machen. Er fischte das kleine Messer aus dem Leinensack und machte sich an die schwierige Aufgabe, die Dose mit diesem unzureichenden Werkzeug zu öffnen.

Mit den Äpfeln als Nachtisch waren sie beinahe satt, als der Abend hereinbrach. Außer dem Tisch und zwei Stühlen gab es keinerlei Möbel in der kleinen Datscha. So bereiteten sie sich ihr Nachtlager auf dem Fußboden. Rasmus war dennoch dankbar. Sie hatten es trocken und waren einigermaßen geschützt. Es gab sogar einen alten Teppich, der ihnen als Matratze diente.

Hans war rasch eingeschlafen, doch Rasmus kam nicht zur Ruhe. Aus den hundert Tagen waren nun schon über zweihundert geworden. Er suchte in seinem Herzen nach der Gewissheit, dass Emmi noch lebte, dass es ihr gut ging. Aber da war nur eine graue Wolke unbeantworteter Fragen in ihm.

Als er mit Dunja über ihren weiteren Fluchtweg gesprochen hatte, waren sie sich einig gewesen, dass sie Prag und das tschechische Gebiet unbedingt meiden mussten. Ihre Tarnung wäre dort keinen Pfifferling mehr wert. Stattdessen sollten sie versuchen, nördlich davon über Schlesien nach Westen zu reisen.

Rasmus seufzte. Es gab tausend Dinge, über die er sich Sorgen machen konnte, doch irgendwann schlief er schließlich ein. Er hatte das Gefühl, nur kurz die Augen geschlossen zu haben, als er wieder hochschreckte. Es war noch immer Nacht. Sein Herz pochte. Er hatte etwas gehört!

Ein verstohlenes Tappen erklang. Dann machte sich jemand an der Eingangstür zu schaffen. Hastig richtete er sich auf und rüttelte Hans an der Schulter. „Schnell, wach auf!"

„Was –", murmelte der Junge schlaftrunken.

„Leise!", wisperte Rasmus. Was sollten sie tun? Die Leiter zum Dachboden hinaufzuklettern, gab ihm das Gefühl, direkt in eine Falle zu laufen.

Die Klinke wurde heruntergedrückt und die Tür bewegte sich mit kaum hörbarem Quietschen in den Angeln.

Rasmus schüttelte seine Erstarrung ab und tastete nach dem Messer.

„Psst!“, wisperte eine Stimme. „*Njémjez**.“

Das war die Stimme einer Frau! Er bemerkte einen zierlichen Schatten, der ins Haus huschte. „Rimma?“, fragte er.

„*Da!*“, erwiderte die Stimme. „*Dawai!*“, wisperte sie und bedeutete ihnen hastig herauszukommen. Ihre Stimme zitterte.

Rasmus packte Hans am Arm und zog ihn hinter sich her, ohne auf ihr spärliches Gepäck zu achten. Sie huschten hinaus in die Nacht, quer durch den verwilderten Garten, hinüber zum Waldesrand.

Da kamen Leute! Als sie die ersten Bäume erreicht hatten, blickte er sich um. Dunkle Gestalten sammelten sich wortlos um die kleine Datscha.

„*Dawai!*“, wisperte Rimma voller Angst und zog Rasmus am Ärmel. In diesem Moment sah er Lichter aufflackern. Die Menge bewegte sich und die Lichter flogen in hohem Bogen auf das Dach der kleinen Hütte. Im nächsten Moment gab es mehrere dumpfe Explosionen und das Haus stand lichterloh in Flammen.

Rasmus wandte sich um und starrte Rimma an.

Der Widerschein der Flammen spiegelte sich auf ihrem Gesicht und zeigte einen Ausdruck, der irgendwo zwischen Scham und nackter Panik lag. Sie wandte sich um und eilte tiefer in den Wald. Lautlos folgten die beiden ihr. Hinter ihnen ertönten Jubelrufe.

Irgendwann schluckte die Nacht das flackernde Leuchten und das Grölen der Menge. Rimma schwieg noch immer. Erst als sie den Wald durchquert hatten, wurde sie etwas langsamer. Schwer atmend stapften sie über nachtfeuchte Wiesen.

Hans stellte eine Frage auf Russisch. Nach einer halben Minute des Schweigens antwortete Rimma.

Als Hans übersetzte, erfuhr Rasmus, was geschehen war. Rimma hatte nicht gelogen, als sie erzählt hatte, dass ihr Mann die Deutschen hasste. Irgendwie hatte er herausbekommen, dass seine Schwägerin zwei Deutsche nach Lwow geschmuggelt

---

* Deutscher

hatte. Er hatte getobt, Dunja eine Hure geschimpft und seine Frau eine feige Verräterin. Dann hatte er seiner Frau befohlen, die beiden Deutschen in Sicherheit zu wiegen. Er wollte dafür sorgen, dass sie diese Nacht nicht überlebten.

Rimma hatte gehorcht, aber dann hatte das schlechte Gewissen sie gepackt.

„Was wird nun aus dir?", fragte Rasmus und Hans übersetzte.

Sie zuckte die Achseln und sagte etwas. Hans dolmetschte: „Er wird seinen Sieg mit Wodka feiern. Wenn er heimkommt, bin ich längst zu Hause."

„Und wenn er feststellt, dass wir gar nicht in dem Haus waren?"

Sie zuckte die Achseln. „Wer kann sagen, was geschehen ist?"

„Du hast viel für uns riskiert, und wir haben nichts, um dir zu danken."

Sie winkte ab. „Wartet hier. Morgen früh wird dort vorne an der Straße ein Lastwagen anhalten. Mein polnischer Nachbar zieht es vor, freiwillig zu gehen und noch etwas von seiner Habe mitnehmen zu können, bevor er zwangsumgesiedelt wird. Ihr könnt bei ihm mitfahren. Sein Name ist Lukasz. Er ist ein findiger Bursche. Wenn es jemandem gelingt, euch bis an die neue deutsche Grenze zu schmuggeln, dann ihm."

„Können wir ihm trauen?"

Ihr Blick war schwer zu deuten. „Auch er hasst die Deutschen. Aber die Russen hasst er noch mehr."

Wie beruhigend, dachte Rasmus.

Der Abschied von Rimma war kurz. Sie drückte ihnen zum Abschied die Hände und verschwand in der Nacht.

Etwa zwei Stunden nach Sonnenuntergang tuckerte ein uralter AMO F-15 die Straße entlang. Der Fahrer hielt an. Als sie auf den Wagen zuliefen, verzog er keine Miene. „Aufsteigen!", brummte er in gebrochenem Deutsch. Rasmus und Hans quetschten sich auf die vollbepackte Ladefläche. Zwischen Möbeln, Baumaterial und Benzinkanistern stapelten sich zwei Käfige mit einem Dutzend gackernder Hühner. Eine Ziege zupfte neugierig am Samtbezug eines alten Sofas und zwischen Säcken mit Zement hatten sich zwei Schafe gelagert.

Rimma hatte nicht zu viel versprochen. Lukasz war nicht nur ein findiger Bursche, er war auch so kaltblütig wie ein Kabeljau. Ohne Schwierigkeit brachte er sie über die sowjetische Grenze. Anschließend fuhren sie eine Zeit lang in einem Treck zwangsumgesiedelter Ostpolen mit. Zwischendurch begleiteten sie sogar einen Tross der Roten Armee. Rasmus und Hans schwitzten Blut und Wasser, als sich eine Gruppe russischer Soldaten eines Abends zu ihnen gesellte und ihnen Wodka und russische Machorka anboten. Lukasz grinste nur und nahm das Angebot dankend an.

Je dreister, desto sicherer – das war sein Motto. Und damit brachte er sie tatsächlich unversehrt mitten durch das Chaos und die Plünderungen, die den neu zu besiedelnden Gebieten in Schlesien und Pommern den Namen Wilder Westen eingebracht hatten.

An den Ufern der Neiße verabschiedeten sie sich und bei Guben betraten Rasmus und Hans zum ersten Mal offiziell deutschen Boden. Nun wurde es einfacher. Die meiste Zeit über waren sie auf Schusters Rappen unterwegs, einmal nahm sie ein Bauer auf seinem Pferdefuhrwerk mit, und ein anderes Mal durften sie bei einem freundlichen Lastwagenfahrer auf der Pritsche mitfahren. Vier Tage später erreichten sie bei eisigem Regen Berlin-Treptow. Es war ein eigenartiges, beinahe surreales Gefühl, wieder zu Hause zu sein. Rasmus wurde warm ums Herz.

Allerdings sollte dieses Gefühl nicht lange anhalten.

Der späte Gast

Solange der Kampf um die Hauptstadt getobt hatte, war sich Rasmus kaum bewusst gewesen, wie groß das Ausmaß der Zerstörung war. Jetzt, da die Geschütze verstummt waren und keine Bomber mehr über Berlin kreisten, um ihre tödlichen Lasten abzuwerfen, jetzt, da eine beklemmende Stille über den Ruinen lag, hatte Rasmus das Gefühl, eine untergegangene Stadt zu betreten. Vielerorts schien es, als wäre kein Stein auf dem anderen geblieben.

„Ob hier irgendwann wieder Menschen wohnen werden?", fragte Hans leise.

Rasmus starrte auf die Schuttberge und ausgebrannten Hausskelette. „Ich weiß es nicht." Wie ein Bumerang war die Zerstörungswut, mit der Deutschland die halbe Welt überrollt hatte, in die Heimat zurückgekehrt. Im Sportpalast hatten sie den totalen Krieg herbeigebrüllt und sie hatten ihn bekommen.

Als sie weiter in die Innenstadt vordrangen, sahen sie Menschen in den Trümmerbergen. Zunächst nur vereinzelt, dann in immer größeren Gruppen. Mit den bloßen Händen sammelten sie Ziegelsteine ein, die unversehrt geblieben waren, und reichten sie einander weiter. Mit Hämmern und Messern wurden sie von Mörtel befreit und in Karren gestapelt. Ein Großteil der Arbeitenden waren Frauen.

Von diesen erfuhren sie auch, dass fast alle Bahnlinien noch immer schwer beschädigt waren. In den letzten Kriegstagen waren die S-Bahn-Tunnel unter dem Landwehrkanal durch Sprengungen geflutet worden. Niemand wusste, ob die Rote Armee, die SS oder die Wehrmacht dafür verantwortlich war. In jedem Fall war das Wasser anschließend auch in weite Teile des U-Bahn-Netzes eingedrungen. Ein Großteil war noch immer unpassierbar. So mussten sie die ganze Strecke zu Fuß bewältigen. Da viele Straßen noch immer voller Trümmer lagen und sie zudem instinktiv den russischen Patrouillen und Posten auswichen, kamen sie nur langsam voran.

Sie übernachteten in irgendeinem Kellerloch und marschierten am nächsten Tag weiter. Hans' Aufregung wuchs, als sie in die Treskowstraße in Alt-Tegel einbogen. Das Haus seiner Tante war nur leicht beschädigt worden.

Rasmus blieb stehen.

„Komm", drängte Hans. „Es ist gleich da drüben!"

Rasmus schüttelte den Kopf. „Ich komme nicht mit."

„Was? Aber warum nicht?" Hans starrte ihn irritiert an. „Tante Walli wird sich riesig freuen, dich kennenzulernen."

Rasmus wusste selbst nicht genau, warum er nicht mitwollte. Zumindest konnte er es nicht in Worte fassen. Allein die Vorstellung, dabeizustehen und zuzusehen, wie Hans unter Tränen freudig willkommen geheißen und in die Arme geschlossen wurde, löste ein Gefühl der Beklemmung in ihm aus.

„Lass nur, Hans", sagte er und bemühte sich um ein Lächeln. „Das hier ist dein Willkommen. Ich weiß jetzt, dass du ein Zuhause hast. Das reicht mir."

Hans starrte ihn an. Dann nickte er langsam. „Du willst auch nach Hause."

Rasmus bemühte sich um ein Lächeln.

„Wirst du mich besuchen kommen?"

„Das verspreche ich dir."

Sie umarmten einander. Dann wandte Rasmus sich ab und ging, ohne sich umzusehen, die Straße zurück.

Er mochte Hans sehr, aber alles in ihm drängte nun an einen anderen Ort.

Es war ein weiter Weg zurück in die Innenstadt. Das schmerzende Hungergefühl, das ihm mittlerweile wohlvertraut war, wurde stärker. Einen Augenblick lang bedauerte er, dass er Hans vorzeitig verlassen hatte, vielleicht hätte ihm Tante Walli etwas zu essen geben können. Der wieder einsetzende Regen sorgte dafür, dass seine Wolljacke immer nasser und schwerer wurde. Aber immerhin ermöglichte er ihm auch, frisches Wasser aus einer Pfütze zu trinken.

Er ließ seinen alten Kiez links liegen und erreichte gegen Abend die noble Gegend von Wilmersdorf, in der Emmi zu Hause war. Auch hier hatte der Krieg furchtbar gewütet. Die Hecken, in denen er Verstecken gespielt hatte, waren zu schwarzen Stümpfen niedergebrannt, der Marktplatz war eine Kraterlandschaft.

Sein Herz klopfte schneller, als er in Emmis Straße einbog. Hier waren schon etliche Trümmer beseitigt worden. Doch das Straßenpflaster war wie das pockennarbige Gesicht eines alten Mannes übersät von Kerben und Löchern.

Wie von selbst beschleunigten sich Rasmus' Schritte und dann plötzlich blieb er abrupt stehen. Dort, wo eigentlich eine elegante Villa mit weißem Stuck an der Fassade und einem gepflegten, mit Rosenstöcken besetzten Vorgarten stehen müsste, klaffte eine Lücke. Lediglich ein paar verkohlte Mauerreste waren geblieben. Sie ragten wie faulige Zahnstümpfe aus dem Boden.

Wie gelähmt stand Rasmus da, unfähig, sich zu rühren.

Irgendwann drang wie aus weiter Ferne ein Klappern an seine Ohren. Jemand sagte etwas.

Benommen wandte Rasmus den Blick von den Ruinen ab.

„He!" Ein Mann stand neben ihm. Er zog einen Bollerwagen voller Bücher hinter sich her. „Wie lange willste noch dastehn und Löcher inne Atmosphäre starren?"

„Das Haus ...", begann Rasmus und verstummte.

„Tja, watt hab ick neulich so schönet jelesen? Berlin ist die Stadt der Warenhäuser. Hier war'n Haus und da war'n Haus." Er grinste. „Apropos Lesen. Ick hab hier 'n paar wunderbare Bücher. Du hast nich zufällig 'n Stückchen Brot oder 'ne Lebensmittelkarte zum Tauschen?"

Rasmus schüttelte den Kopf. Sein Blick wanderte zurück zu der klaffenden Lücke.

„Ick wohn hier inne Jegend. Der Palast ist an eenem der letzten Kriegstaje plattjemacht worden. War aber niemand zu Haus. Die Herrschaften hatten sich nämlich 'n schönet Plätzchen im Bunker reserviert."

„Weiß du, wo sie jetzt sind?"

„Du meinst dieser von Dahlen und seene Sippschaft? Watt willste von denen?"

„Bitte! Weißt du, wo ich sie finden kann?"

„Der alte Knabe schuldet dir noch watt, hab ick recht?" Er zwinkerte listig mit den Augen. „Pass uff. Vielleicht fällt dir ja ein, dass du noch 'n bisschen Literatur brauchst, und mir fällt wieder ein, wo die Herrschaften unterjekommen sind."

Rasmus seufzte innerlich. Dann trat er näher, und der Mann hob das Wachstuch an, um seine Schätze zu zeigen. Rasmus nahm eines der Bücher zur Hand und schlug es auf. „Da steht ‚Stadtbibliothek Kreuzberg' drauf."

„Tatsächlich?", fragte der Mann arglos. „Dann isses bestimmt jute Literatur."

„Gut, ich nehme es."

„Ditt is aber uff Englisch."

Rasmus überflog den Titel: „The Everlasting Man" von G. K. Chesterton.

„Egal", sagte er. „Ich habe nichts zu essen bei mir, aber ich gebe dir meine Mütze dafür."

„Den ollen Filzlappen?"

„Es ist ein englisches Buch."

„Jut, jib her."

Der Handel wurde besiegelt.

Rasmus steckte das Buch in seine Manteltasche. „Also, wo finde ich die Familie?"

„Der von Dahlen is so 'n Typ, der immer uffe Füße fällt. Jeder Mann weiß, dass er inna Partei war. Aber gloobste, der muss Steine kloppen? Nö. Der wohnt jetzt inne andere Villa in Westend. Anjeblich zujewiesen, als Ausjebombter." Er tippte sich mit dem linken Zeigefinger unters Auge. „Wer's gloobt?!"

„Kennst du die genaue Adresse?"

Der Mann nannte sie ihm.

Rasmus wandte sich ab.

„He, willste jetzt noch dahin loofen?"

„Warum nicht?"

„Du weest schon, dass von 23:00 bis 5:00 Uhr Ausjangssperre ist?"

„Ich beeile mich."

Das Villenviertel Westend lag gegenüber dem Schloss Charlottenburg. Normalerweise wäre dies ein Marsch von ungefähr zwei Stunden. Es konnte knapp werden.

Die Sonne ging unter und die Dämmerung brach herein. Keine einzige der verbliebenen Straßenlaternen funktionierte. Nur in einigen wenigen Häusern brannte Licht. Offenbar waren Strom- und Gasnutzung streng reglementiert. Rasmus war dankbar, dass die Wolkendecke aufriss und der Mond sein bleiches Licht auf die Stadt warf. Irgendwo schlug eine Kirchturmuhr. Die Ausgangssperre setzte ein.

Rasmus lief weiter. Er versuchte, nicht daran zu denken, was ihn wohl erwarten würde. Aber er spürte doch, wie sein Herz erneut schneller zu schlagen begann, als er vom Spandauer Damm aus das Villenviertel erreichte.

Geräusche drangen an sein Ohr. Unerwartete Geräusche. War das ein Wiener Walzer? Rasmus bog in die Straße ein, die der Mann ihm genannt hatte, und blieb verblüfft stehen. Alle Häuser waren dunkel, nur eines verströmte ein warmes Licht. Langsam trat Rasmus näher.

Es war das Haus, das er suchte. Hunderte von Kerzen erhellten die Räume. Musik drang durch die geschlossenen Fenster, und er konnte Menschen erkennen, die aßen, tranken und sich unterhielten.

Langsam ging Rasmus über die Straße, öffnete das schmiedeeiserne Gartentor, stieg die Stufen zum Eingang empor und betätigte den Türklopfer. Mehrmals musste er kräftig klopfen, ehe die Tür geöffnet wurde.

Ein junges Dienstmädchen linste zu ihm heraus. „Ja, bitte?"
„Ich ... ich möchte zu Emmi von Dahlen."
„Natürlich", sagte sie lächelnd und öffnete die Tür ein wenig weiter. „Treten Sie ein. Sie können Ihren Mantel im Foyer abgeben."
Rasmus blieb stehen. Eine wilde Freude durchzuckte ihn. Sie lebte! Emmi lebte und es schien ihr offensichtlich gut zu gehen.
„Kommen Sie?", fragte das Dienstmädchen irritiert.
Rasmus räusperte sich. Er sah am Dienstmädchen vorbei Menschen in eleganter Kleidung durch das Haus gehen und blickte dann an sich selbst herab. Unwillkürlich trat er eine Treppenstufe tiefer, weiter hinein in den Schatten der Nacht. „Entschuldigen Sie ... ich möchte keine Umstände machen. Aber ... könnten Sie so freundlich sein und Fräulein Emmi bitten hierherzukommen. Sagen Sie ihr einfach, ein alter Freund wartet auf sie."
Das junge Mädchen kniff skeptisch die Augen zusammen. An der Art, wie sie blinzelte, glaubte Rasmus zu erkennen, dass sie eigentlich eine Brille tragen müsste. Vielleicht war sie zu eitel, um sie aufzusetzen. Aber möglicherweise hatte sie auch einfach nicht genug Geld für den Optiker. Schließlich hellte sich ihre Miene auf.
„Ah ... es ist eine Überraschung, nehme ich an?", fragte sie.
„Das ... wäre sicher nicht gelogen", erwiderte Rasmus.
„Ich verstehe. Einen Augenblick bitte."
Sie schloss die Tür.
Rasmus wartete. Warmer Kerzenschein drang durch die Ritzen der Eingangstür. Er erkannte ein Streicher-Quartett, das ein weiteres Tanzlied anstimmte. Sein Gehirn schien mit Watte gefüllt. Er konnte nicht denken.
Plötzlich hörte er Schritte näher kommen, ein Kichern. Die Tür öffnete sich.
Es war Emmi. Sie trug ein tief ausgeschnittenes Kleid. Ihre Haare waren zu einer aufwendigen Frisur hochgesteckt. In ihren Ohren blitzten Perlenohrringe. In der Hand hielt sie eine Kerze. Sie sah aus wie eine Filmschauspielerin.

„Ja, bitte?“

Rasmus konnte sie nur anstarren. Sie hatte Lippenstift aufgelegt und ihre Wangen waren röter als sonst.

Zuerst blieb Emmi irritiert stehen. Dann trat sie einen Schritt näher. Ihr Kleid raschelte und die Kerzenflamme erzitterte.

Ihre Augen weiteten sich. „Rasmus?“, flüsterte sie. „Bist du das?“

Der junge Mann schluckte trocken. Er brachte kein Wort heraus.

„Rasmus!“ Irrte er sich, oder sah er tatsächlich, wie ihre Augen aufleuchteten? Emmi schlug die Hand vor den Mund, ein Schluchzen entrang sich ihrer Kehle. „Ich dachte, du wärst tot.“ Sie machte eine Bewegung, als wolle sie die Treppe herunterspringen und ihn in die Arme schließen. Dann jedoch flackerte ihr Blick und ihr Arm sank herab.

„Emmi, wo bleibst du so lange?“, erklang eine Männerstimme hinter ihr. Ein schlanker, gutaussehender Mann in einem eleganten Smoking trat hinter sie. Er legte eine Hand auf ihre Taille und blickte über ihre Schulter hinweg zu Rasmus hinab. „Oh, das ist also die soeben angekündigte Überraschung?“, fragte er.

Mit Emmis Gesicht ging eine Wandlung vor sich. Sie lächelte, aber das Leuchten in ihren Augen war verschwunden.

„Das ist Rasmus“, sagte sie, „ein ... lieber, alter Freund. Ich dachte, er sei tot.“

„Und jetzt steht er quicklebendig vor dir. Ich verstehe. Na, wenn das keine Überraschung ist!“ Der junge Mann winkte Rasmus hinauf. „Kommen Sie rein!“

Rasmus stand einfach nur da und wusste nicht, was er sagen sollte.

Emmi löste sich sanft aus der Umarmung des Mannes. „Lässt du uns einen kleinen Augenblick allein, Hugo? Ich bin gleich wieder bei dir.“

„Natürlich.“ Er gab ihr einen Kuss auf die Wange. „Aber bleib nicht zu lange dort draußen. Du erkältest dich noch.“

Emmi trat vor, als der Mann gegangen war, und zog die Tür heran, sodass sie nur noch einen kleinen Spalt offen blieb.

„Ich … ich bin so froh, dass du lebst“, sagte sie.

Rasmus wollte sagen, dass er jeden Tag an sie gedacht hatte, dass er gehofft und gebetet hatte und dass er sich mehr als alles andere gewünscht hatte, sie wiederzusehen. Doch keines dieser Worte kam über seine Lippen.

„Du … bist gesund?“, fragte er.

Emmi nickte. „Mir geht es gut.“

„Was feiert ihr?“, fragte Rasmus.

„Unsere … meine Verlobung mit Hugo Papenburg.“ Emmi versuchte zu lächeln, aber es misslang ihr.

Rasmus nickte und schwieg.

„Rasmus, ich … es ist so viel geschehen. Ich …“ Sie senkte den Blick. „Es war so schrecklich …“

„Ich weiß“, sagte Rasmus leise.

„Hugo ist ein anständiger Mensch!“ Sie blickte wieder auf. „Seine Familie hat viel für uns getan.“

Rasmus sah, wie sie fröstelte. „Du solltest wieder reingehen.“

„Komm mit.“ Sie streckte ihm ihre Hand entgegen.

Doch er schüttelte den Kopf. „Lieber nicht.“ Er wandte sich um und ging die Stufe hinunter. „Aber ich wünsche dir, dass du glücklich wirst.“

Rasmus ging langsam durch den Vorgarten und öffnete das Tor. Er hörte, wie sich ihre Schritte entfernten. Doch gleich darauf wurden sie wieder lauter. „Warte!“

Dann vernahm er das Klappern ihrer Schuhe und das Rascheln ihres Kleides. Er wandte sich um.

Sie kam die Stufen hinuntergelaufen und drückte ihm ein Stück Braten und knuspriges Brot in die Hand, beides hastig in eine Stoffserviette gewickelt.

„Danke. Das sieht … köstlich aus.“

„Das liegt daran, dass ich es nicht gemacht habe.“

„Du lässt also immer noch die Spiegeleier anbrennen?“, fragte Rasmus.

„Natürlich. Ich bin die lausigste Köchin der Welt."

Eine verlegene Pause entstand.

Emmi strich sich eine Haarsträhne aus der Stirn. „Rasmus ... sind wir noch immer Freunde?"

Er sah sie an. Vor seinem inneren Auge verwandelte sich ihr Gesicht in das eines kleinen sommersprossigen Mädchens. „Natürlich." Ein winziges Lächeln stahl sich auf seine Lippen. Dann wandte er sich ab und ging die dunkle Straße entlang.

Der Trümmerbeseitiger

Rasmus war froh über die Dunkelheit und die Einsamkeit auf den Straßen. Er schob alle Gedanken beiseite und machte sich über das Essen her. Niemand starrte ihn an, wie er Brot und Braten hastig verschlang. Es schmeckte köstlich. Dennoch konnte er die Mahlzeit nicht genießen. Und als er fertig war, lag sie ihm schwer im Magen. Er trank etwas Wasser aus einer Pfütze, von der er hoffte, dass sie einigermaßen sauber war. Dann lief er weiter.

Es war schwer, in der Finsternis die Orientierung nicht zu verlieren. Zumal seine Gedanken wild durcheinanderpurzelten wie eine Horde ungezogener Kinder.

Warum hat sie das getan?, fragte er sich. *Warum hat sie sich verlobt?*

Möglicherweise ist sie verliebt. So etwas soll vorkommen!, erwiderte eine sarkastische Stimme in ihm selbst.

Innerhalb so kurzer Zeit?

Was hast du erwartet?, fragte er sich. *Sie dachte, du wärst tot. Und selbst wenn sie daran gezweifelt hätte – hast du etwa erwartet, dass sie die ganze Zeit am Fenster stehen und schmachtende Blicke gen Osten werfen würde? Außerdem bist du nur ein alter Freund, ein Spielkamerad, mehr nicht.*

„Ich will aber nicht nur ein alter Freund sein", murmelte Rasmus leise.

Tja, dafür ist es nun ein bisschen spät.

„Ja. Das ist es wohl."

Rasmus schlich weiter durch die Nacht. Als er Motorengeräusche vernahm, versteckte er sich in einem Bombenkrater. Eine Ratte huschte so dicht an ihm vorbei, dass sie seinen Schuh berührte.

Der Trupp Soldaten, der die Ausgangssperre kontrollierte, sprach Englisch. Er wusste inzwischen, dass Berlin unter den Siegermächten in vier Besatzungszonen aufgeteilt worden war. Aber in welcher davon er sich befand, war ihm nicht klar. Jetzt, wo er sich nicht bewegen konnte, fiel ihm auf, wie kalt es war. Frierend wartete er, bis die Patrouille vorüber war. Dann krabbelte er aus dem Loch und lief weiter.

Vielleicht lag es daran, dass ihn so wenig nach Hause zog, vielleicht war es auch seine große Müdigkeit – in jedem Fall brauchte er bis zum Morgengrauen, um in seinen alten Kiez zurückzufinden. Zweimal verlief er sich und einmal entkam er nur knapp einer weiteren Patrouille. Erst als er den Landwehrkanal erreichte, hatte er die Orientierung wieder einigermaßen gefunden.

Das alte Pfarrhaus war an einer Seite von Flammen rußgeschwärzt, der Putz war durchsiebt von Kugeln. Aber ansonsten war es heil geblieben. Warmes Licht schimmerte durch die schmutzige Scheibe des Küchenfensters.

Rasmus atmete tief durch. Dann klopfte er.

Das Poltern eiliger Schritte war zu hören. Die Tür wurde aufgerissen und ein vielleicht fünfjähriger Junge starrte ihn mit großen Augen an. Er hatte strohblondes Haar und abstehende Ohren. In der Hand hielt er ein Holzauto, das früher einmal Rasmus gehört hatte.

„Wer bist du denn?“, fragte der Junge.

„Genau das wollte ich auch gerade fragen“, meinte Rasmus.

„Verschwinde, Junge!“, befahl eine barsche Stimme. „Du hast da nichts zu suchen!“

Der Junge huschte so rasch davon, wie er gekommen war.

Ein hagerer, hochgewachsener Mann trat in die Tür. Sein Haar war vollkommen ergraut und lichtete sich sichtlich. Die hochgezogene Stirn ließ sein hageres Gesicht noch länger erscheinen. Er blickte mit missbilligend gerunzelter Stirn auf Rasmus hinab. Dann weiteten sich seine Augen. Ansonsten regte er sich nicht. Seine Lippen blieben geschlossen, sein Körper so steif wie ein

Soldat beim Fahnenappell. Schließlich öffnete er nach gefühlten fünf Minuten doch den Mund.

„Rasmus ...“, sagte er mit tonloser Stimme. „Du bist zurück.“

„Ja, Vater. Ich bin zurück.“ Rasmus blickte zu dem Mann auf, den er all die Jahre gefürchtet hatte. Und er verspürte anstelle der Wut, die sonst in ihm gebrodelt hatte, eine seltsame Taubheit. Irgendein Gefühl war dort in ihm, aber es war unter einer großen Müdigkeit vergraben.

„Lässt du mich rein?“

Sein Vater trat einen Schritt zur Seite. Und er gab Rasmus die Hand, als dieser an ihm vorbeikam, genau so, wie er es tat, wenn er die Menschen nach dem Gottesdienst verabschiedete.

Rasmus ergriff die Hand. Er verspürte keine Enttäuschung, denn er hatte keinen liebevollen Empfang erwartet. Aber er sah die Unsicherheit in den Augen seines Gegenübers. Dies war eine Situation, für die sein Vater kein Verhaltensrepertoire hatte. Er wusste nicht, was er tun sollte. Dabei war es gar nicht so schwer. Er brauchte doch nur seine Bibel aufzuschlagen und ernst zu nehmen, was er dort las. Hatte nicht Jesus selbst die Geschichte eines heimkehrenden Sohnes erzählt?

Vielleicht konnte sein Vater ein wenig von dem, was Rasmus dachte, in dessen Augen lesen. Er hob die linke Hand und berührte für einen kurzen Moment die Schulter seines Sohnes. Dann wandte er sich steif ab und sagte: „Komm in die Küche.“

Rasmus setzte sich an den Tisch, auf dem eine Kerze brannte.

Sein Vater blieb stehen. „Hast du Hunger?“

„Nein danke. Ich habe schon gegessen. Ist Hanni zu Hause?“

Sein Vater schüttelte den Kopf. „Sie lebt jetzt in Erfurt.“ Er setzte sich. „Du warst in russischer Kriegsgefangenschaft?“

Rasmus nickte.

„Man hat dich entlassen?“

„Nein, ich bin geflohen.“

Sein Vater sah ihn an. Er suchte nach Worten. Schließlich senkte er den Blick. „Wir sind hier in der amerikanisch besetzten Zone.“ Er räusperte sich. „Sicher bist du müde. Dein Zimmer ist belegt. Es wurden drei Flüchtlingsfamilien hier untergebracht. Du kannst in der Küche schlafen." Er erhob sich. „Ich hole dir eine Decke."

„Danke."

Wenig später kam der Vater mit einer Wolldecke und einem Kopfkissen herein. Rasmus zuckte zusammen. Er wäre beinahe auf dem Stuhl eingenickt.

Sein Vater legte die Sachen auf den Küchentisch. Schweigend machte er ein Feuer im Küchenofen. Er war gewöhnlich ein sehr sparsamer, um nicht zu sagen geiziger Mann, und Feuerholz war knapp.

Rasmus verstand die Geste. „Danke."

Sein Vater erhob sich steif. „Ich habe einen Brief erhalten. Ein Freund von dir schrieb mich an. Du willst ihn sicher lesen." Er reichte ihm einen Zettel und verließ schweigend die Küche.

Rasmus faltete den Zettel auseinander.

Sehr geehrter Herr Eichdorff,

mein Name ist Erwin Schneider.

Ich habe mir die Freiheit genommen, Ihnen zu schreiben, weil ich Ihnen etwas über den Verbleib Ihres lieben Sohnes Rasmus-Salomo mitteilen kann.

Ich vermute, Sie haben seit dem 8. Mai nichts mehr von Ihrem Sohn gehört, und Sie werden darüber in großer Sorge und Ungewissheit sein.

Aber Ihr Sohn lebt! Wir wurden gemeinsam als Kriegsgefangene deportiert. Im Zwischenlager Wologda trennten sich unsere Wege. Ich wurde von einer barmherzigen Ärztin wegen Arbeitsuntauglichkeit zurück nach Deutschland geschickt. Ihr Sohn blieb dort. Aber ich kann Ihnen versichern, dass es ihm zu diesem Zeitpunkt noch gut ging.

Einen treueren und besseren Kameraden hätte ich mir nicht wünschen können. Bitte beten Sie für Ihren Sohn, so wie ich es jeden Tag tue.

Mit herzlichen Grüßen

Erwin Schneider

Zum ersten Mal seit vielen Stunden fühlte Rasmus, wie die Beklemmung von ihm abfiel, die ihn die ganze Nacht über begleitet hatte. Erwin lebte! Rasmus schickte ein stummes Dankgebet zum Himmel. Der Brief war acht Wochen alt und aus einem Lazarett bei Frankfurt an der Oder abgeschickt worden.

Rasmus legte sich auf den Boden vor den wärmenden Ofen und wickelte sich in die Decke. Gleich morgen würde er versuchen herauszufinden, ob Erwin immer noch im Lazarett lag.

Doch ganz so einfach, wie Rasmus sich das vorgestellt hatte, war es nicht. Zunächst bekam er einen üblen Husten und musste einige Tage lang zu Hause bleiben. Dann musste er sich melden, um eine Lebensmittelkarte zu erhalten. Sobald er sich besser fühlte, nahm er eine Arbeit als Trümmerbeseitiger an und erhielt einen Stundenlohn von zweiundsiebzig Pfennig. Das war nicht viel. Aber als Arbeiter standen ihm höhere Lebensmittelrationen zu. Und das war wichtig.

Der Postverkehr zwischen den verschiedenen Besatzungszonen war ein Riesenproblem. Aber irgendwann gelang es ihm dann doch, einen Brief an Erwin abzuschicken.

Von seinem Lohn kaufte er sich ein Fahrrad, das diesen Namen eigentlich nicht verdiente. Es hatte keinen Sattel und statt der Gummireifen waren Stoffreste um die nackten Felgen gewickelt.

Dennoch konnte sich Rasmus damit schneller bewegen. Er nutzte einen seiner ersten freien Tage, um Hans zu besuchen, und der junge Mann freute sich überschwänglich, ihn wiederzusehen. Tante Walli war eine kleine gebeugte Frau mit einer riesigen Nase im Gesicht und einem ansteckenden Lachen. Rasmus mochte sie vom ersten Augenblick an. Sie ließ es sich nicht nehmen, ihren letzten Vorrat an Malzkaffee aufzubrühen und einen Kuchen zu backen, soweit dies ohne Hefe, Milch und Butter möglich war. Es wurden schließlich Zuckerrüben-Margarine-Kekse daraus. Das Gebäck war nichts für morsche Zähne, aber Rasmus ließ es sich trotzdem schmecken. Gemeinsam saßen sie um einen kleinen Küchentisch und redeten. Wie sich herausstellte, hatte Erwin auch Tante Walli angeschrieben, und Hans hatte ebenfalls versucht, sich zurückzumelden. Auch von Otto Bethge gab es eine Nachricht. Er befand sich mittlerweile in Moskau, auf Einladung des Zentralkomitees der KPdSU. Schon bald wollte er nach Hause kommen, um sich am Aufbau eines neuen Deutschlands zu beteiligen. Nach Hans erkundigte er sich nur in einem Nebensatz.

„Und, wie sehen deine Pläne aus, Rasmus?", fragte Tante Walli. Sie tunkte einen ihrer Kekse in den dünnen Malzkaffee und biss vorsichtig davon ab. „Was willst du in Zukunft tun? Irgendwann werden alle Trümmer beseitigt sein."

Er zuckte mit den Achseln. „Bislang habe ich mir nicht viele Gedanken darüber gemacht." Er nahm einen Schluck Malzkaffee. „Vielleicht studiere ich irgendwann einmal. Wenn es wieder eine Universität gibt."

Hans biss krachend in einen Keks, sodass die Krümel nur so flogen. Ein Trümmerteil touchierte Rasmus' Stirn und landete in seiner Kaffeetasse.

„Ich werde Buchhändler!", verkündete er kauend. „Ich übe schon jeden Tag Lesen."

„Hm", sagte Rasmus und fischte unauffällig den knochenharten Splitter aus seinem Kaffee. „Buchhändler ..." Der Mann mit dem Handwagen fiel ihm ein. „Interessante Idee."

„Bedarf an guter Literatur gibt es immer", warf Tante Walli ein.

Das außergewöhnlich stabile Kauwerkzeug von Hans schlug erneut kraftvoll zu und verteilte, einer Splitterbombe nicht unähnlich, Krümel über den halben Esstisch. „Wir können doch zusammen einen Buchladen aufmachen!", schlug er nuschelnd vor. „Wir verkaufen Bücher und erzählen Geschichten."

Tante Walli lächelte milde. „Geschichten erzählen?"

„Ja. Damit man besser verstehen kann." Und dann berichtete er von Erwin und seiner Geschichtensammlung.

Das Gespräch wandte sich bald darauf anderen Dingen zu.

Aber als Rasmus nach Hause radelte, spukten ihm die Worte des Jungen immer wieder im Kopf herum. Seine Vorstellungen waren natürlich naiv. So einfach war das alles nicht. Andererseits konnte es auch nicht schaden, noch ein wenig darüber nachzugrübeln.

Als er zurück zum Pfarrhaus kam, spielte der fünfjährige Junge, der nun mit seiner Mutter und seinen zwei kleineren Schwestern in Rasmus' altem Zimmer wohnte, vor dem Haus. Er versuchte, mit einem Kieselstein einen einbeinigen Zinnsoldaten zu treffen, den er auf einem windschiefen Mäuerchen loser Ziegelsteine platziert hatte. „Hallo!“, rief der Junge.

„Hallo“, grüßte Rasmus zurück und stieg vom Rad.

„Du hattest Besuch“, teilte der Kleine mit, während sein Stein den Zinnsoldaten um zwei Meter verfehlte, aber gefährlich nah am Kellerfenster vorbeizischte.

„So?“

„Ja, eine Frau hat nach dir gefragt. Ich hab gesagt, du wohnst inna Küche. Da wollte sie reingehen, aber der schwarze Mann hat sie weggeschickt.“

„Der schwarze Mann?“

„Na, der dünne Opa mit den schwarzen Sachen und dem bösen Blick, der immer schimpft und so tut, als würde er kleine Jungs fressen.“

„Verstehe.“ Rasmus stellte sein Fahrrad ab und hockte sich neben den Jungen. „Wie sah die Frau denn aus?“

Der Kleine unterbrach das Bombardement des Zinnsoldaten und zuckte die Achseln. „Sie hatte helle Haare und so Punkte im Gesicht. Und sie war nett.“ Er grinste. „Hat mir 'nen Pfefferminzbonbon gegeben.“

„Danke, dass du mir Bescheid gesagt hast.“ Er strich dem Jungen übers Haar.

„Haste auch Bonbons?“, fragte dieser treuherzig.

„Nein, tut mir leid.“

„Is' ja kein Verbrechen“, erwiderte der Junge großzügig und nahm den Beschuss seines Zinnsoldaten wieder auf.

Rasmus fand seinen Vater im Arbeitszimmer, das nun auch sein Wohnraum war. Er saß am Tisch und schrieb. Vermutlich arbeitete er an einer seiner Predigten.

„Emmi war hier?“, fragte Rasmus.

Sein Vater erwiderte nichts.

„Warum hast du sie fortgeschickt?“

„Ich dulde nicht, dass *so eine* mein Haus betritt“, erwiderte sein Vater, ohne aufzusehen.

„So eine?“, fragte Rasmus.

„Du weißt genau, was ich meine.“

„Ehrlich gesagt, nein. Ich weiß nicht, was du meinst.“

Zum ersten Mal hob sein Vater den Blick. „Muss ich wirklich deutlicher werden?“, fragte er streng.

„Ja.“ Rasmus nickte ernst. „Das musst du.“

Sein Vater starrte ihn an. „Diese Person hat einen unsittlichen und schamlosen Lebenswandel. Du wirst ab sofort keinerlei Kontakt mehr mit ihr haben.“

Rasmus spürte, wie eine unerwartete Ruhe über ihn kam.

„Vater“, sagte er leise, „was siehst du da?“ Er deutete mit der Hand auf ein kleines Kruzifix, das an der Wand gegenüber hing. Als evangelischer Pfarrer hatte sein Vater eigentlich eine Abneigung gegen Kruzifixe, aber Rasmus’ Mutter war dieses geschnitzte Stück Holz mit dem sterbenden Jesus am Kreuz immer wichtig gewesen, und so hatte er es geduldet. Auch nach ihrem Tod hatte er es dort hängen lassen.

Die Augen seines Vaters verengten sich. „Was soll diese Frage?“

„Bist du dir sicher, dass du ihn dir schon mal genau angeschaut hast? Bist du dir sicher, dass du weißt, wie er dich sieht? Bist du dir sicher, dass du die Menschen genauso siehst wie er?“

„Willst du mich belehren?“, brauste sein Vater auf.

„Nein.“ Rasmus schüttelte den Kopf. „Ich weiß nur, dass du nicht das siehst, was ich sehe. Du wirst davon ausgehen, dass ich mich irre. Vielleicht hast du recht. Aber ist es wirklich vollkommen ausgeschlossen, dass du dich auch irrst? Ich will nicht mit dir streiten. Ich bitte dich nur, Emmi zu sehen, wie er sie sieht."

Sein Vater wollte etwas erwidern, aber Rasmus fuhr rasch fort: „Ich gehe jetzt los und suche sie. Wenn das für dich nicht akzeptabel ist, lege bitte meine Sachen vor die Tür. Ich werde dich dann nicht wieder behelligen." Er verließ den Raum, ließ das Schweigen hinter sich und eilte die Stufen hinunter auf den Hof.

„Wie lange ist es her, dass die nette Frau da war?", fragte er den Jungen.

„Noch nicht so lange." Der Kleine bohrte nachdenklich in der Nase. „Ich hatte meinen Bonbon gerade erst aufgelutscht, als du gekommen bist. Kann ich mir dein Fahrrad auch mal ausleihen?"

„Später vielleicht! Ist sie dort entlang?"

Der Junge nickte.

Rasmus trat in die Pedale. Scheppernd holperte das alte Fahrrad über die Straße. An einem scharfkantigen Stein verlor er einen Teil des Stoffmantels, sodass die nackte Felge bei jeder Umdrehung des Rades klirrend auf die Pflastersteine traf. Rasmus hatte das Gefühl, auf einem Presslufthammer zu reiten. Da sah er in der Ferne eine schlanke Gestalt.

„Emmi!"

Sie ging weiter. Ein Windstoß ergriff ihre Kleidung. Obwohl sie einen roten Mantel trug und kein helles Sommerkleid, hatte er unwillkürlich die Bilder seines Albtraums vor Augen. Er erschauerte und beschleunigte sein Tempo.

„Emmi!"

Sie drehte sich um. Rasmus raste auf sie zu, bremste dann viel zu abrupt ab und schlitterte schlingernd über den unebenen Boden. Er schaffte es gerade noch rechtzeitig abzuspringen. Mit den Armen rudernd kam er einen halben Meter vor ihr zum Stehen, während sein Fahrrad scheppernd in einem riesigen Schlagloch liegen blieb.

„Hallo, Emmi", schnaufte er.

„Hallo, Rasmus.“ Für einen kurzen Moment blitzte das spitzbübische Lächeln auf, das ihm so vertraut war. „Was für ein schönes Fahrrad.“

„Nicht wahr?“ Rasmus befreite den ramponierten Drahtesel aus dem Schlagloch. „Wollen wir ein wenig spazieren gehen?“

„Gerne!“

Sie hakte sich links bei ihm ein, während Rasmus mit der rechten Hand sein Fahrrad schob. „Du warst im Pfarrhaus und hast Bonbons verschenkt?“

„Ohne Bestechung kommt man in dieser Stadt nicht weit!“, sagte Emmi. Das schalkhafte Glitzern verschwand aus ihren Augen. „Ich habe dich vermisst.“ Sie schwieg einen Moment. Dann fragte sie: „Magst du mir erzählen, was dir widerfahren ist – in diesen letzten 226 Tagen?“

Rasmus begann zu erzählen, zuerst ein wenig stockend und oberflächlich, dann immer ausführlicher. Er spürte, wie gut es ihm tat, alles noch einmal in Worte zu fassen. Und Emmi hörte aufmerksam zu.

Als sie im Stadtteil Westend angelangt waren, war es schon spät geworden. Emmi war im Laufe der Zeit immer langsamer geworden, so als wolle sie die Ankunft zu Hause möglichst hinauszögern.

Irgendwann war alles gesagt. Eine Weile schlenderten sie schweigend nebeneinander. Dann blickte Rasmus in den grauen Himmel hinauf. „He, sieh dir das an! Es schneit!“

Auch Emmi blickte noch oben. Sie blinzelte, als eine Schneeflocke sich auf ihre langen Wimpern setzte.

„Weißt du noch, unsere Wettfahrt am Kreuzberg?“, fragte Rasmus.

Sie sah ihn an und schmunzelte. „Du hast mich ausgetrickst.“

„Das habe ich aber etwas anders in Erinnerung“, erwiderte Rasmus. Ihr Gesicht war dem seinen sehr nah. Er betrachtete ihre Sommersprossen, ihre sanft gekräuselten Lippen. „Du hattest einen Kakaobart“, sagte er leise. Er rückte eine Winzigkeit näher.

„Tatsächlich?" Ihre Augen funkelten. Für einen Augenblick sah es so aus, als würde sie den Kopf zu ihm hinüberneigen und wiederholen, was sie damals getan hatte, doch dann erlosch das Funkeln, und sie drehte den Kopf zur Seite. „Es kommt mir vor, als wäre das in einem anderen Leben geschehen."

Rasmus schluckte den Kloß hinunter, der sich in seiner Kehle gebildet hatte. Dann sagte er: „Nun musst du mir aber auch erzählen, was dir widerfahren ist."

„Da gibt es nicht viel zu erzählen", meinte Emmi. „Als wir in diesem Haus waren, hörte ich Kampfgeräusche und kurz darauf einen Schuss."

„Die Kugel hat mich nur ganz leicht gestreift", sagte Rasmus. „Dann haben sie mich bewusstlos geschlagen."

„Ich dachte ... ich dachte, sie hätten dich erschossen. Ich verließ mein Versteck erst, als es dunkel war. Als ich dann feststellte, dass unser Haus nicht mehr stand, kam ich bei einer Freundin unter. Dort fanden mich dann meine Eltern. Und einige Wochen später zogen wir bei den Papenburgs ein." Emmi senkte den Blick. „Als die hundert Tage vorbei waren, ging ich zurück zur Brücke. Während ich die Brüstung hinaufstieg, hatte ich den festen Vorsatz zu springen. Dann stand ich da oben und starrte hinab in die Tiefe. Es war seltsam. Ich muss ewig dort verharrt haben. Jedenfalls waren meine Hände ganz kalt und taub, als ich wieder hinabkletterte. Ich weiß bis heute nicht genau, warum ich nicht sprang. Manchmal glaube ich, es lag daran, dass ich gar nichts spürte, nicht einmal Schmerz. Aber hin und wieder beschleicht mich das Gefühl, dass es noch einen anderen Grund gab." Sie verstummte, und Rasmus wagte nicht, irgendetwas zu sagen.

Irgendwann ergriff sie wieder das Wort und berichtete von der Untersuchung, die es wegen der Parteimitgliedschaft ihres Vaters gegeben hatte. Doch offenbar wurden alle Anklagepunkte rasch fallen gelassen. Von dem, was die schrecklichen Erlebnisse in ihrer Seele angerichtet hatten, sprach sie nicht.

Sie hatten nun die Straße erreicht, in der Emmi wohnte.

„Und Hugo?“, hakte Rasmus nach. „Wie kam es dazu, dass ihr euch verlobt habt?“

Emmi blieb stehen. „Er war freundlich zu mir, immer. Obwohl er ahnte, was geschehen war. Und er hat unserer Familie sehr geholfen.“

„Liebst du ihn?“

Emmi warf ihm einen raschen Blick zu und wandte sich dann ab. „Ach, Rasmus, dieser Krieg hat alle romantischen Jungmädchenträume in mir ein für alle Mal ausgelöscht. Ich weiß, dass Hugo mich versorgen und mir keine Gewalt antun wird. Das ist mehr, als ich verdient habe. Also frag mich nicht nach Liebe. Das Leben ist zu kompliziert dafür.“

„Glaubst du das wirklich?“

„Ja!“

Rasmus versuchte, ihren Blick aufzufangen, aber sie sah an ihm vorbei. „Emmi, das ist nicht wahr –“

„Sag du mir nicht, was wahr ist und was nicht!“, fuhr sie ihn an.

„Es tut mir leid. Ich wollte dich nicht verletzen.“

„Und hör sofort auf, dich zu entschuldigen!“, fuhr Emmi im gleichen Tonfall fort.

Verwirrt sah Rasmus sie an. „Es ist nur so“, sagte er behutsam, „ich weiß selbst nicht genau, warum, aber seit einiger Zeit glaube ich nicht mehr daran, dass Gewalt, Hass, Gleichgültigkeit und Egoismus, ja nicht einmal der Tod selbst die größten Mächte auf dieser Welt sind.“

Emmi blickte ihn an und ihre zornige Miene wurde weicher. „Du bist etwas Besonderes, Rasmus“, meinte sie leise.

„Du auch“, sagte Rasmus.

Emmi lächelte, aber in ihren Augen lag Traurigkeit. Sie hob die Hand und strich ihm ganz sanft über die Wange. „Ich muss jetzt gehen.“

„Ich begleite dich noch bis zur Tür.“

„Nein.“

Sie wandte sich um und Rasmus blickte ihr hinterher. Er wartete, bis sie die Tür erreicht hatte und das Dienstmädchen sie einließ.

Als Rasmus sich auf den Heimweg machte, spürte er zwei vollkommen gegensätzliche Dinge in sich: eine tiefe Traurigkeit und gleichzeitig so etwas wie Hoffnung. Traurigkeit, weil Emmi einen Teil ihrer selbst verloren gegeben hatte, und Hoffnung, weil er nicht daran glauben konnte, dass dieser Teil tatsächlich für immer verloren war.

Während er durch die Ruinen zurück nach Kreuzberg ging, grübelte er darüber nach, was er tun konnte. Letztlich fiel ihm nur eines ein.

Nur wenige Minuten vor Beginn der Ausgangssperre erreichte er das Pfarrhaus. Er hatte fast erwartet, seine wenigen Habseligkeiten auf dem Treppenabsatz vorzufinden. Aber die Treppe war leer.

In der Küche war es angenehm warm. Rasmus rieb sich die Hände und setzte sich an den Tisch. Dann nahm er Erwins Buch zur Hand, trennte vorsichtig einige leere Blatt Papier heraus und begann, sorgsam jene Geschichte abzuschreiben, die ihm nicht mehr aus dem Sinn gegangen war.

Die Seelenseherin

Emma hatte den ersten Rundgang ihrer Nachtschicht beendet, einer nervösen Schwangeren Mut zugesprochen und einer anderen Fieber gemessen. Dann war sie zurück ins Schwesternzimmer gegangen. Nichts Außergewöhnliches war geschehen, als es plötzlich begann:

Helles, gleißendes Licht strömte auf sie ein, unerträglich in seiner Intensität, peinigend in seiner Reinheit. Geblendet stolperte sie, verlor den Halt und stürzte. Ein Schrei ertönte, dünn und wimmernd, und ein harter Schlag traf ihren Hinterkopf. Die gleißende Helligkeit zerstob in Tausende von kleinen Lichtfunken und die Tür zum Schwesternzimmer wurde aufgestoßen.

„Emma?"

Sie schlug die Augen auf. Verschwommen nahm sie eine bizarre, vielarmige Gestalt wahr. Sie schüttelte den Kopf und sah ein weiteres Mal hin. Eine seltsame Maschine fuhr dampfend und schnaubend auf kleinen Rädern in den Raum. Ihre metallisch glänzenden, vielgelenkigen Arme streckten sich ihr entgegen. In zangenartigen Händen hielt sie die unterschiedlichsten Utensilien, und wie es schien, machte sie sich bereit, ihr mit einem feuchten Tuch die Stirn zu tupfen.

„Emma?!"

Keuchend atmete sie aus und versuchte zurückzuweichen. Die Maschine hielt ein winziges, von unzähligen Runzeln und Falten bedecktes Wesen, das irgendwann einmal ein Mensch gewesen sein mochte, in einem metallenen Arm. Und dieses Wesen kannte ihren Namen. Emma stieß einen erstickten Schrei aus. Maschinenarme flogen auf sie zu. Instinktiv kniff sie die Augen zusammen und plötzlich spürte sie weiche Hände auf ihrem Gesicht.

„Emma, Emma, was ist los?“

Eine ungeheure Erleichterung durchzuckte sie, als sie die Augen einen winzigen Spalt öffnete. Es war Luise. Es war nur Luise!

„Was ist passiert?“, fragte die ältere Frau, mehr verblüfft als beunruhigt. „Bist du gestürzt?“

„Ja ... nein ... ich weiß nicht.“ Emma versuchte aufzustehen. Ein starkes Schwindelgefühl ließ sie taumeln.

„Warte! Ich helfe dir.“ Die resolute Oberschwester packte sie unter den Achseln und half ihr auf einen Hocker.

„Es geht schon.“ Argwöhnisch beäugte Emma den Raum. Sie erwartete, jeden Moment eine weitere erschreckende Vision zu sehen, doch das Schwesternzimmer blieb unverändert. Noch nie waren ihr die vergilbte Tapete, die muffigen Polster der Stühle und der nackte Linoleumboden so anheimelnd erschienen wie in diesem Augenblick.

Das besorgte und vor Anstrengung leicht gerötete Gesicht der Oberschwester schob sich in ihr Blickfeld. „Was ist passiert?“

„Könntest du so lieb sein und mir ein Glas Wasser bringen?“, bat Emma.

Luise schenkte ihr ein Glas ein, ohne sie aus den Augen zu lassen.

Es tat gut, etwas zu trinken. Es war so wunderbar ... normal. Als sie das Glas absetzte, fühlte sie sich etwas besser. Sie versuchte, das Ganze mit der notwendigen Nüchternheit zu betrachten. Seit acht Jahren war sie Krankenschwester. Es gab kaum etwas, das sie noch nicht gesehen hatte. Sie würde sich auch von dieser ... Sache nicht aus der Fassung bringen lassen.

„Nun?“ Schwester Luise schob mit einer energischen Handbewegung eine graue Locke aus der gerunzelten Stirn.

„Ich bin zu Boden gestürzt ...“

Luise schnaubte. „Nun, das war kaum zu übersehen. Aber warum? Du bist doch keine Greisin, die einfach mal so stürzt.“

„Da war so eine Art Blitz“, erwiderte Emma zögernd.

„Ein Blitz?“ Ein Ausdruck professioneller Besorgnis machte sich auf dem Gesicht der älteren Frau breit.

„Ja, oder so etwas Ähnliches."

„Und dann?"

„Nun ja, ich hörte einen Schrei."

„Was für einen Schrei?", bohrte Schwester Luise nach.

„Irgendwie hoch und ... wimmernd."

„Hoch und wimmernd, ja?" Die Oberschwester runzelte die Stirn. „Die junge Schwäbin aus Zimmer 114 hat entbunden."

„Oh", war alles, was Emma sagen konnte. „Ein Kind ...", murmelte sie.

Schwester Luise hatte offensichtlich scharfe Ohren. „Ja, das kann einem in der Abteilung für Geburtshilfe hin und wieder passieren", erwiderte sie trocken. Nach einem kurzen Augenblick des Zögerns fuhr sie fort: „Mädchen, du gefällst mir nicht. Man soll den Teufel nicht an die Wand malen, aber ich denke, du solltest dich vorsichtshalber von Dr. Reinhardt untersuchen lassen."

„Unsinn, mir geht es schon wieder besser –"

„Keine Widerrede", schnitt die resolute Oberschwester ihr das Wort ab. „Du brichst dir keinen Zacken aus der Krone, wenn du die ganze Sache neurologisch abklären lässt. Arbeiten lasse ich dich heute ohnehin nicht mehr."

Emma seufzte. Normalerweise hätte sie es auf einen Streit ankommen lassen, aber die Andeutungen der erfahrenen Frau waren nicht spurlos an ihr vorübergegangen. Worte wie „Hirntumor", „Epilepsie" und „Schlaganfall" kamen ihr in den Sinn. Und so nickte sie nur und erhob sich.

„Kannst du allein gehen?", fragte die Oberschwester.

„Natürlich. Ich bin in Ordnung", erwiderte Emma. „Morgen komme ich wieder zum Dienst."

„Das soll Dr. Reinhardt beurteilen", brummte die resolute Frau.

Als Emma den Raum verließ, glaubte sie für einen kurzen Moment, das Blitzen von etwas Metallischem zu sehen und das Schnaufen einer Dampfmaschine zu hören. Hastig zog sie die Tür ins Schloss. Mit einem leichten Schwindelgefühl folgte sie dem Gang zu den Aufzügen. Nur ihre eigenen Schritte hallten in dem spärlich erleuchteten Flur wider. Es war eine ungewöhnlich stille Nacht. Emma konzentrierte sich auf ihre Füße, als gäbe es nichts anderes auf der Welt. Sorgfältig setzte sie einen vor den anderen und versuchte, ihre Gedanken im Rhythmus ihrer eigenen Bewegung einzusperren. Es gelang ihr nicht. Sie wurde das Gefühl nicht los, dass der Vorhang ihrer Wirklichkeit erschreckend dünn geworden war. Es schien ihr, als segele sie auf einem Schiff, von wispernden Nebeln umwoben, in unbekannten Gewässern, nur um Haaresbreite an Untiefen und mörderischen Riffen vorbei. Plötzlich nahm sie aus den Augenwinkeln eine Bewegung wahr. Abrupt drehte sie sich um. Nichts!

Endlich kamen die Aufzüge in Sicht. Noch nie war ihr der Weg dorthin so weit vorgekommen. Sie drückte den Rufknopf.

Da – wieder eine Bewegung! Jemand folgte ihr! Nun war sie sich ganz sicher. Für einen kurzen Moment hatte sie hinter der Glastür der angrenzenden Station ein kleines Mädchen gesehen – geisterhaft bleich. Emma schluckte.

Der Fahrstuhl kam und die Türen öffneten sich. Sie trat ein, ohne sich noch einmal umzusehen, und drückte den Knopf zum dritten Geschoss. Die Türen schlossen sich. Das vertraute Summen des Aufzuges und die sanfte Aufwärtsbewegung, die daraufhin einsetzten, hatten etwas Beruhigendes.

Wenig später hielt der Aufzug wieder. Emma rieb sich die Augen und fuhr sich ein paarmal durch die Haare, bevor sie hinaustrat. *Ganz ruhig bleiben,* sagte sie zu sich selbst. *Du bekommst die Sache schon in den Griff.* Vorsichtig blickte sie sich um. Auch hier oben waren alle Gänge leer.

Wahrscheinlich war das Ganze wirklich nur ein Erschöpfungssyndrom. Schließlich schob sie aufgrund des Personalnotstandes schon die zweite Woche fast ohne Pause Nachtschicht. Irgendwann musste sich ihr geplagter Körper ja einmal zur Wehr setzen.

Durch diese rationalen Gedankengänge ein wenig gefasster, trat sie aus der Kabine. Möglicherweise war das Mädchen sogar real gewesen, ging ihr durch den Kopf. Schließlich befand sich auf der gleichen Etage die Kinderstation. War es so ungewöhnlich, dass ein kleines Mädchen nachts nicht schlafen konnte und durch die Gänge lief? Sie lächelte erleichtert. Es gab doch für alles eine vernünftige Erklärung. Sie brauchte einfach ein wenig Ruhe.

Jählings wurden ihre Gedankengänge unterbrochen und ihr zaghaft errichtetes Vernunftgebäude brach wie ein Kartenhaus zusammen. Da war es wieder, das kleine Mädchen. Aus großen Augen starrte es sie an. Seine Haut war so blass und zart, dass man die blauen Äderchen darunter erkennen konnte. Einige Sekunden lang starrten sie einander stumm an, einen Lidschlag später war die Kleine verschwunden, und Emma blickte in ihr eigenes entsetztes Gesicht, das sich in der Glastür der Station spiegelte. *Nicht nachdenken,* befahl sie sich selbst, *nur nicht nachdenken*. Sie stieß die Tür auf. Mit gesenktem Blick eilte sie den Flur entlang. Beim Zimmer des Stationsarztes angekommen, klopfte sie kurz und trat sofort ein, ohne eine Antwort abzuwarten.

„Äh, herein."

Sie blickte in das verblüffte Gesicht von Dr. Reinhardt. Seine Lesebrille war ihm auf die Nasenspitze gerutscht und der geöffnete Mund in Kombination mit den hochgezogenen Brauen und den verunsicherten Fältchen auf seiner gebräunten Stirn ließ ihn viel von seiner professionellen Souveränität verlieren. Emma fühlte ein hysterisches Kichern in sich aufsteigen. Es gelang ihr nicht ganz, es zu unterdrücken. Gleichzeitig spürte sie, wie sie zu schwanken begann. Mit einem Satz war Dr. Reinhardt bei ihr und hielt sie fest. Er roch nach teurem Herrenparfüm und Pfefferminzbonbon.

„Geht es Ihnen nicht gut? Warten Sie, legen Sie sich einen Augenblick hin."

Emma ignorierte seinen hilfsbereit ausgestreckten Arm und legte sich auf die Behandlungsliege.

Dr. Reinhardt nahm die Brille ab und legte seine Hand auf ihre Stirn. „Was ist passiert?"

„Ich-ich weiß nicht." Es fiel Emma schwer, einen klaren Gedanken zu fassen. Dr. Reinhardts Gestalt ragte vor ihr auf. Nun wirkte sein Gesicht nicht mehr albern. Er hatte die Brille abgelegt und lächelte zu ihr herab. Er sah gut aus und irgendwie besorgt.

Plötzlich brach Emma in Tränen aus. Es war ihr ausgesprochen peinlich und doch tat es gut. Sie wusste nicht recht, wie es geschah, aber irgendwann hielt Dr. Reinhardt sie in den Armen. Anfangs ließ sie es zu. Die Umarmung hatte etwas Tröstliches. Doch dann veränderte sie sich irgendwie, und Emma versuchte, sich daraus zu befreien.

Der Arzt ließ sie los und richtete sich auf.

„Woher kennen Sie eigentlich meinen Namen?", schniefte Emma und durchwühlte ihre Kitteltaschen.

Dr. Reinhardt reichte ihr ein Taschentuch. „Sie glauben doch nicht, dass mir die hübscheste Frau von Station 12 entgangen ist?"

„Was?" Emma schnäuzte sich. Sie konnte nicht glauben, dass er ihr in dieser Situation Komplimente zu machen versuchte.

Dr. Reinhardt lächelte. „Nun, was führt Sie zu mir, mitten in der Nacht?"

Irgendetwas ärgerte Emma an dieser Frage. „Schwester Luise hielt es für besser, wenn ich bei Ihnen vorbeischauen würde ... Ich hatte einen ... kleinen Zusammenbruch."

Der Arzt zog einen Stuhl heran und setzte sich neben sie. Das Licht der Schreibtischlampe fiel schräg auf sein Gesicht und ließ es irgendwie härter und kälter erscheinen. Dr. Reinhardt sagte nichts und bedeutete ihr mit einem Nicken fortzufahren.

„Ich vermute, es ist eine Art Erschöpfungssyndrom." Sie strich sich das Haar aus der Stirn.

„Fahren Sie fort." Dr. Reinhardt lächelte, doch seine blassblauen Augen fixierten sie starr.

Emma unterdrückte das aufkeimende Unbehagen. *Du weißt doch, dass der Kerl jedem Rock hinterherrennt. Das ist im ganzen Haus bekannt. Er mag ein Schürzenjäger sein, aber er ist auch ein verdammt guter Arzt, also reiß dich zusammen.* „Nun, ich sah eine Art Lichtblitz und fiel zu Boden und ..."

„Ja?" Dr. Reinhardt rückte näher. Er trug den typischen Gesichtsausdruck des empathischen Therapeuten zur Schau, doch in seinen Augen war ... war irgendetwas anderes, etwas Finsteres. Und sein Gesicht – es musste an der Lampe liegen –, aber es wirkte so merkwürdig bleich.

„Emma, was geschah dann?"

Erschrocken zuckte sie zusammen. Sie musste ihn beinahe eine ganze Weile wortlos angestarrt haben. „Nun, das ist sehr schwer zu beschreiben", fuhr sie stockend fort. „Ich sah etwas, etwas, das es gar nicht geben kann."

„Was sahen Sie?", fragte der Arzt. „Kleine bewegliche Dinge, Spinnen, weiße Mäuse?"

„Nein, nein. Es war ... eine Art Maschine."

„Was für eine Maschine?"

Und dann sprudelte es aus Emma heraus, und sie begann, alles zu erzählen. Der Arzt unterbrach sie kein einziges Mal. Auch als sie geendet hatte, schwieg er noch einen Moment. Dann erhob er sich abrupt. „Gut." Mit einem Mal wirkte er riesig, eine bleiche, kalte Gestalt. Emma musste den Kopf in den Nacken legen, um sein Gesicht zu erkennen. Irgendetwas stimmte mit dem Licht nicht. Das Gesicht des Doktors, es war so verändert.

„Was haben Sie vor?"

„Was ich vorhabe?" Dr. Reinhardt nahm etwas aus einem Regal. Als er sich umwandte, war alles Menschliche aus seinem Antlitz verschwunden, seine Haut war bleich wie der Tod. Als er die blassen Lippen zu einem Lächeln verzog, wurden spitze Zähne, wie von einem reißenden Tier, sichtbar. „Ich denke, ich werde Ihnen ein wenig Blut abnehmen."

Mit einem panischen Schrei sprang Emma auf. Sie stieß den Arzt mit aller Kraft beiseite und lief aus der Tür. So rasch sie konnte, hastete sie den Flur hinunter. Als sie die Ecke erreicht hatte und sich noch einmal umwandte, sah sie, wie ihr eine etwas ratlos dastehende Gestalt mit einem weißen Kittel und einer Spritze in der Hand hinterherstarrte. Sie ignorierte diese. *Nur fort von hier!* Hastig rannte sie die Treppenstufen hinunter, stieß die Tür auf, jagte vorbei an schemenhaften Gestalten, hinaus auf die Straße und immer weiter, weiter, bis ihre Beine sie kaum noch trugen.

Sie wusste nicht mehr, wo sie sich befand. Ziellos irrte sie umher. Es war eine düstere Gegend, in die es sie verschlagen hatte. Nur wenige Straßenlaternen standen hier und warfen ihr Licht auf das schmutzige Straßenpflaster. Immer wieder sah sie sich mit weit aufgerissenen Augen um und zuckte bei jeder Bewegung erschrocken zusammen. Es half ihr nichts, dass die Stimme ihrer Vernunft ihr Hysterie vorwarf.

Hin und wieder tauchten schemenhafte Gestalten auf. Ein Mann stand auf unsicheren Beinen an einer dunklen Straßenecke und lallte Unverständliches vor sich hin. Im nächsten Augenblick glaubte sie, eine ausgedörrte, bis auf die Knochen abgemagerte Gestalt zu sehen. Keuchend hastete sie weiter, bog um eine Ecke, um gleich darauf zurückzuschrecken und einen anderen Weg einzuschlagen, weil eine knurrende, graue Gestalt mit gelben Augen ihr den Weg versperrte.

In einer leeren Gasse unterbrach sie ihre atemlose Flucht. In der schmutzigen Scheibe eines aufgegebenen Lebensmittelgeschäftes spiegelte sich die Gestalt des Mädchens. Zu erschöpft, um zu fliehen, betrachtete Emma das kleine Geschöpf. Es war in ein dünnes Kleid gehüllt, sein Gesicht war so bleich, als hätte es noch nie die Sonne gesehen. Mit riesigen Augen starrte es ihr entgegen. Zögernd machte Emma einen Schritt auf es zu und streckt die Hand aus – das Mädchen ebenso. Emmas Finger berührten schmieriges Glas. Sie erschauerte. „Wer bist du? Was willst du?“, fragte Emma und sah staunend, wie die blassen Lippen des kleinen Mädchens stumm, aber mit großem Ernst die gleichen Worte formulierten.

Schaudernd wollte sie sich abwenden, doch dann veränderte sich etwas. Winzig nur und kaum wahrzunehmen wie das schwache Funkeln fast erstorbener Glut, war da eine Spur von Licht. Langsam wandte Emma sich zur Quelle dieses Lichts um. Sie erkannte am anderen Ende der Straße ein schwaches Glimmen, das halb verdeckt von alten Mauern in die Nacht hinausdrang. Instinktiv ging sie darauf zu.

Sie kam an ein altes Kloster, ein graues und verwittertes Gebäude – kein Ort, an dem man Wärme zu finden hofft. Und dennoch, das Glimmen war von dort gekommen, auch wenn sie es jetzt, direkt vor der hölzernen Eingangstür, nicht mehr erkennen konnte. Sie nahm den schmiedeeisernen Klopfer und ließ ihn gegen das dunkle Holz fallen. Keine Reaktion. Sie klopft erneut, diesmal kräftiger. Es schien eine Ewigkeit zu vergehen, dann vernahm sie Schritte, plötzlich ein tiefes, zorniges Brummen und das Klirren einer Kette, dann wieder Schritte. „Wer da?“ Das Schaben von Metall auf Holz ertönte und der Ausschnitt eines Gesichtes wurde in einem altmodischen Guckloch sichtbar. Faltige Haut, ein weißer Schleier und leicht getrübte graue Augen. „Was wollen Sie, mitten in der Nacht?“, fragte die alte Frau barsch.

„Ich ... da war dieses Licht“, stotterte Emma. Sie spürte, wie verrückt das klang. Verzweifelt stieß sie hervor: „Bitte, Sie müssen mir helfen!“

Die Alte kniff die Augen zusammen und schaute skeptisch rechts und links an Emma vorbei. Dann knurrte sie: „Das Kloster ist geschlossen. Sie können sonntagmorgens und abends die heilige Messe besuchen. Wenn Sie Seelsorge suchen, ist von Montag bis Freitag –“

„Nein, Sie verstehen nicht“, rief Emma. „Ich brauche *jetzt* Hilfe!“

Die alte Frau zeigte sich völlig ungerührt. „Vielleicht sollten Sie besser das Krankenhaus aufsuchen, junge Frau.“

„*Nein*!“, schrie Emma entsetzt. „Bitte, Sie müssen mir helfen.“

Der Schieber wurde geschlossen.

Emma stand wie erstarrt. Es schien ihr, als wäre die Dunkelheit um sie herum vollkommen geworden.

Gleich darauf hörte sie das Kratzen eines Riegels. Die Tür wurde geöffnet, und Emma sah sich einem riesigen, grauen Bären gegenüber, der mit glühenden Augen auf sie herabstarrte. Entsetzt schrie sie auf. Dann erkannte sie, dass ein eiserner Maulkorb seine furchtbaren geifernden Lefzen umgab und stählerne Ketten grob an den gewaltigen Tatzen rissen. Die Luft flimmerte. Und plötzlich war da nur noch eine strenge alte Ordensschwester, deren Stirn sich in Falten legte.

„Nun kommen Sie schon herein", brummte sie. „Mutter Anna wird Sie empfangen."

„D-danke", stammelte Emma und trat ein.

„Den Gang entlang und die letzte Tür rechts", brummte die alte Frau.

„Danke, ich danke Ihnen vielmals."

„Alles zur Ehre des Herrn", knurrte die Ordensschwester und wandte ihr den Rücken zu, um die Tür zu schließen.

Hastig folgte Emma dem beschriebenen Weg. Hinter sich hörte sie tiefes Brummen und das Klirren von Ketten. Sie zwang sich, einfach weiterzugehen. Die Tür zu dem genannten Raum stand offen. Sie klopfte und trat ein, kaum, dass ein „Herein" ertönt war.

Warmes Licht umfing sie. Zu ihrem Erstaunen bemerkte Emma, dass es von einer jungen Frau auszugehen schien, die neben einem alten Schreibtisch stand. Sie hatte kräftige, rote Wangen und sonnengebräunte Haut. Ihre etwas derben Gesichtszüge strahlten Warmherzigkeit aus und in ihren Augen glitzerte es.

„Mutter Anna?", fragte sie.

„Nenn mich einfach Anna und schließ doch bitte die Tür. Meine alten Knochen vertragen den kühlen Luftzug nicht mehr so gut."

Überrascht von dieser Bemerkung, schloss Emma die Tür. Als sie sich wieder umwandte, sah sie sich einer uralten, kleinen Gestalt in der Tracht einer Ordensmutter gegenüber, die sich schwerfällig auf einen Stuhl sinken ließ. Die alte Frau schien das Erschrecken in Emmas Gesicht zu bemerken. Jedenfalls zeigte sie ein amüsiertes Lächeln.

„Komm, setz dich."

Emma nahm Platz. Irritiert bemerkte sie, dass es für sie keine Rolle spielte, ob sie nun die junge oder die alte Frau sah. „Ich ..." Emma stockte. Sie wusste nicht recht, wie sie beginnen sollte. „Mein Name ist Emma. Ich möchte mich für die späte Störung entschuldigen."

„Ich freue mich über deinen Besuch, Emma", erwiderte die alte Frau. „Möchtest du etwas Tee?"

„Ja, gerne", erwiderte Emma verdutzt. „Es klingt fast so, als hätten Sie mich erwartet."

„In gewisser Weise", erwiderte die Ordensschwester und lächelte, als sie Emmas verwirrten Gesichtsausdruck sah. „Erwartung ist etwas gänzlich anderes, als einen bestimmten Zeitpunkt zu kennen." Sie goss Tee in eine Tasse.

„Oh", sagte Emma und nahm dankend die dampfende Tasse entgegen.

Die alte Frau lehnte sich zurück und faltete die Hände auf dem Schoß. „Willst du mir verraten, was du gesehen hast?"

„Wie kommen Sie darauf, dass ich etwas gesehen haben könnte?"

„Sonst wärst du nicht hier", erwiderte Anna und sah für einen kurzen Moment wieder jung aus.

Emma beschloss, alle Zweifel beiseitezuschieben und einfach zu erzählen. „Ich sah merkwürdige Dinge. Genau genommen sah ich merkwürdige *Gestalten*. Es begann heute Nacht, mitten während meiner Schicht. Ich arbeite als Krankenschwester in der Geburtshilfe. Und auf einmal blendete mich ein helles Licht und ich hörte einen Schrei. Später stellte sich heraus, dass zur selben Zeit ein Kind geboren wurde. Dann betrat die Oberschwester das Zimmer und ich sah eine Maschine und ein winziges, zittriges Etwas in ihren metallenen Armen. Es war verrückt! Auf einmal verwandelten sich alle Menschen vor meinen Augen. Ich sah Vampire und seltsame Gestalten. Wenn ich in eine Fensterscheibe blicke, spiegelt sich dort ein kleines Mädchen. Die Ordensschwester, die mich hereinließ, erschien mir als eine Bärin in Ketten, und Sie selber, nun, Sie sehen mal wie eine junge Frau und mal wie eine ... sehr alte Frau aus." Sie seufzte. „Das Ganze macht mir furchtbare Angst."

Die alte Frau nickte und im selben Moment war sie jung. „Heute bist du eine Seelenseherin. Das ist ein großes Geschenk."

Emmas Blick musste Bände gesprochen haben, denn Anna lachte auf. „Es fällt dir wohl schwer, das als Geschenk zu betrachten?"

„In der Tat."

„Was fürchtest du?", fragte Anna.

„Dass es wirklich wahr sein könnte", erwiderte Emma. „Es macht mir furchtbare Angst, dass all die Menschen in Wahrheit verkappte Ungeheuer sind und nur eine dünne Fassade uns davon abhält, das Grauen wahrzunehmen."

„Ist diese Erkenntnis denn so neu?", fragte die alte Frau. „War uns nicht schon zu allen Zeiten klar, dass der Mensch das furchtbarste aller Geschöpfe auf Erden ist?"

Emma fröstelte.

„... Und zugleich das wunderbarste", fuhr Anna fort.

„Wieso wunderbar?", fragte Emma verdutzt.

„Das helle Strahlen, das dich am Anfang schier zu Boden geworfen hat – ahnst du nicht, was du gesehen hast?"

„Das ... neugeborene Kind?"

„Natürlich." Anna lachte begeistert. „Du hast Gottes Augenzwinkern gesehen, kein Wunder, dass dich das aus der Bahn geworfen hat. Alles andere machte dir lediglich Angst."

„*Lediglich*?", erwiderte Emma und nahm einen Schluck von dem heißen Tee. „Das soll wohl ein Scherz sein! Es ist, als würde der schlimmste Albtraum Wirklichkeit werden! Ich will das nicht! Das macht mich wahnsinnig!"

Anna nahm ihre Hand. „Deine Gabe ist kein Fluch, sondern ein Segen, und sie ist vergänglicher, als du glaubst. Niemand, der nicht sehen will, bleibt lange sehend."

Emma starrte in das Gesicht der alten Ordensschwester, deren Augen noch so jung waren. „Was kann ich tun?"

„Du musst tiefer blicken", sagte Anna.

„Tiefer?"

„Welche der Gestalten fürchtest du am meisten?"

„Das kleine Mädchen", erwiderte Emma sofort. Obwohl sie noch vor wenigen Sekunden etwas anderes gesagt hätte.

„Du weißt, dass du selbst dieses Kind bist."

Emma nickte.

„Warum fürchtest du es dann?"

Emma schluckte trocken. „Weil es schwach ist und verletzlich.“ Sie griff nach der Teetasse und stellte fest, dass ihre Hand zitterte. Mit beiden Händen führte sie die Tasse zum Mund und trank erneut einen Schluck des heißen Gebräus. „Dieses Mädchen wird belogen und enttäuscht werden. Es ist unfähig, in dieser Welt zu bestehen.“

Anna blickte ihr nachdenklich in die Augen. „Du glaubst, dass dieses Kind schwach ist?“

Emma nickte. „Natürlich! Das ist doch offensichtlich!“

„Du musst tiefer blicken!“, wiederholte die alte Frau. „Denn alles, was du gesehen hast, ist immer nur ein Teil der Wahrheit.“

„Was ... was meinen Sie damit?“, fragte Emma. Die rätselhaften Worte der Frau hatten ihr kein bisschen weitergeholfen.

„Komm und sieh!“ Die Ordensschwester erhob sich mühsam und reichte der jungen Frau ihre runzlige kleine Hand. Zögernd griff Emma danach und erhob sich. Langsam schlurfte Anna durch das kleine Zimmer. Ihre Hand fühlte sich an wie altes Pergament, die dünnen Knochen schienen so zerbrechlich wie Glas, und doch zog Emma Kraft aus dieser Berührung.

Sie traten in eine einfache Kammer. An der Wand hing ein Kruzifix. Als sie sich zur Seite wandte, erblickte sie sich selbst in einem Spiegel.

Die alte Frau ließ sie los und Emma ging dichter heran. Helles Licht fiel in den Raum, aber aus irgendeinem Grund konnte sie die Quelle nicht entdecken.

Mit einer Mischung aus Furcht und Faszination betrachtete Emma ihr Spiegelbild. Sie trat noch näher. Eine junge Frau blickte ihr entgegen. Sie hatte Emmas Gesicht, aber etwas war anders. Das Licht spiegelte sich in ihren Augen. Sie strahlte Stärke aus und Weisheit und Liebe.

„Das ... bin ich nicht“, entfuhr es ihr.

„Aber das könntest du sein“, hörte sie Annas Stimme.

Das Bild veränderte sich, und Emma sah sich selbst – müde, blass und verwirrt. „Wie meinen Sie das?“

„Alles hängt davon ab, worauf du vertraust oder auf wen.“

Emma schnaubte. „Ich habe es aufgegeben zu vertrauen! Dazu habe ich zu viele Enttäuschungen erlebt."

Anna nickte. „Ich kann ein wenig von deinem Schmerz spüren. Darum verzeih mir bitte meine Worte: Es ist nicht ganz richtig, dass du alles Vertrauen abgelegt hast. Denn wenn du niemandem vertraust, vertraust du deinem Misstrauen. Was unweigerlich die Frage aufwirft, ob ausgerechnet das Misstrauen vertrauenswürdig ist."

Emma runzelte die Stirn.

Die alte Frau lächelte entschuldigend. „Was ich damit eigentlich sagen will, ist Folgendes: Wir haben die Wahl, auf wen oder auf was wir unser Vertrauen setzen. Aber wählen müssen wir. Wir können uns nicht neben das Leben stellen und so tun, als wären wir nur Beobachter. Darum nutze deine Gabe, sieh tiefer, und hole das Verlorengeglaubte zurück."

„Ehrlich gesagt verstehe ich kein Wort."

„Komm und sieh!" Die alte Frau deutete auf den Spiegel.

Emma wandte den Blick. Sie konnte sich selbst erkennen und diesen seltsamen Lichtschein. Es war, als brodele etwas unter ihrer Haut. Langsam trat sie näher und plötzlich war da wieder das kleine Mädchen. Es blickte zu der Stelle, von der der Lichtschein zu kommen schien. Instinktiv wandte Emma sich um. Doch sie konnte nichts erkennen. Offenbar konnte sie nur die Reflexion des Lichts wahrnehmen, nicht aber die Quelle selbst.

Emma wollte dieses Kind nicht mehr sehen und stellte gleich darauf fest, dass der Spiegel ihr offenbar zu gehorchen schien. Das Licht wurde schwächer und sie erkannte wieder sich selbst als erwachsene Frau. Doch dieses Mal sah sie anders aus, die Züge veränderten sich, und sie hatte einen gierigen Ausdruck in den Augen. War sie das? Verstört hob sie die Hand, um den Spiegel zu berühren. Da schoss auch die Hand ihres bleichen Selbst vor, und Emma schrie entsetzt auf, als sie dünne Finger erkannte, die zu Klauen geformt waren. Sie riss ihre Hand zurück und starrte entsetzt auf das, was sich da vor ihr abspielte. Ihr Spiegelbild begann sich mit wachsender Schnelligkeit zu verändern. Die bleiche Gestalt verschwand und machte dem kleinen Mädchen Platz. Emma zuckte zusammen und erblickte gleich darauf eine alte Frau mit kalten, harten Augen. Doch auch dies währte nur den Bruchteil einer Sekunde, und eine schleichende Katze nahm ihre Stelle ein, um gleich darauf einem sich lasziv windenden, schlangenhaften Wesen zu weichen. Immer schneller blitzten die Gestalten auf, Kreaturen, wie sie unterschiedlicher nicht sein konnten, alle eine Verfremdung ihrer selbst. Sie formten einen Strom aus Bildern und verschwammen in Emmas weit aufgerissenen Augen zu einem dunklen, konturlosen Schatten. Langsam sank sie auf die Knie.

Seltsam distanziert sah sie, dass der dunkle Schatten zu schrumpfen begann und erneut die Konturen des kleinen Mädchens formte. Dieses Mal ließ sie es geschehen.

Die Reflexion des Lichts verstärkte sich. Das Mädchen hob die Hand, als wolle es danach greifen, und Emma schien es, als könne sie in dem immer heller werdenden Lichtfleck so etwas wie eine Hand erkennen. Das Licht strahlte immer stärker, bis es fast unerträglich schien. Und dann, für einen winzigen Moment, kehrte das Bild jener jungen Frau zurück, die sie am Anfang gesehen hatte – frei und schön und gut. Dann war der Augenblick vorüber. Dunkelheit und Stille umfingen sie.

Lange Zeit saß sie da, allein in den Schatten, dann drang leise eine Stimme an ihr Ohr: „Wenn wir schwach sind, dann sind wir stark. Denn wer das Himmelreich nicht annimmt wie ein Kind, für den wird es verschlossen bleiben.

Wir sehen jetzt durch einen Spiegel in einem dunklen Wort; dann aber von Angesicht zu Angesicht. Jetzt erkennen wir stückweise; dann aber werden wir erkennen, gleichwie wir erkannt sind."

Als sie sich umwandte, erkannte Emma, dass es Anna war, die da gesprochen hatte.

„Komm", sagte die alte Ordensschwester leise. Sie lächelte und reichte der jungen Frau ihre faltige Hand. „Du erkältest dich noch auf dem nackten Fußboden."

Emma erhob sich und strich verlegen ihren Rock glatt. Gleichzeitig spürte sie, wie ihr Herz ein wenig schneller klopfte. Ein fast vergessenes Gefühl kam in ihr hoch. Es hatte etwas mit Weihnachten zu tun, mit dem Morgen ihres Geburtstages, wenn sie die leisen Schritte der Eltern auf der Treppe vernahm, und mit dem Beginn der großen Ferien.

„Ich denke ... dann gehe ich jetzt besser“, murmelte sie.

„Aber natürlich“, sagte Anna munter. „Ich begleite dich zur Tür.“

Langsam und mit schlurfenden Schritten durchquerte sie den Flur. An der Tür angekommen, sah sie der jungen Frau fest in die Augen. „Weißt du, was du gesehen hast?“

„Ich ... ich bin mir nicht sicher“, gestand Emma. „Aber ich glaube schon.“

„Nun“, erwiderte die alte Ordensschwester und lächelte verschmitzt, „was willst du mehr?“

Sie öffnete die Tür und helles Morgenlicht flutete herein.

Emma verabschiedete sich und ging langsam die Straße entlang. Als sie in ein Fenster blickte, wandelte sich ihr Spiegelbild in das des kleinen Mädchens mit den großen Augen. Das Mädchen verzog die Lippen zu einem fröhlichen, zahnlückigen Grinsen.

Dann war es verschwunden und das Spiegelbild der erwachsenen Frau kehrte zurück. Sie schenkte ihr dasselbe Lächeln – nur eine Zahnlücke war nicht zu sehen.

Emma wandte sich ab. Sie ging still die Gasse entlang, hörte zu, wie die Stadt erwachte, lauschte dem Zwitschern der Vögel und konnte nicht aufhören zu lächeln.

Weihnachtsplätzchen und Augenfalten

Rasmus steckte den Brief in den weiß gestrichenen Briefkasten der Westend-Villa. Anschließend radelte er zur Arbeit. Es gab noch viele Trümmer zu beseitigen.

Die Tage gingen ins Land. Emmi meldete sich nicht bei ihm, aber das hatte er auch nicht unbedingt erwartet.

Dann wurde es Heiligabend. Die erste Friedensweihnacht. Sein Vater feierte in seiner Kirche insgesamt drei Gottesdienste. Rasmus besuchte lieber die Christvesper einer winzigen Freikirche, die ihren Gottesdienst bei eisigen Temperaturen in einer ehemaligen Lagerhalle feierte. Es waren fast nur Frauen, alte Männer und Kinder anwesend.

Am Abend radelte er nach Alt-Tegel. Die Ausgangssperre war pünktlich zum Weihnachtsfest aufgehoben worden.

Kaum öffnete sich die Tür zu der kleinen Wohnung, da stürmte Hans auf ihn zu und zog ihn in eine rippenzerquetschende Umarmung. Der Bursche war kräftig geworden.

„Pass auf!“, begrüßte er ihn aufgeregt. „Du wirst staunen! Wir haben eine Überraschung für dich.“

„Ich habe auch eine Überraschung!“, sagte Rasmus und zog eine winzige Fichte hinter dem Rücken hervor. Das Bäumchen war ungefähr dreißig Zentimeter groß.

„Ein Weihnachtsbaum!“, rief Hans. „Tante Walli, wir haben einen Weihnachtsbaum!“

„Oh!“ Die Augen der älteren Frau glänzten. Auch sie umarmte Rasmus zur Begrüßung, allerdings deutlich behutsamer als Hans. „Wie schön, dich zu sehen. Wo hast du denn den Baum her?“

„Och“, Rasmus winkte lässig ab, „der lief mir sozusagen über den Weg.“

„Du meinst, du hast ihn im Park geklaut“, meldete sich eine tiefe Stimme zu Wort.

„Erwin?“ Rasmus drängte sich an Hans vorbei in die winzige Stube. Vom Sofa aus strahlte ihm das zahnlückige Grinsen des alten Soldaten entgegen. Dampfwölkchen bildeten sich vor seinem Mund, denn im Zimmer war es kaum wärmer als draußen. Die Fenster waren mit Pappe abgedichtet und drei Kerzen waren die einzige Lichtquelle.

„Erwin.“ Das bärtige Gesicht verschwamm, als ihm die Tränen kamen.

„Das ist eine Überraschung, was?“, meldete sich Hans, der nun ebenfalls in die Stube drängte.

„Allerdings!“ Hastig wischte Rasmus sich mit dem Ärmel über die Augen. Er spürte Freude und Traurigkeit zugleich. Es war großartig, den alten Kameraden wiederzusehen. Aber Erwin sah elend aus. Er war klapperdürr. Die Haut spannte sich straff über seinen Wangen. Seine mächtige Nase schimmerte blaurot. Er atmete schwerfällig, und an der Hand, die er Rasmus zur Begrüßung reichte, fehlten drei Finger.

Rasmus umarmte ihn vorsichtig. „Wie schön, dich zu sehen.“ Er setzte sich neben den Kameraden. „Wie geht es dir?“

„Nachdem ich fast vollständig in Frankfurt an der Oder gelandet war“, er blickte auf seine verkrüppelte Hand, „brauchte ich noch ein Weilchen, um wieder aufrecht stehen zu können. Aber nun geht es mir schon viel besser.“

„Was ist passiert?“, fragte Rasmus.

„Ich habe nicht mehr allzu viele Erinnerungen an die Fahrt zurück nach Deutschland. Nachdem ich mir eine Lungenentzündung zugezogen hatte und hohes Fieber bekam, war ich kaum bei Bewusstsein. Offenbar lag ich sehr still auf meiner Pritsche. Jedenfalls gelangte irgendjemand zu der Annahme, ich sei gestorben.

Als ich am Rande der Gleise neben einigen toten Kameraden

die Augen aufschlug, hatte ich mehrere Erfrierungen. Jemand hörte mich stöhnen, und ein russischer Feldchirurg, der nach meiner Einschätzung zuvor Karriere als Fleischer gemacht hatte, amputierte mir ein paar Finger und fast alle meine Zehen. Vom Rest meiner Reise bekam ich nicht mehr viel mit. Aber ich muss gestehen, als ich die Augen aufschlug und feststellte, dass ich mich in einem deutschen Lazarett befand, war ich ein wenig enttäuscht. Eigentlich wäre ich gerne direkt nach Hause gereist."

Rasmus sah seinen alten Kameraden an und wusste, dass er nicht das Ruhrgebiet meinte.

„Ich könnte mich an den Gedanken gewöhnen, dass du noch eine Weile bei uns bleibst", sagte Rasmus leise. „Vielleicht wartet da ja noch eine Aufgabe auf dich."

Erwin hob die Brauen.

In diesem Moment stellte Tante Walli einen Teller Kekse und eine Kanne mit dampfendem Malzkaffee auf den Tisch. „Und deine erste Aufgabe wird es sein, meine steinharten Weihnachtsplätzchen zu verspeisen."

Rasmus schmunzelte und Hans machte ein erstauntes Gesicht. „Wieso steinhart? Die sind doch schön knusprig."

Die alte Dame seufzte. „Ich gäbe eine Menge für ein paar Tütchen Backpulver."

Sie sangen Weihnachtslieder und verteilten ihre Geschenke. Tante Walli hatte für alle Männer warme Socken gestrickt, Hans verschenkte Schreibpapier und Tinte. Rasmus hatte für Tante Walli ein Pfund Butter, drei Eier und ein Tütchen mit Trockenhefe eingepackt – nicht gänzlich uneigennützig, wie er zugab. Hans erhielt einen Schokoriegel mit der Aufschrift „Mars", den ein amerikanischer GI Rasmus geschenkt hatte. Für Erwin hatte er kein Geschenk. Aber das würde er nachholen.

Die Kerzen verbreiteten Gemütlichkeit und die vier Menschen in dem kleinen Raum brachten auch ein wenig mehr Wärme hinein. Erwin befragte Rasmus und Hans ausführlich nach ihren Erlebnissen. Es wurde spät.

„Jetzt weißt du auch, was aus deiner Geschichtensammlung

geworden ist", beendete Rasmus seinen Bericht. „Ich werde sie dir natürlich zurückgeben."

„Behalte sie ruhig", sagte Erwin. „Es freut mich ungemein zu hören, dass meine Medizin offenbar auch anderen geholfen hat."

„Auf keinen Fall! Es ist dein Buch und du sollst es auch zurückerhalten."

Erwin winkte ab. „Ich brauche es nicht mehr."

„Was hast du jetzt vor?", wandte Tante Walli sich an Erwin, bevor Rasmus erneut widersprechen konnte.

Erwin zuckte die Achseln. „Ich weiß noch nicht genau. Sobald es mir etwas besser geht, werde ich wohl zurück ins Ruhrgebiet reisen."

„Ich habe eine bessere Idee!", meldete sich Hans zu Wort. „Du bleibst einfach hier!"

„Genau", warf Rasmus ein. „Dann brauchen wir uns auch nicht mehr darüber zu streiten, wer nun das Buch behalten soll."

„Ich weiß nicht –", setzte Erwin an.

„Aber wir!", unterbrach Rasmus ihn. „Hans, erzähl ihm von unserem Plan."

„Wir verkaufen Bücher und erzählen Geschichten", verkündete Hans stolz.

„Oh ..." Erwin kratzte sich am Kopf. „Da habt ihr ja eine ziemlich ausgefeilte Geschäftsidee entwickelt."

„Stimmt!", bestätigte Hans mit einem selbstgefälligen Lächeln.

„Und wie sehen die Details aus?"

„Keine Ahnung", erwiderte Hans, „ich habe noch nie welche gesehen. Aber wir wollen ja auch nicht Deteis verkaufen, sondern Bücher."

„Richtig." Erwins Augen funkelten. „Mein Fehler."

„Das lernst du schon noch." Hans klopfte ihm ermutigend auf die Schulter.

„Ich denke, wir beginnen mit einem mobilen Bücherstand", sagte Rasmus. „Ich kenne da einen Mann, der mit einem Bollerwagen durch die Gegend fährt und ziemlich erfolglos versucht, Bücher zu verscherbeln. Für eine entsprechende Summe wird er sein Geschäft bestimmt an uns abtreten."

„Und was bringt dich auf den Gedanken, dass wir erfolgreicher sein werden als dieser arme Kerl?", fragte Erwin.

„Ganz einfach", erwiderte Rasmus. „*Wir* lieben Bücher!"

„Hm." Der alte Soldat kratzte sich am Bart. „Mir war nicht klar, dass ihr schon so tief in die Materie eingestiegen seid."

Hans warf ihm einen verwirrten Blick zu und Rasmus grinste.

„Aber warum eigentlich nicht? Einen Versuch ist es allemal wert."

„Hurra!" Hans schlug Erwin begeistert auf den Rücken, was dessen Lächeln einen etwas gequälten Ausdruck verlieh. „Du kannst so lange bei uns wohnen. Stimmt's, Tante Walli?"

„Natürlich."

Rasmus konnte sich nicht erinnern, schon einmal ein solch fröhliches Weihnachtsfest erlebt zu haben. Und dennoch gab es da etwas, das seinem Lächeln etwas Wehmütiges verlieh.

Das erste Nachkriegsjahr hatte begonnen. Hungergestalten schlichen durch die Gassen. Straßenbäume wurden heimlich abgeholzt, und der Berliner Tiergarten sah immer zerrupfter aus, weil die Menschen alles verheizten, was sie in die Finger bekommen konnten.

Der Mann mit dem Bücherwagen hatte bereits den Heizwert etlicher klassischer Literaturwerke ausprobiert, ehe Rasmus ihn wiederfand. Aber da der Wagen nur noch halb gefüllt war, konnte Rasmus den Preis auf zwanzig Reichsmark herunterhandeln, was ihm erlaubte, ein Drittel seiner Ersparnisse zu behalten.

Schon bald ersann Erwin eine Möglichkeit, ihren Bestand erheblich zu erweitern: Hans sammelte Brennholz im Tegeler Forst und gemeinsam mit Rasmus tauschten sie abends Holz gegen Bücher.

Die Tage wurden wieder länger und der Frühling war nicht

mehr fern. Von Emmi hatte Rasmus noch immer nichts gehört. Ob sie schon verheiratet und fortgezogen war?

Schließlich hielt er die Ungewissheit nicht länger aus. Es war früher Samstagabend, als er gegen die schwere Tür der Westend-Villa klopfte. Ein fremder Mann in der Kleidung eines Hausangestellten öffnete.

„Sie wünschen?", fragte er.

„Entschuldigen Sie die Störung, wäre es möglich, Emmi von Dahlen zu sprechen? Ich bin ein alter Freund ..."

„Tut mir leid. Eine Dame dieses Namens wohnt hier nicht."

„Vielleicht heißt sie inzwischen Emmi Papenburg. Sie war mit Hugo Papenburg verlobt."

Die Miene des Mannes verdüsterte sich. „Tut mir leid, ich kann Ihnen nicht weiterhelfen. Auf Wiedersehen."

„Warten Sie!"

Doch der Hausangestellte schlug die Tür zu.

Als Rasmus erneut klopfte, drohte der Mann: „Verschwinden Sie oder ich rufe die Polizei."

Verwirrt und enttäuscht wandte Rasmus sich ab. Als er das Gartentor erreichte, hörte er ein Geräusch hinter sich.

„Psst!"

Er wandte sich um, konnte aber niemanden entdecken.

„Psst, hier!"

Rasmus senkte den Blick und sah ein junges Mädchen durch ein Kellerfenster nach oben linsen. Er erkannte das Dienstmädchen, das ihm am Tage von Emmis Verlobungsfeier die Tür geöffnet hatte.

„Ja?", fragte er.

„Nicht so laut!" Das Mädchen legte den Finger auf die Lippen und bedeutete ihm, sich zu ihr hinunterzubeugen. „Ich möchte meine Anstellung nicht verlieren."

„Wissen Sie, wo Emmi ist?", flüsterte Rasmus.

„Was ist Ihnen diese Information denn wert?", fragte die junge Frau und kniff die Augen zusammen.

Rasmus seufzte und griff in die Hosentasche. Er hatte sechs

Mark und achtundvierzig Pfennig bei sich. Den Lohn des heutigen Tages.

Das Mädchen rümpfte die Nase, nahm das Geld aber durch das gekippte Fenster entgegen. Dann nannte sie ihm eine Adresse und einen Namen.

Rasmus schwang sich auf sein Fahrrad, das mittlerweile sowohl einen Sattel als auch Reifen besaß, und machte sich auf den Weg. Es lag nur wenig Schnee auf den Straßen und die Aufräumarbeiten schritten gut voran.

Als er die Straße erreicht hatte, die das Mädchen ihm genannt hatte, sah er ein britisches Militärfahrzeug vor dem Eingang des Hauses stehen. Ein Soldat lehnte gelangweilt am Kotflügel und rauchte. Rasmus stieg vom Rad ab und lehnte es gegen eine Wand, die als einzige von einem dreistöckigen Haus übrig geblieben war.

Rasmus schlenderte weiter. Der Soldat sah ihm gleichmütig entgegen. Erst als der Deutsche auf den Hauseingang zusteuerte, hob er überrascht die Brauen. Doch er sagte nichts. Rasmus öffnete die Tür und stieg die Stufen empor. Aus einem der oberen Stockwerke erklang eine Männerstimme. Rasmus verstand die fremden Worte nicht, aber die Stimme klang kultiviert.

Gleich darauf lief jemand mit federnden Schritten die Treppen herab. Ein britischer Offizier kam Rasmus entgegen. Er wirkte sehr entspannt. Allerdings lugten seine Haare etwas wirr unter seiner Militärmütze hervor. Kurz ließ er seinen Blick über Rasmus' ärmliche Kleidung wandern. Er runzelte die Stirn, ließ Rasmus jedoch unbehelligt vorbeigehen.

Der Name, den das Mädchen ihm genannt hatte, stand auf einer Tür im dritten Stock. Rasmus klopfte.

Frauenschuhe klapperten über einen Holzboden. Die Tür wurde einen Spalt geöffnet. Ein warmer Luftzug kam ihm entgegen und eine schöne Frau lächelte ihn über die eingehängte Kette hinweg an. Überraschung stand auf ihrem Gesicht geschrieben. Sie hatte rot geschminkte Lippen und auch ihre Wangen leuchteten rot. Ihr Lächeln verblasste.

„Was wollen Sie?“, fragte sie.

„Ich ...“ Rasmus schluckte. Erst jetzt bemerkte er, dass die Frau nur ein sehr dünnes und tief ausgeschnittenes Kleid trug. „Ich will zu Emmi.“

Die Frau betrachtete ihn jetzt mit unverhohlenem Misstrauen. „Ich habe keine Ahnung, wer Ihnen diesen Namen genannt hat. Aber Sie sind vergeblich gekommen.“

Sie wollte die Tür schließen, aber Rasmus schob hastig seinen Fuß dazwischen.

„Was soll das?“ Die Stimme der Frau schwankte zwischen Wut und Angst. „Wenn Sie Polizist sind, weisen Sie sich aus.“

„Ich bin nur ein alter Freund von Emmi“, sagte er rasch.

„Verschwinden Sie!“ Die Frau warf sich gegen die Tür und Rasmus stöhnte schmerzerfüllt auf. Das dünne Leder fing nicht viel von der Wucht ab.

„Bitte. Ich will nur mit ihr reden!“

Auf einmal hatte die Frau ein Messer in der Hand. Sie stocherte damit ungezielt durch den Türspalt und Rasmus sprang zurück.

„Hauen Sie ab!“ Sie schlug die Tür zu.

Rasmus klopfte erneut an und rief: „Sagen Sie ihr, Rasmus ist hier!“

Schweigen. Die Schritte entfernten sich.

Der junge Mann seufzte, ging ein paar Schritte zur Treppe und setzte sich auf die oberste Stufe. Wärme und ein Hauch von Parfüm waren durch den Türspalt gedrungen. Das Kleid der Frau war dünn, aber ganz gewiss nicht billig gewesen, ebenso wenig wie der Schmuck, den sie getragen hatte. Es gab so gut wie keine Kohlen in der Stadt. Brennholz war teuer. Was man hatte, verwendete man für den Küchenofen. Keiner konnte es sich leisten, seine gesamte Wohnung zu heizen.

Man sprach nicht darüber, aber es gab viele Frauen, die sich aus der Not heraus prostituierten. Die meisten hausten in ärmlichen Kellern und verkauften sich an die Soldaten, um sich und ihre Kinder irgendwie am Leben zu erhalten. Aber manchen ging es besser, vor allem jenen, denen es gelungen war, die Gunst höherer Offiziere zu erlangen.

Erneut waren Schritte zu vernehmen. Diesmal leiser. Rasmus wandte sie um.

Die Tür ging auf und Emmi stand vor ihm. Sie trug ein schlichtes Kleid und keinen Schmuck. Ihr Gesicht war ungeschminkt. Rasmus schämte sich dafür, dass er auf diese Details achtete.

„Was machst du hier?"

„Ich sitze auf der Treppe und warte auf dich", erwiderte Rasmus. Er sprang auf.

„Rasmus, ich ..." Im ersten Moment sah es aus, als wolle sie lächeln, dann huschte Traurigkeit über ihre Züge und zum Schluss Zorn. „Was bildest du dir eigentlich ein?", fuhr sie ihn an. „Glaubst du, du kannst einfach so daherkommen und mit deinen Geschichten die Welt verändern?!"

„Ich weiß nicht, ob so etwas möglich ist." Er suchte ihren Blick, doch sie wich ihm aus. „Aber ich denke, es ist einen Versuch wert."

Sie schnaubte. „Du bist ein Träumer!"

„Manchmal", gab Rasmus zu. „Gehst du mit mir ein wenig spazieren?"

Sie blickte auf. Ihre Lippen waren wütend zusammengepresst. Aber in ihren Augen stand Verwirrung. „Warum bist du hier?"

„Um mit dir spazieren zu gehen", erwiderte Rasmus arglos.

Sie zögerte.

„Besser, du holst dir deinen Mantel, es ist ziemlich kühl."

„Versuch nicht, mich zu belehren, Rasmus-Salomo Eichdorff", fauchte sie.

Rasmus grinste. Nun wusste er, dass er gewonnen hatte. „Ich will nur spazieren, einmal um den Block."

„Was für ein Block?", erwiderte Emmi grimmig. „Außer drei Häusern gibt es hier nur noch Trümmer."

„Also gut, dann einmal um die Trümmer."

Emmi holte ihren Mantel.

Langsam schlenderten sie die Straße entlang.

„Wie hast du mich gefunden?“, fragte Emmi.

„Euer geschäftstüchtiges Dienstmädchen hat mir diese Information verkauft.“

„Verstehe.“

„Was ist passiert?“, fragte Rasmus.

„Nicht viel. Ich habe meine Verlobung gelöst und mein Vater hat mich vor die Tür gesetzt. Für ein paar Tage bin ich nun bei einer alten Freundin untergekommen. Aber ich kann hier nicht lange bleiben.“

„Warum hast du dich von Hugo getrennt?“

„Mir ist etwas klar geworden.“ Sie setzte ein schiefes Lächeln auf. „Ich liebe ihn nicht und er liebt mich nicht. Er mochte die Oberfläche, aber er hatte kein Interesse daran, hinter die Fassade zu blicken. Wir haben uns gegenseitig etwas vorgemacht.“

„Das war sehr mutig von dir.“

„Nein, es war feige, dass ich erst so spät ehrlich war.“

Er nahm ihren Arm. Sie ließ es zu.

Nach einer Weile fragte sie: „Und was ist dir inzwischen widerfahren?“

Rasmus berichtete ihr von Hans und Erwin und ihren Plänen. Danach gingen sie schweigend weiter, inzwischen die dritte Runde um die Trümmer.

„Warum hast du dich nicht gemeldet?“, fragte er leise.

Emmi senkte den Blick. „Wir haben alle unsere Träume, aber wir müssen uns daran gewöhnen, dass die meisten nicht in Erfüllung gehen.“

Emmi blickte auf. Rasmus sah, dass ihre Augen feucht schimmerten. Er schwieg und wartete.

Schließlich blieb die junge Frau stehen. „Lass mich los, Rasmus. Lebe dein Leben. Finde eine Frau, mit der du glücklich werden kannst.“

„Aber das habe ich doch schon“, erwiderte er. Er trat näher, strich ihr vorsichtig eine Haarsträhne aus der Stirn. „Emmi, ich liebe dich schon so lange. Es ist mir nur leider erst sehr spät bewusst geworden."

Sie senkte den Blick.

Behutsam hob Rasmus ihr Kinn. „Warum willst du, dass ich gehe?"

„Du hast etwas Besseres verdient ..."

Er wollte widersprechen, doch ihr Blick gemahnte ihn zu schweigen. „Ich weiß nicht, ob ich je wieder lieben kann", sagte Emmi leise. „Ich meine", ein Hauch Röte färbte ihre Wangen, „ob ich Zärtlichkeit zulassen kann."

„Ich kann warten", sagte Rasmus.

Sie sah zweifelnd zu ihm auf. „Vielleicht musst du aber warten, bis ich alt und runzlig bin."

Rasmus trat näher. Ganz vorsichtig ließ er einen Finger über ihre Stirn gleiten, die Schläfe hinab und über die Wange. Sie ließ es geschehen.

„Hm", sagte er sanft. Sein Finger glitt wieder hoch und hielt dann dicht neben ihrem Auge an der Schläfe inne. „Ist das da etwa schon eine Falte?"

Emmi musste kichern. Sie schlug seine Hand zur Seite.

Rasmus nickte zufrieden. „Ich glaube, die paar Tage halte ich noch durch."

„Werde nicht frech!" Sie stieß ihn weg.

Er sah das Glitzern in ihren Augen und spürte, wie ihm leicht ums Herz wurde.

„Komm", sagte er und bot ihr seinen Arm an. „Wir haben uns die Schutthaufen dort drüben noch gar nicht genau angeschaut."

Sie hakte sich bei ihm unter. „Ziemlich schicke Gegend, nicht wahr?"

„Erinnerst du dich an die Geschichte vom verzauberten Turm, die wir uns als Kinder erzählt haben?", fragte Rasmus.

„Die Spukgeschichte?"

„Ja. Ich würde dir gerne eine etwas andere Version davon erzählen."

Emmi runzelte die Stirn. „Erst machst du mir so eine Art Antrag und jetzt willst du mir eine Gruselgeschichte erzählen?“

„So hatte ich das geplant“, bestätigte Rasmus.

„Also gut. Ich bin gespannt!“

Der Bann

Vor langer, langer Zeit, in einem fernen Land voller schroffer Berge und fruchtbarer Täler, da lebte einst ein weiser König.

„In meiner Erinnerung war es ein finsterer Graf“, warf Emmi ein.

„Ich habe mir die Freiheit genommen, die Geschichte ein wenig zu verändern“, sagte Rasmus.

Und dieser weise König hatte eine wunderschöne Tochter mit weizenblonden Haaren, einem edlen, sommersprossigen Antlitz und einer niedlichen kleinen Stupsnase.

„Sehr witzig, Rasmus!“ Emmi verdrehte die Augen. „Eigentlich hatte sich doch eine potthässliche alte Hexe dort eingeschlichen, die durch einen Zauber allen vorgaukelte, sie wäre eine Prinzessin, und –“

„Emmi, das ist meine Geschichte! Hör bitte auf, mich ständig zu unterbrechen.“

Der weise König liebte seine Tochter sehr, und er wollte, dass sie glücklich wird. Darum ließ er sie hoch oben in den Bergen in einen Turm sperren und mit einem Bann belegen.

„So, wie man sich das von einem liebevollen Vater wünscht“, bemerkte Emmi.

„Emmi!“

„Schon gut, ich sage ja nichts mehr.“

Und der König ließ überall verkünden, dass all diejenigen, die seine Tochter zu freien wünschten, drei Tage und drei Nächte in ebendiesem Turm verbringen sollten. Wer dann noch immer den Wunsch hege, seine Tochter zu heiraten, dem würde er sie zur Frau geben und das halbe Königreich dazu.

Wahrlich kein schlechtes Angebot, dachten sich die Edelleute im ganzen Reich. Zumal sich überall herumgesprochen hatte, die Prinzessin wäre ein gar wundervolles Geschöpf, liebreizend, anmutig und von einzigartiger Schönheit. Von überall her kamen Prinzen und Edelleute herbei, um die Prinzessin zu erlösen und für sich zu gewinnen.

Sie kamen voller Zuversicht und stolzen Mutes. So mancher hatte in Gedanken schon drei Kinder gezeugt, die Reichtümer des Landes in seine Schatztruhen gescheffelt und den weisen König als Nachfolger beerbt.

Doch fast alle verließen schon nach einem einzigen Tag den Turm. Und als sie gingen, schien es, als wären sie um ein Dutzend Jahre gealtert. Sie wirkten mürrisch, unzufrieden, grau und hart. Sie sprachen nicht viel über die Ereignisse im Turm, doch alle behaupteten, betrogen worden zu sein. Ein einziger Mann hielt zwei Tage durch. Man fand ihn mit wirren Haaren und irrem Blick im Wald. Er strolchte sabbernd umher und murmelte bittere Worte vor sich hin. Als man ihn fragte, ob er denn nun bereit sei, die Prinzessin zu ehelichen, rannte er, entsetzliche Schreie ausstoßend, davon. Man hörte nie wieder etwas von ihm.

Das beunruhigte auch die hoffnungsvollsten Bewerber. Und schon bald getrauten sich nur noch die Wagemutigsten, die Prüfung auf sich zu nehmen. Innerhalb kürzester Zeit wurde der Landstrich um den Turm der Prinzessin herum zu einer sehr einsamen Gegend.

Dies kam nun auch einem jungen Stallknecht zu Ohren, der im Palast des weisen Königs diente. Er kannte die Prinzessin von Kindheit an. Als sie noch klein waren, hatten sie oft miteinander gespielt. Als sie älter wurden, waren die Begegnungen seltener geworden. Doch irgendwann, er konnte gar nicht genau sagen, wann es geschehen war, hatte der junge Mann sein Herz an die Prinzessin verloren. So sprach er dann eines Tages zu sich selbst: „Nun, wenn mein Herz ohnehin schon in diesem Turm gefangen ist, dann kann der Rest ja auch noch folgen", und er machte sich auf den Weg.

Als er den Turm erreichte, versperrte ihm ein Wachposten den Weg.

„Was ist dein Begehr?", verlangte er zu wissen.

„Ich will drei Tage im Turm verbringen und die Prinzessin heiraten", erwiderte der Stallknecht.

Der Posten betrachtete ihn mitleidig. „Du bist noch jung und hast das ganze Leben vor dir. Überleg es dir gut."

„Das habe ich!", erwiderte der Stallknecht.

Der Wachmann seufzte. „Ich habe schon viele Männer in diesen Turm hineingehen und wieder herauskommen sehen. Glaube mir, du weißt nicht, was du sagst. Darum gebe ich dir einen guten Rat: Nicht weit von hier entfernt am Waldesrand steht ein Wirtshaus. Dort findest du den Mann, der als Letzter diesen Turm betrat. Du erkennst ihn am müden Blick seiner Augen und den tiefen Falten auf der Stirn. Sprich mit ihm, und wenn du dann immer noch bereit bist, das Wagnis auf dich zu nehmen, dann komme morgen früh wieder her."

„Also gut", sagte der Stallknecht. „Ich will auf deinen Rat hören."

Es war nicht schwer, den letzten Besucher des Turms zu finden. Er saß in einer Ecke des Wirtshauses, hielt mit beiden Händen einen Krug Bier umklammert und starrte in die Flammen des offenen Kamins.

Der junge Stallknecht setzte sich zu ihm. „Was ist dir widerfahren, mein Freund?", fragte er. „Warum sitzt du hier und brütest vor dich hin?"

„Du willst es auch versuchen, nicht wahr? Ich sehe es in deinen Augen."

Der Stallknecht nickte. „Ich habe mein Herz an die Prinzessin verloren."

„Ha!", stieß der Mann hervor, „und ich mein Leben." Und dann begann er zu berichten: „Am Anfang erschien mir alles wie ein glücklicher Zauber. Der Turm ist eingerichtet wie ein Palast und die Tochter des Königs begrüßte mich mit einem liebreizenden Lächeln. Sie selbst tischte mir köstliche Speisen auf, und anschließend geleitete sie mich in ein herrliches Gemach, in dem ich nächtigen sollte. Doch kaum hatte ich mich auf die weichen Kissen sinken lassen, begannen die Träume."

„Nachtmahre?", fragte der Stallknecht überrascht.

„In gewisser Weise", erwiderte der Mann. „Mir träumte, ich wäre mit der Prinzessin verlobt. Und anfangs dünkte es mir, ich sei im Paradies. Doch zehn Jahre gingen ins Land, ehe ich sie heiratete. Und dann ging es weiter, Jahr um Jahr. Ich träumte jede Minute, jede Stunde, jeden Tag eines gemeinsamen Lebens –"

„Aber das ist doch wunderbar", unterbrach ihn der Stallknecht.

„Ha! Es war ein Blick in den Vorhof der Hölle. Bis Mitternacht träumte ich zehn Jahre und danach noch einmal zehn. Zwanzig lange Jahre währte mein Traum. Ich war ihrer schon überdrüssig, ehe ich die Prinzessin überhaupt heiratete. Dann wurde sie schwanger. Sie verlor die Anmut ihres Körpers und wurde immer launischer. Statt mir, wie anfangs, jeden Wunsch von den Lippen abzulesen, stellte sie mehr und mehr Forderungen. Ihre Haut wurde faltiger und ihre Zunge schärfer. Ich wusste, wie sie dachte, ich wusste, was sie sagen würde, noch bevor sie es aussprach. Ich kannte alles an ihr und es wurde mir zuwider. Als ich schließlich am Morgen erwachte, hatte ich den Eindruck, um zwanzig lange Jahre gealtert zu sein. Kaum trat ich aus der Tür, hörte ich schon die Schritte der Prinzessin näher kommen. Mein Magen fühlte sich an, als hätte ich einen Beutel Bleikugeln geschluckt. Auf den ersten Blick war sie wieder jung. Doch hinter ihrer milchweißen Haut sah ich die Falten, die kommen würden, und hinter ihrem freundlichen ‚Guten Morgen' ahnte ich die scharfe Stimme voller Bitterkeit und Vorwürfe. Ich floh, so schnell mich meine müden Beine trugen." Er sah dem jungen Mann ins Gesicht. „Ich rate dir eines, mein Freund: Vergiss diesen Turm, und erspare dir, was ich erleiden musste."

„Ich danke dir für deinen Rat", sagte der Stallknecht.

Am nächsten Morgen machte er sich auf zum Turm und er pfiff ein fröhliches Lied dabei. Der Wachposten war sehr erstaunt, als er den jungen Mann näher kommen sah.

„Hast du den Mann im Wirtshaus nicht getroffen?"

„Doch."

„Hat er dir nicht berichtet, was ihm widerfuhr?"

„Haarklein", bestätigte der Stallknecht.

„Und du willst immer noch in diesen Turm?"

Der Stallknecht nickte fröhlich.

„Nun denn", der Posten trat beiseite, „jeder ist seines eigenen Glückes Schmied."

Und da betrat der junge Mann den Turm.

Am nächsten Morgen entfernte sich der Wachposten vorausschauend ein paar Schritte vom Tor. Er wollte dem fliehenden Bewerber nicht im Wege stehen. Die Erfahrung hatte ihn gelehrt, dass so ein panisch aufgestoßenes Tor sehr schmerzhaft sein konnte, wenn man nicht rasch genug aus dem Weg sprang. Aber seltsamerweise geschah nichts.

Irgendwann, als die Sonne immer höher stieg, nahm er seinen Posten wieder ein. Auch am zweiten Tag rührte sich nichts. *Ob der Stallknecht an Bitterkeit gestorben ist?*, fragte sich der Posten. Auszuschließen wäre das nicht.

Schließlich verging auch die dritte Nacht. Die Sonne stand bereits hoch am Himmel, als der Wachposten schließlich leise, schlurfende Schritte vernahm. Das Tor öffnete sich behutsam und heraus trat ein kleines, gebeugtes Männlein.

Der Posten rieb sich die Augen, als er den Stallknecht wiedererkannte. Er bewegte sich wie ein uralter Mann. Seine Hände zitterten, seine Knie waren gebeugt, und er stützte sich auf einen Knotenstock. Als er dem Posten einen guten Morgen wünschte, sprach er, als habe er keine Zähne mehr im Mund. In seinen Augen jedoch lag ein seltsames Funkeln.

Der Stallknecht brauchte sehr lange, ehe er den Königshof erreichte. Schritt für Schritt schlurfte er dann die Stufen zum

Thronsaal empor, bevor er sich mit leisem Ächzen auf ein Knie sinken ließ.

Es war still wie in einer Grabkammer, als er mit zitternder Stimme um die Hand der Prinzessin anhielt.

Des Königs Augen leuchteten auf.

Der Herold trat vor. „Du hast drei Tage und drei Nächte im Turm verbracht?", wollte er mit strenger Stimme wissen.

Der Stallknecht nickte.

„Wie kommt es, dass der Bann auf dich ganz anders wirkte?"

„Spurlos ging er auch an mir nicht vorüber", sagte der Stallknecht. Er blickte hinauf zum König. „Aber für mich war der Bann kein Fluch, sondern ein Segen. Ich hatte doch schon längst mein Herz an die Prinzessin verloren. Und als ich mich schlafen legte und der Zaubertraum begann, da war es für mich das reine Glück. Jedes Jahr, das ich auf Eure Tochter wartete, war es wert, mein König. Ich durfte erleben, wie die Vertrautheit zwischen uns wuchs. Niemand war mir jemals so nah wie Eure Tochter. Und als wir heirateten und unsere Kinder geboren wurden, da war dies, als dürften wir einen kurzen Blick auf die Schöpferhände Gottes werfen. Ich will nicht leugnen, dass es auch Schweres zu tragen gab. Doch wenn Versöhnung nach dem Streit geschieht, ist es, als würde man ein geborstenes Schwert neu schmieden. Es wird härter, als es vorher war. Statt Langeweile ließen wir Vertrautheit wachsen und aus dem Altbekannten wurde gemeinsame Geschichte. Dieser Bann ließ mich das Abenteuer eines ganzen Lebens träumen. Ein Leben, das es wert ist, noch einmal gelebt zu werden. Um keinen Preis der Welt will ich das verpassen."

Da lächelte der weise König. Er stieg die Stufen seines Throns hinab und half dem Stallknecht auf die Füße.

Im ganzen Land wurde verkündigt, dass der Bann gebrochen und endlich ein Mann gefunden sei, der die Königstochter heiraten würde.

Das Hochzeitsfest währte sechzig Tage und jeder wurde eingeladen. Es war selbst Platz für eine Horde mürrischer Männer, die sich, an ihren Bierkrügen festhaltend, ihr Leid klagten. Äußerlich waren sie jung, aber in ihren Herzen alt und bitter.

Als die Prinzessin dem Stallknecht den goldenen Ring über den Finger streifte, da wurde seine zitternde Hand ruhig, seine Knie streckten sich, und sein gebeugter Rücken wurde wieder gerade.

Der Stallknecht und die Prinzessin aber liebten einander in Freud und Leid. Und wenn sie nicht gestorben sind, dann sind sie sehr, sehr alt geworden.

Schweigend hatte Emmi die Geschichte zu Ende gehört. Als Rasmus fertig war, löste sie behutsam ihre Hand von seinem Arm.

Ein wehmütiges Lächeln lag auf ihrem Gesicht, als sie ihm sanft über die Wange strich. „Bitte, komm nicht mehr hierher", sagte sie leise. Dann wandte sie sich um und ging.

Rasmus hielt sie nicht auf.

Ein Haus der Geschichten

Von diesem Tag an unternahm Rasmus keinen Versuch mehr, zu Emmi Kontakt aufzunehmen. Er hatte ihr versprochen zu warten. Nun blieb ihm nichts anderes übrig, als sich an dieses Versprechen zu halten.

Der Frühling kam. Und Rasmus war dankbar, dass es Erwin ein wenig besser ging. Von Zeit zu Zeit konnte er Rasmus oder Hans sogar begleiten, wenn sie mit ihrem mobilen Buchladen unterwegs waren.

Die Einnahmen blieben allerdings sehr überschaubar. Das lag zum einen daran, dass die Menschen lieber Brot statt Bücher kauften. Zum anderen war das Geschäftsgebaren der drei hoffnungsvollen Buchhändler noch ausbaufähig. Hans vergaß immer wieder, dass zum Verkauf unweigerlich auch die Einnahme von Geld gehört. Sein Herz floss über vor Mitleid, wenn lesehungrige Kunden ihm in bunten Farben ausmalten, warum es ihnen unmöglich sei, auch nur einen einzigen Pfennig zu entbehren, obwohl doch dieses oder jenes Buch ihnen ein wenig gestohlenes Lebensglück zurückzubringen vermöge. Schon mehrmals hatten Erwin und Rasmus den jungen Mann vom Verkaufsstand verbannt.

Dabei verhielten sie sich selbst nur unwesentlich geschäftstüchtiger. So brach in regelmäßigen Abständen Erwins Widerstand, wenn ein vermeintlicher Kunde mit einem Mal eigene Bücher aus der Tasche hervorzauberte und zum Kauf anbot. Schon einige Male hatte er mit einer leeren Kasse, aber zwei Dutzend neuen Büchern im Bestand von einem sehr erfolgreichen Tag geschwärmt.

Und Rasmus? Rasmus entdeckte seine Liebe zu skurrilen

Geschichten. Er liebte es, sie zu sammeln, wie einen Schatz zu hüten und dann an geeigneter Stelle weiterzuverschenken. Nicht selten fand er sich von einer Horde neugieriger Kinder umgeben, die an seinen Lippen hingen und seinen Geschichten lauschten, während er eigentlich Bücher verkaufen sollte. Meist blieb es nicht bei den Kindern. Auch Erwachsene gesellten sich hinzu. Und der eine oder andere ging sehr nachdenklich wieder fort. In solchen Momenten hatte Rasmus das Gefühl, genau das zu leben, was der Autor seines Seins tief in ihn hineingeschrieben hatte. Nur Geld verdiente er dabei nicht.

An einem Markttag hatte sich wieder eine recht große Zuhörermenge um ihn geschart. Rasmus erzählte gerade die Geschichte eines jungen Mädchens, dem ein goldener Schlüssel in die Wiege gelegt worden war. Ein Schlüssel, der es über verschlungene Pfade in eine Heimat führte, nach der es sich sein ganzes Leben gesehnt hatte, ohne sie zu kennen.*

Als er geendet hatte und die Zuhörermenge sich langsam zerstreute, blieb jemand zurück. Es war Emmi.

„Ich sehe, das Geschäft blüht."

„Wie eine Frühlingswiese am Morgen", bestätigte Rasmus. „Ich habe heute schon fast ein Buch verkauft." Sein Herz begann, schneller zu schlagen, als er sie lächeln sah.

„Die Leute lieben deine Geschichten."

„Genau genommen sind es nicht *meine* Geschichten. Ich habe sie nur gesammelt."

„Sei nicht so pingelig!", schimpfte Emmi. „Ich habe auch *mein* Kleid an, obwohl ich es nicht genäht habe." Sie zupfte an seinem Ärmel. „Komm, ich will dir etwas zeigen."

Rasmus schnappte sich den Bollerwagen und folgte ihr. Sie gingen über die inzwischen meist freigeräumten Straßen, vorbei an den Ruinen der Häuser, die wie verkohlte Riesengerippe in den Himmel ragten.

---

* „Der goldene Schlüssel", nachzulesen in „Das Haus der Geschichten". Asslar: Gerth Medien, 2010.

In einer engen, noch immer von Schutt gesäumten Gasse machte Emmi halt. Zwischen zwei Trümmerbergen hatte ein kleines, altes Haus den Feuersturm der Bombennächte überstanden. Wenn Rasmus das angekokelte Schild über dem verschmierten Schaufenster richtig interpretierte, war dies einst eine Apotheke gewesen.

„Guck mal." Emmi trat an die Scheibe und wischte Ruß und Schmutz weg. Gemeinsam blickten sie in den Laden. Leere Regale, eine zerbrochene Theke und ein uralter Apothekenschrank standen dort. Sie waren von einer scheinbar meterdicken Staubschicht bedeckt.

„Weißt du, was das ist?", fragte Emmi.

„Äh ... eine mumifizierte Apotheke?"

Die junge Frau wandte sich um. Ein kleiner Rußfleck zierte ihre Nase. „Eine Buchhandlung!" Ihre Augen leuchteten. „Ein Zuhause für deine Geschichten!"

„Jetzt, wo du es sagst ..." Rasmus lächelte versonnen. „... ein Haus der Geschichten", murmelte er leise. „Das gefällt mir!" Er linste wieder durchs Schaufenster. „Es könnte allerdings noch ein wenig dauern, bis man es diesem Gemäuer auch ansieht."

„Das macht nichts", sagte Emmi, und Rasmus spürte, wie sie seine Hand ergriff. „Wir haben ja Zeit."

Ein Kribbeln durchlief ihn von den Haarwurzeln bis zu den Zehen.

„Ja", erwiderte er leise, „wenn es nach mir geht, drei Nächte lang, bis der Morgen anbricht, der alle Nächte vertreibt."

Emmi erwiderte nichts, aber ihre Finger schlangen sich um seine, warm und fest.

Dank

Anne, ich kann und will mir nicht vorstellen, wie ein Leben ohne dich wäre. Ohne dich wäre ich einfach nicht komplett (und ich hätte niemals grünen Smoothie angerührt). Es ist ein wunderbares Geschenk, dich an meiner Seite zu haben!

Matthes, was für ein Start in die neue Saison! Elf Tore in drei Spielen! Ich wundere mich ein bisschen, dass Jogi Löw sich noch nicht gemeldet hat.

Malte, wenn irgendjemand in der Lage ist, die schönste Kastanie der Welt zu finden, dann du! Ich freue mich schon jetzt darauf, dich und dein fliegendes Wohnmobil in Afrika zu besuchen, wenn du erwachsen bist. Ihr seid zwei tolle Jungs und die besten Brüder. Ich bin sehr stolz auf euch!

Tina, ich weiß nicht, wie viele Stunden du damit verbracht hast, meine Texte zu lesen, meine sorglose Orthographie geradezubiegen und jeder Unglaubwürdigkeit meiner Figuren nachzuspüren. Danke für dein stets ehrliches und ermutigendes Feedback!

Ma und Pa, danke für eure Unterstützung. Lieber Reiner, ich freue mich sehr über deine Anteilnahme. Als Schwiegervater, Vertriebsmanager für die Region Oberfranken und Opa Heiligenstadt machst du einen Spitzenjob!

Lieber Johannes, liebe Nicole, ich danke euch sehr, dass ihr noch immer neugierig seid auf die kruden Ideen, die in meinem Hirn herumspuken. Und ich danke euch, dass ihr echte Bücher daraus werden lasst. Bessere Lektoren könnte ich mir nicht wünschen!

Lieber Günther, vielen Dank für die bildreichen Schilderungen deiner Kriegs- und Nachkriegserlebnisse. Sie haben mir geholfen, mich in diese Zeit hineinzudenken. Vielen Dank auch für die Literatur. Ich hoffe doch sehr, wenn du dies hier liest, habe ich sie dir wieder zurückgegeben.

Meine Begabung für Fremdsprachen ist etwa so groß wie mein Talent zum Balletttanz. Liebe Nadina, liebe Olga, vielen Dank, dass ihr mir mit euren Russischkenntnissen aus der Patsche geholfen habt!

Liebe Jeannette, es ist deinem herausragenden Talent geschuldet, dass man dir auch das Unmögliche zutraut. Ich bin sehr dankbar dafür, dass erneut eines deiner Kunstwerke dieses Buchcover ziert.

Und nicht zuletzt danke ich allen Leserinnen und Lesern, die sich die Zeit genommen haben, diese Geschichte in der eigenen Fantasie lebendig werden und sich berühren zu lassen. Darum geht's!

Anmerkung

[1] Für alle, die wissen wollen, was sich hinter der kryptischen Aufzählung der Geldscheine verbirgt, die Hans in die kurze Notiz an seinen Vater einfügt, hier die Auflösung:

15 geelbe	1 Tscherwonez-Noten
5 rote	3 Tscherwonez-Noten
12 plaue	10 Tscherwonez-Noten

1 Tscherwonez entspricht 10 Rubel.
Hans hat demnach insgesamt 1.500 Rubel bei sich. Das klingt recht viel, man muss allerdings bedenken, dass zu dieser Zeit ein Brot auf dem Markt bis zu 100 Rubel kosten konnte.

Eine Reise zum Sinn des Lebens

„Ein Buch, das mein Herz erobert hat und dort eine erstaunliche Kraft entwickelt. Ich finde, es hat Zehntausende Leser verdient!"

Titus Müller, Autor

Mit seinem Leihkater Poseidon lebt Marvin Heider in einer sanierungsbedürftigen Berliner Altbauwohnung. Dank eines unerwarteten Jobangebotes findet er sich plötzlich als Gehilfe eines geheimnisvollen alten Buchhändlers wieder. Dieser betreibt im Keller seines Antiquariats die *narratorische Apotheke* – eine Sammlung von Geschichten, die den Leser mit auf ungewöhnliche Reisen nehmen, an Orte jenseits des Gewohnten. Schon bald kann auch Marvin sich der Faszination dieser Geschichten nicht mehr entziehen ...

GerthMedien

Thomas Franke • Das Haus der Geschichten
Gebunden • 288 Seiten • ISBN 978-3-86591-572-6